명작 이후의 명작

「회색 눈사람」에서 「봄밤」까지,
한국 현대소설 읽기

명작 이후의 명작

황종연
평론집

H

일러두기

1. 이 책에 실린 글은 『현대문학』에 연재 완료한 동명의 에세이 18회분 (2019년 1월-2021년 10월)과 추가 원고 2회분을 묶은 것이다.

2. 본문에 인용된 문헌의 서지 정보를 각주에 밝히는 경우 저자명, (해당 장제목), 도서명, 역자, 출판사, 출간 연도, 쪽수 순으로 표기했다.

3. 외국어 서적과 한국어 서적을 모두 참고한 경우에는 위의 방식을 사용하여 외국어 서적-한국어 서적 순으로 표기했다.

서문을 대신하여

　　문학은 뉴스가 아니다. 이것은 영국의 한 비평가가 진정한 의미에서의 문학은 고전 중에 있다는 신념을 피력하면서 선언한 바이지만 오늘날 독자들이 문학작품을 대하는 방식에 대한 경고로도 유효하다고 생각된다. 독자들은 대체로 뉴스를 소비하듯 문학을 수용한다. 그때그때의 작품을 그때그때의 유행에 따라 여기서 저기로 건너가며 읽는다. 그래서일까, 교양이 있는 듯한 청장년의 말을 들어보면 그들이 기억하는 한국 소설의 명작은 의연히 「날개」나 「메밀꽃 필 무렵」 언저리고, 최근으로 내려와도 「난장이가 쏘아올린 작은 공」이나 「유년의 뜰」에서 멈춘다. 비평의 소임 중 하나는 대상 작품의 오래가는 새로움을 알아보는 것, 그리하여 그 작품에 명작의 위신을 부여하는 것이다. 나는 문학평론가로 살아온 1990년대와 그 이후 시기의 단편소설 중에서 한국 문학의 정전으로 자리잡은 명작 그 이후의 명작을 찾아보려 한다.

　　　　　　　　　　—「연재를 시작하며」(『현대문학』 2019년 1월호)

차례

문학적 동물들의 아나키즘

—최윤, 「회색 눈사람」

¶ 최윤 소설집 『저기 소리 없이 한 점 꽃잎이 지고』(문학과지성사, 1992. 11)에
  실린 텍스트를 논의에 사용했다.

최윤의 단편소설 「회색 눈사람」은 짐작건대 1970년대의 어느 겨울, 몹시 춥고 어두웠던 서울의 변두리로 독자를 데려간다. 서술자-주인공 강하원이 서술상 현재로부터 약 20년 전, 그녀 나이 스무 살 대학생이었던 때로 돌아가 펼치는 회상에서는 당시 서울의 변두리 동네라면 어디에나 숙명처럼 박혀 있던 가난의 장면들이 빈번하게 출현한다. 그중 하나가 소설의 제목에 들어 있는 "회색 눈사람"이다. 강하원이 혼자 자취하고 있는 산동네는 눈의 축복이 내려도 환하지 않다. 골목마다 쌓인 눈은 동네 사람들이 길바닥의 미끄러움을 줄이려고 뿌려놓은 연탄재와 범벅이 되어 온통 회색이다. 때로는 아침나절에도 햇빛이 미약해서 눈 위에 응달이 지기까지 한다. 그래도 어린아이들은 즐겁다. 겨울 추위에 "볼이 튼," 빈궁의 상처가 이미 역력한 아이들이 길에 나와 잿빛 눈을 뭉치고 굴리고 다듬어 사람 모양을 만든다. 쓰레기와 다를 바 없는 잡동사니를 가져다 여기저기 장식을 하며. 어느 아침 강하원은 "외로움의 감옥"을 빠져나와 하릴없이 동네 언덕을 오르내리다가 눈사람 만들기에 열심인 아이들을 발견하고 눈길을 던진다.

　나는 그 아이들이 몸통을 만들고 둥근 얼굴을 얹고 그 위에 돌조각으로 눈을 만들어 붙이고 입을 만드는 것을 오랫동안 바라보았다. 나는 거의 마지막 단계에 있는 우리의 인쇄 책자를 생각했다. 주초에는 그 책에도 눈이 붙여지고 코가 붙여질 것이다. 이상한 흥분이 나를 사로잡았다. 나는 그리워하고 있었다. 사람을 그리워하는 것이 아니라 일을. 아무 일이나 그리운 것이 아니라, 비록 외곽에서의 잡일이기는 하지만 몇 달 전부터 내가 하기 시작한 그 일을. 바로 그 인쇄소에서, 다른 사람 아닌 바로 그들과 일하는 것을. 아이들이 눈사람을 다 끝내고 쉰 목소리로 만족의 환호성을 질렀다. 나는 내 목을 두르고 있던 목도리를 벗어, 멋진 나무젓가락 콧수염을 단 회색의 눈사람의 목에 감아주었다. 조개탄을 아껴 써야 했던 어느 저녁, 안이 오버 주머니에서 꺼내 목에 둘러주었던 목도리였다.

　아이들이 눈사람 만드는 광경을 바라보다가 강하원이 그립게 떠올린 "그 일"이란 모종의 반정부운동의 일환으로 비밀리에 진행되고 있던 책자 제작을 말한다. 죽음의 유혹을 느낄 만큼 살기 힘든 처지였던 그녀는 안이라는, 그녀보다 7년 연상인 남자의 호의로 한 인쇄소에서 잡일을 보다가 나중에는 안이 5년 이상 계속하고 있던 "문화혁명회"라는 지하조직의 출판 활동을 보조하게 되었다. 위에 인용한 그녀의 발언은 산동네 아이들의 눈사람 만들기 그리고 안과 그의 동지들의 반정부운동 사이에 유사성이 있음을 지시한다. 그것들은 모두 어떤 갈망의 표현이다. 전자가 빈곤함과 지루함으로부터 탈출하고자 하는 갈망을 표현한다면, 후자는 독재정권의 폭압으로부터 벗어나고자 하는 갈망을 표현한다. 그녀는 스스로 시인하고 있듯이 이론적으로 무장한 정치 청년과 거리가 멀지만 안과 그의 동지들을 마음속으로 지지하고 있다. 그녀가 안에게서 받은 선물인, 신뢰와 배려의 마음이 담긴 목도리를 눈사람의 목에 둘러주는 행위가 불우한 아이들의 기쁨에 대한 공감과 함께 안과 그의 친구들의 반정부운동에 대한 그녀의 충심을 나타낸다는 것은 추측하기 어렵지 않다.

강하원이 약 20년 전의 그 일을 떠올리기 시작한 것은 자신과 이름이 같은 여자가 뉴욕 센트럴파크에서 쇠약과 기아로 인한 사체로 발견되었다는 신문 기사를 접하고 나서다. 그 비참하게 죽은 여자의 실명은 김희진이다. 안의 배후에서 활동하고 있었던, 어쩌면 안보다 중책을 맡고 있었을지 모르는 김희진은 그들의 조직이 경찰의 검속을 당하면서 위태로운 처지에 놓이게 되자 변조된 강하원의 여권을 들고 미국으로 피신했었다. 김희진의 죽음에서 촉발된 강하원의 회상은 추모의 요소를 포함하고 있다. "아프게 사라진 모든 사람은 그를 알던 이들의 마음에 상처와도 같은 작은 빛을 남긴다"는 강하원의 마지막 서술은 불우하게 일생을 마친 의로운 사람에 대한 연민과 존경의 뜨거운 심정을 훌륭하게 절제한 표현이다. 그러므로, 「회색 눈사람」이라는 소설이 그것이 출판될 무렵 서서히 기억의 저편으로 사라지기 시작한 1970년대 민주화 투쟁에 대한 일종의 문학적 기념으로 읽히는 것은 무리가 아니다. 그러나 그 기념의 제스처는 1990년 무렵 한국 사회의 여러 분야에 분포된 그 투쟁 주체들이 일반적으로 가지고 있던 그 투쟁의 역사에 대한 통념이나 그 역사의 재현에 대한 기대와는 상당한 거리가 있다. 이 소설에 서술된 지하 출판 활동이 과거의 어느 연대, 어느 조직의 실제 투쟁과 관계가 있는지, 반정부 정치운동과 사상운동의 역사 전체 속에서 어떤 위치를 차지하는지 짐작조차 하기 어렵다. 1970년대와 80년대에 유명했던 학생운동가들이나 노동운동가들의 회상기에 보이는 바와 같은 증언에의 열정을 기대하는 독자에게는 상당히 실망스러웠을 소설이다. 게다가, 이 작품이 1992년 〈동인문학상〉 수상 등을 계기로 널리 주목받기 시작하자, 그 평판을 미심쩍게 생각했던 당시 일부 비평가들은 민주주의를 향한 고난과 투쟁의 역사에 대해 부주의한 이야기라는 식으로 비판하기도 했다.

그러나 「회색 눈사람」이라는 작품 자체의 독특한 서술

스타일을 존중하기로 한다면, 역사적으로 정확한 민주화 서사를 기준으로 하는 작품 독해가 공정한 것인지 의문스럽다. 무엇보다도 서술자-주인공으로 독재 정권과의 싸움에 운명이 걸린 어떤 집단 내부의 인물이 아니라 강하원이라는 그 집단 외곽의 인물이 설정되었다는 사실은 그러한 방식의 독해를 요청하기는커녕 오히려 사양하는 것처럼 보인다. 1980년대를 거치면서 양산된 민주화 투쟁의 서사들은 내용상으로 다양하지만 역사 진보의 주체로서의 민중이라는 관념에 공통적으로 기울었다. 1970년대와 80년대 민주화운동에 있어서의 발전은 산업노동자로 대표되는 민중을 정치세력화 하는 노선을 따라 일어났고, 그와 병행하여 당시의 정치적 문학은 지식인과 민중의 연대를 주요 주제로 삼았다. 민중과 유기적 융합을 이루고자 하는, 궁극적으로 민중 속으로 자신의 정체성을 해소하고자 하는 지식인의 이야기 혹은 자본에 예속된 생존 조건과 싸우며 혁명 주체로 다시 태어나는 노동자의 이야기는 1980년대 전체를 통해 진보적이라고 평가된 문학의 주요 내용들이었다. 1992년 시점에서 「회색 눈사람」이 부주의한 이야기로 보인 이유 중 하나는 바로 그 소설이 민중을 주체로 하는 민주화의 메타서사 속에 통합되지 않는 방식으로 저항과 투쟁의 일화를 고안했다는 데에 있다. 우리는 박정희시대의 반정부, 반체제 서사들을 역사적 재현이라는 측면에서 평가하는 데에 익숙하지만 그것들은 그에 못지않게 집합적 고난의 한복판에서 피어난 희망에 대한 기억이라는 측면에서도 의의가 있다. 그리고, 그러한 측면에서 「회색 눈사람」은 같은 무렵에 나온, 정치적으로 강성強性인 다른 어떤 소설보다도 함축하고 있는 바가 많다.

　강하원의 이야기를 희망의 기억 측면에서 이해하려면 그녀가 어떤 인물인가부터 알아보는 것이 순서다. 그녀에게서는 그야말로 천애의 고아 같은 풍모가 무엇보다도 두드러진다. 그녀는 충청도 어느 시골에서 태어나 가난하고 불행한 어린 시절을 보냈으며, 열 살도 되지 않았을 무렵 어머니가 일자리를 찾아 도회지로 떠나는 바람에, 마찬가지로 시골인 이모네에서 역시 가난하고 불행한 시절을 보냈다. 어머니가 그녀를 이모에게 맡겨둔 채 미군 병사를 따라 미국으로 이주한 후 몇 년이 지나서 그녀는 이모부의 병원비를 훔쳐 서울로 가서 산동네에 거처를 정하고 바라던 대학생활을 시작했다. 그러나 자기 힘으로는 학비를 마련하기는커녕 생계를 해결하기도 어려워 대학을 다닌 지 1년여 만에 학업을 포기할 수밖에 없었다. 서울에 아무 연고도 없고, 정착할 가망도 없기에, 다만 지상 위를 "부유"하는 존재이기에 그녀는 자신을 "유령"과 같다고 묘사한다. 대책 없는 떠돌이라는 그녀의 자기의식과 관련하여 주목을 요하는 것은 그녀가 자신의 아버지에 대해 말하기는커녕 아버지라는 단어조차 입 밖에 내지 않고 있다는 점이다. 자신에 대해 서술하면서 마치 아버지 없이 태어나기라도 했다는 듯이 아버지의 존재에 대해 철저하게 침묵하고 있는 그녀의 화법은, 자신을 시골에 남겨두고 미국으로 떠나버린 어머니를 두고 좀처럼 원망을 토로하지 않는 화법과 함께, 그녀의 유랑자 의식에 미묘한 뉘앙스를 부여한다. 사회적 무소속성 혹은 무정처성을 그녀는 억울하다기보다는 불가피한 존재 조건으로 수락하고 있는 듯하다.

그렇다면, 궁핍과 유랑의 어둠에 빠진 그녀에게 잠시나마 희망의 빛을 보게 해주었다는 안은 어떤가. 그는 5년 전부터 암약하고 있는 "문화혁명회"의 회원으로 주로 선전 활동을 담당하고 있는 듯한 만큼 강하원과는 처지가 다르다. 음대를 다니다가 제적되었다고 하나 반체제 정치문화운동 집단에 어떤 식으로든 소속되어 있다. 하지만 그 약소한 대항공중counter-public 공동체의 범위를 넘어서면 그 역시 부유하는 존재일 공산이 크다. 그가 강하원에게 자신이 어떤 사람인가를 알려주려는 의도로 했을 것 같은 말 중에 "가령 에릭 사티 같은 사람을 아버지로 가지고 있다"는 말이 있다. 이것은 자신이 음악학도라는 것을 자긍심과 장난기를 섞어 밝힌 발언 같지만 조금 유심히 보면 그 이상이다. 정신적 조상으로 그가 내세운 음악가가 이를테면 바흐나 베토벤이 아니라 에릭 사티라는 것은 그가 자신을 보는 방식에 대해 뭔가 시사하고 있지 않은가. 사티는, 주지하다시피, 19세기 후반과 20세기 전반, 이른바 '벨 에포크'의 프랑스 음악에 뚜렷한 자취를 남긴 작곡가다.[1] 프랑스 북서부의 항구도시 옹플뢰르 태생인 사티는 1878년 열두 살 때 파리에 정착한 후, 당시 유럽에서 가장 역동적이었고, 혁신적이었으며, 예술상으로 발랄했던 그 도시와 밀접한 관계를 맺었다. 그는 파리음악원에서 수년간 피아노를 전공했으나 학생들 중 가장 게으르다는 악평을 받았고 결국 졸업장 없이 그곳을 떠났다. 1887년 몽마르트르로 이주한 그는 때때로 그곳 카페와 카바레 소속 피아니스트로 일하며 가수들의 프로그램과 그림자극劇을 반주하고, 일상 행사의 배경음악 연주를 하면서 작곡가로서의 생활을 이어갔다. 그의 인기 작품인 「짐노페디」 피아노 모음곡은 그가 그 예술가와 부랑자와 난봉꾼의 화려한 거리에 살던 시기의 소작이다. 몽마르트르의 지인들로부터 "가난뱅이 신사"라고 불리곤 했던 사티는 1925년 파리 남쪽 교외의 노동계급 지역 아르쾨유의 누추한 방에서 아방가르드 작곡가로서의 명성을 뒤로하고 세상을 떠날 때까지 부르주아적 가치와 타협하지 않는 보헤미안으로 살았다. 그는 '고전음악' 전통으로부터 출현했지만 그것을 지속시키는 데에 관심이 없었다. 따라서 사티 같은 사람을 아버지로 가지고 있다는 말은 계승할 역사로서의, 복종할 권위로서의 아버지를 가지고 있지 않다는 말과

---

1)   이하 에릭 사티의 이력에 관한 서술은 다음 책에 의거했다. Caroline Potter, *Erik Satie: A Parisian Composer and His World*, The Boydell Press, 2016.

별반 다르지 않다.

아버지라는 존재가 강하원과 안에게 가지는 엇비슷한 지위를 알고 나면, 그들의 동지 관계의 발단에 관심이 가지 않을 수 없다. 대학에 입학한 후 청계천 헌책방을 드나들며 금서로 분류된 책들을 사들여 탐독하던, 그리고 돈이 궁하면 그것들을 내다 팔던 강하원은 헌책방 주인한테서 그녀가 전에 사 간 "알렉세이 아스테체프"라는 저자의 책을 어떤 사람이 찾는다는 말을 듣는다. 그녀는 마침 돈이 떨어져 배를 곯는 지경이었기에 책을 팔기로 하고 그 사람을 만난다. 그가 바로 안이다. 흥미로운 것은 "폭력적 시학: 무명 아나키스트의 전기"라는 책의 제목이다. 1970년대나 이전에 한국에서 출판된 적이 있는지 의심스러운, 소설의 저자 최윤의 순전한 상상 속의 책이 아닐까 추측되는, 그 책의 제목은 강하원과 안이 좌파 정치사상에 대한 관심을 공유하고 있었다는 것을 암시한다. 강하원의 서술 중에는 그녀가 사상 문제를 두고 안과 나누는 대화가 전혀 들어 있지 않으며, 자신이 안처럼 "확신 있는 사회주의자"가 아니라는 언명이 나온다. 그러나 그들 사이에 사상적 공명의 기류가 흐르고 있다는 것은 의심할 여지가 없다. 그들의 아나키즘적 혹은 사회주의적 지향은 안이 강하원과 함께 일할 때면 가끔 틀어놓던, 그리고 나중에 강하원이 어딘가 자신의 삶과 같은 데가 있다고 추억하는 "하오의 잠" 같은 음악의 리듬, 사티의 「짐노페디」나 「그노시엔느」의 어느 악절을 상기시키는 리듬만큼 분명하다. 사실, 사티는 파리의 대중문화에 뿌리를 두고 테크놀로지의 새로운 발전들에 호응하며 재래 음악 스타일들의 서열을 파괴한 창작을 했다는 점에서만 아니라 빈민과 자신을 동일시하고 사회주의에 희망을 걸었다는 점에서도 비범한 예술가였다. 그가 아르쾨유의 수도도, 난방도 없는 방에서 살던 시절, 길을 가다가 그에게 인사하는 어린아이들을 만나면 지갑을 털어 동전을 주는 버릇이 있어 점심을 굶곤 했다는 이야기, 그 지역 코뮌위원회의 위원으로서 아이들의 시골 견학을 인솔했고 청년들을 위한 음악 교실을 열었다는 이야기, 마르크스의 『자본론』을 "따분한 소리"라고 욕하면서도 사회주의당 당원 자격, 이어 공산주의당 당원 자격을 가지고 있었다는 이야기는 그의 전설의 일부다.[2]

청계천 헌책방을 통한 서적 거래로 개인들 사이에 관계가 시작된다는 것은 1970년대에 얼마 동안 대학을 다닌 작중 인물들에게 대체로 어울리는 사연이다. 「회색 눈사람」의 이야기를 읽다 보면 사람들이 생각을 공유하고 유대를 형성하는 데에 글이 중심 역할을 하는 문화가 그 배경에 크게 자리잡고 있음을 감지하게 된다. 안과 그의 친구들이 하고 있는 지하활동이란 선전 혹은 교화를 목적으로 하는 글의 출판과

2)   Caroline Potter, 위의 책, 187-205.

배포이고, 강하원은 그들이 작성한 원고의 편집과 인쇄 작업에 참여함으로써 그들과 얼마간 신념과 희망을 공유한다. 그들이 경찰의 검거를 피해 무크지 제작을 중단하고 도주하여 혼자 남게 되자 강하원은 그들에게 "전파"를 보내는 심정으로 자신의 기억을 살려 무크지 원고를 복기한다. 또한, 강하원의 도움으로 가까스로 기운을 회복하고 미국으로 출국할 준비를 마친 김희진은 작별하기 직전에 햇빛을 보지 못한 그녀의 글을 가방에 가득 담아 강하원에게 내밀며 보관해달라고 부탁한다. 특이하면서도 암시적인 것은 강하원이 산동네에서 외로움과 굶주림의 시간을 보내는 동안 매달린, 그녀의 짧은 학력을 고려하면 터무니없는 욕심으로 보이는, 번역이다. 그녀는 어느 이탈리아 역사가의 독일어본 저서를 "유서를 쓰듯이" 번역하고 있다. 그녀는 자신의 이력에 대해 극히 소략하게 서술하고 있어서 그녀가 어떤 문화 경험을 하며 성장했는지는 알 길이 없다. 다만, 글의 힘에 크게 의존하는, 글의 교양을 중시하는 문화에 깊은 영향을 받았다는 추측은 가능하다. 20년 전에 대한 회상을 마치고 서술을 끝내기 시작한 그녀는 그 시기에 대해 항상 글을 쓰고 싶어 했다고 덧붙이면서 자신에게 "사고가 활자화되는 것을 신성시"하는 습관이 있는 것 같다고 말하고 있다.

그러나, 글이란 어떤 문화에서는 신성한 것이지만 어떤 문화에서는 위험한 것이다. 고대이집트에서는 글의 발명이 위대한 업적으로 칭송되는 한편으로 글의 해악이 크게 염려되고 있었음이 확인된다. 『파이드로스』에는 글이 사람들에게 기억 연습을 게을리하게 해서 결국 건망증이 심해지게 만들고, 게다가 무지함에도 유식한 척하며 거짓 지혜를 늘리게 한다고 경고한 이집트 현자들의 이야기가 나온다. 그 이야기를 파이드로스에게 들려준 소크라테스는 글의 문제점을 두 가지로 요약한다. 첫째는 말이 없다는 것. 글은 그림과 같아서 언제나 같은 것을 가리키고 사람들의 물음에 대해 침묵하기에 영혼이 살아 있는 학습에 도움이 되지 않는다는 것. 둘째는 그와 정반대로 말이 많다는 것. 적당한 사람, 부적당한 사람 가리지 않고 사람들의 손에 들어가 읽혀 오용과 모욕을 당한다는 것. 그러니 글은 아버지 없는 아이와 같다. 랑시에르의 표현을 빌리면, 이 "말이 없고도 말이 많은 글la lettre muette et bavarde"은 정치공동체에 해롭다. 정치공동체 내의 질서가 행위 양식들(예컨대, 직분들), 존재 양식들(예컨대, 에토스들 혹은 기풍들), 말하기 양식들(예컨대, 어법들) 사이의 조화로운 관계에 달려 있다면, 정치공동체를 구성하는 신체들에게 그러한 양식들이 배분됨으로써 성립되는 신체들 사이의 서열에 달려 있다면, 고아 같은 글은 공동체의 안팎을 마구 돌아다니며 그러한 양식들의 관계를 동요시키고, 그러한 신체들의 서열을 어지럽힌다.[3] 글의 위험을 아는 통치자의 눈으로 보면 이해하기 어렵지 않은 이야기다. 마르크스와 엥겔스의 정치 팸플릿이 수많은 언어로 번역되어 세계 각국을 돌아다니면서 어떤 일이 벌어졌는가. 자본가에게 고용된 노동자들이 근면과 감사의 기풍을 버리고 주제넘게 보편적 인간 해방을 말하기 시작하지 않았던가. 2·8독립선언서가 발표되고 이후 같은 종류의 문서가 잇따라 나와 사방에 유포되면서 어떤 일이 벌어졌는가. 일본인들의 노예인 조선인들이 복종과 침묵의 기풍을 버리고 분수없이 민족 독립과 세계평화를 외치기 시작하지 않았던가.

강하원은 1970년대 한국이라는 정치공동체와 결부시켜 생각하면 그 공동체 내의 행위 부분, 존재 부분, 언어 부분을 적합하게 배정받아 명확한 자기 자리를 가졌다고 보기 어려운 신체다. 그녀는 시골 농민이나 도시 노동자가 되었더라면 적당했을지 모를 처지에 검정고시를 거쳐 대학에 들어가 잠시 고등교육을 받았고 휴학 중인 상태에서 박정희 정권에 저항하는 지하 활동에 참여하고 있다. 아버지가 누구인지 불분명하고 어머니와 어린 나이에 떨어져 성장한 그녀는 가족과 고향의 에토스를 따라 생활하기는커녕 자신을 세상 어디에도 속하지 않고 "부유"하는 존재라고 자처하고 있다. 이런 맥락에서 그녀가 하고 있는 이탈리아 역사가의 독일어 책 번역

---

3)　Jacques Rancière, *La La parole muette: Essai sur les contradictions de la littérature*, Hachette littératures, 1998, 81–84.

은 상징적이다. 그것은 그녀가 본래의 에토스, 이를테면, 충청도 출신 빈민 여성의 에토스로부터 현격하게 분리되어 있다는 것, 그 에토스와 전혀 연관이 없는, 언어, 국가, 인종의 경계를 넘나드는 글의 유동遊動에 자신을 바치고 있다는 것을 알려준다. 랑시에르에 따르면, 신체들의 질서와 언어들의 질서 사이의 관계를 두고 그것을 유지하는 것은 치안의 일이며, 반대로 그것을 해체하는 것은 정치의 일이다. 정치는 신체들과 언어들이 각각의 질서로부터 이탈하고 그럼으로써 그것들 자체로부터 멀어지는, 그것들이 그 배정된 자리로부터 벗어나 자유롭게 결합하며 이전과 다르게 나타나는 상황, 이른바 '불화dissensus'를 현시한다. 그런데 이 정치의 작용은 바로 유동하는 글의 위험한 작용, 현대에 있어서 유동하는 글의 대표적 형식인 문학의 위험한 작용과 동일하다. 그래서 랑시에르는 "현대의 정치적 동물은 무엇보다도 문학적 동물이다"라고 쓰고 있다.[4] 반정부 지하활동에 열의가 있는 도시 룸펜 여성과 책의 글자를 따라 이탈리아어, 독일어, 한국어를 횡단하는 욕심 많은 서음書淫이 강하원이라는 몸 안에 함께 있는 것은 기이한 일이 아니다.

강하원이 탐독하던 글이 그녀의 파국 직전의 인생에 '데

---

4)   Jacques Rancière, *La Mésentente: Politique et philosophie*, Galilée, 1995, 61. 자크 랑시에르, 『불화―정치와 철학』, 진태원 옮김, 길, 2015, 74.

우스 엑스 마키나deus ex machina(기계장치의 신)'처럼 작용하여 불과 석 달 동안이긴 하나 행운을 선사한 것은 분명하다. 『폭력적 시학: 무명 아나키스트의 전기』는 강하원을 안과 만나게 해서 그녀의 외로움과 불안감을 경감시켜주고, 사회적으로 지분 없는 처지를 견디게 해주었다. 안의 지하 출판 활동에 참여하는 동안 그녀에게 생겨난 최대의 보람은 그녀가 나중에 기꺼이 "우리"라고 부르는, 소망과 신념을 같이하는 사람들이 모여 역할을 분담하고 기쁨과 슬픔을 공유하는 집단의 일원이 되었다는 것이다. 그녀는 안과 그의 친구들의 집단에 느슨한 정도로나마 소속을 가지게 되면서 누린 보람의 내용을 '희망'이라고 말하곤 한다. 그것은 그녀의 어법 속에서 미묘한 음영을 가지고 있어서 간단히 정의하기 어렵지만 그것이 "우리"라는 감정과 무관하지 않음은 물론이다. 그것은 대략 인간 유대의 실감 덕분에 그녀의 마음속에 일어난 새로운 사회적, 도덕적 삶에 대한 기대를 표시한다고 생각된다. 그녀는 외로운 떠돌이의 이력을 가진 사람답게 어떤 동종 집단의 환상에 현혹되지 않는다. 작중 사회의 공중 영역이 야만적 치안 질서하에 있는 만큼 개인 자신 속으로의 고독한 망명은 오히려 현명한 처신일지 모른다. 그녀는 안과 그의 친구들이 어떤 점에서 자신과 처지가 같다고 느끼면서도 그들과 자신이 서로 "멀리" 있는 존재라고 생각한다. 그러나 그런 생각이 그들 사이의 유대에 대한 갈망을 약화시키는 것은 아니다. 진실은 반대다. 서로에게 이방인 같은 존재이기에 상호 이해와 신뢰에 대한 욕구는 더욱 간절하다. 이것은 「회색 눈사람」에서 가장 드라마틱한 이야기인 강하원과 김희진의 우정의 일화를 통해 입증되는 바다.

경찰의 추적을 피하던 끝에 도움을 청하려고 강하원의 산동네 방을 찾아온 김희진은 그때까지 강하원과는 전혀 면식이 없었던 인물이다. 김희진이란 안과 그의 동지들의 토론을 엿듣다 보면 강하원의 귀에 자주 들어오는 이름 중 하나였고 강하원이 교정한 적이 있는 한두 편 원고의 저자였지만 강하원은 그 이름을 두고 남자를 연상할 만큼 김희진에 대해 아는 바가 없었다. 처음 만난 김희진의 얼굴에서 강하원은 "조금 섬뜩한 아름다움"을 발견한다. 그것은 심신이 피폐한 기색과 결합된 아름다움이면서 또한 이방인의 풍모에서 오는 아름다움이다. 김희진은 "아주 먼 곳에서 와서 다시 먼 곳으로 떠나가버릴 것 같은" 표정을 하고 있다. 그러나 김희진이 안을 비롯하여 동지들이 처한 위험에 관해 이야기하며 강하원에게 "오래 사귄 사람의 깊은 신임"을 보이자 강하원 역시 각별한 신뢰와 우정으로 답하기 시작한다. 김희진이 건강을 회복하도록 정성을 다해 돌보고, 안이 서면으로 부탁한 대로, 미국 비자가 첨부된 자신의 여권을 김희진의 여권으로 변조해서 피신하는 데에 사용하도록 건네준다. 강하원이 여권 변조를 위해 만난, 얼마 전까지 인쇄소에서 같이 일한 정이라는 인물은 안이 처음부터 강하원의 여권을 노리고 그녀를 유인했다는 것, 그리고 안과 김희진은 정치적 동지의 범위를 넘어 모종의 관계가 있다는 것을 시사하는 말을 한다. 그러나 김희진이라는 존재가 자신의 삶에 희망을 준다고 믿고 있는 강하원에게 그것은 아무 문제가 되지 않는다. 강하원의 방에서 머문 약 20일 중 어느 밤에 김희진은 마치 "동생" 집에 들러 샅샅이 청소를 해주는 "사촌 언니"처럼 부엌을 바닥까지 말끔하게 치우고, 작별을 앞둔 순간에는 자기의 분신과도 같은 글 꾸러미를 강하원에게 맡긴다. 그들의 관계는 자매애의 전형이다. 그들은 안이 있었던 까닭에 인연을 맺게 되었지만 마침내는 안과의 관계 여하와 상관없이 서로가 서로를 돌보는 사이가 되었다.

「회색 눈사람」을 남성 중심 사회에서 잊혀진 "여성 이야기"로 읽기를 제안한 작품 논평에서 차미령은 강하원의 이야기가 안과의 관계를 중심으로 하는 전반부에서 이성애의 영역에 머문다면 김희진이 등장하는 후반부에는 그 영역을 넘어간다는 견해를 내놓았다.[5] 작중 회상 서술이 이성 간 관계에서 동성 간 관계로 초점 이동을 하고 있다는 것은 특히 주의를 요하는 대목이다. 강하원과 김희진의 우정은 자매애적 우정이 일반적으로 그렇듯이 여성 특유의 경험에 대한 공통

---

5)   차미령, 해설 「이방인의 사랑」, 『회색 눈사람』, 문학동네, 2017, 340.

의 이해와 존중을 포함한다. 여기서 유념할 사항은 그들이 모두 글 읽기와 쓰기에 열정을 가지고 있다는 것, 전통사회의 통념에 따르면 여자의 분수를 넘는 역할을 자임하고 있다는 것, 1970년대 한국의 신체와 언어의 배분 질서에 비추어 다분히 위반적인 활동을 하고 있다는 것이다. 강하원이 어쩌면 자신에게 유일하게 남은 회생 수단이었을지 모를 미국 비자를 김희진에게 양도하는 행위를 어떻게 보아야 할까. 그것이 지난 석 달 사이 죽음도 두렵지 않을 만큼 강한 동지 의식이 그녀에게 생겨났기 때문이라고 한다면 억지스럽다. 김희진이 자기 존재의 증거 전부일지 모를 원고를 얼치기 룸펜 지식인에 불과한 강하원에게 위탁하는 행위를 어떻게 보아야 할까. 신원을 감추고 계속 도피하느라 보다 실력 있고 믿을 만한 사람을 구하지 못했기 때문이라고 한다면 구차하다. 주장하건대, 그것은 똑같이 차별받고 있는, 그리고 똑같이 위반하고 있는 여성들로서의 우정과 연대의 발로라고 보는 편이 합리적이다. 그들은 서로 같은 운명이라는 직관을 공유한 바탕 위에서 서로 염려하고 부조하며 생활하는 가운데 각자 정체성의 표지인 여권과 원고를 교환해도 서로에게 침해가 되지 않는 평등한 관계를 만들고 있다. 그들의 사심 없는 자매적 결속은 그들을 밖으로 몰아내는 군사 엘리트 독재하의 사회에 정면으로 대립한다. 그것은 정부도 없고 권위도 없는 사회, 어느 누구도 통치의 특권을 주장하지 않는 아나키즘적 사회를 생각하게 한다.

강하원은 과거를 회상하는 중에 정치의 언어를 거의 쓰지 않는다. 페미니즘 담론에도, 아나키즘 담론에도 자리를 주지 않고 있다. 그러나 그녀가 회상한 경험의 내용은 본질적으로 정치적이다. 반정부운동에 연관된 사건이었기 때문이라기보다 그녀와 그녀의 동성 친구가 치안상으로 그녀들에게 할당된 신체와 언어의 자리로부터 스스로를 분리시킨 사건이었기 때문에, 불평등하고 부정의한 사회에 결박되어 있기를 거부하는 정체성 해체désidentification를 많든 적든 실행한 사건이었기 때문에 정치적이다. 그녀가 그토록 애틋하게 추억하는 희망은, 우정과 연대에 대한 희망인 만큼은 사회의 아나키즘적 재편에 대한 희망이기도 하다. 강하원이 말하는 "우리"의 출현이 정치적으로 유의미한지에 대해 어떤 독자는 회의적일지 모르겠다. 그것이 권위주의적 압제를 종결시킬 만한 인간 세력의 결집인가. 혁명적이고 민주적인 대중 형성 혹은 재형성의 징조인가. 이것은 문학적이자 정치적인 텍스트로서의 「회색 눈사람」에 대한 정확한 이해와 평가를 위해 고려할 가치가 있는 의문이다. 이 텍스트에 정치화한 대중의 표상은 없다. 그러나 강하원의 "우리" 체험은 민주정치와 결코 멀리 떨어져 있지 않다고 생각된다. 정체성 해체를 거치지 않고, 불평등하게 할당된 신체들의 질서에서 이탈하지 않고, 통치 주체인 신체와 통치 객체인 신체의 구분을 폐기하지 않고 민주정치가 가능하다고 믿기 어렵다. 랑시에르는『민주주의에 대한 증오』에서 이렇게 쓰고 있다. "민주주의는 무엇보다도 이것을 의미한다. 아나키한 통치, 통치에 대한 모든 자격의 부재 외에는 어디에도 기초하지 않는 통치."[6] 그렇다면, 강하원과 김희진 사이에 나타난 바와 같은 우정은 민주주의의 모태 중 하나가 아닐까. 지도자의 부재, 정부의 부재라는 원래의 의미에서 아나키가 보육되는 조건 중 하나가 아닐까.

---

6) Jacques Rancière, *La Haine de la démocratie*, La Fabrique, 2005, 48. 자크 랑시에르,『민주주의는 왜 증오의 대상인가』, 허경 옮김, 인간사랑, 2011, 96. 번역문 수정.

여성의 슬픈 향유
—신경숙, 「배드민턴 치는 여자」

¶ 신경숙 소설집 『풍금이 있던 자리』(문학과지성사, 1993. 4)에 실린 텍스트를
논의에 사용했다.

하늘을 찌르듯 솟구친 고층 빌딩, 많은 차량으로 붐비는 널따란 도로, 화려한 쇼윈도를 뽐내는 상점─이것들과 함께 현대 도시 경관을 대표하는 것은 젊은 여성이다. 거리와 공원, 회사와 카페에서 만나게 되는 젊은 여성들의 명랑한, 활기찬, 맵시 있는 모습은 현대 도시 특유의 광경이다. 신경숙이 그녀의 초기 단편소설─대략 첫 장편소설 『깊은 슬픔』 출간 전의 단편소설에 그려놓은 도시 풍경 중에는 그 광경의 일부가 선명하게 새겨져 있다. 그중 인상적인 것이 개발이 한창인 서울 도심에서, 사람들이 오가는 한낮에 배드민턴 치는 여자들이다. 과거에 고등학교가 있던 자리에 들어선 미술관 주변, 그 인근의 지하철 공사장이 있는 공터에서 두 여자가 배드민턴 경기를 벌인다. 그들은 그 경기가 젊고 건강한 그들에게 선사하는 자기 확신과 자기 노출의 기회를 한껏 즐기려는 듯하다. "무릎 위까지 올라간, 그리고 아주 타이트한, 짧은 진치마 아래로" "미끈한 다리"를 드러내놓고, 그들은 "물고

기들이 물살을 차내듯이 미술관 뜰의 잔모래들을 사삭, 차내며 명랑하게 움직인다". 그들의 복장과 동작은 누군가 보는 사람을 의식한 것이라는 의심을 사기에 알맞다. 실제로, 공터 한구석에서는 지하철 공사 인부로 짐작되는 남자들이 공사장 철책에 기대어 담배를 피우면서 그들에게 시선을 꽂아 두고 있다. 그들이 미끈한 다리를 경쾌하게 움직이고 있는데다가, 입고 있는 치마가 짧아 어떤 동작에서는 그들의 엉덩이가 보일 듯하니 남자들에게는 심심풀이가 되기에 족한 구경거리다. 남자들은 눈앞의 여자들을 가리켜 여우 같다고 경멸하면서 음란한 응시를 멈추지 않는다. 이렇게 소설「배드민턴 치는 여자」는 1990년을 전후한 무렵 서울 특유의 한 광경을 노출증과 관음증이 함께 작동하는 공중 공간으로 구체화하여 제시한다.

이 배드민턴 치는 여자들의 광경에는 현대 시각문화의 일반적 특징이 뚜렷하게 나타나 있다. 남자가 시각 주체의 자리, 여자가 시각 대상의 자리를 점한다는 특징이 그것이다. 소설의 보다 중요한 삽화에서도 이 시각 방식의 예가 발견된다. 서술자가 단지 '그녀'라고 부르고 있는, 서울 시내 한 화원의 종업원인 젊은 여자는 화원 주인의 부탁으로 사진기자의 일을 도와준다. 원예 전문 잡지 소속인 그 기자는 잡지 표지용으로 바이올렛 사진을 찍어야 했기 때문에 화원을 찾아왔지만 그 사진을 찍기 전에 그녀 쪽으로 카메라를 대고 셔터를 누른다. 그녀는 기자가 요구하는 대로 카메라를 향해 눈을 내리깐 채 사진을 찍힌다. 주목할 것은 그녀가 그렇게 보이는 대상의 위치에 자신을 두는 행동을 극히 자연스럽게 한다는 것이다. 그녀가 기자를 만난 다음, 정확하게 말하면 두 번째 만난 다음 그를 그리워하기 시작하면서 그녀는 그가 자기를 보고 있는 환영을 번번이 눈앞에 떠올린다. 여자가 보이는 대상의 자리에 놓이는 문화에서 여자는 당연히 자신이 어떻게 보이는가를 부단히 염려하도록, 자신이 보이는 방식을 부단히 점검하도록 교육을 받는다. 그래서 여자는 누구나 생애의 이른 순간에 자신을 검사받는 자로 만드는 동시에 검사하는 자로 만든다. 존 버거가 그의 『보는 방식』에서 말하고 있듯이, 여자는 "내부의 검사자와 피검사자"가 여자로서의 자신의 정체성을 구성하면서도 언제나 별개인 두 요소"라고 여기게 되어 있다.[1] 소설 속의 화원 여자 역시 검사자와 피검사자의 두 요소를 함께 가지고 있다. 그녀는 기자를 그리워한 나머지 그가 일하는 빌딩 앞으로 가서 오랫동안 빌딩을 바라보다가 맞은편 찻집에 들어가 커다란 유리창을 통해 다시 빌딩을 바라본다. 그러나 그녀는 창밖만을 보고 있는 것이 아니라 창밖만을 보고 있는 자신을 또한 보고 있다. "그녀는 그녀

---

1) John Berger, *Ways of Seeing*, Penguin, 1972, 46. 존 버거, 『다른 방식으로 보기』, 최민 옮김, 열화당, 2012, 55. 번역문 수정.

자신이 지금 그녀를 관찰하고 있음을 느낀다. 그녀는 엎드려 있는 그녀를 어느 정도 알고 있다."

프랑스어에서 '본다'를 뜻하는 동사 voir의 발음은 '안다'를 뜻하는 동사 savoir에도, '할 수 있다'를 뜻하는 동사 pouvoir에도 들어 있다. 볼 수 있다면 알 수 있고, 볼 수 있다면 할 수 있다. 인간 문화에서 시력은 지력과도, 권력과도 통한다. 남자가 시각 주체의 자리를 차지하는 문화란 바로 남자가 정치적, 사회적 우월성을 주장하는 문화다. 이것은 문화의 모든 영역에서 시각 중심주의를 발전시킨 서양의 역사가 입증하는 바다. 사진기자가 화원 여자를 유혹하려고 카메라를 들이대는, 그 광학기기의 팔루스phallus적 힘을 믿고 있는 듯한 소설 속의 세계에서도 남성은 권좌의 주인이다. 화원 여자가 돌연히 기자의 유혹에 넘어가게 되는 장소인 서울의 한 찻집 실내의 카라얀 사진은 암시적이다. 금방이라도 음악의 "폭풍"을 불러올 듯한 포즈로 "지휘봉"—또 하나의 팔루스적 물체—을 들고 있는 그 카리스마 넘치는 마에스트로의 이미지는 소설의 사회적 배경 속에 들어 있는 남성 권위의 미학적 치환, 혹은 화원 여자의 마음속에서 만들어진 군주적 남성의 형상과 다르지 않다. 기자의 유혹이 그녀에게 통한 이유 중에는 어쩌면 남성 패권 문화가 그녀의 마음속에 은연중에 심어놓은, 남자와의 관계에서 구원의 수단을 찾는 여자의 심리가 있었을지도 모른다. 그녀가 화원 동료와 함께 들른 그 찻집에서 우연히 기자를 다시 만났을 때, 기자는 지난여름 사진을 찍던 순간 그녀의 "아름다운 눈썹"을 발견하고 반했다고 말한다. 이 고백은 그녀에게 상서로운 예고였을지 모른다. 서술상 현재, 그녀가 기자의 환영에 시달리고 있던 날, 그녀는 처녀 서넛이 부케용 꽃을 맞추러 화원을 찾아와 나누는 대화를 엿듣던 중에 눈썹의 효용에 대해 뭔가 알게 된다. 결혼을 앞둔 그 처녀들의 친구는 재능 면에서 그녀들보다 나은 데가 없었음에도 유독 눈썹 그리기에 공을 들이더니 결국 어느 부유한 집 아들을 꾀어 결혼하게 되었다는 것이다.

화원 여자는 시골 어디인가로부터 이주해서 혼자 살고 있지만 서울에 정착 못 한 상태다. 타이피스트 모집에 응모했으나 번번이 실패한 후 화원에서 몇 달째 허드렛일을 하며 막막하게 지내는 중이다. 개발이 한창인 서울은 지방으로부터 다량의 인구 유입을 일으켜 화원 여자 같은 유형을 계속 만들어내고 있지만 그 유형에게 결코 안전하지 않다. 화원 여자가 처한 생존 환경이 얼마나 위험한가는 그녀의 눈에 들어온 조간신문의 「오토바이 납치범 극성」이라는 기사가 시사하는 바와 같다. 그 기사는 "타이피스트 홍 모 양"이 저녁 늦게 귀가하던 길에 오토바이족에게 납치되어 폭행을 당했고 뒤늦게 병원으로 옮겨지던 중에 사망했다고 전하고 있다. 남성 폭력이 횡행하는 서울을 화원 여자가 어떻게 느끼고 있는가는 명확하게 서술되어 있지 않다. 그러나 그녀의 마음속에 커다란 공포가 자라고 있었음을 추측하기란 어렵지 않다. 그렇게 남성 본위의 난폭한 대도시에 대해 시골 출신의 젊은 독신 여성이 느끼는 감정을 감안하면, 짧은 치마를 입고 배드민턴 치는 여자들의 광경이 그녀의 눈에 보이는 것도, 예쁘게 다듬은 눈썹으로 부유한 시댁을 얻었다는 여자의 사연이 그녀의 귀에 들어오는 것도 이상한 일은 아니다. 그 광경과 사연은 모두 남성주의 문화의 이치에 대한 명확한 예시다. 그 이치는 여자는 남자들에게 보이는 방식대로 취급을 당하게 되어 있다는, 여자는 남자들에게 어떻게 보이느냐에 따라 어떤 존재가 되는가가 정해진다는 이치다. 이것은 화원 여자에게 생소한 것일 리가 없다. 앞에서 확인했듯이, 그녀는 검사자와 피검사자를 자기 내부에 함께 가지고 있는, 남성 본위의 문화 관습에 적응이 되어 있는 여자다. 더욱이, 그녀가 남성 폭력이 만연한 서울에 홀로 놓여 있으니, 자기 생활을 스스로 주재할 경제적, 사회적 수단을 많이 결하고 있으니, 그녀에게 그것은 새삼스레 지엄한 것으로 느껴질 수밖에 없다.

그러나 그녀가 자신을 의탁하거나 생활의 안녕을 도모하려는 동기에서 사진기자를 원했다고 본다면 그것은 그녀의 마음을 너무 피상적으로 읽은 것이다. 보기와 보이기가 실은 그녀의 감각적 경험 가운데 가장 중요한 부분은 아니라는 사실에 우리는 주목할 필요가 있다. 세밀하게 기록된 그녀의 경험 가운데 의미의 하중이 가장 많이 실려 있는 것은 그녀의 촉각에 관계된 경험이다. 도시의 다른 젊은 여자들처럼 그녀는 운동을 한다. 그런데 도심의 공터에서 남자들의 시선을 의식하며 배드민턴 치는 여자들과 대조적으로 그녀는 실내 풀에서 어두운 렌즈의 물안경을 쓰고 수영을 한다. 수영에서는 물의 온도와 강도를 피부로 느끼는 경험이 다른 어떤 감각적 경험보다 당연히 우세하다. 사람이 물속에 몸을 담그고 하는 유영 동작은 피부의 감각을 깨어나게 하고 작용과 반작용의 물리적 확실성 속에서 자기 몸의 존재를 실감하게 한다. 수영을 하나의 실존 양식에 대한 비유라고 한다면 그것은 촉각을 다른 감각보다 우선하는 양식, 존재를 살의 존재로, 활동을 살의 활동으로 정의하는 양식이다. 그러한 육신적 실존 양식에서는 사랑이든, 혐오든, 그 밖의 어떤 종류의 경험이든 확실한 것이라면 그것은 모두 살의 일, 몸의 일이다. 화원 여자가 사진기자를 원하기 시작한 것도 실은 그가 여자의 눈썹이 아름답다고 말해주었기 때문이 아니라 그가 그녀의 살갗을 "매만졌기" 때문이다. 사진기자는 그녀를 찻집에서 만났다가 헤어질 때 아무렇지 않게 손을 뻗어 그녀의 팔에 내려놓은 다음, "추운가 보군"이라고 말하면서 "그녀의 팔 위에 돋아난 오소소한 소름들"을 쓸어내렸다. 그녀의 이야기를 전달하는 서술자는 그녀의 "욕망"에 대해 논평하는 대목에서 "무심한 그의 한마디" "무심한 그의 쓰다듬음"이 그 "욕망"의 원인이었다고 말하고 있다.

사진기자에 대한 그녀의 욕망이 성적인 것임은 의심할 여지가 없다. 자신의 욕망과 대면한 그녀의 심리적 혼란이 서술되고 있는 소설 서두에서, 새벽녘에 겨우 잠이 들었으나 얼마 가지 않아 깨어난 그녀는 간밤에 보았던 기자의 환영을 다시 본다. 그러나 그녀의 눈에 보이는 그의 환영은 구체적인 세목을 가지고 있지 않다. 그의 얼굴이 어떻게 생겼는지도 불분명하다. 반면에 그를 두고 집착과 단념 사이를 오가는 그녀의 마음이 묘사된 대목에서 그의 환영은 촉각적으로 강렬한 이미지를 동반한다. 그녀가 애써 외면하려 했던 그의 환영은 그녀로부터 멀리 물러서 있다가 서서히 다가오더니 "그녀 속으로 쏙 들어와버렸던 것이다". 그러자 그녀는 환각 속의 일임에도 난생처음 남자의 몸을 받아들인 여자처럼 흥분을 느낀다. "아무도 보는 사람이 없는데 그녀는 확 열이 올라 얼굴이 붉어졌다, 창피해서 눈물까지 글썽여졌다." 그녀는 그녀의 몸속으로 그가 들어오는 환영과 함께 하루를 시작한 그날 마음속에 정념의 화로를 품고 괴로워한다. 작중 서술 중에는 그녀의 번민이 여자들에게 자신들의 성욕을 부끄러워하도록 만든 도덕문화와 관계가 있다는 암시가 있다. 카라얀의 사진이 걸린 찻집에서 기자가 그녀에게 유혹의 말을 던졌을 때의 일이다. 당황한 나머지 얼굴을 붉히고 있던 그녀는 서먹함과 창피함을 피하려고 여자는 성과 사랑의 문제에서 남자처럼 자유롭지 않다는 뜻으로 대략 짐작되는 말을 하려다 또 한 번 얼굴을 붉히고 그만 고개를 숙여버린다. 이 부끄러움은 1990년대 초반 한국 사회의 관점에서 보면 전혀 이상하지 않은 여성의 표정이다. 그러나 그녀가 자신의 성욕을 둘러싸고 떠올리는 상념들에 주의를 기울이면 그녀의 번민에는 여성 성욕에 대한 도덕적 통제보다 좀 더 심오한 사정이 있지 않은가하는 생각을 하게 된다.

그녀의 욕망과 관련하여 살펴보면 재삼 눈길을 끄는 대목이 소설 여러 군데에 걸쳐 있다. 그중 하나는 그녀가 "즐거웠다"라는 쾌락의 언표를 이례적으로 포함시켜 서술한 화원 근무 대목이다. 앞에서 언급했다시피, 화원 보조는 당초에 그녀가 원한 일이 아니었다. 그녀는 타이피스트로 채용될 때까지 잠시 일한다는 생각으로 그곳에 나가기 시작했으나 기대한 대로 채용되지 않아 그곳을 떠나지 못했다. 그녀가 그곳에 계속 머문 데는 "식물이 주는 위로" 또한 주요 이유였다. 그녀는 화원 주인이 가져오는 뿌리 식물들을 화분에 심어 가꾸는 일을 주로 맡아왔는데, 그 식물들은 그녀의 손길 아래 "늘 푸르게 웃자라주"었고, 그래서 그녀는 즐거웠다. 그런데 식물 배양의 즐거움에 관한 서술 단락을 보면 그 초록빛 식물에 대한 그녀의 애정은 그녀 자신에 대한 애정과 미묘하게 얽혀 있다. 식물들이 자라는 모습을 두고 그녀는 "[자신]에게서 이미 희미해진 꿈 조각이나 실타래 같이 엉킨 기억들까지 일깨워주려는 양"이라고 묘사하는가 하면, 아직 뿌리 상태인

식물들에게 "피붙이에게서나 느낌직한 본능적인 친밀감"을 느낀다고 토로하고 있다. "초록빛"은 사실상 그녀의 기억 속에 선명하게 남아 있는 유년기의 중요한 장면에 압도적으로 우세한 색이다. "포근한 햇살"이 내리쬐는 어느 봄날, 어림잡아 여덟 살과 열 살 사이인 그녀가 마을의 농지 사이 어딘가에 자리 잡은 "미나리지"를 도랑 위의 둑에 엎드려 바라보고 있었다. 그녀 곁에는 같은 또래의 여자 아이가 그녀와 같은 자세로 엎드려 같은 데를 바라보고 있었다. 그 야생 미나리 군락은 널따랗게 퍼져 "끝도 없는 초원 지대"처럼 보였다. 그들의 눈앞 멀리 "파란 미나리지"가 있었다면 그들이 엎드린 둑 위에는 "파란 풀"이 수북이 돋아 있었다.

그녀의 서술 중에서 "영상"이라고 불리는 이 유년의 장면은 그녀가 촉각상으로만이 아니라 시각상으로도 민감하다는 것을 알려준다. 초록 이미지가 선연한 그 영상은 그녀가 "무위"의 답답한 나날을 보내던 여름에 "뜨거운 태양 속으로 (……) 잠시 떠올랐다가 사라지곤" 했으며 그녀가 일하고 있던 "화원의 어떤 여름꽃들보다도" 가까이 그녀의 "곁에 있었다." 여름 동안 그녀는 그 영상을 글로 옮겨보려 하다가 그만두곤 했고, 여름 지나 사진기자의 유혹에 마음이 흔들린 시점에 이르러 비로소 글로 옮긴다. 그녀의 글에 따르면 그 유년의 기억이 그처럼 그녀의 마음을 떠나지 않은 것은 거기에 각인된 시각 경험 때문이라기보다 촉각 경험 때문이다. 미나리지를 눈앞에 두고 그들은 무엇을 했던가. 그들은 어떤 이유에서가 모두 옷을 벗은 채로 팔을 괴어 턱을 받치고 나란히 엎드려 미나리지를 바라보다가 발을 뻗어 흔들며 장난을 쳤다. 그러다가 공중에서 그들의 복사뼈가 서로 부딪쳐 통증이 생기자 그녀는 일어나 앉아 복사뼈를 만졌고, 그와 동시에 그녀 옆에서 엎드린 채로 발을 끌어당겨 복사뼈를 만지는 아이의 부드럽게 구부러진 등을 보았다. 아이의 하얀 등 위에 "풀물이 묻어 있는" 듯이 박힌 "푸른 점"을 유심히 바라보던 그녀는 거기로 손을 뻗었다. 그런 다음 그녀는 대담해졌다.

영상 속에서 그애의 푸른 점을 덮었던 내 손바닥은 그 점 위에 머물러 있지만은 않았다. 내 손바닥은 그대로 그애의 목덜미 쪽으로 올라갔고, 엎드려 있던 그애는 간지러운지 돌아누웠다. 그애의 눈, 잉크빛 하늘이 담겨 있던 눈동자, 하얀 목, 밋밋한 가슴, 도드라져 있던 분홍색 젖꼭지, 그애가 눈을 찡긋거리면서 내 뺨에 입술을 댔다. 나는 떨었을 것이다. 그러면서 그애의 메마른 입술에 내 입술을 포갰을 것이다. 영상은 거기에서 끝난다.

10대 이전의 두 여자아이가 벌거벗은 몸으로 접촉하는 이 장면은 성에 관한 금기들이 아직 미치지 못한 자리에서 일어난 성애의 표현처럼 보인다. 이 장면을 글로 적은 그녀는 한순간에 우발적으로 일어난 그들의 알몸 접촉을 가리켜 "사랑"이라 말하기를 주저치 않는다. 그녀의 명명 방식에 따르기로 한다면 그것이 사랑 중에서도 특히 원초적인 사랑이라는 제한을 붙일 필요가 있다. 그 원초성은 무엇보다도 그것이 언어를 매개로 하지 않는 소통이라는 사실, 순전히 촉각을 매개로 하는 희열의 공유라는 사실에서 비롯된다. 이러한 종류의 사랑은 그 시원을 찾아가면 한 아이의 유아기에 존재하는 아이와 엄마 사이의 이분자二分子, dyadic 관계에 다다른다. 이 관계 중의 아이는 태아였을 시기에 그러했듯이 주로 촉각으로 외부 세계를 지각하며, 자신에게 영양과 보호를 제공하고 있는 엄마를 자신과 한 몸이라고 느낀다. 프로이트 이후의 상식은 아이가 엄마와 단일한 통일체를 이루었던 상태에서 체험한 쾌락을 단념하지 않으면, 언어의 상징계적 질서에 적응해서 자신을 통제할 줄 모르면 정상적인 사람이 되지 못한다는 것이다. 엄마와 아이 사이의 전前 언어적 공생 관계의 영속을 금지하는 사회는 그녀가 남몰래 품고 있는 그 사랑의 기억 속에 이미 현존한다. 등에 푸른 점이 있는 아이는 처음 몸을 접촉한 후 다시는 그녀와 함께 미나리지에 가주지 않았다. 가주기는커녕 그 아이는 그녀가 알은체를 하려 하면 "엄마한테 다 일러줄 거"라고 겁을 주었고, 미나리지 부근에서 마주쳤을 때는 그녀의 뺨을 힘껏 때리고 떠났다. 그녀에게 그 아이가 보낸 "차가운 멸시"는 위반적인 성에 대해 사회가 가하는 경계에 대응된다.

　이 희열과 고통이 뒤섞인 미나리지의 기억에 화원 여자가 한동안 붙들려 있었던 사정은 그녀가 사진기자의 환영에 그토록 시달리며 번민한 이유를 설명해준다. 기자는 그녀의 팔뚝을 쓰다듬음으로써 마침 그녀의 회상을 통해 되살아난, 잃어버린 쾌락에 대한 욕구를 자극했던 셈이다. 그녀는 그것이 열 살 무렵 자신에게 낫지 않는 아픔을 남긴 욕구임을, 결코 충족될 수 없는 욕구임을 알고 있다. 그렇기에 그녀는 잠을 이루지 못할 정도로 기자에게 끌린 자신을 발견하자 참담함과 불안감에 사로잡혀 "길게 울었다". 그녀는 자기 존재의 머나먼 시원에서 비롯된 갈망을 느끼고 있듯이 "수천 년 묵은 슬픔"을 느낀다. 기자를 한사코 단념하려고 하는 동시에 열렬히 그리워하는 그녀의 심리를 서술자는 "욕망"이라고 부른다. 그러나 "슬픈 육체"와 "불안한" 마음의 접경에서 움직이는 그 심리는 충동이라고 부르는 편이 낫다. 프로이트는 모든 심리 활동을 주동하는 에너지의 원천인 이 충동을 정신생활에 가해진 신체의 요구라고 보았다. 라캉 이후 널리 통하는 욕망과 충동의 구분에 따르면 그녀의 심정은 욕망보다 충동에 확실히 가깝다. 모호한 요약의 잘못을 무릅쓰고 말하자면, 욕망과 충동의 차이는 법 혹은 상징계의 질서에 대한 관계에서의 차이이다. 욕망은 주체에게 금지된 것 또는 불가능한 것(예컨대, 근친상간)을 향하는 반면, 충동은 주체가 하기를 원하지 않으나 하면 유쾌한 것(예컨대, 자멸적 중독성 행동)을 향한다. 욕망의 주체는 만족을 통한 욕망의 해소가 아니라 욕망 그 자체의 유지를 바라는 반면, 충동의 주체는 (부분)만족을 준다고 믿어지는 대상을 지속적으로 찾는다.[2] 사진기자가 "여자 킬러"라는 귀띔을 받았음에도, 자신에게 다시 다가온 "슬픔"이란 운명임을 직감했음에도 그녀는 충동의 압력을 피하지 못한다. 그렇기에 그녀는 그의 직장을 마주 보고 있는 찻집의 커다란 유리창 앞에 자리를 잡고 그에게 다시 자신을 보이려고 애쓰고 있는 것이다.

그녀의 충동은, 찻집 유리창 앞에 마침내 모습을 드러낸 그가 그녀의 얼굴을 두 번씩이나 보고도 그녀를 지나쳐버리자 전혀 엉뚱한 방향으로 그녀를 몰아간다. 그녀는 최가 성을 가진, 그녀의 화원 단골이라는 남자에게 전화를 걸어 찻집으로 불러낸다. 그녀와 최가 잠시 나누는 대화는 최가 평소에 그녀에게 흑심을 품고 있었다는 것, 그녀에게 우발적으로 사진기자의 대리자로 선택되었다는 것을 알려준다. 그가 그녀 앞에 나타난 직후 그의 "흰 와이셔츠 주머니에 잉크가 한 방울 묻어" 있는 것에 그녀가 눈길을 빼앗기는 것은 지나치기 어려운 대목이다. 그 잉크 자국은 그녀가 과거에 미나리지에서 그녀 곁에 엎드린 여자아이의 하얀 등에서 보았던 "푸른

---

2)   레나타 살레츨, 『사랑과 증오의 도착들』, 이성민 옮김, 비, 2003, 84.

점"과 함께 그녀의 성욕의 충동적 성격을 나타낸다. 그것은 일반적으로 충동이 그 주위를 맴도는 (부분) 대상의 기표에 해당한다. 젊은 여자 후리기에 이골이 났을지 모르는 중년의 최는 그녀의 충동이 만들어낸 약점을 알아보고, 최의 표현으로는 그녀의 얼굴에 나타난 "나태한 표정"의 의미를 해독하고 잔인하게 공략한다. 그는 뒤늦게 자신의 실수를 깨닫고 저항하는 그녀를 찻집 건물 지하 계단으로 끌고 내려가 힘으로 제압한 다음, 그녀의 표현 못 한 욕구에 대해 자애로운 선처를 해준다는 투의 비열한 변명을 하며 그녀를 강간한다. 자기 내부의 충동과 힘들게 싸우던 그녀가 강간을 당하는 것으로 나아가는 이 이야기 전개는 어떤 독자에게는 돌연하다는 인상을 줄지도 모르겠다. 그러나 우리가 앞서 여자들의 배드민턴 놀이 장면에서 확인한 젠더들 사이의 권력관계를 고려하면 그것은 전혀 무리가 아니다. 화원 여자가 당한 강간은 오히려 여자를 남자의 시각 대상으로 규정한, 여자에 대한 남자의 정복과 통제를 자연화한 문화의 논리상 그럴 법한 결과다.

최에게 강간을 당한 후 화원 여자는 넋이 나간 듯이 거리를 걸어 그날 오후에 들렀던 미술관 앞으로 간다. 여자들이 인부들의 시선을 의식하며 배드민턴 치던 자리를 "슬픈 눈으로 더듬"다가 문득 옛날 미나리지에서 사랑했던 여자아이로부터 멸시를 당한 다음 여자아이의 마음을 돌려놓기 위해 자신이 했던 생각을 떠올린다. 그것은 스스로 목숨을 끊자는 생각이었다. 그녀는 아이가 엄마에게 그렇게 하듯이, 여자아이에게 자신이 사랑하듯이 사랑해주기를 바랐고, 그 바람이 꺾이자 자신의 사랑을 시위하는 방법으로 자살을 생각했다. 이 자해 욕구는 충동의 모순 많은 행로에서는 전혀 이상하지 않은 마음의 보법步法이다. 그녀의 기억에 남아 있는 미나리지에서의 사랑은 당초 "희열"의 체험인 만큼은 "아픔"의 체험이었고, 그런 점에서 그것은 향유jouissance라고 불리는 이상한 종류의 쾌락에 속한다. 향유는 "간지럼에서 시작해서 휘발유화염으로 끝난다"는 라캉의 묘사는 마치 미나리지에서의 사랑에 관한 은유적 부연敷衍처럼 들린다.3) 그 사랑을 성인판으로 바꾸어 상상한다면 더욱 그렇다. 화원 여자가 미술관 앞 공터에서 하는 일련의 행동은 바로 그 성인판 향유의 비참한 종결부를 이루는 듯하다. 옛날 미나리지 앞에서 죽으리라 각오하며 거절과 멸시의 아픔을 견뎠음을 상기한 그녀는 공터 한쪽에 자리 잡고 있는 포클레인에 스스로 몸을 부딪쳐보고 이어 포클레인 몸통 위를 기어 아가리 쪽으로 올라간다. 그러는 사이 그녀의 "정강이가 쇠붙이에 부딪혀 깨지"고 "포클레인 모서리에 그녀의 가슴살이 패어 찢겨진다". 치마가 흘러내리고 머리가 산발인 채로 포클레인 아가리 속으로 들어간

3) Jacques Lacan, *The Other Side of Psychoanalysis: The Seminar of Jacques Lacan, Book XVII*, trans. Russell Grigg, Norton, 2007, 72.

그녀는 그 속에 차 있는 흙을 계속 퍼 올려 "자신의 무릎을 묻고 허벅지를 묻고 엉덩이를 묻"는다. 서술자가 사용한 "매장"이라는 단어에 주의하지 않더라도 그녀가 자해라는 도착적 쾌락의 한 극치에 이르렀음은 몰라보기 어렵다.

「배드민턴 치는 여자」의 이야기 서술은 포클레인 아가리에 들어간 그녀가 평소에 무엇보다 열렬하게 바라던 행위를 시늉하는 것으로 끝난다. 한밤중 문득 졸음에서 깨어난 그녀는 "꾸물꾸물 윗옷 주머니에서 노트를 꺼내 아무 장이나 펼치고서, 해사하게 웃기까지 하며, 뭔가 꾹꾹, 눌러 적을 양을 하다가는, 힘이 팽기는지 눈물 젖은 얼굴을 푹, 수그"린다. 소설 속에는 그녀가 과거에 노트에 적은 글의 일부가 인용되어 있다. 그것은 바로 그녀의 어린 시절 미나리지에서의 사랑에 관한 글이다. 얼핏 보면 그녀는 사사로운 이유에서 글을 쓰는 사람들이 대개 그렇듯이 자신에게 특별한 의미가 있다고 생각되는 경험을 기록하고 있는 것 같다. 그러나 그 사랑의 경험을 그녀가 쓰기 시작한 것이 사진기자를 원하기 시작하고 나서라는 정황을 고려하면 그녀의 글쓰기는 그렇게 범상한 일은 아니다. 서술자에 의하면, 그녀는 사진기자의 환영을 피할 심산으로 노트를 펴고 미나리지의 기억 몇 줄을 쓰기 시작했다. 그렇다면 자연스럽게 의문이 생긴다. 그녀의 글쓰기는 그녀가 어린 시절부터 품고 있는 사랑의 충동과 어떤 관계가 있지 않을까. 사진기자의 환영을 피하는 일은 그녀 내부의 충동으로부터 달아나는 일과 같지 않을까. 그녀는 충동의 주체와 대상 사이에 개입하여 만족을 유예하는 언어의 힘을 그녀 자신에게 가하고 있지 않을까. 우리는 화원 여자를 그녀라고 지칭하고 있는 「배드민턴 치는 여자」의 서술자가 누구인지 의심해볼 필요가 있다. 그 서술자가 서술된 이야기 속의 그녀 자신이라면 어떻게 되는가. 우리가 읽고 있는 것이 미나리지에서 희열과 아픔을 함께 체험한 그녀의 글이라면, 포클레인 아가리에서 광기와 탈진 사이의 시간을 보낸 그녀의 글이라면 어떻게 되는가. 만일 그렇다면, 그녀는 전 언어적 향유의 혼돈으로부터 빠져나와 언어의 상징계적 질서 어딘가에 자리를 잡으려고 노력하고 있는 셈이 아닌가. 「배드민턴 치는 여자」의 텍스트는 그 자체로 한 행위, 그녀가 서술 대상과 서술 주체의 자리를 반복해서 오가며 그녀의 몸을, 그 리비도적 에너지의 난동을 언어의 통제하에 두려고 하는 행위다. 이것은 물론 죽고자 하는 일이 아니라 살고자 하는 일이다. 쓰는 행위 속에서 그녀는 스스로를 버리는 인간에서 스스로를 기르는 인간으로, 충동의 주체에서 욕망의 주체로 변신하기를 꿈꾼다.[4]

　「배드민턴 치는 여자」의 서술자가 자신의 이야기를 일인칭이 아니라 삼인칭으로 하고 있다고 본다면 그 소설 전체는 한 편의 고백 텍스트를 이루게 된다. 그녀의 서술은 고백 양식의 서술이 대개 그렇듯이 그녀 외에는 누구도 모르는 비밀

인 그녀 자신의 도덕적으로 미심쩍은 행위를 솔직하게 밝힌
다는 특징을 띠고 있다. 사랑의 충동을 중심으로 하는 그녀
의 서술은 좋은 고백 작품들에서 보이는 개인의 진지한 자기
노정自己露呈, self-revelation—자기와 정직하게 대면하고 자기의
마음을 있는 그대로 현전시키려는 성찰과 폭로의 요소를 가
지고 있다. 그것은 특히 상징계의 혹은 기성 문화의 조리 있
는 언어로는 좀처럼 포착되지 않는 개인의 내밀한 지각과 경
험의 전달을 목표로 한다.「배드민턴 치는 여자」는 그것이 한
문예지에 발표된 1992년 무렵에는 많은 독자들에게 공감을
얻기 어려웠다. 종전의 우세한 문학 취향에 따르면 그것은 사
회로부터 고립된 개인의 하찮은 사담私談이거나 아니면 정치
와 도덕의 엄중함을 몰각한 미학적 퇴폐였다. 1990년대를 지
나면서 신경숙의 초기 단편소설이 널리 읽히기 시작한 다음
에도 이 작품은「풍금이 있던 자리」처럼 재래 가족 도덕과의
타협이 엿보이는 작품들만큼 인기를 얻지는 못했다. 그러나
이 작품에 제시된 한 여성의 자기 노정 기록은 정치적으로나
윤리적으로나 풍부한 함축을 가지는 것이다. 이 작품에 관한

4)   충동의 강한 정념 속에 서술된 그녀의 행위, 즉 포클레인 아가리 속으로 들어
      간 그녀가 자신의 몸을 흙 속에 묻는 행위는 의미상 애매한 데가 있다. 그것
      은 한편으로 그녀 자신을 "매장"하는 자살의 몸짓 같지만 다른 한편으로 그녀
      가 화원에서 하던, 어린 뿌리식물을 돌보는 동작을 닮았다. 그래서 그녀가 몸
      아래를 묻은 다음 뭔가 쓰기 시작한다는 서술은 그녀의 자기 소생을 위한 무
      의식적 의지의 표현처럼 보인다.

중요한 평론에서 황도경은 화원 여자의 글쓰기는 "허위적 욕망에 들뜬 자신을 죽이고 세상과 맞서는 (……) 계기"를 이룬다고 말한 바 있다.[5] 그러나 나의 분석이 옳다면 그것은 남성 욕망에 예속되기를 거부하는 "'그녀'의 주체 선언"이라는 측면 못지않게 어두운 사랑 충동을 품은 여성의 그 자신에 관한 발화라는 측면에서 의의가 있다. 몸과 마음의 접경을 주시하는, 트라우마적 향유를 둘러싼 여성의 고백으로서 「배드민턴 치는 여자」에 필적하는 한국어 텍스트는 극히 드물다고 생각된다.

5)   황도경, 「매장하기와 글쓰기」, 『유랑자의 달』, 소명출판, 2007, 82-83.

하이퍼리얼한 타자의 환각

—윤대녕, 「카메라 옵스큐라」

¶ 윤대녕 소설집『은어낚시통신』(문학동네, 1994. 3. 초판본)에 실린 텍스트를
논의에 사용했다.

장정일의 장편소설『아담이 눈뜰 때』의 서술자는 이렇게 말한다. "내 나이 열아홉 살, 그때 내가 가장 가지고 싶었던 것은 타자기와 뭉크 화집과 카세트 라디오에 연결하여 레코드를 들을 수 있게 하는 턴테이블이었다. 단지, 그것들만이 열아홉 살 때 내가 이 세상으로부터 얻고자 원하는, 전부의 것이었다."[1] 윤대녕의 단편소설「카메라 옵스큐라」의 서술자는 이렇게 말한다. "내가 누리고 있는 것은 고작 하루 두 끼의 식사와, 한 병의 술과 두 갑의 담배, 그리고 읽다 만 책과, 여섯 시간 정도의 잠과, 니콘 F3 카메라 한 대와, 파가니니의 바이올린 협주곡 정도인 것이다." 대학입시 재수생인 전자와 기업 홍보실 직원인 후자는 상이한 사회적 환경에 처해 있지만 문화적으로는 동일한 부류다. 뭉크의 그림이나 파가니니의 음악을 좋아하고 문학 창작 또는 사진 촬영에 조예가 있

1)　　장정일,『아담이 눈뜰 때』, 김영사, 2005. 9.

는 그들은 미적 딜레탕트라고 간주될 만하다. 그들은 한국 소
설 독자에게는 친숙한 인물 유형으로, 그 원조의 출현은, 김
동인의 「마음이 옅은 자여」의 주인공 K가 입증하듯이,[2] 한
국 근대소설의 성립과 때를 같이한다. 그러나 장정일과 윤대
녕의 딜레탕트는 그들의 심미주의적, 보헤미안적 선배들과
차이가 있다. 뭉크 그림 도판이나 파가니니 악곡 디스크, 포
터블 타자기나 니콘 카메라 같은 상품 소유를 그들의 자아 성
질의 요인으로 가정하고 있는 점에서 특히 그렇다. 그들의 존
재는 예술 향수와 상품 소비가 불가분하게 얽혀 있는 현대
의 특수한 상황을 지시한다. 그것은 예술적 디자인, 이미지,
사운드가 예술의 경계를 넘어 생활 전역으로 침투한 상황이
자, 각양각색의 예술적 재화들이 개인의 라이프스타일의 주
요 재료로 이용되도록 보급된 상황이다. 일상생활의 심미화
현상은 1980년대를 통해 한국 도시지역에서 대중소비사회
의 성장과 함께 두드러졌다. 그러나 그것은 문학적 제재로서
는, 이를테면, 빨치산 아버지들의 전설이나 각성한 노동자들
의 투쟁만큼 대수롭지 않았다. 그것이 진지한 묘사를 얻으려
면 정치 참여의 압력에서 얼마간 풀려난 문학 세대의 출현을

[2]   K는 달리는 기차 창밖으로 달밤의 풍경을 보면서 베토벤의 월광 소나타의
      음절을 휘파람으로 불기도 하고, 금강산의 어느 계곡을 지나면서 자신을 『구
      운몽』의 성진으로 상상하기도 한다. 김동인, 「마음이 옅은 자여」, 『감자 외』
      (김동인전집 1), 조선일보사, 1987, 118, 131-132.

기다려야 했다. 1990년대 초반 윤대녕은, 물론, 그 새 세대의 선두 주자 중 한 사람이었다.

윤대녕은「카메라 옵스큐라」의 배경 속에 팽창 중인 소비사회의 면모를 단면적이지만 명확하게 투사해놓았다. 서술자-주인공 남자가 하고 있는 모 여성 의류 제조회사의 홍보용 잡지 편집이란 소비자본의 충격하에 문화 영역에 출현한 새로운 직업, 즉 상품 소비의 촉진에 예술과 문화를 이용하는 직업에 속한다. 소비사회에서는 어떤 종류의 재화든 많든 적든 상징적, 문화적 성격을 띠지만 여성의류는 그러한 성격이 특히 농후한 쪽에 속한다. 문화적 재화를 위한 시장이 팽창함에 따라 상징들의 낡은 서열을 무너뜨리고 새로운 취미를 형성하면서 정당한 문화적 재화의 범위를 확장시키는 특수한 직능 집단의 역할이 커진다. 이 집단은「카메라 옵스큐라」의 장면 중에 지나가듯 출현한다. 주인공 남자가 나중에 그를 미혹에 빠뜨리는 이상한 여자를 처음 만나게 되는 어느 저녁의 사교 장면에서 그와 동석한 사람들은 잡지사 기자, 신출내기 시인, 출판사 편집장, 북 디자이너 등 주로 출판 부문의 문화 중개자들이다. 게다가 그는 그 직능에 걸맞게 함양된 취미를 가지고 있다. 기사 작성과 사진 촬영을 겸하고 있는 그는, 그가 소유한 일본산 전문가용 카메라 제품명이 암시하듯이, 고급한 사진 취미를 가지고 있다. 그는 동종 업계 친구들과의 술자리에서 이상한 여자를 만났을 때는 "리처드 아베돈"의 사진 속의 인물 형상을 보듯이 주시하는가 하면, 그녀의 집을 찾아갔다가 그녀의 역시 이상한 가족을 만났을 때는 "테레즈 [르] 프라트"의 사진첩 페이지를 넘기듯이 그들을 바라본다. 눈앞의 대상을 자세하게 관찰하고, 그 두드러진 특징을 신속하게 요약하고, 어떤 사진 이미지와 관련지어 그 인상을 포착하는 그의 행위는 그가 시각상으로 훈련된 인물임을 느끼게 한다. 그는 차라리 한 대의 카메라 같다는 느낌마저 준다. 그가 초면의 이상한 여자를 정면으로 마주하고 "뚫어져라" 응시하는, 그리고 "좀 길다 싶은 단발머리"에서부터 "아주 없어 보이는 깡마른 가슴"에 이르기까지 그녀의 외관상 특징을 좇아 기민하게 시각의 초점을 이동하는 대목을 보면 특히 그렇다.

서술자-주인공이 리처드 아베돈, 로버트 카파, 테레즈 르 프라트 같은 사진작가를 거명하고 있는 것은 다소 야단스럽지만 시사적인 정보 제시 방식이다. 그것은 그가 사진예술에 대해 식견이 많다는 것, 그리고 이미지를 통한 소통체계가 정착된 문화 속에 거주하고 있다는 것을 아울러 알려준다. 사실, 소비사회는 사진과 같은 복제 매체의 발달에 따라 이미지들이 범람한 나머지 실재와 상상 사이의 구분이 흐려지고 미적 감흥과 환각이 일상생활 전체에 걸쳐 편만한 사회다. 윤대녕이 문학계의 신인이었을 무렵 한국에서 포스트모더니즘의 현자로 통하던 보드리야르에 의하면, 우리가 소비사회에

서 경험하는 현실이란 "하이퍼리얼리즘적"인 것이다. "초현
실주의의 비밀은 가장 범용한 현실도 초현실적이 될 수 있으
나 다만 여전히 예술과 상상계로부터 유래하는 특별한 순간
들에만 그러하며, 그 순간들은 여전히 예술과 상상계에 속한
다는 것이었다. 그런데 지금은 일상의 정치적, 사회적, 역사
적, 경제적 현실 전체가 하이퍼리얼리즘의 시뮬레이션 차원
을 바야흐로 통합한 참이다. 우리는 도처에서 이미 현실의 미
적 환각 안에 살고 있다."[3] 이 심미화한 일상생활은 소비사
회의 중추 기관인 미디어 네트워크에 의해 장악되어 있다. 보
드리야르에 따르면 미디어는 핵심적인 시뮬레이션 기계로,
이미지, 기호, 코드의 끊임없는 복제와 산포를 통해 현실보
다 더 리얼한 현실, 즉 하이퍼리얼리티 영역을 구성한다. 미
디어가 산출하는 하이퍼리얼한 시뮬라크르는 유혹적인 동시
에 기만적인, 매력적인 동시에 표피적인 소비생활의 외양 구
축에 기여한다. 1990년대 한국인은 텔레비전과 같은 매스
미디어의 압도적 영향 하에 있었고 그만큼 소비사회의 스펙
터클에 포로가 되기 쉬웠다. 「카메라 옵스큐라」는 소비 상품
의 만화경에 대한 찬미와 무관하다. "황학동 벼룩시장"이라
는 헐고 낡은 물건들의 세계에 주목함으로써 오히려 소비주
의 카니발의 음화陰畵 취향을 보여주고 있다. 그러나 그것은

3)   Jean Baudrillard, *L'échange symbolique et la mort*, Gallimard, 1976, 114.

어떤 문화의 광휘를 사멸로부터 건지거나 어떤 역사의 순간을 망각에서 구하는 데에 바쳐진 소설은 아니다. 작중에 그려진 잡지 편집자의 황학동 경험은 하이퍼리얼리즘에 호응하는 감각, 즉 실물과 환영, 실재와 상상이 서로 삼투하는 미적 환각, 바로 그것을 핵심으로 하고 있다.

환각이라는 현상은 소설의 서술자-주인공이 술자리에 나갔다가 만난, 나중에 이름이 "진"이라고 알려지는 여자와 교분을 맺기 시작하면서 그의 마음속에 나타난다. 그는 친구들과의 떠들썩한 유흥 중에 진과 생각이 통해 자정 무렵 모임이 파하자 함께 여관을 찾아간다. 음주 때문인지 다른 무엇 때문인지, 정신이 오락가락하는 상태로 길을 걷던 그는 "꿈을 꾸고 있는 게 아닌가 하는 착각"에 빠지고 여관에 들어가서는 그녀와의 접촉을 피하고 방 안의 한쪽 구석에서 "꿈 많은 잠"을 잔다. 그러던 중 그녀가 그의 귓가로 다가와 속삭이듯 하는 말을 듣는다. 누군가가 자기를 쫓아오고 있다는 말, 그것은 자기가 사람을 죽였기 때문이라는 말이다. 그러나 그는 그녀에게 두어 토막의 짧은 물음 이상의 응대를 하지 않는다. 잠자기를 중단하고 대화하는 대신에 온몸을 둥그렇게 말고 덜덜 떨면서 "악령"으로부터 도망치듯 잠 속으로 달아나려 한다. 아침 녘에 그는 그녀로부터 작별 인사를 들은 듯한 기억 속에 잠에서 깨어난다. 그가 그녀와 두 번째로 가진 만남 역시 불가사의하다. 회사 근처에서 그녀와 둘이서 맥주를 마시며 대화하던 중에 그는 그녀에게서 자기를 "간음"한 의부를 죽였다는 말을 듣는다. 그러나 그는 두서없는 그녀의 말을 거짓으로 여기고 내심 그녀를 "제정신이 아닌 여자" 취급한다. 잔뜩 취기가 오른 가운데 전에 그랬듯이 꿈인가 현실인가 의심하며 그녀에게 "잠꼬대" 같은 소리를 건네던 그는 그녀를 가리켜 "당신은 귀신이야"라고 말한 즈음에 의식을 잃는다. 그리고 어떤 경위로 벌어진 일인지 전혀 알지 못하는 채 전에 그녀와 잠을 잤던 방에 홀로 누워 있는 자신을 발견하고, 또한 누군가 자기를 쫓아오고 있다는, 자기가 누군가를 죽였다는 그녀의 말을 "메아리"처럼 듣는다. 이후 그는 그녀가 항상 자신의 주변에 머물고 있으며 자신을 미행하고 있다고 생각한다. 그러나 그가 재빨리 뒤를 돌아보면 그녀는 "순식간에 시야에서 사라져버리곤" 해서 자신이 혹시 "환각"에 빠져 있는 것은 아닐까 스스로 의심하기도 한다.

생각하면, "진眞"이라는 이름은 역설적이다. 서술자-주인공은 실재하는 인물에 관해 말하듯이 그녀에 관해 이야기하고 있지만 곳곳에 그녀의 존재를 의심스럽게 하는 발언을 남겨놓고 있기 때문이다. 앞에 인용한 대로, 그 스스로 "악령" "귀신"이라고 그녀를 지칭함으로써 그녀가, 아니면 적어도 그녀의 어떤 언행이 그의 환각일지 모른다는 추리를 부추긴다. 그러나 작중 세계에는 그의 때때로 몽롱한 의식으로부터 독립해서 확실하게 존재하는 것이 있다. 황학동 벼룩시장이 그것이다. 사보에 민속 예능과 신앙의 유산에 관한 기사를 2년 이상 연재해온 그는 기삿거리가 떨어져 고심하던 차에 술자리에 나갔다가 만난 진으로부터 추천을 받고 다음 날 그 시장을 찾아간다. 그리고 "이안二眼 리플렉스 카메라"에서부터 "탄트라의 인형들"까지, "놋그릇"에서부터 "노루의 박제들"에 이르기까지 온갖 잡동사니가 모인 그곳에서 취재에 성공해 흡족한 마음으로 한 편의 기사를 완성한다. 그러나 그곳 어딘가에는 진과 함께 살고 있는 그녀의 부모가 보료 제작 공장을 겸한 집을 가지고 있는 만큼, 그곳은 "악령"이나 "귀신"의 미적 마법으로부터 자유롭지 않다. 그가, 그의 말에 따르면, 진으로부터 찾아와달라는 부탁을 받고 그곳으로 가서 도망치듯 사라진 그녀를 추적하며 상점 골목들을 돌아다니는 동안 그곳은 시장으로서의 물질적 현실성을 잃어버리고 그의 기억 속으로부터 흥분과 공포의 감정을 싣고 되살아난 이미지들에 침염浸染을 당한다. 그의 명백한 미적 환각 중 하나는 그가 그녀의 아파트를 찾아가서 "암실 같은 집 안에서 퍼져 나오고 있는 검붉은 빛"을 배경으로 그녀의 부모를 만나는 장면에 나온다. 그의 앞에 모습을 드러낸 그녀의 어머니는 "무당의 눈빛"으로 쏘아보거나 "나병환자"의 표정을 짓고, 그녀의 의붓아버지는 "오랜 고문에 시달리다가 출감한 사람의 무서운, 표정 없는 얼굴"을 하고 있다. 사람의 안면보다 연극의 가면에 가까운 듯한 그들의 얼굴은 그가 언젠가 보았을 사진이나 영화의 이미지를 다시 보고 있지 않은가 추측하게 한다. 아니나 다를까, 그들이 그를 기겁하게 하고 방 안의 어둠 속으로 사라지자 그는 테레즈 르 프라트의 사진집을 떠올린다. 그의 마음의 눈앞을 지나간 사진은 아마도 루이 주베나 장 루이 바로 같은 프랑스의 전설적 배우들의 흑백 초상 사진일 것이다.

서술자-주인공이 진을 만나려고 시장 골목을 돌아다니는 소설 후반부의 서술은 그녀의 환영 같은 존재를 쫓는 그의 행동을 순차적으로 지시하면서 아울러 그의 눈앞에 보이는 시장의 풍경에서 점점 현실성이 사라지고 있음을 알려준다. 걸어서 도로를 건너 맞은편 시장 골목에 들어섰을 때 어떤 "임계 상태"에 다다랐다고 직감한 그는 약속 장소에 나타나지 않은 그녀를 찾아 골목을 도는 사이 그가 살던 세계로부터 멀찌감치 떠나왔다는 느낌을 받는다. 여름 대낮의 폭염 속에 현기증과 공포감을 느끼며 진을 쫓던 그는 어느 순간 멀리 거리를 두고 그녀를 목격하고, 이어 보료 제작 공장을 겸한 그녀의 집이 있다고 짐작되는 아파트 건물을 목격한다. 이 장면에서 그의 주위는 문득 가히 초현실적인 것으로 화한다. 그녀는 "지열"을 받아 "쭈글쭈글"한 모습으로 춤을 추는 듯하고 그녀의 낡은 아파트 건물 벽면에는 붉은 주단이 걸려 휘황하게 불길이 타오르는 듯하다. 그리고 안으로부터 "검붉은 빛"이 퍼져 나오는 그녀의 집 앞에서 그는 테레즈 르 프라트의 흑백사진에서

튀어나온 듯한 얼굴들을 접한다. 붉은 어둠이 압도적인 이 초현실적 광경은 도덕적 암시를 가지는 것이기도 하다. 문틈으로 병색 짙은 사나운 몰골을 보인 그녀의 어머니는 그가 그녀에게 접근하는 것을 막으면서 자기 가족이 보통 사람들과 어울리기 불가능한 폐인들임을 강조한다. "우리는 아편쟁이보다 더한 사람들"이고 진이 "그년은 제정신이 아니"라고 말한다. 진의 전언에 의하면 그녀를 상습적으로 겁탈했다는 그녀의 의붓아버지가 악한의 인두겁 같은 얼굴을 집 밖으로 내밀자 그녀의 어머니는 "개 같은 새끼"라고 욕설을 퍼붓는다. 황학동 시장이 사람들에게서 버려진 온갖 물건들의 소굴이라면, 그녀의 가족은 사회로부터 배격된 습속의 노예들이다. 그들은 도덕상으로 유해한 충동과 타성에 사로잡혀, 그리고 그런 까닭에 다른 모든 사람들로부터 고립되어 누추와 퇴폐의 극한에서 연명하고 있는 원시 종족의 말예末裔 같은 인상을 풍긴다.

서술자-주인공이 당초에 황학동 벼룩시장에 주의한 것은 그가 담당하고 있는 회사 사보의 기사를 쓰기 위해서였다. "사라져가는 것들"이라는 제목 아래 그가 연속 기사를 써온 기간이 두 해가 넘었으니 그것들은 아마도 그에게 직업상 필요한 재료 이상으로 매력을 가졌을지 모른다. 근래에 와서 그는 시간의 뒤꼍으로 사라져가는 것들 중에서도 무당 등과 같은 "현대문명에 밀려 도태돼가는 사람들"에 관심이 있었다.

황학동 벼룩시장 탐방 기사 제목 중에 그는 그런 부류의 사람들의 명칭 중 하나인 "해적"을 가져다 썼다. 서울 외곽의 중고품 시장 주민들을 해적이라고 부르는 것은 비유로서 다소 어색하게 들리지만 원래 그 이름으로 지칭되는 아웃사이더 집단이 고립성, 군집성, 범죄성 같은 특징을 가지고 있음을 고려하면 일리가 없지 않다. 서술자-주인공이 벼룩시장 기사를 게재하고 나서 두 번째로, 이번에는 진을 만날 목적으로 그곳에 갔다가 대면한 그녀의 부모에게서는 그 해적의 특징들이 얼마간 느껴진다. 그녀와 그녀의 부모는 도태당하고 있는 인간이 얼마나 기괴하고 비참한가를 극명하게 입증하는 사례 같다. 그러나 그가 그들에게 느끼는 흥분, 매혹, 공포는 이를테면 원시사회의 오지에 처음으로 발을 들여놓은 인류학자의 그것을 훨씬 초과한다. 그가 진을 처음 만났을 때부터 진의 집을 찾아냈을 때까지 서술한 내용을 들여다보면 인간의 도태라는 인류학적 사실에 대한 열정이란 그를 그 "현대판 해적들의 소굴" 속을 돌아다니게 만든 동기로서 일차적이지 않다는 것이 분명하게 드러난다. 그의 서술은 그가 탐사한 그곳의 낯선 풍물과 광경에 대한 정밀한 보고가 아니라 진과의 만남 이후 혼란에 빠진 그의 의식의 기록에 치중하고 있다. 앞에서 확인했듯이, 그가 서술한 경험의 중심에 놓여 있는 것은 발견이 아니라 환각인 터이다.

그의 환각은 사진과 같은 기술적으로 복제된 실재성의

시각 기호들에 의존하고 있고 그런 점에서 그의 시대에 발전 중인 하이퍼리얼리즘의 공정을 방불케 한다. 그러나 그것은 모든 환각이 그렇듯이 예술 생산과 소비의 테크놀로지보다 훨씬 은밀하고 인간적인 사정을 그 뿌리에 가지고 있다. 이것을 확인하려면 무엇보다도 진이라는 인물에 관한 그의 환각에 조금 주의할 필요가 있다. 그가 그녀의 환영적 존재를 의식하기 시작한 것은, 흥미롭게도, 그녀의 외양이 아니라 그녀의 "목소리"를 통해서다. 그가 서술한 바에 따르면 그녀는 그와 함께 여관에 투숙한 밤에 그녀와 떨어져 방 한쪽 구석에서 잠을 자고 있는 그에게 다가와 귓가에 입술을 대고 "쉬고 갈라진 목소리"로 속삭인다. 자신이 누군가에게 쫓기고 있다는, 자신이 사람을 죽였다는 전언을 담은 그 목소리는 "가면을 쓴 듯 (……) 표정이 없었"기에 그는 "누가 옆방에서 책이라도 읽고 있나" 하고 잠시 의심하기까지 한다. 그 밤 이후 그녀로부터 전화를 받고 만나러 나간 어느 날 그는 한 카페에 그녀와 같이 자리를 잡고 맥주를 마신다. 그리고 그가 너무 취해서 말할 기운조차 없던 순간에 그녀는 살인을 했다는 말을 다시 꺼낸다. 그의 눈앞에서 "껍질이 벗겨지듯, 얼굴이 서서히 변"한 그녀는 그에게 상체를 구부려 그의 귓가로 다가온 다음 "제가 그를 죽였어요"라고 말한다. 그런데 자기가 살인을 했다고 말하는 그녀의 목소리를 그가 실제로 들었는지는 의문이다. 그가 여관과 카페에서 얼마 동안 그녀와 같이 있었다는 것은 부정하기 어려울지라도, 그의 서술을 꼼꼼히 살펴보면, 그녀의 목소리 청취는 여관에서는 꿈속의 사건이었을, 카페에서는 취중의 착각이었을 공산이 크다. 게다가 그는 그녀의 목소리에서 받은 느낌을 설명하는 가운데 "내 몸 안에서 울려 나오는 것 같은 그녀의 목소리"라고 기술한다. 진실을 말하면, 그것은 처음부터 그의 목소리가 아니었을까. 그가 들었던 것은 진이라는 이상하고 미친 듯한 여자의 목소리가 아니라 그의 내부에 존재하는, 그러나 그가 좀처럼 인식하지도 통어하지도 못하는 무엇인가의 목소리가 아니었을까.

요컨대, 진의 목소리를 듣는다는 환각 속에 그가 하고 있었던 것은 내성內省의 방식으로 그 자신에게 집중하는 일이었다. 그의 환청의 진실은 데리다가 『목소리와 현상』에서 거론한 "목소리는 자기를 듣는다"[4]는 사태와 동일하다. 사람이 말을 하며 그 말을 들을 때, 그 말은 말하는 자신에게 절대적으로 근접한 범위 내에 있다고 여겨진다. 또한 그 자신 이외의 어디에도 의존하지 않고, 그 자신의 외부를 우회하지 않고, 그 자신의 내부로부터 자신을 촉발한다고 여겨진다. 그러니까 사람은 자기가 하는 말을 들으면서, 자신이 자신 앞에 현전한다는 직관을 가진다. 그러나 목소리에는 자동촉발적이고 나르시시즘적인 차원만 있는 것은 아니다. 거기에는 바

---

4)   자크 데리다, 『목소리와 현상』, 김상록 옮김, 인간사랑, 2006, 116.

로 그러한 차원을 교란할 조짐을 보이는 무엇인가가 또한 있다. 양심의 목소리라든가 이성의 목소리라든가 욕망의 목소리라든가 하는 일상의 숙어들은 그 무엇인가에 대한 서로 다른 해석을 나타낸다. 목소리 주체의 현존에 투명성과 확실성을 부여하는 듯한 목소리는 주체가 정복할 수도, 제어할 수도 없는 다른 목소리에 의해 지속적으로 방해를 받는다. 이 다른 목소리란 타자의 목소리, 주체 내부에 있는 타자의 목소리다. 정신분석의 관점에서 보면, 목소리는 주체의 현존에 지장을 주는, 자동촉발의 불가능성을 표현하는 어떤 성질을 그 핵심에 가지고 있다. 그 성질은 현존, 그 한복판에서 절단된 자리, 찢겨 열린 구멍, 비어 있는 공간을 이루며, 그곳에서 주체의 목소리는 타자의 목소리에 침투를 당하거나 병탄竝呑을 당한다.[5] 「카메라 옵스큐라」의 서술자-주인공이 그의 뇌리에서 좀처럼 사라지지 않는 그녀의 목소리를 두고 자신의 목소리 같다고 말한 대목은 참으로 암시적이다. 그것은 그의 내부의 타자가 억압의 장벽을 뚫고 그의 자아를 침식하고 있음을 시인한 것과 같기 때문이다.

자기가 사람을 죽였다고 말하는 그녀의 목소리를 듣고 나서 그가 보인 두드러진 반응은 떨림이다. 그는 여관에서는 온몸을 둥그렇게 말아 붙인 채로 "심하게 떨고" 있다가 "서서

---

[5]   Mladen Dolar, *A Voice and Nothing More*, The MIT Press, 2006, 41-42.

히 몸이 굳어가는 듯한 몹쓸 느낌"에 시달리며 괴로운 잠을
자고, 카페에서는 역시 자기도 모르게 "떨고 있"음을 깨닫고
그의 뒤쪽이 "서늘하게 느껴"져 고개를 돌려 실내를 살핀다.
진의 황학동 집 앞에서 그녀의 어머니에게 퇴박을 당하는 장
면에서도 그는 같은 반응을 보인다. 그녀의 어머니가 "나병
환자 같은 표정"을 문틈으로 내보이며 싸늘하고 단호한 거부
의 말을 "무엇에 쐰 듯이 뱉어내"자 그만 기가 질려버린 그는
"어둑한 복도의 한복판에 서서 (……) 무섭도록 아픈 외로움
에 떨며 사방을 두리번거"린다. 이 문장 중의 "외로움"이라는
단어는 감질나게 암시적이다. 그는 자신이 그녀와, 나아가
그녀의 가족과 원래 친근한 관계라고 여기고 있었던 것일까.
그녀의 집이, 그리고 그것으로 대표되는 원시성의 소굴이 원
래 그 자신이 속한 세계라고 느끼고 있었던 것일까. 그가 들
은 타자의 목소리는 그 세계로 돌아가고 싶어 하는 그의 무
의식적 충동의 언표였을까. 그는 진이 정신적으로 이상한 사
람처럼 나타나는 소설 전반부에서 자신이 그녀에게 "유인"되
고 있는 듯이 말하고 있지만 진을 찾으려고 황학동 시장 골목
을 뒤지는 후반부에 이르면 실은 그가 언젠가부터 그녀의 뒤
를 따라다녔음이 명백하게 드러난다. 모든 몽상과 취기와 환
각의 진실은 그가 진을 쫓아다니는 양상으로 그의 무의식이
그에게 명한 모험—그가 떨어져 나왔다고 느끼는 그의 존재
의 고향으로 돌아가려는 모험을 수행해왔다는 것이다. 「카메

라 옵스큐라」가 실린 윤대녕의 첫 소설집 『은어낚시통신』 해설에서 남진우는 작중 남성 인물들에게서 자주 발견되는, 그리고 작가의 소설 특유의 주제를 결정하는 행위를 가리켜 "존재의 시원으로의 회귀"[6]라고 말했다. 이것은 이 황학동 시장 탐방자의 이상한 행위에 대한 해석적 명명으로서도 완벽하다.

주인공이 자신의 내부로부터 타자의 목소리를 듣고 존재론적 귀향의 궤적을 그려감에 따라 그의 주위에는 붉은 어둠이 점점 짙어간다. 그의 내면에서도 미혹과 충동의 어둠이 번진다. 앞에서 말했듯이, 그가 한 대의 카메라라면 이제는 내부가 어두운 카메라다. '카메라 옵스큐라' 라는 소설 제목은 타자에게 침식을 당해 의식의 명료함을 잃어버린 그의 자아를 가리키는 듯하다. "암실" 같은 집 안으로 진의 부모가 사라지는 모습에서 그가 테레즈 르 프라트의 흑백 인물 사진을 연상하고 있는 사이, 붉은 어둠의 초현실적 광경은 급기야 우주적 판도를 가지기 시작한다.

돌연 정전이 된 듯 복도가 어두워지더니 일시에 어둠이 사위로 켜켜이 몰려들었다. 영문을 몰라 나는 복도 끝 창문이 있는 곳으로 급히 달려갔다.

6) 남진우, 해설 「존재의 시원으로의 회귀」, 『은어낚시통신』, 문학동네, 1994.

밖은 감광막에 싸인 듯 부유스름한 어둠에 뒤덮여 수신 상태가 나쁜 텔레비전 화면처럼 떨고 있는 참이었다. 갑자기 거리의 소음이 씻은 듯 사라지고 여기저기 수런대는 사람들의 말소리만이 거리 곳곳을 떠다니고 있었다. 그들은 너나없이 일손을 놓고 일제히 하늘을 향해 고개를 치켜들고 있었다. 거리는 낯선 형해를 하고 점점 붉은 어둠 속으로 가라앉아가고 있었다. 무슨 일인가 싶어 급히 아파트 계단을 뛰어내려온 나는 아래층 현관 앞에 우뚝 멈춰서고 말았다. 휠휠 쏟아져 내리는 반투명의 어둠 속에서 나는 아예 고개를 뒤로 꺾어버리고 하늘을 올려다보았다. 지글지글 끓고 있는 해가 달의 몸통에 둥그렇게 말아 먹히고 있는 중이었다. 불에 달구어진 쇳덩이가 물속에 처넣어지듯이 말이다.

니체의 주장대로 선이란 승자의 것이고 악이란 패자의 것이라면 진의 집으로 대표되는 황학동은 악의 소굴이기도 하다. 보통 사람의 눈에는 독한 병에 걸린 듯이 과거의 관습대로 살고 있어서 마치 원시 종족 같은 진의 가족은 실제로 악의 기표를 가지고 있다. 진은 "악령" 또는 "귀신" 같은 미치광이고, 그녀의 어머니는 자칭 "사탄"의 포로이며, 그녀의 의붓아버지는 "출감"자의 괴물 같은 몰골이다. 그들이 풍기는 광기와 살기가 주인공의 청각을 때린다면 그는 마치 알몸으로 서리를 맞는 것처럼, 혹은 파가니니 바이올린 음악의 어떤 악절을 들었을 때처럼 섬뜩할 터이다. 그들은 일시에 몰려든 붉은 어둠에 감싸이면서 악의 신화적 이미지를 완성한다. 위에 인용된 일식 장면은 도시의 거리 곳곳에서 악이 부활하는 묵시록적 광경을 연상시킨다. 일식이 일어난 직후 돌연히 그녀의 목소리가 다시 들려오자 "망령에 사로잡힌 듯 몸을 부들부들 떨고 있던" 그는 마침내 악의 유혹을 이기지 못한다. 그녀와 함께 "불가해한 어둠 속에서 서로 실체가 없이 떠들어대"다가 집 밖으로 나오라는 그의 요구를 거절하는 그녀의 목소리를 "바로 옆에서" 듣는다. 그렇게 자기 내부에서 그녀-타자의 목소리를 들은 다음 그가 하는 것은 악의 충동에 자신을 맡기는 것이다. 그는 조리개를 한껏 열어놓은 카메라처럼 두 눈을 활짝 열고 어둠의 핵심을 향해 "갑충"의 걸음을 떼기 시작한다.

「카메라 옵스큐라」는 한국 현대소설의 주요 주제 중 하나인 개인의 진실한 자아 찾기에 관련되어 있으며, 그것을 특히 1990년대적이라고 부름 직한 방식으로 다루고 있다. 그것은 개인이 자신의 정치적, 사회적, 젠더적 정체성의 가면에 구멍을 내고 가면 아래의 욕망, 충동, 의지를 관찰하는 방식, 한마디로 내향적 전환의 방식이다. 이 소설은 특히, 진정성의 이상을 정교한 수준에서 추구한 작품이 대개 그렇듯이, 보다 확실한 자아의 발견을 선언하는 대신에 오히려 자아를 혼돈에 빠뜨리는 타자의 존재를 환기한다. 자아 찾기 이야기라는 면에서 이 소설은 한 편의 역설이다. 그것은 자아 멸각滅却의 이야기, 자아가 타자와 조우한 끝에 타자의 어둠 속으로 사라지는 이야기이기 때문이다. 카메라처럼 빛을 향한 본능이 왕성한 한 남자가 황학동 시장이라는 모더니티의 암흑 같은 폐허 속에서 자신의 정체성을 잃어버리는 광경은 정녕 인상적이다. 그 광경 전체에 충일한 감정은 한국 소설에 흔하디흔한 슬픔이나 분노 따위와는 종류를 달리하는 것이고, 우리의 밋밋한 어휘로는 기껏해야 공포라고밖에 부를 수 없는 것이다. 그 남자가 유혹을 당한다는 착각 속에서 찾아간 타자는 당초 그의 외부가 아니라 내부에 존재했던, 낯선 동시에 낯익고, 거북한 동시에 친근하고, 이계異界이자 동시에 고향인 무엇이다. 그의 이상한 타자 경험에 대한 가장 근사한 명칭은 프로이트가 20세기 초반에 예술 분석과 문화 분석의 키워드로 만든 '기이한 것the uncanny, Das Unheimliche'이다.[7] 그의 타자 조우와 자아 멸각에 관한 이야기에서 중요한 것은 그와 동시적으로 진위, 선악, 미추 구분의 폐기가 일어난다는 점이다. 대낮의 하늘에 일어난 일식은 그의 자아 감각을 포함해서 그의 실존을 지지하는 상징 질서가 총체적으로 파국을 맞았다는 암유暗喩와 같다. 그의 눈앞에 일시적으로 일어난 자연

---

7) 지그문트 프로이트, 「두려운 낯섦」, 『예술, 문학, 정신분석』(프로이트 전집 14 개정판), 정장진 옮김, 열린책들, 2003.

현상이라고 해도 감각의 혼란에 빠진 그에게 일식은 큰 충격이다. 사위가 어둠에 잠긴 다음 그는 "갑충"—벌레—동물의 몸짓을 한다. 한국 문학의 맥락에서 포스트모던 혹은 포스트휴먼 주체성에 관한 이야기가 가능하다면 그것은 여기에서부터일 것이다.

사랑이 상상의 베일을 벗을 때
—전경린, 「꽃들은 모두 어디로 갔나」

¶ 전경린 소설집 『염소를 모는 여자』(문학동네, 1996. 7. 초판본)에 실린 텍스트를 논의에 사용했다.

여자에게 스무 살이란 어떤 순간인가. 처지가 아무리 불우해도 생은 좋은 뭔가를 계속 약속하는 순간인가. 세상이 아무리 험악해도 생은 기쁨을 주기에 인색하지 않은 순간인가. 청춘, 그것이 여자들 각자의 생에서 가지는 모양의 차이에도 불구하고 어느 여자에게나 공평하게 그 감춰진 황홀경을 드러내는 순간인가. 전경린의 단편소설 「꽃들은 모두 어디로 갔나」에서 서술자 희진이 회상하는 스무 살 직전의 시간 중에는 기쁜 청춘의 나날이 있다. 그것은 그녀가 어느 해안도시의 대학에 적을 두고 혼자 살던 나날, 특히 남도의 태양이 뜨겁게 대기를 달구던 여름이다. 희진은, 초기 전경린 소설의 서술자답게, 강렬한 이미지로 그 여름의 인상들을 고정시킨다. 그녀의 숙소인 일본식 목조집 베란다에 "나팔꽃"이 넝쿨 지어 피어 있는 날이면 그녀는 현영원을 비롯한 친분 있는 남자들과 그곳으로 나가서 누군가가 치는 기타 소리에 맞추어 「꽃보다 귀한 여인」 같은 노래를 함께 부르곤 했다. 더위를 견디기 힘든 한낮에는 햇빛에 시든 나팔꽃이 꽃잎을 오므리고 흐드러져 "콩밭 같이 푸르른 지붕"으로 나가 앉아서, 입 안 가득 얼음 조각을 물고 바다로부터 불어오는 바람을 기다렸다. 그건 "그냥 바람과 달리 머리카락들을 젖히며 짜릿하게 당도하던, 겨울 해초의 촉감처럼, 서늘하고 상큼하던 바람"이다. 그러나 여름의 "기쁨"은 짧았다. 그녀가 회상하는 가장 긴 시간은 청춘의 "꽃"이 한창이었던 여름이 아니라 그것이 져버렸음을 알려주었던 겨울이다. 기쁜 청춘의 순간은 카세트테이프에서 흘러나와 그녀의 방 안을 채우는 「라 캄파넬라」를 따라 어렴풋이 상기될 뿐이다. 피아노의 음이 종鐘의 음색을 띠고 여러 개의 옥타브를 오가며 약동하는 그 론도 형식의 곡은, 그녀의 서술 속에서, 배회하는 청춘의 유령처럼 기능한다. 연인에 가까운 사이였던 영원과 이별한 후 눈물 많은 상심과 환멸의 나날을 보내고 있는 그녀의 귀에 그 리스트의 음절은 속삭인다. "언젠가 어떤 좋은 일이 있었〔다고〕, 그것을 기억해보라고 기억해보라고."

희진이 "1980년의 마지막 달"이라고 명기하고 있는 그 겨울은 그녀에게 아주 중요한 시기였다. 스무 살을 앞둔 나이와 대학생활이라는 기회가 그녀에게 허여해준 새로운 자아에 대한 열망과 탐색 시간의 일부였다. 그녀는, 무엇보다도, 가족으로부터 떨어져 나와 개체로서의 삶을 살기 시작한 참이다. 그녀의 집은 지상의 작은 낙원이기를 진작에 그쳤다.

그녀가 열다섯 살이었을 때 어머니가 세상을 떠났다. 이후 두 명의 배다른 남자 동생이 생겼고 젊은 계모가 생겼지만 그것을 그녀는 자신과 무관한 일로 여겨 그들에 대해 말하면서 동생이나 계모 같은 가족의 용어조차 쓰지 않는다. 그녀가 원하는 바는 물리적 의미에서가 아니라 사회적 의미에서 "집의 구조를 가지지 않은 곳들로" 떠돌며 사는 것이다. 가족에 관한 그녀의 발언은 극히 소략하지만 그녀가 떠돌며 살기를 원하는 이유 중에 집안의 여자라는 지위에 대한 반감이 있다는 것은 분명하다. 그녀는 떠나온 집을 생각하는 순간, "자궁암"에 걸려 방 밖으로까지 악취를 풍기며 투병 중인 할머니를, 그리고 마치 복역을 하듯 할머니 수발을 들고 있는, 얼굴이 검은 "아버지의 새 여자"를 떠올린다. 대학에 입학한 덕분에 독립을 시작한 그녀는 가족의 속박 아래서는 가능하지 않았을 경험을 한다. 방학 중인 여름과 겨울, 그녀의 일상에서는 새로운 사회적 지위를 향한 사교가 두드러진다. 용모가 준수한 네 살 연상의 영원, 영원의 친구이자 그녀와 같은 집 하숙생인 인효와 태영, 그녀와 같은 과 친구인 준수와 선배인 운규 등 여러 남자들에 둘러싸인 그녀는 연애와 놀이 같은 형식으로 그들 중 일부와 친밀한 관계를 만들고 있다. 그녀의 사교 행위의 중심에는 여성으로서의 그녀 자신을 가지고 하는 실험이 자리 잡고 있다. 그녀가 영원과 둘이서 하는 놀이 중에는 자신이 여자임을 수줍게 현시하는 작은 의례가 포함되어 있기도 하다. 그녀는 어머니와 사별한 후 줄곧 간직하고 있던 어머니의 "높은 굽의 검정색 구두"를 그가 보는 앞에서 꺼내 신고 빙빙 돌며 발을 구른다.

　스무 살 무렵 여자 되기 혹은 안 되기의 실험은 소설의 제재로서 통속적인 것이다. 1986년에 출간되어 문학적 평판과 상업적 성공을 동시에 거머쥔 강석경의 중편소설 「숲속의 방」[1]은 중상류 계급의 스무 살 여자가 여자됨에 대한 그 계급의 기대를 철저하게 배반하는 이야기를 포함하고 있다. 소양이라는 이름의 그녀는 할아버지가 광산 사업에 성공한 벼락부자이고, 아버지가 학력 별무의 속물인 가정에서 태어나, 음악에서 무용에 이르는 여러 분야에서 재주를 보이며 성장했고 생물학자를 꿈꾸다가 진로를 바꿔 서울 어느 대학의 불문과에 입학했다. 그러나 그녀의 언니가 전하는, 대학 입학 이후 그녀의 행로는 탈선으로 일관한다. 가족과 사회에 환멸을 느낀 그녀는 가족 몰래 학업을 중단하고, 반체제운동과 사랑 없는 섹스에 탐닉하기도 하고 종로 거리의 방종한 청춘들 사이에 자신을 던져 넣기도 하며 방황을 거듭하다가 결국 스스로 목숨을 끊는다. 그러나 같은 제재를 다루고 있긴 해도 강석경과 전경린은 차이가 크다. 스무 살 무렵의 여자를 그리면서 강석경이 1980년대 서울 대학가와 유흥

<hr />

[1]　강석경, 「숲속의 방」, 『숲속의 방』, 민음사, 1986.

가에 번성한 젊은 세대의 대항문화를 주로 참조하고 있는 반면, 전경린은 가족을 넘어 사회로 진입하는 문간에서 여성 개인이 하는 경험의 신화적, 제의적 구조를 상기시킨다. 희진과 연상 관계인 "꽃", 영원을 비롯한 남자들과 연상 관계인 "뱀" 등은 모두 젊음의 초역사적 심층을 구성한다고 생각되는 원형적 이미지들의 세계로 그들을 하강하게 한다. 그래서 희진이 해안도시에서 보낸 1980년의 겨울은 개인이나 집단이 그 삶의 주요한 순간에 어떻게든 치르기 마련인 통과의례 중의 한 국면처럼 보인다. 그녀가 가족으로부터 절연된 상황에서 낯선 사람들과 교유하며 성과 사랑의 애매하고 어지러운 경험을 하고 여성으로서의 자각과 자결에 이르는 일련의 과정은 사회적 지위 변동의 의례 과정 중에 나타나는 단절, 전복, 유희의 요소들을 가지고 있다. 그것은 빅터 터너 이후 인류학자들이 전이적轉移的, liminal이라고 부르는 국면과 대체로 일치한다.[2]

희진이 서술하고 있는 전이 경험 중 가장 중요한 것은 역시 여성으로서의 그녀의 성숙을 둘러싼 것이다. 1980년 겨울 현재, 그녀는 성에 대해 무지한 상태다. "나는 아직 남자와 자는 것에 대해 아무것도 몰랐다. 나의 몸에 남자의 그것

---

[2]　빅터 터너, 『제의에서 연극으로』, 이기우·김익두 옮김, 현대미학사, 1996, 39-46, 88-92.

이 들어올 어떤 곳이 있다는 것은 내게 흉흉한 소문에 불과했다"고 그녀는 술회한다. 그러나 그러한 서술은 그해 겨울 그녀의 성이 난만하게 개화하는 중이었음을 알려준다. 그녀가 추위를 피하려고 가져다 놓은 석유난로는 그녀의 성적 존재와 관련하여 상징적이다. 방 안에 지펴놓으면 어느 순간 그녀에게 "몸의 열기가 생"기게 한다는, 그리고 그녀가 남자들 앞에서 옷을 벗을 때 어둠 속에 타고 있던 그 난로 속의 "불"은 그녀의 성욕에 대한 유비적 조응물로 읽힌다. 주의를 끄는 것은 난로가 올바로 작동하도록 다루는 일이 남자들의 몫으로 되어 있다는 점이다. 그녀의 눈에는 언제나 "혀를 내미는 뱀처럼" 자신을 쳐다보는 것 같은, 가옥 별채에 사는 남자는 집주인을 도와 난로 정비와 배급을 하고 있고, 그녀가 방으로 난로를 가져오던 참에 찾아온 영원은 그녀를 대신해 난로를 만지며 그 "심지" 상태를 점검한다. 난로의 불과 희진의 성욕 사이에 설정된 유비 관계를 생각하면 그렇게 난로 관리가 남자들의 일로 기술되어 있는 장면은 암시적이다. 그것은 희진이 남자들에게 의존해서 욕망하도록 강제되고 있는, 희진의 성이 남자들에게 통제와 처치를 받고 있는 정황을 표시하는 듯하다. 차라리, 그녀의 몸은 남자들의 욕망의 대상이 됨으로써 성적이 된다고 해야 맞을지 모른다. 그녀가 영원이 보는 앞에서 어머니의 구두를 신고 애교를 부리는 장면을 보더라도 그렇다. 그녀는 양말을 벗고 구두를 신어 보인 다음 "예뻐!"라는 그의 찬탄을 들으며 낭하 위를 빙빙 돌다가 그에게 자신의 맨발을 만지도록 허락한다.

희진의 서술은 그녀가 아버지의 집을 떠나 살기 시작하면서 남자들과 자유롭게 교제할 기회를 얻는 동시에 남자들에게 성적 약탈을 당하기 쉬운 상황에 처했다는 것을 알려준다. 그녀의 하숙집이 그녀가 젊은 여자로서 살아갈 사회적 세계의 환유라면 그것은 극히 애매한 세계다. 그 세계는 꽃과 노래와 바람의 쾌락 이면에 공포와 위험을 감추어두고 있다. 목조 건물 내부 낭하의 옆면에 있는 그녀의 하숙방 방문은 누구든지 마음만 먹으면 간단하게 떼어낼 수 있을 정도로 허술해서 방호 기능을 제대로 못하고 있으며, 실제로, 그녀에게 끔찍하게도, 누군가가 그녀의 방에 몰래 들어와 그녀의 "스푼과 포크와 젓가락들"을 계속 훔쳐 가고 있다. 그녀의 성은 영원을 비롯한 남자들을 그녀 주위로 끌어오는 능력이지만 동시에 그녀의 존재를 언제 삼켜버릴지 모를 불운의 뿌리다. 사실, 성교에 대해 아무것도 몰랐다는 그녀의 말이 진실이었다고 해도, 그녀는 여자에 대한 남자의 성적 지배가, 어떤 경우, 여자에게 얼마나 두려운 사태인가를 부지불식간에 알고 있었다고 보아야 한다. 그녀의 아버지 집에서 자궁암으로 죽어가는 할머니, 하녀의 몰골을 하고 있는 아버지의 재취再娶는 여자의 성이 여자 자신에게 치명적이라는 증거가 아닌가. 그렇기에 그녀는 집이라는 사회적 구조로부터 탈출하기를 꿈꾸었고, 그 구조가 일시적으로 정지된 상황에까지 오지 않았는가. 그러나 그녀는 철부지가 아니다. 떠돌이로 살 수 있기를 원하는 한편으로, 그러한 소원이 무한히 충족되리라고 믿지 않는다. 그녀는 "언제까지 나는 떠돌 수 있을까" 속으로 자문하며, 계속해서 떠돌기란 "내가 나를 마주치지 않고 하루하루를 보내려는 것처럼 허무한 음모"가 아닐까 의심한다. 단 하루도 마주치지 않을 수 없는 "나"란 자신의 성—자신을 남자들에게 찬탄과 구애의 대상이 되게 하지만 결국 어쩌면 여자들의 저 슬픈 운명에 결박시킬지 모를 성, 그것이기도 하다.

　여성의 성에 대한 인식이라는 면에서 희진의 자기 서사는 한국 소설의 어떤 선례 못지않게 명석하다. 여성이 성적으로 남성에게 예속되어 있음을 인식하는 데서 나아가 바로 그러한 사정 때문에 여성의 성과 여성의 삶 사이에 일어나는 모순을 통찰하고 있기 때문이다. 희진은 스무 살 무렵 자신의 성의 비극적 본질과 마주쳤고 그것과 최초의 싸움을 벌였다고 해도 좋을지 모른다. 희진 이야기 중의 주요 사건인 영원과의 교제는 그 싸움의 시작에 해당한다. 영원은 희진에게 어떤 남자인가, 영원과의 관계는 희진에게 어떤 삶의 가망인가. 특출하게 잘생겼고 얼마간 로맨틱한 매력까지 있는 서울 남자 영원은 그녀에게 이성을 대표한다. 그가 그녀에게 연상시키는 이미지는 무엇보다도 "소문으로만 들은 먼 나라의 외딴 섬"이다. 그 외딴섬을 마음에 두고 그녀는 한여름 그녀의 감각을 황홀하게 했던, "겨울 해초" 같은 "서늘하고 상큼〔한〕 바람," 그것이 불어오는 망망한 바다 저쪽 어딘가를 상상했을지도 모른다. 서술된 그녀의 세계 내부 이미지들의 논리에 따르면, 영원은 그녀를 사랑함으로써, 비록 일시적일지라도, 그녀의 성을 가족이라는 누속陋俗이 없는 낙원으로 데려갈지 모를, 그녀의 존재를 여성적 성의 비극으로부터 떼어놓을지 모를 사람이다. 그러나 그는 그녀와의 친교가 사랑으로 발전되기를 원치 않는다. 그녀와 사귄 지 6개월이 지났으나 사랑한다고 말한 적이 없고 가벼운 입맞춤 이상의 접촉을 피하고 있다. 그가 군 입대를 위해 떠나기 전에 그녀를 만난 저녁, 그녀는 그와 섹스하게 되리라 예상했으나 그는 엉뚱하게 행동한다. "첫경험"이란 어떤 경우에도 여자에겐 "상처"라고, 자신은 어떤 상처도 입히고 싶지 않다고 말하면서 그녀에게 기대를 버리도록 설득한다. 특히 그는 자신의 발기한 음경을 그녀에게 만지게 하면서 그것이 관계 맺기에 대한 진심의 열정과 무관하게 작동하는 물건이라고 알려준다. 영원이 떠난 후 음경의 촉감은 그녀의 기억에 남아 남성의 낯섦을 계속 상기시킨다. 그는 그녀에게 남자의 성을 알게 했지만 사랑은 알게 하지 않았다. 상처를 주지 않으려고 했으니 그는 자신을 사랑한 셈이라고 그녀는 생각하지만 그건 그녀가 그의 사랑을 받지 못했음을 무의식적으로 시인하는 반어법적 발상에 가깝다.

영원과의 이별 이후 희진은 영원이 언뜻 보게 해준 어떤 황홀한 삶의 가망이 그녀에게서 사라졌음을 인정하는 듯이 행동한다. 그녀와 마찬가지로 학교에 남아 겨울방학을 보내고 있는 친구들과 대화하는 중에 그녀는 "공무원시험 준비"를 시작해서 "구급이라도 시험" 합격만 되면 학교를 그만두고, 게다가 어떤 도시지역의 동사무소도 아니고, "아주 먼 시골 면사무소"에 다닐 계획이라고 말한다. 그렇게 차가운 체념의 허방으로 떨어진 상태에서 그녀는 영원이 어쨌든 자신을 사랑했다는 자위의 온기마저 앗아 가는 정보를 접하게 된다. 그녀가 영원을 잊지 못하자 딱하다고 여긴 그녀의 친구 정은은 그의 "두 얼굴"에 대해 이야기해준다. 이야기인즉, 그는 희진과 사귀고 있던 시기에 정은의 친구와 같은 과에 다니는 여자와 동거하고 있었고 지금도 그렇다는 것, 입대를 위해 서울로 간다는 그의 말은 거짓이고 그는 며칠 전에도 근처 어느 거리에서 정은의 눈에 띄었다는 것이다. 그렇게 영원의 사랑이 거짓이었음이 드러나는 사이 성적 침해에 노출되어 있다는 공포는 희진의 마음속에 더욱 커져간다. 그녀의 방문을 떼어내 들고 있던 가옥 별채 남자를 목격한 사람들의 증언으로 미루어 그녀의 스푼 등속을 상습적으로 훔쳐 간 자가 바로 그 남자일 거라는 의심이 생긴다. 그 고조된 불안과 위험의 순간에 그녀는 같은 학교 남자들에게 마음을 의지한다. 그녀보다 나이가 열 살 많아 그녀가 형이라고 부르는, 한때 직장도 가졌고 결혼도 했던 운규의 팔에 안겨 잠을 자기도 한다. "그의 팔도, 그의 가슴도, 그의 사랑도" 그녀는 편안하다고 느낀다. 그러나, 주위의 남자들 중에서 영원이 사랑 없는 성을 대표한다면 운규는 성 없는 사랑을 예시한다. 아내가 자살한 후 성적 불능 상태라는 그의 "품안"은 희진에게 유년기의 친밀한 공간을 연상시킨다. 그녀가 "아주 옛날에 숨어들던 다락방" "엄마의 물건들"이 "망가진 물건들과 먼지와 거미줄"과 함께 있었던 옛집의 다락방 같은 느낌이다.

희진의 회상 속에 등장하는 이미지들 가운데 나팔꽃이 무리 지어 피어 있는 베란다와, 먼지가 쌓이고 거미가 집을 지은 다락방은 대조적이다. 그 차이는 그녀의 1980년 여름과 겨울의 차이다. 여름과 겨울은 그녀의 성적 자기의식에 있어서 상승과 하락에 대응된다. 여름날 그녀의 베란다에 모인 영원과 그 밖의 남자들이 「꽃보다 귀한 여인」을 부른 반면, 겨울날 마지막 데이트에서 영원은 그녀를 옆에 두고 「꽃들은 모두 어디로 갔나」를 부른다. "꽃들은 모두 어디로 갔나, 소녀들이 꺾어 갔지. 세월이 지나 소녀들은 모두 어디로 갔나, 청년들에게로 갔지. 세월이 흘러 청년들은 모두 어디로 갔나, 전쟁터에 가서 죽었지. 그리고 모두 꽃이 되었지. 세월이 지나……." 이 노래는 1950년대 중반에 코사크 민요에서 일부 가사를 빌려 작사·작곡된 포크송으로 1960년대에 킹스턴 트리오, 피터 폴 앤 메리 같은 가수들의 녹음으로 인기를 얻었다고 알려져 있다. 특히, 미국의 베트남전 참전 이후 반전 운동 중에 자주 불려 크게 반향을 일으켰고 일본과 한국에서도 미국 대중문화의 영향 아래 있었던 청년 세대의 애창곡이 되었다. 그런데, 그 가사는 희진 이야기 중에 두 번 인용되면서 반전 메시지와 다르게 작동한다. 영원의 사랑에 대한 기대가 좌절된 그녀의 정황 속에서 그것은 청춘의 시간이 자신에게서 덧없이 사라지는 중임을 불현듯 깨달은 그녀의 심정 토로처럼 들린다. "어디로 갔나"라는 반복된 물음은 청춘의 시간에 대해 그녀가 가졌을 환상의 크기와 더불어, 그것의 경과 앞에서 그녀가 느꼈을 당혹감과 무력감을 상상케 한다. 그러고 보면 영원이라는 그녀의 연인 이름은 여간 아이러니컬하지 않다. 그는 바로 시간의 난폭한 경과를 그녀에게 통감하게 만든 사람이기 때문이다.

앞에서 말했듯이, 스무 살 무렵 희진은 떠돌이가 되고 싶어 했다. 그것은 할머니들과 어머니들의 누습에서 벗어나 자기를 세우고자 하는, 자기 나름의 방식으로 청춘을 살고자 하는 소망의 발로다. 그러나 그녀가 여성적 성과의 싸움을 시작하고 얼마 되지 않아 청춘은 불현듯 시드는 표정을 짓기 시작했다. 뭐라고 할까, 삶은 그녀가 조종하려고 하자마자 적의를 드러냈다고 할까. 생각하면, 이것은 동서양 소설의 여주인공들이 거의 예외 없이 마주친 상황이다. 그녀는, 예컨대, 버지니아 울프의 장편소설 『등대로』의 램지 부인이 나이 오

십에 상기하는 역경을 일찌감치 만나기 시작한 셈이다. 서술자는 램지 부인을 두고 이렇게 말한다. "한편으로는 삶과, 다른 한편으로는 그녀 사이에, 모종의 거래가 진행 중이었고, 그 거래에서 그녀는 삶을, 삶은 그녀를 줄곧 서로 이기려고 들었다. 때로는 대화를 하기도 했고(그녀가 혼자 앉아 있을 때면), 때로는 감동적인 화해의 장면들도 있었다고 기억하지만 대개는 묘하게도, 자신이 삶이라고 부르는 그것이 끔찍하고 적대적이고 틈만 보이면 공격을 해올 것처럼 느껴진다는 것을 인정하지 않을 수 없었다."[3] 램지 부인에게 그렇듯이, 희진에게도 삶은 방심하면 위험한 상대다. 시간은 마치 적이 예장禮裝 아래 비수를 감추듯, 약속 아래 위협을, 축복 아래 저주를 감추고 있다. 시간은 희진에게 청춘의 순간들을 발생시키고 이어 그 순간들을 낱낱이 파괴한다. 희진이 1980년 겨울에 하는 전이 경험의 핵심이 자신의 성과의 싸움을 포함한, 여자로서의 성숙을 향한 실험의 과정이라면 그것은 또한 청춘의 환영을 소멸시키는 시간, 무자비한 부정성negativity을 내포한 시간과 대면하는 과정이기도 하다. 비평가 마틴 하글런드가 버지니아 울프 소설 속의 시간 경험을 분석하는 중에 말한 바대로 삶의 순간들은 언제나 이미 죽음의 순간들이라면 그와 같은 트라우마적 시간 정념은 희진이 하는 회상의 배

---

3) 버지니아 울프, 『등대로』, 최애리 옮김, 열린책들, 2013. 82-83.

면을 짙게 물들이고 있다.[4]

　이러한 맥락에서 보면, 희진의 하숙집은 색다른 데가 있다. 지은 지 거의 5, 60년은 되었다고 하는, 그 일본식 목조집은 한 젊은 여자의 전이 공간으로 그럴듯하게 이채롭다. 그 집 안팎에는 여자의 장면들이 출몰한다. 그것들은 대체로, 그녀가 영원한 떠돌이의 삶이 가능하다고 믿지 못하고 있는 만큼, 그녀에게 아내 되기, 엄마 되기의 액운이 살아 있음을 경고하는 듯한 장면들이다. 특히 암시적인 광경은 하숙집 2층에 있는 그녀의 방에서 창밖으로 내려다보이는, 역시 낡은 일본식 목조 건물인 뒷집 1층 창 너머의 방이다. 그곳에서는 허리가 굽은 노파가 남편으로 짐작되는 노인을 돌보는 모습이 간혹 보인다. 노파는 병에 걸려 거동이 불편한지 줄곧 침대에 누워 있는 노인을 위해 물을 가져오기도 하고 어깨를 주무르기도 하지만 노인은 사납게 투정을 부린다. 노인이 몸을 돌려 노파를 등지고 누우면 노파는 "낡은 가죽 같은 얼굴"로 침대 옆 의자에 우두커니 앉아 있다. 어느 저녁 노파는 붉은 내복 차림으로 "거미"같이 마른 몸을 드러낸 채로 노인의 허리를 반쯤 세워 물을 먹이다가 노인에게 박대를 당한다. 노인이 노파에게 언짢은 표정으로 뭐라고 말하더니 갑자기 노

4)　Martin Hägglund, *Dying for Time: Proust, Woolf, Nabokov*, Harvard University Press, 2012, 77-78.

파의 손에 들린 물컵을 내쳐 노파의 얼굴에 물이 쏟아지게 한다. 안쓰러운 몰골의 노파가 그처럼 노인에게 시달리는 장면을 목격하자 희진은 세월이 흐른 다음 어느 순간의 자신을 생각한다. "생은 말라버린 가죽 같은 저토록 늙은 얼굴을 내게 덮어씌울 수도 있었다. 한 남자와 평생을 산다 해도, 다른 나라의 낯선 섬을 가진 그를 나는 끝내 알 수 없을 것이다. 그리고 모르는 남자는 내가 내민 물컵을 내치고 나의 늙은 얼굴에 물을 쏟는다."

낡은 가죽 같은 모양에 물까지 뒤집어쓴 노파의 얼굴은 시간의 부정적 운동의 끝에 이르러 모든 상상의 베일을 벗은 사랑의 실물, 바로 그것이다. 희진은 그 실물의 습격을 당한 충격 속에서 결심한다. 남자의 사랑에 의존하여 살아가는 여자의 운명과 타협하지 않고 오래도록 떠도는 존재가 되겠다는 의지를 확고히 한다. 왜소한 몰골의 별채 남자를 눈앞에 두고 그녀는 남자의 사랑을 구하는 여자이기를 단호하게 포기한다.

내 얼굴에 차가운 물이 쏟아진 듯 눈물이 흘렀다. 곧 스무 살이 될 나는 그 순간에, 아주 낯선 곳에서 단순하고 지루한 일을 하며, 아무에게도 소식을 전하지 않고 쓸쓸하게 살겠다고 결심한다. 낡은 옷들을 손질해 입고 푸성귀를 시들지 않게 보관해 마지막 것까지 알뜰히 먹고, 매일 똑같은 길을 산책하고 책장이 떨어지고 제목을 잃어버린, 아주 오래된 책들만을 읽는다. 나는 이 생으로부터 운명 따위로부터 무관심하게 잊혀져 거리낌 없이 먼지에 뒤덮이겠다고 결심한다.

　나는 돌아서서 그를 쳐다보았다. 왜소한 늑대 같은 눈에 슬픔이 가득 차 있었다. 나는 불을 껐다. 방 한가운데에 난롯불이 고요하게 떠올랐다. 순간적으로 어둠이 눈을 가렸으나 창으로 들어온 빛으로 이내 방안은 희미하게 윤곽을 드러냈다. (……) 바람이 방문을 흔들었다. 나는 스웨터를 벗고 남방 셔츠를 벗고 진 바지를 벗었다.

　별채 남자는 장미꽃 다발을 들고 희진 앞에 나타나 스푼 등을 훔쳐 간 잘못에 대해 용서를 구하며 사랑한다고 어눌하게 고백한다. 희진은 자신의 몸을 가지고 싶어 했지만 스푼 등을 훔쳐 가는 것으로 대신했던, 그리고 그녀의 방에 들어섰다가 그녀의 친구 인효에게 얻어맞아 얼굴 등에 상처를 입은 그를 방 안에 머물게 한다. 그리고 그에게 몸을 허락한다. 스무 살 직전의 처녀가 평소에 아무런 애정도 느끼지 못한, 심지어 "열등한 늑대"라고 여겼던 남자에게 자신과 성교할 기회를 선뜻 주는 행위는 난폭한 데가 있다. 그러나 사랑의 실물을 접하고 희진이 받았을 충격을 상상하면 그것은 격정적이긴 하나 황당하지는 않다. 열등한 수컷이라는 그의 인상은 오히려 그를 그녀의 충동에 어울리는 상대로 만든다. 종합병원 혈액은행과에 근무하며 그녀가 보기에 "뇌출혈처럼 따분한 일"을 하고 있는 그는 어느 순간 "운명 따위로부터" 무심하게 잊힌 상상 속의 그녀와 동격이다. 더욱이, 영원이 상처를 주기 싫다는 이유로 그녀와 성교하기를 거절했던 것을 상기하면, 그녀의 선택은 자학 심리에 맞는 것이기도 하다. 그녀는 자신의 몸에 상처를 내기 원했고, 별채 남자를 받아들여 그 소원을 이룬다. "높은 담장 위의 쇠창살"에서부터 십자가 위 예수의 "손바닥에 박힌 긴 못"에 이르기까지 "세상의 온갖 날카로움이 〔그녀의〕 존재의 중심부를 관통한 것" 같은 고통을 겪는다.

이처럼 희진이 스스로 처녀성을 포기하는 장면에서 환멸의 슬픔은 반란의 힘으로 전환된다. 그녀는 자신의 성을 결혼과 분리해서 생각하고 있음은 물론, 가족제도를 지탱하는 성의 경제에 역행하는 방식으로 사용하고 있다. "별채" 남자라는 자못 암시적인 호칭을 가진 병원 직원에게 그녀가 허락하는 자해적 성교는 바로 "집"이라는 제도의 권위에 저항하는 성의 소비 방식이다. 그녀가 여성의 성에 관한 남성 중심적 통념에 맞서고 있다는 것은 말할 필요도 없다. 그 통념에 따르면, 여성의 성은 가족제도의 유지를 위한 통제를 받아들이는 대가로 사회로부터 보호와 존중을 받는다. 결혼과 가족의 목적에 합당하도록 구성되고 교육되고 관리되는 여성의 성과 그 동요는 현대 한국 여성 작가들의 무수히 많은 작품에서 발견된다. 앞서 스무 살 여자 이야기의 선례로 간단히 언급한 강석경의 「숲속의 방」은 여기에서도 유용한 참고 대상이 된다. 서술자 미양은 동생 소양의 방황에서 촉발되어 자신의 스무 살 때를 회상하는 중에 자신이 어떻게 여성의 성적 규범에서 이탈했는가를 이야기한다. 그녀는 피아니스트로서의 직업적 성공을 추구하는 대신에 대학을 졸업하고 "유월의 장미 같은 신부"가 되기를 꿈꾸었고 그것이 바로 "여자의 길"이라고 생각했다. 그리고 "여태 순결하게 키워온 젊음과 아름다움은 결코 나만을 위한 것이 아니었다"고 믿었다. 그러나 한 남자의 협박으로 알몸이 되는 굴욕을 당한 후 심리적 혼란을 겪던 와중에 그녀는 혼전 순결을 지키려는 의지를 철회한다. 남자친구가 누군가와 약혼하려 한다고 알려오자 그를 유혹하여 처녀성을 버렸다.[5] 미양과 희진 모두 자발적으로 처녀성을 포기했다. 그러나 그들의 동기는 같지 않다. 미양이 성적 순진함을 무의미하게 여겨 그렇게 했던 반면, 희진은 자신을 남성과 가족에 예속시키는 성의 경제에 대항하여 그렇게 했다.

스무 살 무렵 희진은 그녀의 인생에서 결정적으로 중요한 전이적 시간을 통과했다. 성숙한 여성적 성의 영역으로 진입했고, 혼란스럽고 격정적인 여성 되기 경험을 했다. 그녀

---

5)   강석경, 앞의 책, 56, 61-64.

의 행로는 한국 사회의 넓은 계층에서 정상적이라고 간주되는 여성 형성과 방향을 달리한다. 그것은 「숲속의 방」의 미양이 말한 "여자의 길", 즉 사회적으로 인가된 사랑과 결혼의 길에서 처음부터 비켜났다. 그녀가 통과한 시간에 관한 그녀의 회상은 그 길이 여자에게 오히려 굴욕임을 암시하는 사건들, 남자와의 사랑이란 환영에 불과함을 알려주는 사건들에 집중한다. 그녀의 기억 속에서 영원은 남자의 성이 근본적으로 생소하다는 것, 뒷집 노인은 남자의 사랑이 투정과 패악으로 끝난다는 것을 예시한다. 그녀의 회상은 특히 남자와 여자의 조화로운 결합이란 순전한 거짓임을 보여준다. 영원과 그녀의 성교 없이 끝난 사귐, 노인과 노파의 불행한 공존 관계는 남자와 여자가 사실은 성적으로 깊이 분열되어 있다는 증거이다. 남녀의 사랑과 결혼을 신성화 혹은 낭만화하는 남녀의 조화라는 관념은 그녀의 서술 속에서—세상의 무엇이든 그로부터 가차 없이 상상의 베일을 벗기는 시간의 트라우마적 위력을 알고 있는 서술 속에서 정확하게 무너진다. 「꽃들은 모두 어디로 갔나」가 발표된 시기의 문단에서는 대략 1960년대 전반에 태어난 여성 작가들이 잇따라 두각을 나타내며 줄줄이 화제의 작품을 내놓았다. 페미니즘의 약진과 때를 같이하며 문학적으로 성장한 그들은 여성들의 정치적, 윤리적 자각을 반영한 다양한 주제의 서사물을 생산했으며, 그렇게 하는 가운데 남성과 여성, 일상과 역사, 개인과 사회를 상상하는 한국 소설의 방식에 획기적 변화를 가져왔다. 그들이 1990년대를 통해 발표한 단편소설들은 특히 남성과 여성의 친밀한 관계를 종전의 남성 본위의 환상으로부터 풀어놓았음은 물론, 그 관계에 내재한 애매성과 아이러니에 대한 풍부한 증언이 되었다. 「꽃들은 모두 어디로 갔나」는 그중 기억에 값하는 걸작이다. 이 반反낭만적 성과 사랑의 서사에서 한국 여성의 상상적 사유는 바로크적 강렬성의 높이에 도달했다.

민중의 탈신화화와 재신화화
─김소진, 「건널목에서」

¶ 김소진 소설집 『눈사람 속의 검은 항아리』(강, 1997. 5)에 실린 텍스트를 논의에 사용했다.

김소진이 1996년에 발표한 「건널목에서」는, 그의 단편 소설 중에서, 이를테면, 「열린 사회와 그 적들」이나 「개흘레꾼」만큼 유명하지 않지만 그가 너무나도 이른 나이에 세상을 떠나기 전에 상당한 확신과 집념을 가지고 자기 나름의 문학 스타일을 완성하고자 분투하고 있었음을 알려준다. 이 작품은 서사적 디자인 면에서 약 1년 앞서 출간된 『장석조네 사람들』과 통한다. 그 장편소설이 1970년대 서울의 산동네 주민 장석조의 가옥에 세 들어 사는 아홉 가구에 관한 총 열 편의 독립된 이야기를 나열하고 있는 반면, 이 단편소설은 대략 1990년대 전반 서울 어딘가에 철도 건널목을 끼고 형성된 동네의 주민 세 사람에 관한 독립된 콩트 세 편을 이어놓고 있다. 첫째는 시내에 나갔다가 무단으로 화물열차를 타고 동네로 돌아오는 신발 행상 안 씨의 일화, 둘째는 감옥에 들어가 있던 아이들의 우상 병호가 동네에 나타날지 모른다는 소문을 듣고 기대에 부풀어 있는 소년 철기의 일화, 셋째는 건널목 시장에서 20년째 장사를 하고 있는 병호의 어머니 곱창할매의 일화. 이처럼 여러 인물들의 일화를 연작처럼 배열하는 형식은 단편소설에서 그렇게 희한한 것이 아니지만 이 작품의 경우에는 얼마간 이채롭다. 각각의 일화들이 동일한 시공간 프레임워크를 공유하게 하고 아울러 통일된 플롯의 요구와 무관한 상호간 공통성과 연속성을 가지게 한다는 점에서 그렇다. 그러한 조작의 결과, 안 씨, 철기, 곱창할매는 저마다 독특한 성격을 가진 개체라기보다 고유의 시공간을 가지고 있는 한 공동체의 조각들처럼 보인다. 1990년대 전반 서울 변두리의 철로 변이라는 특수한 시공간을 배경으로 하는 특수한 사회적 존재의 느낌은 그곳 동네에 나타난 병호가 잠복 중이던 형사들에게 잡혀가는 사건이 그들 각각의 일화 끝에서 공통적으로 일어나고 있는 데서 확연하게 살아난다.

「건널목에서」는 "서울역 옆 염천교 위 구두거리"에서 싸구려 구두를 가방 한가득 구입한 안 씨가 "시멘트수송 열차"를 몰래 훔쳐 타는 데서 시작한다. 그 서울역을 지나는 철도는 소설이 발표된 1996년 무렵 서울에 실재하고 있었던 철도 노선 중 하나인 용산선으로 추정된다. 이 노선은 1905년 경의선의 일부로 개통되어 1920년대에 용산구 용산역과 서대문구 가좌역을 잇고 있었고 이후 여러 인접 노선 개폐에 따라 구간 변동을 겪었으며, 1955년 수색역과 연결된 다음에는 주로 화물수송 노선으로 사용되다가 2019년 현재는 그 구간 대부분이 지하화되어 전철 운행에 이용되고 있다.[1] 용산선 노선상으로 보면, 그리고 철기의 일화 중에 나오는 "청석골 주유소"라는 이름으로 미루어 보면, 소설의 배경이 되는 철도 건널목은 마포구 서강西江 지역 어딘가로 짐작된다. 철도는 안 씨, 철기, 곱창할매 모두에게 당연히 중요한 의미를 가진다. 안 씨에게는 그의 도붓장수 노릇에 불가결한 이동 수단이고, 철기에게는 "싸나이"라는 미래의 자신에 대한 환상의 원천이며, 곱창할매에게는 식당 영업을 가능하게 해준 동네 시장의 근거다. 서강 철로 주변 동네 사람들은 자본주의적 개발이 한국 사회에 일으킨 지리적 이동의 격량을 따라 지방 어딘가로부터 그곳으로 이주한 탈향민들과 그 후손들이겠지만 그들 중 일부에게 그곳은 단지 거주와 영업을 위한 구역이 아니라 충분히 상징적이고 사회적인 장소다. 그들 중에는 특히 기차와 자신을 동일시하는 남성 인물들이 있다. 병호는 자신이 조수로 타고 있는 기차에 탑승한 철기에게 자못 형다운 언변을 보이는 중에 "이 기차는 말이지 그저 딱딱한 쇠붙이가 아니란다"라고 말하면서 기차와 남자의 유사 관계를 가르친다. "이건 살아 있는 거야. 살아서 숨 쉬고 나와 호흡을 맞춰서, 또 어쩔 땐 내 노랫소리를 들으며 숨차게 달리는 생명체

---

1)　한국학중앙연구원 편찬 한국민족문화대백과사전(http://encykorea.aks.ac.kr) 중 '용산역' 항목 등 인터넷 정보 참조.

야. 무릇 남자라면 바로 이 기차를 닮아야 해." 병호나 철기의 눈으로 보면 철도 건널목 동네의 궁상은 그리 부끄럽지 않을지 모른다. 그곳은 영웅적 남성들의 고향일 테니까 말이다.

「건널목에서」의 서술자는 작품 전체를 통해 일관되게 삼인칭을 취하면서 자신의 시점에서 안 씨, 철기, 곱창할매와 그들의 세계를 보는 동시에 그들의 시점에서 그들과 그들의 세계를 본다. 그러니까 서술자는 세 인물의 독립된 일화를 차례차례 전하면서 세 번 이상 시점을 이동한다. (곱창할매의 일화에서는 곱창할매만이 아니라 방 씨도 시점 기능을 한다.) 이 세 인물의 시점은 그들의 개인적, 집합적 경험과 어떤 식으로든 결합되어 있으며, 그들 자신과 세계에 대해 객관적이라고 말하기 어렵다. 그것은 오히려 편견이나 우매나 속신과 연루되어 있다. 예컨대, 몇 년 전 결혼에 실패해서 외톨이 신세인 40대 초반 나이의 안 씨는 "결국 여자나 구두나 정들이기 나름이고, 얼마나 맞췄는가 나름이고, 길들이기 나름이라는 점에서 거기서 거기 아닌가"라고 생각하고, "스트리트 파이터" 같은 신판 격투 게임에 한창 빠져 있는 초등학생 철기는 사내다움의 표본인 병호가 그를 붙잡으려고 형사들이 출동한 동네에 나타난다면 "대단한 구경거리"가 벌어지리라 예상하며, 병호의 탈주가 경찰의 상부에 알려지면 형사들 중 누군가가 문책을 당할 수밖에 없음을 간파한 곱창할매는, 추측건대, 체포 작전에 협조하면 병호의 탈주 사실을 숨겨

중형을 면하도록 선처하겠다는 그들의 감언을 믿는다. 그러나 서술자는, 보기에 따라서는, 잘못이 있는 그들의 지각이나 생각을 시비의 대상으로 삼지 않는다. 오히려 자신의 시점을 그들의 시점 속으로 용해하다시피 해서 다수의 시점이 대등하게 공존하고 있는 듯한 상태를 연출한다. 이 다수 시점은 철로변 동네가 다중多衆적이고 사회적이라는 인상에 크게 가세한다. 서술자는 세 인물에 대해 이야기하고 있지만 그의 궁극적 관심은 그 인물들의 소묘가 아니라 그들이 함께 속한 사회적 공동체의 묘사에 있다고 생각된다.

서울 변두리 동네의 신발 장수, 문구점 주인, 영세 식당 주인, 슈퍼마켓 주인, 미장원 조수, 늙은 무당—이런 인물들의 집합은 종래에 민중이라고 불려왔다. 과거 민중문학 계열의 작품 중에는 형식상 「건널목에서」와 유사한 것이 없지 않다. 그중에는 이 소설의 범례가 되지 않았을까 추측되는 것도 있다. 황석영의 단편소설 「돼지꿈」(1973)이 그것이다.[2] 작품의 삼인칭 서술자는 화학공장과 인접한 하천 변 판자촌 동네를 배경으로 다수 인물에 대한 이야기를 다수 시점에서 들려준다. 그 시점 인물은 고물 수집으로 생계를 삼고 있는 강 씨, 전남편과의 사이에서 태어난 남매를 데리고 있는 강 씨의 아내, 포장마차 영업을 하고 있는 덕배, 수출용 전자제품 박

2)   황석영, 「돼지꿈」, 『삼포 가는 길』(황석영 중단편전집 2), 창작과비평사, 2000.

스 하청공장 공원인 강 씨의 아들 근호 등이다. 두 소설의 다수 시점 인물들에 차이는 있다. 「건널목에서」에 등장하는 시점 인물들이 단지 한동네 주민인 반면, 「돼지꿈」에 나오는 시점 인물들은 강 씨 가족을 중심으로 한다. 서사 형식에도 차이가 있다. 전자가 플롯 없는 일화 배치 형식을 가지고 있는 반면 후자는 아비 없는 아이를 출산하기 직전인 강 씨의 딸 미순을 둘러싸고 문제 해결의 플롯을 전개한다. 그러나 도시 변두리 민중 집단의 존재를 강력하게 환기한다는 공통의 특징에 견주어 보면 그 차이들은 대수롭지 않다. 게다가 두 소설에는 민중의 일체성이 현시되는, 마치 집합적 조화의 의례 같은 의미를 지니는 다수 인물들의 공동 식사가 공통적으로 중요한 서술 대상이 되어 있다. 「건널목에서」의 동네 사람들은 어둠이 내린 철로 변 시장통에 모여서 곱창할매가 마련한 음식을 먹고, 「돼지꿈」의 마을 사람들은 해 질 녘 빈터에 나가 불을 피우고 강 씨가 얻어 온 죽은 셰퍼드를 조리해서 나눠 먹는다. 김소진은 「돼지꿈」이 자신에게 얼마나 감동적인 작품이었던가를 밝힌 평문을 쓰기도 했으니[3] 「건널목에서」의 본문에 그 민중문학의 명작에 대한 오마주의 편영片影이 어른거리더라도 별로 놀랍지 않다.

---

3)   김소진, 「70년대 민중의 마지막 꿈―황석영, 「돼지꿈」」, 『그리운 동방』(김소진 전집 6), 문학동네, 2002.

김소진은 그의 세대 작가 중에서 드물게 민중문학의 전통을 계승했다는 평가를 생전에 이미 받고 있었다. 1970년대에 황석영과 그 밖의 작가들의 작업을 통해 확립된 민중 현실 묘사의 관습들, 예컨대 지역적·계급적 방언의 포용, 식욕과 성욕 같은 단순한 자연 본능 강조, 공동체주의적 덕성에 대한 조명, 빈곤과 원한의 집합적 경험의 상기 등은 김소진 소설에도 짙은 영향을 남기고 있다. 하지만 「돼지꿈」과 「건널목에서」 사이에는 1970년대와 1990년대의 거리에 상응하는 차이가 존재한다. 「돼지꿈」을 조금 자세히 보자. 강 씨 가족 하루의 일에 대한 서술에는 그것이 어느 시대의 일인가를 오차 없이 상기시키는 세부 묘사가 들어 있다. 예컨대, 폐품을 모으려고 돌아다니던 강 씨가 "강남학교" 앞을 지나다가 만난 "아주머니"로부터 땅에 묻어달라는 부탁을 받고 리어카에 실어 복날 보양식용으로 마을로 가져오는 "셰퍼드" 사체, 언제나 "회색빛 폐수"가 괴어 있는 길을 따라가서 담장이 쳐진 공장 건물들과 높다랗게 쌓인 쓰레기 더미를 지나면 시야에 들어오는, "콜타르의 종이"로 지붕을 얹고 "주저앉아" 있는 "움막집"들, 노사 갈등에 휘말리면 자기만 손해라고 생각하는, 공장에서 일하던 중 손가락 세 개를 기계에 잘렸지만 일당의 백 배가량 되는 치료비를 받게 되자 "한땡 잡았다"고 기뻐하는 강 씨의 아들 등등. 이 인상적인 세목들을 통해 서술자는 강 씨 세대와 그 밖의 마을 사람들이 자본주의에 의한 계급 형성과 분할의 난폭한 과정 속에 출현한 빈민들이며, 산업자본의 충격에 속절없이 노출되어 생계를 위한 사투의 나날을 보내고 있음을 알려준다. 따라서 마을 사람들이 한여름 저녁 어느 공장 부지 빈터에 모여 덩치가 장정만 한 셰퍼드의 살을 뜯어 먹으며 벌이는 잔치는 농촌으로부터 도시로 이월된 복날 의례에 그치지 않는다. 그것은 무자비한 개발의 시대가 가져온 빈궁화와 불구화의 위험이 그들의 몸속 깊은 곳으로부터 배양한 야성적 활력의 집합적 현시다.

「건널목에서」의 동네 사람들의 일상에도 그들이 어떤 시대를 살고 있는가를 알려주는 표지들이 있다. 안 씨는 고급 상표에 밀려난, 이른바 "족방"에서 제작한 구두를 팔고, 철기는 "스트리트 파이터" 게임을 하고, 미스 정은 「사랑은 연필로 쓰세요」라는 노래를 부르고, 시장 거리에서는 점호店號 중에 "호프"를 가진 영세 주점들이 경합 중이다. 그러나 그들의 생활에서는 그것 한가운데를 통과하며, 그것에 일정한 벡터를 부여하며 전진하는 역사의 운동이 느껴지지 않는다. 그도 그럴 것이, 그들의 생활은 모든 사람을 멀리든 가까이든 역사의 리듬과 이어지게 하는 계급적으로 분화된 노동의 긴장을 결하고 있기 때문이다. 안 씨의 일화, 철기의 일화, 곱창할매의 일화 모두 황석영의 민중 이야기와 달리, 자본과 노동의 모순에서 멀찌감치 벗어나 있다. 철로 변 사람들이 여름 저녁 곱창할매가 걸판지게 마련한 공짜 음식을 먹는 동안 대기 속에는 돼지

곱창 냄새와 함께 축제의 열기가 번지고 주흥이 오른 사람들 사이에는 걸쭉한 육담과 패설이 오간다. 그러나 여기에 연극적 호기는 있어도 야성의 활력은 없다. 공동 식사 장면에서 목소리를 내는 문구점 주인 방 씨와 그 주변의 "개미슈퍼 최 씨" "박리분식 김 씨" 등은 모두 주접스러운 중년 남자들이고, 그들이 하는 역할은 주로 좌중을 즐겁게 하는 허풍과 익살이다. 이 철로 변 사람들의 특징은 1970년대와 80년대를 통해 다양한 변혁 담론 영역에서 지속적으로 구축된, 한국형 대문자 역사의 주체 자리에 서는 민중이라는 신화가 1990년대에 들어 시세를 잃은 사정과 조응된다. 그들은 탈신화화하는 민중의 한 형상처럼 보인다.

「건널목에서」의 저자가 하고 있는 민중의 탈신화화 작업은 기존 김소진론에서 종종 주목되었고 다른 용어들로 기술된 바 있다. 김소진론의 기조를 잡은 평론 중 하나에서 정홍수는 김소진 소설의 아버지와 어머니 묘사는 세상의 "변두리 삶이 이루어낸 엄숙한 사실의 자리를 껴안으려"는 노력이며 그로부터 비롯되는 리얼리즘은 "중심의 질서가 자랑하는 휘황함과 허위에 대한 비판"을 함축한다고 썼다.[4] 그런가 하면, 김형중은 김소진의 작중인물들이 쥘리아 크리스테바

---

4) 정홍수, 「허벅지와 흰쥐 그리고 사실의 자리」, 『소설의 고독』, 창비, 2008, 205.

가 개념화한 비체卑體, abject에 가깝다고 보고 "80년대적 상징계 밖에 있으면서 사실은 상징계를 위협했던 존재들"로 이해하기를 제안했다.[5] 한국이라는 세계의 변두리에 버려진 인간 비체들―한국 사회 발전의 어느 시기엔가 그 사회 중앙의 신체 밖으로 배출된, 그 사회의 건전성 혹은 동일성에 위협이 되는 오물 같은 인간 존재들이라는 해석은 김소진 소설 특유의 하위 계급 인물들, 특히 아버지들과 관련하여 일리가 있다. 그의 단편소설「개흘레꾼」의 아버지, 즉 동네 개들의 교미에 대해 뭔가 지견을 가지고 마치 천직을 수행하듯 그것에 관여하고 있어서 이웃으로부터 경멸을 당하고 있는, 그래서 서술자 아들에게 수치의 원천인 아버지는 비체의 한 전형이다. 그는 개 흘레붙이기라는 행위 속에서, 크리스테바가 묘사한 비체의 작용 중 하나, 즉 인간 사회가 자신의 문화 영역을 구획하기 위해 배제한, 동물들의 혹은 동물적 성향들의 세계―예컨대, 섹스와 살인으로 대표되는 세계―를 끊임없이 회귀시키는 작용을 한다. 비체형 남성은「건널목에서」중에도 개흘레꾼 형상만큼 명확한 형태로는 아니지만 빠지지 않고 등장한다. 작중의 중년 남자들은 모두 인간 사회가 자연과 문화, 동물성과 인간성의 복합체임을 상기시킬 뿐 아니라 후

---

5)   김형중,「비루한 것들의 리얼리즘」, 안찬수·정홍수·진정석 엮음,『소진의 기억』, 문학동네, 2007, 258.

자보다 전자에 가까운 생존 양식을 예시한다. 신발 행상 안 씨는 아내가 젊은 남자와 도주하는 바람에 트라우마적 상처를 입었고 해소되지 않는 성욕에 강박되어 있으며, 문구점 주인 방 씨는, 안 씨의 말을 빌리면, "아이들 코 묻은 돈〔이나〕 울궈"내면서 밤낮을 가리지 않고 술에 절어 있다.

그러나, 비체 이론을 보다 엄격하게 적용하면, 「건널목에서」의 진짜 비체는 그 추레한 중년 남자들이 아니라 곱창할매다. 곱창이라는 말과 할매라는 말의 환유 관계를 통해 곱창할매는 동물의 배, 창자, 배설물과 등치된다. 크리스테바에 의하면, 비체라는 의사疑似-객체는 인간의 정신생활 초기 단계에 일어나는 원초적 억압의 대상이다. 구체적으로 그것은 어린아이가 '나'가 되려면 행해야 하는 분리, 즉 어머니와의 자연적 유대로부터의 분리를 시도하면서 발생한다. 아버지가 제공하는 상징적인 것의 도움을 받아 어린아이는 자신을 속박하고 있는 모성적 존재에 저항하면서 그 존재를 배격하고 거절한다. 이 배격하기, 거절하기, 스스로를 배격하기, 스스로를 거절하기가 바로 비체화하기abjection다. 비체화는 나르시시즘의 조건이며 바로 그렇기 때문에 비체는 나르시시즘적 '나'에게 역겨운 동시에 친근하고, 공포스러운 동시에 매혹적이다.[6] 곱창할매를 보면, 그녀는 음식 냄새를 피우고 "살피가 두툼"하고 다리를 저니 노추의 육화인 듯한 반면에 동네 사람들에게 천진한 즐거움의 계기를 만들고 있다. 그녀

덕분에 성사된 공동 식사 장면은 사실상 희극의 그것이다. 식탁에 둘러앉은 남녀들은 희극의 전개 중에 일어나는 억압된 심리적 에너지의 자유로운 방류를 연상시키는 유쾌하고 외잡스러운 대화를 즐긴다. 그들 중에는 셰익스피어의 광대들, 『서유기』의 트릭스터들, 이문구의 농민들 사이 어딘가에 그의 자리가 있을 듯한 익살꾼도 있다. 건널목 동네가 살면 살수록 "진국"인 이유가 좌중의 화제에 오르자 말할 기회를 잡은 "방" 씨는 먼저 옆자리의 미스 "정"에게 들으라는 듯이 소리 나게 "방"귀를 뀌고, 그런 다음 그 이유로 다름 아니라 "방" 값이 싸다는 것, 그리고 기차에 한번 "정"이 붙으면 떼기 어렵다는 것을 든다. 누군가가 그것이 무슨 "정"이냐고 묻자 그는 새벽이면 지나가는 기차 소리에 잠이 달아나고 성욕이 생기니 동네를 떠나지 못한다고 한바탕 농담을 펼친다.

성욕과 같은 몸의 요구는 건널목 사람들을 비체답게 하는 두드러진 이유다. 곱창할매는 자기가 만든 요리를 내놓으면서 여름 더위와 싸우다 보면 몸에서 "열기"가 빠져나가니 곱창 같은 고기를 먹어 벌충해야 한다고 말한다. 몸의 요구는 오줌이 마려운 순간의 안 씨나 방 씨처럼 사람을 우습게 만들지만 또한 곱창구이를 함께 먹는 순간의 유머처럼 사람 사이

6) Julia Kristeva, *Pouvoirs de l'horreur: Essai sur l'abjection*, Seuil, 1980, 20-22.

를 친근하게 만든다. 방 씨가 식탁에서 "정"이라고 부른 것은 몸의 요구에 따르는 삶, 그것이 주는 선물이자 그것을 살게 하는 힘이다. 정의 힘에 관한 통찰은 "결국 여자나 구두나 정 들이기 나름"이라는, 그런 점에서 모든 여자, 모든 구두는 달라봤자 "거기서 거기"라는 안 씨의 투박한 말에 요약되어 있다. 생각하면, 정에 웃고 정에 운다는 속어만큼 건널목 사람들의 인생에 대한 정확한 묘사도 없을 것 같다. 안 씨는 시골 곳곳을 돌아다니며 여자용 샌들 장사로 재미를 보던 시절에 샌들 다섯 켤레를 주고 젊은 과부를 사서 정력을 떨쳤던 때를 흐뭇한 마음으로 추억하는가 하면, 탑승한 화물열차의 어둠 속에서 아내에게 배신을 당한 자신을 상기하며 뜨거운 소주를 들이켠다. 정의 희비극 부스러기는, 비교적 근자에 건널목으로 흘러들어 외롭게 살고 있는 듯한 미스 정의 삽화에도 들어 있다. 서술 시간상 어제 건널목에서 떨어진 지역의 허름한 산부인과에 몰래 들러서, 다만 소년 철기를 마치 수호천사처럼 데려가 산부인과 건물 입구에서 기다리게 하고, 모종의 처치를 한 시간가량 받았던 그녀는 오늘은 곱창 회식 자리에서 술에 취해 「사랑은 연필로 쓰세요」라는 노래를 "질러대는 목소리"로, 그녀 자신이 잘못된 사랑에 빠져 마음을 다친 듯이 부른다.

그러나 세상은 정의 이치에 따라 돌아가지 않는다. 세상은 오히려 사람들로 하여금 법이 명하는 바대로 몸의 요구를 억누르게 한다. 건널목 사람들의 이야기에는 몸과 법의 대립이 감추어진 장면들이 있다. 대표적인 것이 익살을 부려 좌중을 웃기다가 오줌이 마려워진 방 씨가 곱창할매에게 화장실 열쇠를 달라고 하려고 술청 안으로 들어갔다가 그곳에서 식탁 하나를 차지하고 잠복근무 중인 두 형사와 맞닥뜨리는 장면이다. 방 씨는 그들과 눈이 마주치자 "예사 사람이 아닌 것" 같은 그들의 인상에 "온몸이 굳는 듯한 느낌"을 받고, 그들에게 불려 세워져 그들이 "경찰 떨거지"임을 알고는 "가슴이 덜컹 내려"앉으며, 도주 중인 병호의 소재와 관련한 문답을 주고받은 다음에는 "갑자기 요의尿意가 가셔"버렸음을 느낀다. 몸의 요구에 대한 충직성과 법의 명령에 대한 순종성은 반비례 관계다. 그러므로 건널목 사람들에게서 위법적 행위가 발견되는 것이 이상한 일은 아니다. 철기는, 그가 숭배하는 병호가 과거에 그러했듯이, 뒤쪽에 물건을 싣고 달리는 차가 건널목에서 속도를 줄이면 운전자 몰래 차의 후미에 올라붙어 물건을 훔쳐내는 "후장 까기"의 명수다. 철기처럼 몸의 요구가 왕성한 아이들만이 아니라 어른들 역시 필요하다면 법을 무시한다. 안 씨는 열차를 몰래 훔쳐 타고 "그냥 덤으로 흔들려 가는" 묘미를 알고 있고, 병호는 그를 이송 중인 열차에서 단속이 느슨한 틈에 뛰어내려 도주한다. 동네 사람들의 몸의 보양자 곱창할매는 강원도 철원 지역에서 남편과 함께 살던 때 군부대에서 빼돌려지는 군수품을 받아 장사를 했다. 그녀는 신출귀몰한 솜씨로 물건을 나르고 추적을 따돌려 헌병대에서 첫째가는 주의 대상이었다. 이 위법행위들은 어떤 모범국민들에게는 금지를 요하는 죄악이겠지만 사회의 생리에 대해 밝은 눈에는 다르게 보일 여지가 많다. 사회 진보의 역사적 증거들, 예컨대, 노예해방투쟁이나 여성참정권운동이 과거 어느 시기에는 범죄였음을 상기할 필요가 있을까. 범죄는 "공중 건강의 요인, 즉 모든 건 강한 사회들의 필수 부분"이라는 유명한 주장을 에밀 뒤르켐은 남겼다. 일탈을 위한 어떤 여지도 없는 사회, 준법과 순응이 철칙인 사회는 변화할 동력을 결여한 사회가 아닐 수 없다.[7]

그렇다면 건널목 사람들의 위법은 어떤 사회적 변화를 향한 길인가. 답을 찾으려면 그들이 욕설과 범죄를 통해 농락하는 것이 주로 무엇인지에 대해 주의할 필요가 있다. 곱창할매 술청의 형사들을 피해 다급하게 밖으로 나온 방 씨는 동네로 돌아오는 참인 안 씨를 만나자 주위에 형사들이 깔렸을 거라고 알리며 그들을 "황개비"라고 비하한다. 철원 지역에서 군수품 장사를 하던 시절에 언젠가 곱창할매는 헌병들에게 범행이 들통나자 그들의 "기율과 권위의 상징"인 하이바 등을 훔치고 그것들을 돌려주는 조건으로 체포를 면했다. 그들이 농락하는 경찰과 군대는 말할 것도 없이 국가가 독점하고 있는

---

7)　　Colin Ward, *Anarchy in Action*, Freedom Press, 2008, 162.

폭력의 양대 기구다. 그들의 위법이 현존 사회 전체의 변화에 대한 요구를 나타낸다면 그것은 국가의 폭력으로부터 사회가 해방되어야 한다는 요구라고 해도 틀리지 않는다. 알다시피, 국가와 사회는 실제상으로 제도들과 형식들을 공유하나 원리상으로는 서로 다른 존재다. 국가의 기초가 되는 정치적 원리가 정부의 존재를 정당화하고 지배와 복속에 의한 질서를 지향하는 반면, 사회의 기초가 되는 사회적 원리는 풍습의 보존을 중시하고 친교와 연합에 의한 질서를 추구한다. 국가와 사회의 차이는 왕실에 중심을 두고, 관료제를 통해 안정과 번성을 누린 왕경 문명과, 촌락공동체를 기반으로 형성되고 발달한 농촌 문명이 오랫동안 공존한 중국과 한국 같은 나라에서는 역사적으로 경험된 현실이다. 소설 중의 건널목 동네는 사실상 비국가적 사회의 특징을 가지고 있다. 그 특징은 다시 곱창할매의 행위에서 나타난다. 그녀는 영업 20년 차를 기해서만이 아니라 자기 생일을 기해서도 동네 사람들에게 잔치를 베풀었다. 그것은 단지 선심에서 행하는 보시가 아니라 교환적 성격을 띠는 지출이다. 그녀는 "마땅히 이곳 사람들에게 장사시켜 목숨 붙어 있게 해줘서 고맙다는 인사는 해야 인두겁 쓴 보람이 있을 것이 아니겠냐구"라고 말한다. 그녀의 은혜 갚기 관념에는 공동체 사회가 스스로를 관리하는 원리인 상호성 원리가 살아 있다.

건널목 동네가 가지고 있는 비국가적 사회의 면모는 소

설 중의 세 일화들에서 후경화後景化되어 있으나 실은 가장 중요한 사건인 병호의 귀환에서 최종적으로 확인된다. 건널목의 철없는 소년 중 하나였던 병호는 기관 조수직을 잡은 다음 "출세"했다는 평판을 얻었다. 철도와 근대국가의 불가분한 관계를 생각하면 그의 출세는 관료나 군인 서열 중 하급으로의 진입에 견주어질 만한 것이다. 서술자가 전하는 병호의 발언 중에서는 국가와 자신을 얼마간 동일화하는 듯한 사고가 엿보인다. "뽀빠이" 같은 병호의 기운과 근육을 부러워하는 철기를 옆에 두고 잘난 척하는 중에 병호는 자기 조상이 약 2백 년 전에 왜인의 침공을 막은 공으로 당시의 왕으로부터 하늘의 달을 하사받았다는 이야기를 한다. 병호는 물론 농담을 하고 있지만 국가가 주는 특전에 대한 의식이 그의 마음 한구석에 있었음을 짐작하게 하는 대목이다. 그러나 국가의 특전에 대한 가망은 그가 열차 운전 중 실수로 대형 사고를 내는 바람에 사라진다. 경찰의 말에 의하면, 수갑을 찬 채로 기차에서 뛰어내려 몸을 다친 그의 이미지는 천상의 자기 영지領地를 상상하며 달을 바라보는 그의 이미지와 현저하게 대조적이다. 그가 수감 중에 어머니를 보고 싶어 했다는 말은 그러한 처지의 아들이 대개 그렇듯이 어머니를 그리워했다는 말로만 들리지 않는다. 국가(천상의 달)로의 상승 대신에 사회(어머니의 동네)로의 하강을 선택했다는 암시로도 들린다. 그는 몇 년 전 안 씨가 아내를 잃은 충격으로 철도 자살을 꾀했을 때 안 씨를 향해 달려가던 기관차에서 날쌔게 뛰어내려 안 씨의 목숨을 구한 사람이었다. 곱창할매를 신당으로 부른 무당 친구는 "길을 떠난 시라소니가 상처를 입고 다시 어미의 품 안에 뛰어"드는 격이라는 비유를 써서, 병호가 상한 몸으로 그녀에게 오고 있음을 귀띔한다. 다시 말해, 병호는 스스로 비체가 되어 몇 년간 떠나 있던 비체들의 공동체로 돌아오는 중이다.

「건널목에서」를 주의 깊게 읽어보면, 김소진이 작고하기 전에 그의 민중 서사는 탈신화화의 길만 아니라 재신화화의 길 역시 가고 있었음이 드러난다. 건널목 이야기는 대문자 역사의 성장盛裝을 벗은 다수의 추레한 몸의 사실들을 지시하는 동시에 도시 변두리에서 연명하고 있는 비국가적 사회의 존재를 표시한다. 건널목 시장은 국가가 그 자신의 권위를 위해 축출하고, 손상하고, 더럽힌 존재들, 즉 비체들의 장소이자 또한 그 비체들이 국가권력을 기피하고, 모독하고, 훼손하며 스스로 수립한 그들 사이의 호혜 관계의 장소다. 거기에는 아나키즘적, 코뮌주의적 사회 상상의 뿌리가 있다. 곱창할매는 국가권력의 위신을 저하시키는 한편 상호성의 도덕을 실천함으로써 국가의 원리에 대한 위협을 내포하는 사회적 비체의 전형을 이룬다. 곱창할매에게서 보이는 바와 같은 상호 교환 원리는 역사상으로 의의가 있다. 가라타니 고진은 생산양식이 아니라 교환양식의 관점에서 사회 구성체의 역사를 고찰한 책에서 상호 교환 원리, 그의 용어로는 "호수互酬"적 교환 원리가 역사 발전의 초기 단계인 씨족사회에서 지배적이고 이후 단계에서는 억압을 당하지만, 씨족사회 이후의 사회에서 강박성을 띠고 회귀한다고 주장했다. 그의 추론에 따르면, 현재의 자본=네이션=국가 체제의 지양은 바로 호수적 교환양식의 고차원적 회복, 예컨대, 협동조합주의와 세계공화국의 실현에 달려 있다.[8] 「건널목에서」의 이야기는 가라타니가 말한 종류의 혁명 비전의 우화가 되지 않는다. 대신에 한국의 국가가 민중의 마음속에 오랜 세월 동안 배양한 원한으로부터 자라난, 국가에 대한 저항 심리를 대변한다. 곱창할매의 눈에 "저승에서 온 두억시니 같은" 형사들이 병호가 나타나자 일제히 달려들어 붙잡아 "오뉴월 개 패듯이" 끌고 가는 장면에서 그 저항 심리는 비등한다. 곱창할매의 일화는 이렇게 비체들의 절규로 끝난다.

어디선가 "반장님 떴답니다" 하는 다급한 목소리가 기차 소리에 섞여 들려왔다. 곱창할매는 감고 있던 눈을 번쩍 떴다. 그러나 눈앞이 깜깜한 게 뵈는 게 없었다. 두 사내가 번개같이 뛰쳐나갔지만 곱창할매는 앉은자리에서 두 팔만 버둥거릴 뿐 꼼짝할 수 없었다. 신발 한 짝이 벗겨져 달아난 채로 허둥지둥 달려나왔지만 아들은 보이지 않았다. 얼핏 희번덕거리는 경보등

8)　柄谷行人, 『世界史の構造』, 岩波書店, 2010, 12-15, 458-465. 가라타니 고진, 『세계사의 구조』, 조영일 옮김, 비, 2012, 39-41, 428-434.

을 지붕에 단 차 속으로 어떤 젊은이 하나가 보쌈을 당하듯 구겨진 채 처박힌 광경이 눈에 들어왔다. 이, 이 쎄를 빼놓을 놈들이! 곱창할매는 자신도 알아들을 수 없는 소리를 지르며 앞으로 고꾸라질 듯이 달려나갔다. 그러나 건널목께에서 땅이 허방처럼 쑥 꺼지는 듯한 기분이 들었다.

영문도 모르고 엉겁결에 덩달아 달겨들다가 철로 위로 풀썩 엎어진 미스 정의 술 취한 목소리가 밤하늘을 갈랐다.

"야 이 씨팔 놈들아! 거기 서! 다 죽여버린다구! 너희가 뭔데 사람을 이 지경으로 만들 수가 있니 응!"

이야기 전승의 놀이와 정치

―성석제, 「조동관 약전」

¶　성석제 소설집 『아빠 아빠 오, 불쌍한 우리 아빠』(민음사, 1997. 6)에 실린 텍스트를 논의에 사용했다.

성석제의 단편소설 「조동관 약전」은 우선 그 제목에서 사람의 생애를 기록하는 한자 문화권의 고전적 산문 장르를 가리킨다. 저자가 사석에서 알려준 바에 의하면, 조동관은 실재했던 인물이 아니라 전설과 상상의 조합이지만 저자의 서술은 기본적으로 전傳의 형식을 모방하고 있다. 한 망자의 생애에 관심의 범위를 한정한다는 점, 출생에서 죽음에 이르는 순서에 따라 그 생애 중의 사건들을 서술한다는 점, 망자의 사람됨을 정확하게 예시한다고 여겨지는 이력이나 사연에 중점을 둔다는 점, 저자와 독자가 함께 속해 있는 공동체 내의 전설의 일부로 망자의 이야기를 전승하려 한다는 점에서 그렇다. "똥깐의 본명은 동관이며 성은 조이다. 그럴싸한 자호字號가 있을 리 없고 이름난 조상도, 남긴 후손도 없다"는 소설의 서두는 대상 인물의 명호名號와 출신을 밝히는 것으로 시작하는 전의 서술 관습을 의식하고 있는 문장이다. 전 형식의 기원에 관한 유력한 학설 중 하나는 그것이 고대 중국의 조상숭배 풍습과 관계가 있다는 것이다. 전은 뢰誄라고 불렸던, 조상의 죽음을 애도하고 업적을 칭송하는 형식의 문장에서 유래했을 공산이 크다. 전은 한 망자의 이름을 혈연상으로 또는 역사상으로 그에게 이어져 있는 후손의 입장에서 현창하는 일과 연관되어 있고, 나아가 그의 유업을 후손 집단 내의 전통으로 정립하는 일과 연관되어 있다. 이름의 현창 또는 전통의 정립은 전의 고전적 형식을 완성했다고 평가되는 사마천이 자신의 사명이라 믿은 바이기도 했다. 그의 열전 독자라면 열전 전체의 서설 격인 「백이열전」에서, 묻히기 쉬웠을 백이와 숙제의 이름을 세상에 드러낸 공자처럼 그 자신이 "청운지사靑雲之士", 즉 고귀한 선비의 일을 맡고 있다는 의식을 내비쳤음을 기억할 것이다.[1] 조동관의 일대기는 전체적으로 허구이지만 저자 성석제는 이야기의 발명가 자리가 아니라 전승자 자리에 자신을 놓는다. 저자-서술자는 조동관의 이야기가 "사람들의 기억 속에 달구어지고 이야기 속에 다듬어져 마침내 그의 짧고 치열한 인생이 전傳으로 남기에" 이르렀으니 그것이 바로 자신이 내놓은 "조동관 약전"이라고 말하고 있다.

전의 형식을 빌린 작품은 한국 현대소설에 그리 많은 편은 아니다. 전은 전통적으로, 현전하는 많은 영웅전과 일사

---

[1] 사마천, 『사기열전 1』, 장세후 옮김, 연암서가, 2017, 39.

전逸士傳이 입증하듯, 사람의 마음을 교화한다는 목적을 가지고 있었기 때문에, 또한 한 인물의 불굴의 덕행에 흥미의 초점을 맞춘 전근대소설에서 오랫동안 차용되어 투식이 되다시피 했기 때문에 당대의 살아 있는 인간 탐구와 양립하기 어려운 듯이 생각되었다. 하지만 독립, 자유, 개성 같은 인간 가치를 선양하는 서양식 소설과 전기 형식이 보편적으로 타당한가 하는 의문은 20세기 한자 문화권의 한구석에 존재했고, 자기 향족 또는 민족 집단의 역사 속의 인간에 대한 진실한 이해를 모색한 작가들은 쇠잔한 듯한 전 형식에 생기를 불어넣는 길을 간혹 시험했다. 1910년대의 모리 오가이가 역사소설 「아베 일족」 등과 함께 인물 전기 『시부에 추사이渋江抽斎』 등의 저술에 주력한 것은 유명한 예 가운데 하나다. 한국 현대작가 중에서는 이문구가 전 장르의 부활에 많이 관여한 편이었다. 그의 명작 『관촌수필』은 전의 요소를 포함하고 있는 인물 설화 연작이다. 전의 관습적 형식에서 대단히 자유로운 듯하지만 독특하고 풍부한 인간 개성의 제시보다 망자들에 대한 기념과 도덕적 전통 수립에 주력하고 있다. 이른바 '입전立傳의 정신'은 그의 1991년 작 「유자소전兪子小傳」에 오면 한결 명시적이다. 이 중편소설에서 다뤄진 유재필은 저자와 중학 시절부터 돈독한 사이였고 1980년대에는 자유실천문인협의회 계열 문인들에게도 좋은 친구였다가 40대 중반 투병 끝에 세상을 떠난 실존 인물이다. 그의 이야기를 가공 없이 전하기로 작정한 저자는, "그의 생애는 풀밭에서 뚜렷하고 쑥밭에서 우뚝하였다"는 서두의 말에서 짐작이 가듯, 그의 인품의 청고함과 덕성의 훌륭함을 드러내는 데에 역점을 두어 서술에 임한다. 소설의 결미에서는 사마천의 열전 이래 전의 장르 표지 중 하나인 '논찬論贊'을 두어 고인에 대한 추모와 칭송의 언사를 바치기까지 한다.[2]

「조동관 약전」 역시 기념의 의도를 가지고 있다. 조동관은 작품 속의 그 이름과 가계와 행적 그대로 실재했던 인물은 아니지만 저자가 듣거나 읽어서 알고 있는 건달들의 사적으로부터 구성된 인물이고, 그의 생애는 시골 건달의 그것임에도 저자와 독자가 함께 이루고 있는 공동체의 도덕적 삶과 관련하여 추념할 가치가 있는 어떤 진실을 담고 있는 듯이 보인다. 그러나 「조동관 약전」은 형식상 전의 요소를 가지고 있긴 해도, 또한 앞으로 보게 되는 바대로 전승의 정치에 관여하고 있긴 해도, 그 장르는 전이 아니라 소설이다. 우리는 이 작품이 발표될 무렵 저자 성석제가 전만이 아니라 행장, 서간, 동화, 대화 등 다양한 산문 형식을 차용해서 단편소설을 쓰고 있었다는 사실에 유념할 필요가 있다. 성석제는 1990년대 후반 시에서 소설로 주력 장르를 바꾼 후 낡았다고 또는 하급이라고 여겨지는 장르들의 형식을 빌려,

2)   이문구, 「유자소전」, 『유자소전』, 벽호, 1993, 19, 66.

단편소설의 관습에 비추어 보면 더러는 장난스럽고 더러는 도전적인 단형 서사 작품들을 잇따라 내놓았다. 이러한 형식 실험은 그 주변적 형식들에 모종의 새로운 품격을 부여하려는, 그리하여 그것들의 문학적 지위를 격상시키려는 작업처럼 보일지 모른다. 그러나 그것은 착각이다. 그 실험이 어떤 종류의 일인가를 알아보는 데는 성석제가 자신의 소설집 제목으로 사용한 "재미나는 인생"이라는 말이 유용할지 모르겠다. 인생의 재미란, 대체로, 격률처럼 고정된 인생의 통념, 공식처럼 엄격한 인생의 처방과 많든 적든 어긋나는 데서 오는 것이라면, 성석제의 1990년대 후반, 2000년대 전반 소설은 범속한 인생 속에 뜻밖에 만재한 그 어긋남의 양상들—일탈, 초과, 역설, 모순 등을 포착하는 일에 열중했다. 기존 주변 장르들을 가지고 그가 했던 실험은 그러한 '재미'를 향해 소설 형식을 개방하려는 노력이었다고 보는 편이 옳다. 그가 기존 장르의 재료를 가공한 방식에는 당연히 패러디의 요소가 있다.

「조동관 약전」에서 패러디는 어떻게 작동하는가. 전은 기념과 교화의 목적을 가지고 있는 장르인 만큼 그 목적에 합당한 그 대상 인물의 행적—대상 인물에게 주어진 어떤 기능이나 역할을 모범적으로 수행한 사적을 확인하여 기록한다는 규범에 따른다. 존귀한 혈통을 타고나지 않았더라도, 현달한 이력을 쌓지 못했더라도 그가 속한 사회질서에 불가결한 기능 혹은 역할을 완수한 사람이라면 입전 대상의 자격이 있다. 전의 고전적, 유교적 전통에서 중요하게 간주된 사회적 수행은 관인으로서의 그것과 가족으로서의 그것이다. 탈유교 현대사회에 오면 도덕적 기준은 달라진다. 「유자소전」의 경우, "그냥 보면 그저 그렇고 그런 보통 사람에 불과한" 유재필이 입전 대상이 되었던 것은 대체로 민주사회에 불가결한 정의와 우애의 실현에 그가 범례를 세운 까닭이다. 하지만 그의 일생에 대한 기념 앞에서 어떤 시비도 불가능한 것은 아니다. 저자–서술자에게 경모의 감정을 불러온 그의 양심적 행위는 그의 "친구"들의 범위를 벗어나면, 예컨대 그가 봉사했던 재벌 총수처럼 그와 이해를 달리하는 사람들에게는 다르게 보이기 십상이다. 계급적, 직업적 분화에 따라 보편적인 도덕적 준거 체계가 불확실해졌다는 것은 현대사회의 진실이다. 개인들의 기능 수행이 누구에게나 논란할 여지 없이 좋거나 나쁜 경우란 없다. 「유자소전」과 「조동관 약전」은 전 형식의 소설적 차용이라는 점에서는 유사하지만 도덕적 양의성兩儀性에 대한 태도에 있어서는 상반된다. 전자가 그것을 축소하려 한다면 후자는 확대하려 한다. 후자에서 패러디는 전의 형식을 가지고 입전의 정신을 모호하게 하는 이야기를 하는 데서 작동한다. 서영채는 성석제 소설의 특징적 인물군인 깡패나 건달에 주목한 논의에서, 그들이 매력적인 것은 개인 각자의 자기 이익 추구를 최선으로 만든 자본주의 사회의 도덕적 치부를 그들이 환기하기 때문이라고 주장한 바 있다.[3] 계약 관념이 아니라 의리 관념에 따라 행동하는 깡패는 자본주의의 관점에서 보면 영웅이자 바보이고 선인이자 악인이다. 조동관이라는 인물은 자본주의 사회에 대한 참조를 별로 요하지 않지만 역시 선악의 구별 너머에 존재하는 부류이다. 그래서 그의 생애를 기념하는 서사는 한국인 공동체에 살아 있는 어떤 윤리적 전통을 각성하게 하는 대신에 서술자와 피서술자, 저자와 독자가 함께 처해 있는 도덕적 상황의 애매함을 의식하게 한다.

더욱이, 「조동관 약전」의 저자-서술자는 일반적인 전의 저자들과 크게 다르다. 전의 저자는 보통 대상 인물에 대한 도덕적 평가를 하기에 적합한 수준의 학덕이나 경력을 가진 인사들로 제한되며, 전의 신빙성을 높이기 위해 정확한 고증, 공정한 판단, 품격 있는 문체에 공을 들이도록 요구된다. 대개의 경우 전의 저자는 대상 인물의 성취에 어울리는, 대상 인물이 속한 역사와 제도에 정통한 문학 엘리트의 언어를 사용하여 기록한다. 그런데 격식을 차린 문학 언어, 그것이야말로 「조동관 약전」이 철저하다 싶을 만큼 배격하고 있는 바다. 저자-서술자는 전의 정격 문체에 전혀 구애받지 않

---

3)　서영채, 「깡패, 웃음, 이야기의 윤리─성석제론」, 『문학의 윤리』, 문학동네, 2005, 231.

고 조동관 전설의 잡스러운 말을 모방하려고 한다. 예를 들어, 조동관이 데려온 여자가 조동관과 같이 골방에 틀어박혀 일이라곤 도통 하려 들지 않자 조동관의 어머니가 참다못해 훈계하려다 여자와 몸싸움으로 나아간 사건을 서술한 대목을 보자. 서술자는 조동관 이야기의 본류에서 탈선하기를 즐기기라도 하듯이 그 만담을 늘어놓으면서 조동관의 어머니가 여자에게 처음 했다는 말을 두 마을 사람에게 들은 바대로 두 버전으로 알려준다. 한 사람 말은 이렇다. "애야, 너는 메주 냄새 나는 어두운 방에서 매일 먹고 자고 놀고 하는 게 지겹지도 않니. 이리 나와서 빗자루질이라도 해보거라. 얼마나 몸이 상쾌해지는지 모른단다. 그러고도 미진하면 걸레라도 빨아보렴. 공기에서 깨소금 냄새가 날 테니." 다른 사람 말은 이렇다. "이 호랑말코 같은 년아, 빈대도 낯짝이 있지 어떻게 매일 그렇게 자빠져서 구멍 하나로 먹고살려 드는 게야. 몇 달이 되도록 빗자루질을 한 번 하나, 걸레질을 한 번 하나, 손에 물을 한 번 묻히나." 이렇게 아언雅言과 상말 사이에 놓인 다양하고 분방한 말의 형상 때문에 「조동관 약전」은 전의 장르 규범에서 멀찌감치 벗어난다. 전의 관습적 수사는 작품에 모방된 많은 말들 중 하나, 그것도 미미한 하나로 격하된다. 많은 성석제 논자들이 수긍하는 이영준의 표현을 빌리면, "구연가口演家"의 기예를 통해 전의 패러디는 완수된다.[4]

　「조동관 약전」의 서술적 목소리는 삼인칭 소설에서 보

통 선택되는 객관적이고 도량 있고 교양 있는 그것과 거리가 멀다. 서술자는 자기 고유의 말을 고집하기보다 조동관의 고향 은척 읍민들의 말에 의존하여 이야기한다. 그는 은척 사람들이 조동관이 없는 자리에서 그랬듯이 "똥깐"이라는 호칭을 사용한다. 그리고 은척 사람들의 말을 그들과 피서술자 사이에서 중계하듯 자주 인용하고 있을 뿐 아니라 스스로 발언하는 경우에도 종종 그들의 말을 모방하거나 전유한다. 조동관의 언행을 전하는 그들의 말은 결코 중립적이지도 공정하지도 않다. 조동관은 거래와 은원의 이치를 모르는 짐승처럼 갖가지 난동을 부려 10대 후반에 이미 은척 사람들로부터 "개망나니" 소리를 들었고, 몇 달 만에 동거를 중단하고 달아나는 여자를 기차역에서 놓치자 홧김에 인근 가게의 유리창은 물론 역전 파출소의 유리창까지 모두 부수어 한동안 교도소에 수감되기도 했다. 그러나 은척 사람들은 그를 미워하거나 두려워하기보다 재미를 구하는 심정으로 대한다. 서술자는 그들의 무지나 오해를 교정하려 하기는커녕 그들과 마찬가지로 조동관의 언행에서 폭력보다 기행奇行, 범죄보다 이적異蹟이 보이는 듯이 이야기한다. 조동관이 어쩌면 1970년대 한국의 궁벽한 시골이라면 어디에나 흔한 건달 중 하나에

---

4)　이영준, 해설 「감각의 갱신, 명사에서 동사로」, 성석제, 『새가 되었네』, 강, 1996, 264.

불과하다고 까발렸을 법한 인물들은 서술자의 안중에 없다. 은척의 경찰은 조동관의 범용함을 폭로하기는커녕 조동관의 담대함과 난폭함이 극화된 전설의 못난이 조역으로 등장한다. 서술자는 조동관을 친근하고도 경이롭게 여기는 은척 사람들의 농조弄調에 장단을 맞춰 익살을 부리는 나머지, 파격적으로 조동관 이야기 내부로 슬쩍 들어가 은척 사람의 위치에서 발언하기도 한다. 조동관이 동거하던 여자를 놓치고 마는 장면에서, 서술자는 "이상하다. 은척에서 내 허락받고 저런 양산 쓰는 여자는 하나밖에 없는데?"라고 조동관의 생각을 옮긴 다음 "맞다, 똥깐이. 그대의 마누라가 도망친다!"라고 말하고 있다.

조동관의 고향은 대략 1970년대 한국 지방의, 궁상 말고 특색이라곤 없는 시읍을 연상시킨다. 그곳이 어느 지역인가를 알려주는 정보는 작중에 거의 없지만 서울에서 멀리 떨어진 어느 도시 인근 마을이라는 것은 분명하다. 철도가 놓이고 역사驛舍가 들어섰으니, 작중 표현을 빌리면, "근대화"의 영향 하에 놓여 있는 셈이지만 그 영향의 정도는 미미하다. 인근 도시와 달리 변변한 산업 시설과 교육 시설이 없고 여기저기 궁기와 나태가 만연한 듯한 곳이다. 조동관의 집이 있는 기차역 주변만 해도 전형적인 궁상이다. 그 지역은 "은척에서 가장 번화하고 시설이 잘된 곳인데도 사시사철 수챗물이 질질 흐르는 도랑이 곳곳에 복병처럼 숨어 있었고 바지도 입지 않은 새카만 아이들이 누런 똥을 빠득빠득 싸대곤 했다. 비가 오면 진창이 되는 도로 옆에 야트막이 처마를 잇닿아 지은 가게들에선 매일 먼지와 파리가 날아다녔고 그 뒤 가난의 꿀물이 졸졸 흐르는 골목골목에서는 아침저녁으로 이놈아, 날 죽여라, 살려라 하는 고함과 악다구니, 배곯은 아이들의 울음소리로 하루도 조용한 날이 없었다". 은척의 궁벽함은 조동관이 훗날 "은척 역사상 불세출의 깡패"라는 전설적 평판을 얻게 되는 배경이기도 하다. 그곳에는 읍민들이 가난한 까닭에 또는 학습이 없었던 까닭에 신문, 라디오, 텔레비전 등이 보급되지 않았고, 그런 만큼 그들의 오락과 문화는 좁은 사회적 범위 내의 접촉에 크게 의존했다. 조동관의 난동은 그들이 함께 보기를 즐기는 광경 중의 광경이었고, 조동관의 사연은 바로 그들의 입에서 입으로 전해지는 그곳의 토종 "뉴스"이자 "신화"였다.

그렇다면 조동관은 자신의 고향을 어떻게 보고 있었을까. 자신이 은척 태생임을 어떻게 이해하고 있었을까. 서술자는 은척 사람들 사이에 돌고 도는 조동관 이야기를 옮기는 데는 열심이지만 은척과 은척 사람을 두고 조동관이 했을 법한 생각을 밝히는 데는 무관심하다. 그러나 서술된 이야기 중에는 은척이 그 주먹 세고 담력 좋은 건달에게 갖고 싶은 세계의 전부가 아니었으리라는 자연스러운 추측을 지지해주는 사건이 있다. 은척이 좁다고 느끼게 되자 인근 도시로 가는 기차에 올라 처음에는 통학하는 여학생들, 나중에는 통근하는 여공들을 농락했다는 것, 그러던 중 "서른 살 넘은 도시 술집 출신의 병든 여자"를 집으로 데려와 살림을 차렸다는 것. 이 일화들은 조동관이 여자를 알기 시작한 후의 편력을 말하는 듯이 보이지만 그 일화들에 공통된 "도시"와 "여자"는 장성한 소년의 왕성한 성욕 이상의 무엇인가를 암시한다. 교도소를 나온 후 조동관은 그를 두고 달아난 도시 작부 출신 여자를 찾아 "동에 번쩍 서에 번쩍 전국을 누비기 시작했다"고 한다. 이후 몇 년에 걸친 조동관의 객지생활을 은척 사람들과 그들에게 동조한 서술자는 건달의 "순애보"처럼 약술하고 있지만, 그것이 얼마나 믿을 만한 설명인지는 불확실하다. 사실, 교도소 복역 이후 조동관의 유랑은 보다 크고 넓은 세계 속에서 자신을 세우려는 작은 시골 출신의 야심 많은 청년에게 어울리는 행로다. 고전적인 입전가라면 그것을 아마 '입지출향立志出鄕'이라고 기록했을 것이다. 그런데 이보다 중요한 것은 조동관이 타관에 정착하지 않고 고향으로 돌아왔다는 것이다. 그가 돌아온 이유는 분명치 않으나 그의 고향 귀환은 자기회복과 같은 의미를 가진다. 적어도, 은척 사람들의 관점에서는 그렇다. 마을로 돌아온 그가 다시 마을 최고 깡패의 풍모를 보이자 사람들은 "똥깐이 똥깐으로 돌아왔다"고 반응한다. 이 익살은 함축적이다. 한 개인의 정체성을 결정하는 요소로서 고향이나 고국 같은 생래의 속지屬地와의 연고를 중시하는 상식화한 관념을 그것은 담고 있다. 여기에 따르면, 조동관은 은척이라는 장소에, 은척 사람들과 공유한 역사와 경험 속에, 은척 사회의 일원으로서의 이력과 평판 속에 그의 정체성의 뿌리를 두고 있다.

서술자는 조동관과 은척의 관계를 명시하여 그가 "태를 묻고 터를 잡은 곳"이라고 기술한다. 인간과 자연의 관계를 말하는 전근대적 풍토론의 수사가 동원된 이 문구는 조동관의 몸과 은척의 땅이 유기적으로 연관되어 있다는 생각을 전달한다. 조동관은 은척에서 자라는 풀이나 꽃과 마찬가지로 은척에 뿌리를 가진 생명이다. 그는 외상꾼이나 싸움꾼이나 호색한이기 전에 은척의 토산土産이다. 다만, 은척의 황지荒地에 나서 자란 인간 동물 중 천연의 야성을 가장 많이 보유한 부류일 터이다. 그러니 그가 종종 거리에서 소란을 피우고 이웃에게 손해를 끼친다고 해도 그것은 결국 은척이라는 특수한 풍토에 들씌워진 운명이 아닌가. 그것을 탓하는 것은 은척에 부는 바람을 원망하거나 은척을 흐르는 물을 개탄하는 것과 같지 않은가. 여기에 아마도 은척 사람들이 그의 방자함과 난폭함을 방관하는, 오히려 심심풀이 만난 듯이 대하는 이유 중 하나가 있을 것이다. 그러나 소설에 그려진 은척은 그곳에서 태어나고 자란 사람들이 그 나름의 자주적이고 자족적인 방식으로 살아가는 닫혀 있는 유기적 사회는 아니다. 철도가 그곳을 관통하고 있다는 사실이 말해주듯이 그곳은 지리적으로 통합된 보다 넓은 지역에 포함되어 있으며, 또한 젊은이들이 인근 도시의 공장과 학교에 다닌다는 정황이 알려주듯이 생활 자원의 많은 부분을 외부에 의존하고 있다. 주목할 것은 은척 사람들의 안전에 누구보다 많은 책임이 있는 그곳 지역 관할 경찰의 수장이 은척 사람들과 고락을 같이한 적이 없는 인물이라는 것이다. 서술자는 "은척에서 나지 않았고 은척에서 살아본 적도 없으며 은척에서 죽을 리도 없는 신임 경찰서장"이라는 말로 그가 은척 사람들에게 순전히 타인임을 강조한다.

신임 경찰서장은 은척의 토착 사회와는 다른 원리 위에 존재하는, 그 사회보다 훨씬 광대하고 강력한 조직, 즉 국가를 대표한다. 그는 국가가 얼마나 고압적으로 작동하는가를, 은척 사회에 대해 얼마나 오만하게 군림하고 있는가를 예시한다. 경찰이나 군대의 고위 관료들이 예외 없이 그렇듯이 국가의 원리인 권위, 그것의 의장儀裝을 좋아해서 "부임을 기념하는 거창한 행사"를 마친 다음, "번쩍거리는 견장과 훈장"을 정복에 달고, "은척에서는 보기 드문 최고급 관용차"를 타고, 그 뒤로는 정복을 차려입은 간부들을 줄지어 대동하고 읍내 시찰에 나선다. 조동관에게 불멸의 명성을 안겨주게 되는 사건은 이 시찰 중에 일어난다. 형 은관과 같이 부근에 있다가 우연히 경찰 행렬과 마주친 조동관은 자신이 제압하려고 하는 자가 누구인지도 모르는 채로 서장에게 도전한다. 서술자는 동물 수컷이 자기의 지배 영역을 지키려고 다른 수컷과 벌이는 싸움에 견주어 조동관의 행위를 설명한다. 그런데 조동관이 다름 아닌 은척의 수컷임을 생각하면 그의 도전은 그보다 특정한 해석을 허용한다. 그것은 침탈적이고 압제적인 형태의 국가권력에 대해 은척 읍민들이 품고 있을 반감의 대리표출에 해당하는 듯하다. 조동관의 난동은 다수의 읍민들에게, 그리고 서술자에게 무식하고 우직한 건달의 해프닝에 불과한 것이 아니다. 그들에게 경찰서장의 봉변은 "고소한" 우연이고, 경찰서장의 수모는 "사상 초유의 장관"을 이룬다.

「읍민 여러분! 어서 본연의 자리로 돌아가 생업에 종사해주시기 바랍니다.」

그러나 어느새 구름처럼 불어난 읍민들은 그 말을 못 들은 척하고 서로에게 말을 걸었다.

「자네 점심은 먹었는가. 어떻게 여기까지 걸음을 했어?」

「우리는 구경을 원하거든. 우리에게 오락을 주면 좋겠어.」

눈치 빠른 장사치들도 한몫했다.

「엿 사요, 엿. 고소한 깨엿, 짝짝 붙는 찹쌀엿, 둘이 먹다 하나가 죽어도 모르는 후박엿!」

일단 발동을 건 이상 싸움기계 똥깐의 귀에는 아무 소리도 들리지 않고 적 외에는 아무것도 보이지 않으니 어떤 충고도 만류도 처세훈도 소용이 없었다. 똥깐은 서장의 넥타이를 잡고 멧돼지처럼 달리기 시작했다. 서장은 목이 졸려 죽지 않으려면 충직한 사냥개처럼 똥깐의 뒤를 따를 수밖에 없었다. 그 뒤를 은관이 오토바이를 타고 따랐고 경찰들이 뒤를 이었고 읍민들이 뒤를 따랐다. 따라서 역전 파출소에서 기차역까지 수백 명이 달리기로 이동하는, 은척읍 사상 초유의 장관이 연출되었다.

서장을 도랑에 처박고 모욕을 가한 후 그의 형과 함께 강가로 나가 태평하게 놀다가 한밤에 집으로 돌아온 조동관은 경찰들이 체포하러 몰려오자 인근의 남산으로 도망쳐 그 중턱의 굴이 있는 바위에 숨는다. 다음 날 경찰은 대대적으로 추격전을 벌여 바위를 향한 길 아래에 포진하고 겁박과 설득의 메시지를 보낸다. 그러나 조동관은 완강하게 버틴다. 굴 속에 버려져 있던 누더기나 다름없는 모포를 뒤집어쓰고 경찰에게 욕을 퍼붓고 돌을 던지며 굳세게 저항한다. 이것은 순화되지 않은 그의 야성과 어울리는, 분노한 원시인의 이미지를 떠올리게 하는 장면이다. 특히 그가 하는 "욕"은, 그의 별명 중의 "똥"과 유사하게, 문명화한 인간에 대해 더럽히는, 모욕하는, 도발하는 타자로 남아 있는 그의 존재를 환유적으로 표시한다. 그것은 특히 적敵에게서 모든 인간의 위엄을 박탈하고 적을 가상의 인간 공동체에서 배제하는 무기다. 그가 발아래로 내려다 보이는 경찰들을 향해 "온 읍내가 떠나가라" 퍼붓는 욕은 국가의 서열적 권력 체계하에서 굴욕을 당해 온 읍민들에게는 통쾌하게 들리지 않을 수 없다. 서술자는 조동관의 욕을 들으며 어떤 맺힌 감정이 풀리는 쾌감을 느끼는 읍민들의 마음을 놓치지 않는다. 조동관이 연일 쏟아내는 그 "웅장하고 다양한" 욕에 감명을 받은 한 읍민은 이렇게 말한다. "그런데 말야, 희한해. 난 하루라도 똥깐의 욕을 듣지 않으면 잠이 안 와. 몸도 찌뿌드드하고. 버릇이 됐나봐. 그 욕을 듣고 있으면 꼭 안마를 받는 것같이 시원해."

읍민들이 예상했던 대로 조동관은 항복하지 않는다. 경찰과 대치한 지 사흘이 지나도록 독기와 욕설로 버티던 그는 갑자기 내리기 시작한 폭설이 한동안 계속되고 나서 사방이 하얗고 고요한 순간 굴 안에서 얼어 죽은 몸으로 발견된다. 그가 욕설을 그치자 "불안한 마음"으로 한둘씩 모여들어 무리를 이루었던 읍내 사람들은 그가 들것에 실려 산을 내려가는 광경을 눈을 맞고 서서 묵묵히 지켜본다. 연극조의 탄식을 발하며 조동관의 죽음을 "비보"라고 부른 서술자는 사체를 나르는 경찰과 그것을 바라보는 읍내 사람들 사이에 오가는 무언의 대화에 주목한다. "뻣뻣한 똥깐의 시체를 모포에 말아 들것에 싣고 내려오던 기동타격대 행렬은 말없이 눈을 맞으며 자신들을 지켜보는 눈사람의 행렬과 마주쳤다. 이 행렬은 저 행렬을 무언으로 비난했고 저 행렬은 이 행렬에게 그럴 수밖에 없었다는 뜻을 전하며 한동안 무언으로 눈을 맞고

서 있었다. 어쨌든 은척에서 태어나 은척에서 죽을 사람들은 모두 한패였다." 조동관의 죽음은 은척 사람들에게 읍내에서 통제 불능의 폭력이 종식되었음을 알리는 사건이 아니다. 그들이 생존의 필연 때문에 억압하고 있던, 그러나 그들의 공통된 충동과 단단히 이어져 있던 무엇인가가 그들의 사회로부터 사라졌다는 신호다. 조동관의 죽음 이후 그들의 사회에는 통치 권력이 좋아하는 충량하고 유식한 백성만 남을지 모른다. 어쩌면, 은척 사람들은, 특히 경찰처럼 사회통제에 가담하고 있는 사람들은, 자신들의 사회를 권위주의적, 개발주의적 국가의 요구에 적합하게 변화시켜야 한다는 피하기 어려운 압력에 따라 조동관을 희생시켰는지도 모른다. 그들은 사회의 안녕을 위해 봉헌된 제물을 성물화聖物化하는 전통사회의 논리 그대로 조동관을 기념한다. 조동관의 이름에 은척의 역사를 통틀어 최고의 깡패라는 성가를 붙여주고 조동관이 최후의 순간을 보낸 남산 바위와 동굴을 은척 건달들의 성지로 만든다.

소설 제목이 낳기 쉬운 오해와 달리, 「조동관 약전」의 저자-서술자는 자신의 균일한 목소리로 그 은척 건달의 생애를 기록하지 않는다. 대신에, 주로 은척 사람들의 이런저런 말과 교호하는 다성적 구연의 문학적 상연을 통해 대체로 그들이 기억하고 있는 전말대로 그 건달의 일화를 서술한다. 소설의 서두에는 조동관 전설의 숨은 진실을 가리키는, 작중 서술에 대한 초월론적 논평을 이루는 문장이 있다. "똥깐이와 한 시대를 산 사람들이 똥깐이를 낳고 똥깐이를 만들고 똥깐이를 죽이는 과정에서 자신들의 일부로 평범한 사람 조동관을, 자신들과는 다른 비범한 인간 똥깐이로 받아들이게 되었다는 것은 분명하다." 그러니까 조동관 전설은 은척 사람들의 집합적 자기의식이 투영된 작품인 셈이다. 조동관 전설의 발생은 그를 죽인 사람들이 조동관을 이용하는 상이한 방식을 고려에 넣으면 다분히 정치적인 사건이다. 경찰서장은 조동관 체포 작전 중에 부상을 입은 적 있는 경찰관이 그 작전과 관계없는 이유로 사망한 사건을 이용해서 "은척의 치안을 위협하는 불량배를 소탕하여 정의와 질서를 구현"했다고 자신의 공적을 칭송한 "경찰충령비"를 건립한다. 그러자 일부 읍민들이 이에 맞서 경찰 집단의 무능과 허세를 드러나게 만들었던 조동관의 행적을 그들 나름의 방식으로 기념한다. 조동관 전설을 발생시킨 은척 사회의 힘은 국가권력에 대한 순응 심리와 저항 심리의 기묘한 복합체이다. 그럼에도 조동관을 기억하는 방식은 두 가지다. 하나가 그를 평범한 불량배로 보는 비碑-정사-국가의 방식이라면 다른 하나는 그를 비범한 깡패로 보는 전傳-야사-사회의 방식이다. 「조동관 약전」은 물론 후자의 방식을 택한다. 그리하여 전의 희극적 패러디를 연출하는 동시에 이야기 전승의 민주적 계열에 참여한다. 즉 이야기 전승의 주체이자 객체는 궁극적으로 민간 사회—

보통의 이익과 보통의 정념을 중심에 가지고 있는, 보통 사람들의 사회라는 생각을 실천한다. 여기서 「조동관 약전」은 능청스러운 복화술사의 명랑한 익살을 넘어 반권위주의, 반엘리트주의 세대의 문학적 주장이 된다.

고독한 대중문화 마니아의 타나토스

—김영하, 「바람이 분다」

¶ 김영하 소설집 『엘리베이터에 낀 그 남자는 어떻게 되었나』(문학과지성사, 1999. 7. 초판본)에 실린 텍스트를 논의에 사용했다.

바람이 분다. 바람이 분다. 바람이 분다. 바람은 분다. 바람이 분다. 다섯 번을 되뇌고 하늘을 본다. 컴퓨터를 켠다. 컴퓨터를 끈다. 컴퓨터를 켠다. 컴퓨터를 끈다. 시간이 흐른다. 시간은 흐른다. 시간이 흐른다. 시간은 흐른다. 한 여자를 잊지 못하고 있다. 게임을 한다. 게임이 한다. 게임을 한다. 게임과 한다. 게임을 한다. 시간이 가지 않는다. 시간은 가지 않는다. 불을 끈다. 이제 그녀의 얼굴이 보인다.

그녀가 온다. 머리를 짧게 자른 그녀가 온다. 치렁한 흑갈색 원피스에 머리를 짧게 자른 그녀가 온다. 한때 나를 미치게 했던 치렁한 흑갈색 원피스에 머리를 잘라 더 고혹스러워진 그녀가 온다.

1998년에 발표된 김영하의 단편소설 「바람이 분다」 서두의 이 두 단락은 프롤로그 역할을 한다. 소설 본문에서 펼쳐질 이야기가 무엇에 관한 것인지 어렴풋이 알려주는 동시에 그 이야기에 흥미를 가지도록 독자를 유혹한다. 이 두 단락의 문장을 읽은 다음 독자는 한 남자가 과거에 언젠가 나타나 자신을 매혹하고 사라진 한 여자를 애타게 그리워하고 있는 상황을 상상할지 모르고, 나아가 그녀를 상대로 길게든 짧게든 했을 듯한 사랑의 전말에 관한 이야기를 시작하리라 기대할지 모른다. 그러나 이 문장들은 애매하다. "바람이 분다"라는 첫 문장부터 그렇다. 그것이 글자의 의미 그대로 자연현상을 지시한다고 읽은 독자들은 "컴퓨터를 켠다"라는 문장에 이르러 남자가 대기 중의 바람에 노출되어 있는 걸까, 바람이란 단어는 공기의 움직임이란 뜻으로 쓰인 걸까, 의심하게 된다. 말의 다의성에 주의하는 독자라면 바람風에서 바람願으로의 의미론적 미끄러짐에 대해 생각할지 모르고, 그래서 여자가 돌아왔으면 하는 남자의 원망願望이 그 단어의 진의라고 추정할지 모른다. 혹은 다소 문학 소양이 있는 독자라면 "바람이 분다"라는 문장은 폴 발레리의 시 「해변의 묘지」 마지막 연의 유명한 행 "바람이 분다…… 살아야겠다"로부터의 인용이라고 간주하고 남자의 마음에 소생한 살려는 본능, 혹은 에로스적 본능이 지시되고 있다고 풀이할지 모른다. 그러나 그렇게 한 가지 이상의 독해를 허용하는 애매성에도 불구하고 그 문장들이 무엇을 하고 있는가는 분명하다. 그것들은, 남자를 인칭도 없고 이름도 없는 상태에 놔둔 채로, 남자 자신의 생각을 가리키고 있는 것이다. 그것들은 그가 하고 있는 행위(되뇌기, 보기, 켜기, 끄기 같은 동작과 "그녀가 온다"는 상상)에 대한 그의 인지, 그가 접한 사물과 상황(부는 바람, 움직이는 시간, 조작 가능한 컴퓨터)에 대한 그의 지각을 전하고 있다. 그처럼 작중인물의 인지와 지각을 작중인물 자신의 언어로, 현재 시제 구문으로 제시하는, 만일 인칭을 취한다면 당연히 일인칭을 취하는, 언표되지 않은 독백은 현대소설에 널리 나타난다. 그것을 일러 보통 쓰는 문학 용어가 내적 독백이다.

「바람이 분다」에서 내적 독백의 언어 표지들, 무엇보다 현재 시제 문장은 프롤로그, 담론 면에서 그와 유사한 텍스트의 결미, 두 군데 정도에 나온다. 그러나 이 소설은 남자 주인공이 서술자를 겸하고 있는 일인칭 서사물이어서 그의 마음속 생각이 빈번하게 언어화되어 나타나며 그의 내면 상황의 강렬한 표현을 겨냥한 생략과 치환의 수사법이 텍스트 전체를 통해 우세하다. 소설의 역사에서 내적 독백 기법의 발전은 어떤 드라마적 가능성이 사람의 감춰진 마음—억압된 욕망과 열렬한 원망, 기만적 의식과 괴로운 양심, 진정한 감정과 사악한 심리 등—에 연애, 모험, 순례, 전쟁 같은 사람의 드러난 행위에 존재하는 정도에 못지않게 존재한다는 것을 소설가들이 이해한 것과 관계가 있다. 구체적으로, 유럽소설에서 그것은 18세기 이후 자전自傳 서술 태도의 유행, 심리학적 탐구의 발전, 리얼리즘 기율의 엄격화와 맥락을 같이

한다. 특히 19세기 후반 유럽 소설과 러시아 소설에서 작중 인물의 언표되지 않은 생각을 언표된 담론과 구별해서 표시하는 통사적, 수사적 수단들이 고안되어 오늘날 내적 독백이라고 통칭되는 심리 묘사의 현대적 스타일이 확립되었다. 기술적으로 수려한 내적 독백 중 하나는 톨스토이의 1870년대 대작『안나 카레니나』의 종반, 자살 직전 안나의 혼란스러운 마음이 드라마틱하게 제시된 대목(제7부 제 27-30장)에 보인다. 심리학적 방향의 인물 묘사는 20세기 한국 소설에서도 그 형식 발전 과정을 따라 발견되며, 그 발전 국면을 대표하는 작품들에서 작중인물의, 혹은 작중인물과 합체된 서술자의 내적 독백이 어렵지 않게 확인된다. 그 예가 염상섭의『만세전』, 박태원의『소설가 구보씨의 일일』, 최인훈의『회색인』, 이인성의『낯선 시간 속으로』등이다. 한국어 내적 독백 스타일의 역사에서 주목할 것은 그 스타일이 전달하는 개인의 내면적 삶이란 주로 지식인-예술가의 그것이라는 사실이다. 앞에 예거한 소설들을 보면 주인공이 모두 중류계급의 지식-예술 엘리트들이고 내적 독백과 그 밖의 심리 묘사 담론들은 모두 세계로부터 소원한 그들의 자기의식의 표백에 집중되어 있다. 자기 속으로 망명한 연극학도의 배회하고 분열하는 의식의 기록인 이인성의 연작소설이 극명하게 예시하듯, 한국 소설의 심리주의는 지식인-예술가 소설 장르 특유의 스타일이다.

「바람이 분다」를 읽고 참신하다는 느낌과 함께 도발적이라는 느낌을 받는다면 그것은 내적 독백을 비롯한 심리 묘사 기법이 재래 관습의 구애를 받지 않고 구사되고 있는 것과 무관하지 않다. 이 소설의 주인공-서술자는 지식-예술 엘리트 유형과 한참 거리가 있는 무직 청년—어느 도시 상가 지하에서 숙식하며 PC게임 CD 불법 복제 판매로 생계를 삼고 있는 사회의 잉여자다. 그는 문학, 음악, 영화에 취미가 있는 듯하지만 그의 의식 속에는 지식-예술 엘리트들의 상념이 들어설 자리가 없다. 그의 정열은 소설의 프롤로그에 있는 바대로 잉여자적 생활 중 일어난 정사에 쏠려 있으며, 그 정사는 그의 성애생활의 범위를 넘어서는 반성적이고 창조적인 문화 중의 사건과 무관하다. 몰사회적, 반교양적이라는 의심을 받을 법한 그의 심리와 유사한 사례는 한국 소설의 대표적인 내향적 인물들에게서 좀처럼 보이지 않는다. 예컨대『낯선 시간 속으로』연작 중 하나인「그 세월의 무덤」에서 과거로부터 현재까지 연속된 '나'를 '그'라고 부르고 '그'를 매장으로써 '나'의 신생을 기획하는 '나'는 단지 '나'의 행복과 불행에 관심을 집중하고 있지 않다. 새로운 '나'가 투신하고자 하는 연극은 그 최상의 경지에서 '나'의 육신을 "하늘의 넋"에 바치고 "우리 모두 모여 하나"가 되는 공동체적 축제이다.[1] 더욱이「바람이

1)　이인성,『낯선 시간 속으로』, 문학과지성사, 1997, 93.

분다」의 잉여자는 그의 허구상 선배들처럼 문학적이라는 인상을 주는 언어로 말하지 않는다. "바람이 분다"라는 통사적으로 단출한 문장을 반복하는 표현이 극단적으로 보여주듯이 그의 서술은 분석, 비판, 사변의 담론을 흉내 내지 않는다. 달변가, 요설가, 변증가는 그와 상극이다. 그는 자신의 내면에 일어난 사건을 기술하지만 미니멀리즘적 소박성과 담백함을 가지고 그렇게 한다. 한국 문학사에서 심리주의 스타일이 지식인-예술가 소설 장르와 맺어온 단단한 연계는 「바람이 분다」에 이르러 비로소는 아닐지라도 전에 없이 분명하게 해소되었다. 작중의 잉여 청년은 종래 한국 소설에 극히 드문 내향성의 반영웅an anti-hero of inwardness이다.

「바람이 분다」의 잉여 청년은 종종 그 자신을 대상화하며 서술하지만 지난 경험에 대해서는 많이 말하지 않는다. 그래서 그가 어떤 환경에서 어떻게 성장했는지는 독자의 상상에 맡겨져 있다. 자전 서술에 흔히 보이는 집, 가족, 동네, 친구 등에 대한 회상이 전무하다시피 하고, 대신에 문학, 영화, 음악, 게임 상품 소비와 관련된 발언들이 무수히 나온다. 일반적인 자전 서술에서 사람 경험, 사회 경험이 차지하는 자리를 문화소비 경험이 차지하고 있는 형국이다. 그가 그 자신을 이야기하는 방식의 배후에는 대략 1980년대 후반 이후 한국 대중문화 시장 팽창기에 성장한 도시 청년 세대 특유의 집합적 경험이 있다. 그의 문화소비는 자아 보유에 필요했을 자원들을 제공한 동시에 그의 사회적 정체성을 상당한 정도로 결정했다고 추측된다. 그가 잉여자의 삶을 살고 있는 큰 이유 중 하나였을 듯한, 그와 아버지 사이의 갈등은 다름 아닌 문화적 갈등이었다. 진공관 램프 오디오로 리하르트 바그너를 듣곤 했던 아버지는 그가 "사랑했던 산울림과 들국화의 앨범들"을 완력으로 "부숴버리면서" 그의 음악 취미를 "천박하다"고 질타했다. 또한 그가 회상하는 중에 "무서웠다"고 첨언하기를 잊지 않은, 그와 사귀기를 거부한 어느 여성의 전언 역시 그의 음악 취향에 대한 모욕과 관련이 있다. 히스테리 증세가 조금 있었던 그녀는 그에게 결별의 신호로 그가 그녀를 만날 때면 자주 들었던 음악의 LP 음반을 "가위로 잘게 잘"라 보냈다. 그가 사랑했던 음반들이 혹은 음반들의 사운드가 그에게 페티시와 다를 바 없었으리라 가정한다면, 부수어진 또는 잘게 잘린 음반 조각들은 돌아보고 싶지 않은 트라우마적 과거의 이미지가 아닐 수 없다. 그가 추억 없는 생을 산다고 자처하고 있는 것은 당연한 일인지 모른다. 모든 사람을 멀리하고 제멋대로 살고 있는 현재, 그는 아마도 한편으로는 영웅-바그너, 영웅-아버지에 대한 대항을 은연중 계속하고 있고, 다른 한편으로는 만성적으로 거세 불안을 겪고 있을 것이다.

그 추억 없는 생을 사는 청년은 바로 그러한 생의 유지와 향락에 유리한 듯한, 기술공학적으로 진전된 환경에 적응하고 있다. 무엇보다도 그는 개인용 컴퓨터를 가지고 있고, 컴퓨터 통신 서비스와 인터넷 서비스를 모두 이용하고 있다. 개인용 컴퓨터를 쓰고 있다는 것은 2020년의 시점에서는 범상한 일이지만 소설이 발표된 1998년 무렵에는 그렇지 않았다. 1997년 통계청 자료에 따르면, 한국에서 PC통신과 인터넷을 동시에 사용하고 있는 인구는 전 인구의 5.4퍼센트였고 대학 졸업 인구에 한정하더라도 10.5퍼센트에 불과했다. 소설 초반, 자신의 방과 방 안 물건에 관해 말하는 대목에서 그는 컴퓨터가 자신의 의식과 세계 사이의 유일한 통로라는 듯이 서술한다. "눈을 뜨면 가장 먼저 하는 일은 컴퓨터를 켜는 일이다. 물론 자기 전에 마지막으로 하는 일도 그것을 끄는 일이다. 창이 없는 이 방에서 컴퓨터는 내 창이다. 거기에서 빛이 나오고 소리가 들려오고 음악이 나온다. 그곳으로 세상을 엿보고 세상도 그 창으로 내 삶을 훔쳐본다." 그의 일상 활동은 대부분 컴퓨터에 매개되어 있어서 PC게임은 물론 음악 청취도 컴퓨터로 하고 불법 영업을 위한 광고도 컴퓨터로 한다. 컴퓨터는 관련 소프트웨어 산업의 발전에 따라 많은 용도를 가지게 되고 특히 2000년대에 들어 초고속 인터넷이 보급되면서 일상용품이 되었지만, 그러한 진전 이전 시기를 배경으로 하는 그의 서술에서 컴퓨터 상용은 업무보다 오락, 주로 PC게임과 관련되고, 아버지의 진공관 램프 오디오와 바그너 악극 LP로 대표되는 유한계급의 고급한 문화생활과 대조된다. 그것은 사회와 문화의 주류로부터 벗어난 뉴웨이브 테크노족의 지하 문화 같은 양상을 띤다.

그 컴퓨터 상용자는 상징적으로만이 아니라 물리적으로도 지하에서 생활한다. "신도시 아파트 단지들 사이 식객처럼 자리 잡은 단독주택 지구 상가 지하"에 있는, 들어오는 빛이 싫어 창을 막아버렸기에 "밤도 없고 낮도 없"는 공간이 그의 직장이자 거처다. 세상살이의 규칙과 명령을 차단하고 태평한 일상을 누리는 듯한 그의 마음에 동요를 일으키는 사건은 송진영이라는 여자가 지하의 그에게로 "천천히 계단을 내려오"는 데서 시작된다. 그녀가 그를 찾아온 것은 컴퓨터 통신망을 통해 복제 CD 판매 보조자를 구하고 있던 그가 그녀를 적당하다고 보고 연락했기 때문이다. "바하와 너바나"를 좋아한다는 자기소개 문장으로 그의 주의를 끌었던 그녀는 그의 지하방을 찾아온 첫날 그곳이 마음에 든다고 말해 그를 놀라게 한다. 근무를 시작한 다음에는 그곳 테크노족의 놀이에도 흥미를 보이고, 영업활동 이외 시간에 그와 컴퓨터 게임을 같이 하기에 이른다. "우리는 격투사가 되어 서로 싸우기도 했고 비행기 조종사가 되어 함께 폭격에 나서기도 했다"는 구절 등으로 미루어 보면 그들이 즐기는 게임은, 주로 1990년대 후반에 유행하던 액션 게임과 어드벤처 게임으로 보인다. 이 게임들은 1998년 이후 PC게임의 대명사가 되다시피 했던 RTS(실시간 전략 시뮬레이션 게임)「스타크래프트」

나 초창기 온라인 PC게임의 왕자였던 RPG(롤플레잉 게임)
「리니지」에 비하면 구식 장르지만 그 인물들에게 함께 흥분
하게 하고 서로 모종의 유대를 느끼게 하기에 부족하지 않다.
그들의 게임 속 액션은 때때로 그들 사이 무언의 소통이 된
다. 그가 그녀를 상대로 격투 게임을 하는 중, 지하실에 틀어
박혀 컴퓨터에 의지해 살고 있는 자신을 개탄하는 말을 듣는
장면에서 그는 주먹질과 발길질로 그녀를 때려눕힌다. 또한
그녀의 전남편으로 추정되는 남자가 나타나 그들의 교제를
방해하는 시점에 보물찾기 게임을 시작한 그들은 마법의 성
으로 들어가 서로 힘을 합쳐 괴수들을 무찌르며 나아가서 그
녀는 보물을 챙기고 그는 마법사를 베어 죽인다. 이수형은 소
통 가능성 혹은 불가능성이 김영하 초기 소설을 관통하는 주
제이며 그 소설의 "낯선 상상"은 탈관습적이고 아이러니컬한
소통 코드의 탐색과 연관되어 있음을 알려준 바 있다.[2] 「바
람이 분다」의 남녀 게이머들은 공동의 목표를 달성하기 위한
액션을 수행하는 가운데 연합 코드를 획득한다. 특히, 편재
하는 죽음에 맞서 같이 싸우는 연합 코드라는 점에서 그것은
인간 심리의 심층에 존재하는 에로스의 법칙과 일치한다.

　고용자와 피고용자로 시작된 그들의 관계는 두 달가량
지나 PC게임 밖에서 "어드벤처"를 도모하는 사이로 발전한

[2]　이수형, 「낯선 코드와 유혹―김영하론」, 『문학과사회』 2002년 봄호.

다. 그가 추측한 바에 따르면, 송진영은 나이가 20대 중반이고 이혼한 지 2년째다. 전남편과의 사이에 뇌성마비 환자인 네 살짜리 아들이 있고 재결합을 원하는 전남편의 간청에 시달리고 있다. 그녀는 그의 앞에 처음 나타났을 때 "아주 멀리 찾아온 친구" 같은 느낌을 주었고, 이어 한동안 잊고 있던 인간적 감정을 소생시켜 그를 당혹케 한다. 그는 "사람보다는 책이, 책보다는 음악이, 음악보다는 그림이, 그림보다는 게임이" 편하다고 스스로 믿고 있던 터이다. 그럼에도 함께 일한 지 두 달 된 어느 날 그녀가 무단으로 결근하자 그는 하루종일 아무 일도 못 한 채 그녀가 오기를 기다리고 있는 자신을 발견하고, 이틀 지나 그녀가 예고 없이 다시 출근한 날에는 "발목까지 내려오는 치렁한 흑갈색 원피스"를 입은 그녀를 "어드벤처 게임 속에 등장하는 캐릭터처럼 (……) 매혹적"이라고 느낀다. 그날 서로 얼굴을 마주 보며 함께 점심을 먹은 이후 그들은 연인 사이가 된다. 그녀는 그와 관계를 가진 다음 각자의 살림을 처분하고 세계일주 여행을 떠나자고 제안한다. 그것은 여비가 얼마나 마련되느냐에 따라 6개월 아니면 1년 동안 지구를 도는, "한번 떠나면 돌아오고 싶어도 돌아올 수 없는 그런 여행"이다. 자신이 아버지를 멀리하고 세상과 격절하여 살고 있는 것이 "다리를 잘린 비둘기들이 청계고가 아래에" 살고 있는 것과 같다는 사실을 은연중 알고 있었기에 그는 지하를 떠나는 것에 "두려〔움〕"을 느낀다. 그렇지만 그녀의 채근 끝에 그는 지하생활을 청산하기로 결정하고, 행복한 몽상에 젖어 여행 계획을 세운다. 심지어, 결혼 승낙을 얻으려고 손가락을 잘랐다는, 그와 대조적으로 수컷의 기백이 왕성한 그녀의 전남편의 계속되는 무언의 공갈에도 아랑곳하지 않고 여비 마련을 위한 불법 영업에 열을 올린다. 그러나 그의 영업이 경찰의 단속에 걸려 상당액의 벌금을 내야 하는 형편이 되고, 그가 구속되어 있던 사이 그녀가 전남편에게로 가버리면서 그 "어드벤처"의 꿈은 사라지고 만다.

　　도시 지하의 고독한 수인囚人 같은 그가 탈출 욕구 강한 송진영과 사랑에 빠진 일은 그의 서술 내용 중 가장 중요한 사건이다. 하지만 프롤로그를 포함해서 열다섯 개의 작은 절로 이루어진 소설 텍스트에서 대략 세 절 정도, 그나마 몇 줄 안 되는 문장이 그들의 사랑을 지시하고 있는 반면, 그보다 다수의 절과 많은 문장이 그의 상념에 관한 서술에 바쳐져 있다. 특히, 그러한 서술 중에는 그가 "세상에서 슬쩍 비켜서"서 "평화"를 누리고 있다는 말이 실은 허풍임을 알아보게 해주는 진술이 들어 있다. 예컨대, 송진영이 출근하지 않은 날 컴퓨터 카드 게임을 하는 장면에서 그는 그 게임이 어렸을 적에 보았던 "골방에서 할머니가 홀로 반복하던 화투 놀이를 닮아 있다"는 것을 깨닫고, 게이머는 원하는 패가 나와 게임이 끝나기를 바라지 않고 오히려 원하지 않는 패가 나와 "게임이 영원하기를 바라"는지 모른다고 말한다. 이 게임의 역설이 가리키는 바는 삶이 무의미하다는 의식을 배양하는, 궁극적으로 살려는 욕망을 앗아 가는 시간 경험 양식, 즉 권태이다. 권태는 그의 할머니가 세상을 떠나기 직전까지 화투를 붙잡고 있었던 이유, 그가 송진영이 출근하기를 기다리며 카드 게임을 반복하고 있는 이유를 설명해준다. 권태를 피하려는 욕구가 화투 놀이나 카드 게임 같은 놀이를 문화 속에 번성시키고, 대중오락 산업을 엄청난 규모로 발전시킨 요인이라는 것은 말할 필요가 없다. 그가 문학, 음악, 영화, 게임 같은 다양한 종류의 오락상품 소비자라는 것은 그가 얼마나 일상의 권태를 해소하기에 열심인가를 말해주는 것이기도 하다. 그가 "평화"라고 명명한 상태의 이면인 권태는 송진영과의 사랑을 계기로 표면을 점령하기 시작한 것처럼 보인다. 그녀와 함께하는 세계일주 계획이 수포로 돌아가고 그녀가 전남편에게 돌아갔다고 추정되는 순간에, 그는 임차계약 만료를 앞둔 지하방에 머물며 낮밤 없이 컴퓨터 게임을 한다.

"바람이 분다. 바람이 분다. 바람이 분다. 빛도, 낮도, 밤도 없는 이 지하실에 바람이 분다. 바람이 분다. 게임을 한다. 게임을 한다. 게임이 한다. 게임을 한다. 그녀가 오지 않는다." 소설의 마지막 절에 나오는, 프롤로그에도 약간 형태를 달리해서 나오는 이 문장은 그가 모험의 모든 가망을 잃고 홀로 권태의 공격을 당하고 있는 문맥에서 예사롭지 않게 읽힌다. "바람이 분다" "게임을 한다"는 문장은 그의 심리 상태를 표시하고 있지 않으나 여러 차례 반복됨으로써 그녀가 오지 않는 까닭에 그가 겪고 있을 지루함과 답답함을 암시한다. "게임을 한다"에 이어지는 "게임이 한다"라는 문장은 게임이 자동으로 돌아가고 있음을 지시하는 한편, 그가 게임 중에 잠시 그녀와 관련된 모종의 상념에 빠져 있었을지 모른다는 추측을 부추긴다. 그녀의 부재라는 상황, 권태의 습격이라는 상황을 두고 그는 한 줌의 감정도 노출하지 않고 있지만 그가 속으로 힘든 싸움을 하고 있다는 것은 명백하다. 그는 그녀가 돌아오리라 믿지 않으면서도 그녀가 나타나기를 기다린다. 컴퓨터 게임으로 그녀가 없는 상황을 견디고 이어 그녀가 다시 출근하는 순간을 맞이한 경험이 있는 그가 또 한 번 그녀가 떠난 상황을 맞아 다시 컴퓨터 게임을 하는 행위는 차라리 주술적이기까지 하다. 그는 눌눌한 독백 끝에 이르러 돌연, "내일이면 나는 떠난다. 떠난다. 떠난다. 떠날 수 있다. 그녀가 없이도 떠날 수 있다"고 되뇐다. 이것은 언뜻 보면 모험의 꿈을 실현하려는 의지의 표현, 그녀에게 의존하지 않고 자신의 존재를 갱신하려는 결심의 표현 같다. 그러나 권태의 경험 끝에 신생에의 결의가 온다는 식의 주석은 권태라는 실존의 병病—태양 아래 새로운 것은 없다는 이치를 통감한 인간의 절망을 너무 가볍게 취급한 통속 추리라는 혐의를 면하기 어렵다. 현대의 형이상학적 절망을 정확하게 이해한 보들레르는 『악의 꽃』 시편 중 「여행」에서 이렇게 노래했다. "단조롭고 작은 이 세계는 오늘도, / 어제도, 내일도, 그리고 언제나 우리 모습을 비춰 보인다. / 권태의 사막 속의 공포의 오아시스를!"[3] 컴퓨터를 버리고 떠나겠다고 결심한 그 권태의 피습자는 혹시 공포로부터 달아나는 길이 아니라 공포에 다가가는 길을 가려고 하지 않을까. 그러한 길을 가서 그가 얻고자 하는 광희狂喜는 삶의 그것이 아니라 죽음의 그것이 아닐까.

송진영과의 사랑은 그의 개인 역사에서 상당히 이례적인 것처럼 보인다. 그의 타인 경험은, 앞서 언급한 고상한 아버지의 독재적 경멸, 히스테릭한 여자의 표독한 거부의 예에서 보듯이, 모두 그의 자아에 상해를 가하는 것으로 끝났고, 그래서 "오 년 전"쯤부터 그는 사람들과 어울려 사는 삶을 피하고자 했다. 그러나 송진영과의 관계가 깊어지면서 그는 부지불식간에 세상살이의 보통 방식을 따라간다. 무단결근 후에 나타난 그녀와 얼굴을 마주 보며 점심을 먹는 삽화에서 그는 "연인이나 가족이 하는 일"을 자신이 하고 있다는 생각을 하고, 그녀와 연인 사이로 발전한 다음에는 "함께 장을 보기도" 하는 "소시민적 일상"을 살고 있음을 의식한다. 그가 세상의 밝은 대기 속에서 소시민적 만족을 구하며 보내는 일상은 어두운 지하에 스스로를 유폐하고 낮밤을 가리지 않는 일

---

3)   샤를 보들레르, 「여행」, 『악의 꽃』, 윤영애 옮김, 문학과지성사, 2003, 330.

상과 다른 것이다. 그가 지하에서 보내는 시간이 "다리 잘린 불구의 비둘기들"이 "청계고가" 아래에서 보내는 시간과 다를 바 없다면, 혹은 할머니가 화투에 매달려 보내는 무료한 노후의 시간과 다를 바 없다면, 그의 고독한 지하생활은 죽음을 향한 행진, 그것과 얼마나 다른 것일까. 송진영과의 사랑은 그러한 행진에 제동을 거는 행위였을 것이다. 프로이트가 리비도를 에로스로 대체하는 본능이론을 구성하면서 제시한 가설 중 하나는 여기서 참조할 가치가 있다. 『쾌락원칙을 넘어서』 중의 주장대로, "살아 있는 모든 것은 내적인 이유로 인해서 죽는다. (······) 모든 생명체의 목적은 죽음이다"[4]라고 한다면, 에로스는 죽음이 작용하고 있는 곳 어디에나 존재하며, 또한 죽음을 향한 생의 운동 법칙에서 벗어난다. 에로스는, 그 대표 표현인 성 본능이 증명하듯, 한 생명을 다른 생명과의 연합으로 이끌어 죽음에 저항하게 한다. 송진영이 지하 인간이라는 개체에게 에로스적 힘을 소생시킨 다른 개체였음은 말할 것도 없다. 그러나 그녀와의 사랑은 일시적이었고 그는 다시 권태 속으로 돌아왔다. 저항을 만났던 죽음 본능, 즉 타나토스는 그의 외롭고 무료한 삶 속에서 다시 묵묵히 활동하기 시작했을 것이다.

---

4) 지그문트 프로이트, 『정신분석학의 근본 개념』(프로이트전집 11 개정판), 윤희기·박찬부 옮김, 열린책들, 2003, 310.

지하 인간의 내면에서 활동하고 있는 타나토스의 존재는 그의 서술 중 지시된 두 편의 예술 텍스트, 영화 「칼리포니아」와 소설 「킬리만자로의 눈」이 그 자신의 이야기와 어떤 관련이 있는지 살펴보면 보다 명확하게 드러난다. 1995년 한국에서 개봉된 도미닉 세나 감독의 「칼리포니아」는 한 소시오패스형 살인자가 대학살의 사적들을 답사하고자 켄터키주 루이스빌에서 로스앤젤레스로 가는 한 작가의 차를 얻어 타고 그 횡단 여정 중에 벌이는 일련의 야수 같은 행동을 메인 플롯으로 가지고 있는 스릴러물이다. 「바람이 분다」의 서술자는 그 영화 속의 뭔가에 대해서가 아니라 지하실 벽에 붙어 있는 그 영화의 포스터, 브래드 피트가 연기한 살인자의 강렬한 눈빛이 잡혀 있는 포스터에 대해서 두 번 짧게 언급한다. 영화 속의 살인자가 그에게 어떤 존재인지 말하기 어렵지만, 그 살인자가 "나를 쏘아보고 있다"는 그의 생각이 반복되고 있는 정황으로 미루어, 죽음이 그의 마음을 압박하고 있다고 추측하는 것은 가능하고 또한 자연스럽다. 그의 상상 속에서 '칼리포니아'가 죽음의 땅이라면 앞의 두 음절 중 모음 하나만 차이가 있는 '킬리만자로' 역시 죽음의 땅이다. 그 헤밍웨이의 단편을 읽고 나서 그는 묻는다. "왜 표범은 킬리만자로의 정상까지 올라가 얼어 죽고야 말았는가. 왜 돈 많은 유부녀를 유혹한 바람둥이는 사소한 사고로 죽음에 이르고야 말았는가." 눈으로 덮인 킬리만자로가 성스러움의 상징이라는 것은 그에게 중요하지 않다. 표범이 살기에 알맞은 장소(초원)를 떠나 맞이한 죽음, 어쩌면 그가 살기에 알맞은 장소(지하)를 떠나 맞이할지 모르는 죽음이 문제다. 그는 킬리만자로의 표범이 죽은 까닭이 무엇인가 하는 의문에 대해 이렇게 답한다. "아마도 바람이 불어서였을 것이다. 마사이초원에 바람이 불고 바람이 불고 바람이 불고 또 바람이 불어 표범은 무료했을 것이다." 이어서 그는 영화 「칼리포니아」의 살인자가 "나를 쏘아보고 있다"고 생각하고, 자신 역시 떠난다고, 내일이면 떠난다고, 그녀가 없어도 떠난다고 스스로에게 선언한다. "바람이 분다"라는 발레리의 「해변의 묘지」 중 한 행을 연상시키는 독백이 정말 그 행과 어떤 관계가 있다면 그것은 부정의 관계라고 해야 옳다. "바람이 분다"라는 독백 다음에 그가 발하지 않은 독백은 발레리의 화자가 말한 "살아야겠다"가 아니라 "떠나야겠다"이고 그것은 "죽어야겠다"와 다르지 않기 때문이다.

돌이켜보면, 「바람이 분다」의 주인공~서술자에게 프로이트적 인간의 일면이 있는 것은 희한한 일이 아니다. 이 소설이 발표된 1998년 무렵은 국내 PC게임 시장이 호황의 절정에 달한 시기일 뿐 아니라 정신분석이 대중적 관심을 끌고 있던 시기이기도 했기 때문이다. 이 소설과 같은 해에 나온 한국 출판계의 성과가 바로 『프로이트 전집』 완간이다. 1990년대 후반 창작계에서는 김영하 외에도 장정일, 윤대녕, 백민석 등이 정신분석의 개념들과 공명하는 이미지와 이야기를 내놓고 있었고, 프로이트와 라캉의 어휘들은 비평계의 신선한 공기와 다르지 않았다. 정신분석이론이 유행하면서 종래 한국 소설, 특히 지식인-예술가 소설에 우세한 의식적 존재—비범한 지각과 인식의 비범한 종합을 통해 현전하는, 데카르트적 에고 유형은 매력을 잃게 되었다. 정신분석의 영향 아래 에고는 주체의 중심을 이루지 못한다는 것, 에고의 자기주장은 종종 자기기만을 포함한다는 것이 상식이 되었다. 심리 인간Homo psychológĭcus은 근대 유럽에서 동시대에 출현한 경제 인간Homo œconómĭcus과 함께 부르주아 또는 포스트-부르주아 사회의 인간 전형이다. 「바람이 분다」는 어떤 경위에선가 20세기 말 한국에 출현한 심리 인간의 자전적 이야기에 속한다. 앞에서 보았듯이, 주인공-서술자는 사회적, 문화적 규범들이 별로 관여하지 못하는 그의 내부에 거센 불안과 죽음 본능 같은, 프로이트가 주목한 심리적 실재를 품고 있다. 그는 허구 인물로서 그리 멋진 편은 아니다. 지식인-예술가 소설의 영웅들에 비하면 그는 얼마나 비루한가. 그러나 컴퓨터 키보드 앞의 심리 인간은 시대의 진전에 따라 압도적인 인류학적 사실이 되었고, 그의 이성과 광기, 기억과 환상에 대한 분석 없이 인간 현실과 이상을 말하기 어렵게 되었다. 현대 문화의 넓은 맥락에서 프로이트의 공헌에 대해 숙고한 비평가 라이오넬 트릴링은 그 정신분석의 창시자가 한편으로는 마음의 본성에 의해 결정된 비극적 인간 조건은 본질적으로 완화되지 않는다고 주장했지만, 다른 한편으로는 신이 승인했던 인간 실존의 진정성을 신의 죽음 이후에도 유지하려 했다고 보았다.[5] 진정성은 「바람이 분다」가 암암리에 지향하는 바이기도 하다. 그 자기파멸적 반영웅은 한국 소설에 등장한 대중문화 마니아 가운데 부르주아 에고의 가식과 위장에 흥미가 없는, 자신의 무의식과 접촉하고 있는 인물의 원조 격이다.

5)   Lionel Trilling, *Sincerity and Authenticity*, Harvard University Press, 1972, 156.

스크린을 보는 눈의 역설

―하성란, 「당신의 백미러」

¶ 하성란 소설집 『옆집 여자』(창작과비평사, 1999. 12)에 실린 텍스트를 논의에
  사용했다.

언어학자 에밀 벵베니스트가 행한 서사와 담론 구분은 소설을 비롯한 모든 종류의 글에서 언어가 사용되는 방식을 대별하는 데에 유용하다. 서사와 담론의 차이는, 간단히 말해서, 화자에 대한 지시가 있는 발화와 지시가 없는 발화의 차이다. 서사에서는 사건들이 마치 스스로 말하는 듯한 반면, 담론에서는 그 담론을 말하는 사람의 존재가 표시된다. 그래서 일반적으로 서사는 객관적, 담론은 주관적이라는 상반된 인상을 준다. 그 차이는 벵베니스트가 준거로 삼은 프랑스어의 경우, 문법상으로도 명확하다. 서사는 삼인칭과 단순과거, 대과거 같은 동사 시제를 독점적으로 보유하는 반면, 담론은 일인칭(그리고 그 대응물로서의 이인칭), '여기' '지금' 같은 지시어 내지 부사어, 현재, 반과거, 미래 같은 동사 시제를 역시 배타적으로 사용한다. 서사의 본질들, 담론의 본질들은 어떤 텍스트에서든 순수한 상태로 나타나지 않는다. 그것들은 서로 섞여 있기 마련이어서 서사 내에서는 얼마간의 담론이, 담론 내에서는 얼마간의 서사가 발견된다. 서사의 요구와 담론의 필요를 절충하는 일은 소설사의 어느 시대에나 기술상 중요한 문제였고, 그래서 그 양자 관계에 일어난 역사적 변화는 소설 스타일의 추이에 대해 뭔가를 시사하는 지표다. 제라르 주네트의 스케치에 따르면, 서사와 담론 사이의 자연스러운 균형은 발자크에서 톨스토이에 이르는 객관적 서술의 고전적 시기의 성취이며 이후에는 균형이 깨지는 경향이 있다. 한쪽에는 어니스트 헤밍웨이가 대표하는, 담론적인 종류의 사설을 배제하고 서사를 고도로 순화하려는 소설이 있고, 다른 한쪽에는 필립 솔레르스가 예시하는, 글을 쓰는 중인 소설가의 현재 담론 속으로 서사를 함몰시키는 소설이 있다.[1] 서사적 언어와 담론적 언어의 상충성相衝性에 대해 한국 작가들이 얼마나 민감한지는 알기 어려우나 그들의 소설 역시 그 둘 모두의 인력 아래 있음은 분명하다. 조세희의『난장이가 쏘아올린 작은 공』연작이 서사 위주라면, 이문열의『황제를 위하여』는 담론 위주다. 1990년대 이후의 한국 단편소설에도 두 유형의 미니어처는 공존한다. 소설가로서 가장 발랄했던 순간에 성석제가 달변의 담론을 선호했다면, 하성란은 순수한 서사를 지향했다.

1)   Gérard Genette, "Frontiers of Narrative", *Figures of Literary Discourse*, trans. Alan Sheridan, Columbia University Press, 1982, 137-143.

소설에 있어서 서사의 순수화란 소설 저자에 대한 신학적 관념을 함축한다. 저자는 신이 우주 속에 존재하듯이 소설 속에 존재해야 한다. 즉 어디에나 존재하지만 어디에도 출현하지 않아야 한다. 주네트는 서사의 순수화가 미국의 대실 해밋과 어니스트 헤밍웨이, 프랑스의 알베르 카뮈와 알랭 로브그리예 같은 작가에 의해 예증된다고 말하고 있지만, 그것은 실은 플로베르를 원조로 하는, 20세기 작가들에게 상당한 영향을 미친 소설 미학과 관계가 있다. 저자-신의 불가시화라는 명제는 바로 플로베르에게서 유래했다. 그것은 특히 영미 소설에서 헨리 제임스와 그의 사도들이 예술로서의 소설을 상상하는 데에 기본 원리를 제공했다. 그들은 저자의 소멸을 실현하기 위한 작업의 모델이 극劇에 있다고 생각했고, 그에 따라 서술자를 공평하고 객관적인 상태에 머물게 하고, 아울러 이야기 속의 사건과 상황을 독자들 마음의 눈앞에 장면으로 제시하는 극화의 방법을 선양했다. 20세기 후반 영미 소설 이론의 주류는, 웨인 부스의 『소설의 수사학』이 입증하듯, 저자-서술자의 자기말소적 서술 스타일을 소설 예술의 이름으로 규범화한 경향에 대해 비판적이었지만, 장면화 기법 scenic art은 헨리 제임스의 권위가 약화된 이후에도 효용을 잃지 않았으며 영어의 범위를 넘어 소설의 일반 교범 중에 자리 잡았다. 소설 속의 서술은 무엇보다 먼저 사실적이어야 하고 그러려면 말하기講說, telling보다 보여주기提示, showing에 힘써야 한다는, 한국의 소설 창작 교실에서 흔히 들리는 말은 바로 생생하게 극화된 서술에 대한 굳어진 선호를 나타낸다. 장면화 기법이 리얼리즘 스타일과 얼마나 긴밀하게 결부되어 있는가를 알려주는 소설의 예가 바로 하성란의 초기 단편집 『루빈의 술잔』과 『옆집 여자』에 들어 있다. 그중 후자에 실린 작품 「당신의 백미러」는 장면 창출의 집념이라는 점에서 과거 한국의 모든 저명한 단편소설을 능가하는 듯하다.

「당신의 백미러」는 공평하고 객관적인 삼인칭 서사물이다. 서술자의 목소리는 저자 하성란의 목소리와 동일하리라는 추측을 불허하지 않지만, 저자가 인격을 가진 존재로 작중에 자신을 드러내는 경우는 없다. 저자-서술자는 자신의 전지성全知性, omniscience에도 비교적 엄격한 제한을 두어서, 서술자 스스로 텍스트 전체를 통해 남자라는 일반명사로 부르고 있는 한 인물의 지각과 인식을 중심으로 서술한다. 남자는 서울 명동 한복판의 코스모스 종합상가라는 대형 쇼핑몰에서 도난 방지 업무를 담당하고 있다. 남자가 여느 때처럼 매장에 드나드는 손님들을 감시하던 중, 나중에 남자와 특별한 사이가 되는 여자가 매장에 나타났다가 사라지는 사건에서부터 이야기는 시작된다. 그런데 그 최초의 사건을 말하기 전에 서술자는 남자가 어떤 위치에서 어떤 포즈로 감시하고 있는지, 남자 주변에는 어떤 물건이 있고 어떤 광경이 펼쳐져 있는지, 쇼핑몰 내부는 어떤 모양으로 어떤 설비를 갖추고 있는지를 남자의 관점과 관점 너머에서 알려준다. 그 보고적 서술은 극히 사실적이다. "남자가 밟고 선 곳은 스무 개의 원통형 고정대 가운데 하나다. 남자를 가운데 두고 왼쪽에는 속살이 비치는 투명한 블라우스와 몇 겹의 페티코트를 치마 속에 받쳐 입은 마릴린 먼로가, 오른쪽에는 청교도 여자들이 입던 부대처럼 헐렁한 검정 원피스 차림의 마릴린 먼로가 서 있다"에서 시작해, "사각지대는 결코 운전자들만 경험하는 것은 아니다. 빛과 그림자처럼 각이 있는 모든 곳에는 사각지대가 생기게 마련이다. 매장 직원들 사이에서 남자는 '보조 백미러'로 불린다"를 거쳐, "매장 곳곳에 천장을 받치고 선 기둥들과 나비 표본처럼 기둥에 걸린 옷과 옷걸이 사이사이의 복도에서 움직거리는 사람들의 머리통이 남자의 안경알 속에 파노라마처럼 흘러간다. 의류 코너를 훑고 팬시 코너로 가려던 남자의 시선이 다시 의류 코너로 돌아와 멈춘다. 두 개의 안경알에 한 여자의 모습이 담긴다"로 끝난다. 문장 열 줄 안팎의 단락 다섯 개를 점하고 있는 그 서술은 남자가 나중에 최순애 또는 루나라는 이름으로 알려지는 여자를 최초로 인지하는 상황을 마치 정물화 같은 장면으로 고정시킨다.

특히, 그 서술은 대상의 세목을 명확하게 전달하는 묘사를 상당한 정도로 포함하고 있다. 이것은 남자의 좌우에 도열한 쇼윈도의 마네킹들이 단지 마릴린 먼로를 닮았다고 말하는 데에 그치지 않고 그것들이 입고 있는 특수한 의상과 취하고 있는 특수한 포즈에 관해 말하고 있는 문장들 그리고 남자가 매장 곳곳을 굽어본다고 말하는 데에 머물지 않고 그의 안경 표면에 비치는 사물들의 모양을 나열하는 문장들을 통해 확인되는 바다. 엄밀하게 말하면, 서술과 묘사는 구별된다. 전자가 행위들이나 사건들을 과정들로 취급하고 서사의 시간적, 극적 양상을 강조하는 반면, 후자는 존재들이나 물체들을 동시간성의 상태에 두고 천천히 그리면서 시간의 진행을 유예한다. 서사에서는 그 장르의 본성상 서술이 주主고 묘사가 종從이다. 「당신의 백미러」의 서사 스타일의 특징은 바로 그러한 일반적 주종 관계를 불안정하게 한다는 데에 있다. 마네킹의 복장들에 대한 묘사에서 속살이 비칠 정도인 블라우스의 투명함이나 청교도 여자들이 입던 원피스의 헐렁함에 대한 지시가 반드시 나와야 했는지, 혹은 매장 여기저기를 감시 중인 남자의 안경 렌즈 표면의 파노라마를 그렇게 세세하게 명시해야 했는지, 누군가는 의문을 가질지 모른다. 그러나 바로 그러한 세목들의 과다함 때문에 텍스트 내의 서술은 종종 정지를 당하고 각각의 장면들은 시간의 단층을 만들며 출현한다. 이와 관련하여, 서술 대상이 사람이나 사물이 아니라 행위나 사건인 경우에도 동사들의 시제가 대개 현재라는 사실에 주의할 필요가 있다. 이 현재시제는 객관적 서사와 구별되는 주관적 담론에 봉사하는 문법 형태가 아니라 행위나 사건으로부터 과정의 계기적 리듬을 빼앗는, 그리하여 서사를 공간화하는 문법 형태다. 그것은 서술에 대한 종속에서 벗어나려고 준동하는 묘사의 징후라고 해도 틀리지 않을 것이다.

「당신의 백미러」의 많은 부분을 차지하는 묘사는 과도하다 싶을 만큼 상세할 뿐 아니라 주로 묘사 대상의 시각적 세목들에 집중한다. 서술 관점을 제공하는 작중인물, 즉 초점화자인 남자의 지각과 경험 중 서술자가 중시하는 것은 대부분 남자의 시각과 관련되어 있다. 매장 내부를 감시 중인 남자의 선글라스에 사람들과 사물들이 잇따라 비쳐 "파노라마"를 이룬다고 말하고 있는 문장은 시사적이다. 서술자의 관심은 남자가 보고 있는 것이 무엇인가, 남자의 마음이 그것의 어떤 세목들을 향하고 있는가, 남자가 그것을 무엇이라고 인식하는가에 있다. 서술자가 주목하게 하는 남자의 욕망이 있다면 그것은 무엇보다도 보려는 욕망, 감시에서 구경, 관찰에서 관음에 걸쳐 있는 눈의 욕망이다. 남자의 존재가 그의 눈으로 축소된다면, 남자를 둘러싼 세계는 자연히 그의 눈의 대상들로 축소된다. 서술자는 남자가 "한눈에 파악하고" 있는 옷의 유행에 대해 알리는 중에, 은근히 암시적인 어휘를 써서, 종전에는 "시스루룩see through look"이 유행이었다고 말한다. 그 속살이 비치는 디자인은 어쩌면 남자가 원하는 세계의 존재 방식일지 모른다. 남자의 감시적이고 관음증적인 시선에 걸려든, 도벽이 있는 듯한 여자는 "밀랍처럼 하얀 얼굴, 마네킹 같은 몸매, 우물처럼 깊은 눈동자"로 대표된다. 남자의 의식은 일찍이 새뮤얼 테일러 콜리지가 '눈의 전제주의despotism of eye'라고 부른 바와 유사한 성향을 가지고 있고, 남자가 거주하는 상품들의 세계 이곳저곳에는 그러한 성향에 아첨하는 광경들, 눈을 따르고 섬기고 홀리는 광경들이 널려 있다. 쇼핑몰에서 옷을 훔치려던 여자를 봐준 대가로 그녀를 사사롭게 만날 방도를 얻은 남자는 이태원의 나이트클럽으로 가서 홀의 주변에 자리를 잡고 앉아 있다가 다음과 같은 광경을 본다.

> (……) 스테이지에서 춤을 추던 사람들이 하나둘 좌석으로 가 앉고 조명이 어두워지면서 스테이지 위로 한 줄기 빛이 내리쏘인다. 그때 스테이지 위로 왜건처럼 생긴 박스를 밀며 한 여자가 올라선다. 짙은 무대 화장을 했지만 그 여자다. 테이블에 앉아 있던 사람들이 환호성을 지른다. 여자는 어깨끈이 달린 원피스 수영복 같은 무대복 차림이다. 여자가 움직일 때마다 옷에 붙은 스팽글이 광채를 내며 키질 소리를 낸다. 셔츠를 받쳐 입지 않은 맨목에 나비넥타이를 매었고 머리에는 실크해트를 쓰고 있다. 엉덩이에는 새의 꽁지처럼 깃털을 꽂고 있는데 여자가 사뿐사뿐 걸을 때마다 깃털이 부채처럼 팔랑거린다. 여자는 인사 대신 스테이지 아래로 내려와 한 사내 앞에 선다. (……) 여자의 손이 남자의 어깨를 스치자 공중으로 하얀 비둘

기 한 마리가 날아오른다. 사람들이 탄성을 지른다. 여자는 종종걸음으로 자리를 옮겨 다른 사내의 어깨를 살짝 어루만진다. 하얀 장갑을 낀 손가락이 공중에서 차례로 열리면서 또 한 마리의 비둘기가 날아오른다.

이것은 「당신의 백미러」에 빈번하게 나오는 묘사 중 극치라고 부를 만한 대목의 일부다. 그 현재시제의 묘사 문장들은 나이트클럽 스테이지에 마술사로 출연한 여자의 몸과 복장과 동작의 가시적 세목들을 꼼꼼하게 지시한다. 여자를 바라보고 있는 남자의 눈앞에 나타난 소소한 사물들의 상태와 운동에 대한 명명과 "왜건처럼" "수영복 같은" "꽁지처럼" "부채처럼" 같은 비유 표현은 서로 합쳐져 그림 같은 장면을 만들어낸다. 이 회화주의繪畵主義, pictorialism는 독자에게 기억을 소생시키는 효과가 있다. 나비넥타이와 실크해트와 하얀 장갑, 스팽글이 달린 원피스 수영복 스타일의 무대복, 새의 꼬리처럼 팔랑거리는 깃털 장식, 객석의 남자들 사이를 오가며 희롱하듯 묘기를 부리는 반라의 여자 그리고 마술사의 손끝에서 난데없이 날아오르는 하얀 비둘기 등과 같은 세목들은 사진이나 영화에 무수히 많은 카바레 쇼, 마술 공연, 대중 예능의 단편적 이미지들을 상기시킨다. 사실, 그 스테이지 쇼의 묘사에 동원된 세세한 명칭과 빈번한 비유는 그것을 새롭게 재현하는 기능보다 그것의 기성품적 이미지들을 강조하는 기능을 한다고 보아야 옳다. 내가 오래전에 주장했듯이, 하성란의 묘사적 스타일이 '도상애호증'을 수반하고 있다면,[2] 그것이 향하는 도상들은 세속적이고, 유형적이고, 대중적이다. 그것들은 대체로 대중문화의 레퍼토리에 속한다. 한 줄기 빛이 어둠을 가르는 무대, 나비넥타이를 비롯한 마술사의 엠블럼 세트, 클럽 쇼걸 복식 스타일의 원피스, 비둘기를 날리는 마술 등의 세목을 마음의 눈으로 응시하다가, 예컨대, 1995년 한국에서 개봉되어 흥행에 성공한 폴 버호벤 감독의「쇼걸」같은 영화를 떠올리는 독자가 있지 않을까. 그 낯익은 세목들이「당신의 백미러」의 리얼리즘에 일정하게 기여하고 있음은 물론이다. 사진과 영화의 시대에 소설이 사실적 강렬함을 높이기 위해 쓰는 방책 중 하나는 사회적으로 널리 유통되는, 사람들의 현실 세계 관념과 밀착된 이미지들을 참조하는 것이다.

그러나 대중적 이미지들의 소환은「당신의 백미러」가 하고 있는 작업이기는 하나 달성하려는 주요 목적은 아니라고 생각된다. 작중에서 남자의 행위를 따라 펼쳐지는 이야기의 요지는 스펙터클의 왕국을 순찰하는 눈의 즐거움이 아니라 눈의 능력에 대한 믿음을 뒤흔드는 사건의 발생과 관련되

2) 황종연,「대중사회의 도상학—하성란의 단편」,『탕아를 위한 비평』, 문학동네, 2012.

어 있기 때문이다. 남자의 감시하는 눈앞에 출몰한 군중 속의 여자는 여자의 표지로 읽히기에 충분한 외양을 가지고 있다. "스판덱스 재질의 원피스 위로 작은 엉덩이의 실루엣"을 드러낸 여자는 "긴 목과 허리, 발목, 손목에 이르기까지 단 한 곳도 군살이 붙지 않은 몸매"다. 여자가 "이십팔 일 주기로" 매장에 들러 도둑질을 한다는 것을 남자는 알고 있지만 서둘러 단속하지 않는다. 여자가 유행 중인 고가의 회색 치마를, 다른 직원이 먼저 눈치챈 상황에서 훔치려고 하자 남자는 그제야 여자를 붙잡아 창고로 데려간다. 그리고 회사의 방침대로 보상을 요구하는 대신에 여자가 건네는 핸드백을 받아 열고 생리대 등속을 살피며 여자의 신원을 알아내려 한다. 여자가 생리 도벽을 가지고 있다고 판단한 남자가 여자의 범행을 눈감아주자 여자는 "라스베이거스" 나이트클럽으로 남자가 오도록 유인한다. 남자가 찾아간 시각에 마침 공연을 시작한 여자는 관객 사이에서 남자를 발견하자 무대로 올라오게 해서 조수 노릇을 시킨다. 쇼의 막간에 남자에게 다가와 앉은 여자는 자신을 "최순애", 예명이 "루나"라고 소개하고 남자의 귓전에 "마술사의 파트너"는 마술사의 가족 아니면 "연인"이 하는 일이라고 속삭인다. 그날 이후 남자는 명동에서 퇴근하면 이태원의 클럽들로 최순애를 만나러 가고 그러면서 종종 최순애의 조수 역할을 맡는다. 감시 업무 소홀에 대한 문책으로 감봉을 당한 후에는 직장을 때려치우고 아예 최순애의 정식 파트너가 되기로 결심한다. 그러나 최순애의 연인이 되려는 남자의 꿈은 여자의 새로운 일자리가 있는 부산으로 이동하는 도중에 깨지고 만다. 버스가 갑자기 전복되어 아수라장으로 변한 순간 남자는 "모자이크화 같은 백미러"에 비친 버스 내부의 어지러운 광경 중에서 최순애의 들춰진 회색 치마, 이어서 사타구니의 "불룩한 성기"를 보고, 그런 다음 의식을 잃는다. 병원으로 옮겨진 지 나흘 만에 깨어난 남자는 최순애가 누구인가를 의심해야 하는 상황에 놓인다. 사고를 당한 버스 승객들 모두 같은 병원에 입원했으나 여성 환자의 이름 중에 최순애는 없는 것으로 확인된다.

　남자는 꿈결에 눈을 뜨듯 정신을 차린 짧은 순간에, 게다가 표면이 깨진 백미러로 최순애의 하체를 보았을 따름이지만, 최순애는 남자일 공산이 크다. 기억 속의 그림 퍼즐을 맞추며 서서히 몸의 정상을 회복하고 있던 남자는 병원 복도에서 얼굴에 다친 흔적이 역력한 장발의 사내와 마주친다. 사내는 남자와 얼굴이 마주치는 순간 활짝 웃는 표정을 짓더니 남자가 자신과의 면식 여부를 묻자 돌연 굳은 얼굴로 등을 보이고 천천히 사라진다. 잠깐 스치고 지나갔지만 "우물 속처럼" 어두운 사내의 눈빛이 "너무도 낯이 익다"고 남자는 생각한다. 버스 사고 이후 혼란에 빠진 남자에 관한 서술 중에는 최순애의 여자 외양에 남자가 속았음을 일깨우는 듯한 삽화가 나온다. 같은 병실을 쓰고 있는, 같은 버스에 탔던 중년 사내는 오랜 잠에서 깨어나 사고가 가져온 손실의 정도를 궁금해하는 남자에게 버스의 추락에도 불구하고 사망자는 없었다고 알려주고, 그렇게 최악의 불행을 면한 것은 버스가 마침 언덕에서 풀을 뜯고 있던 소 한 마리를 덮치는 바람에 계속 굴러떨어지지 않았기 때문이라고 설명한다. 남자가 결국 잃은 목숨은 "소 한 마리"라고 계산하자 중년 사내는 그렇지 않다고, 소가 새끼를 배고 있었으니 "소 두 마리"라고 덧붙인다. 남자는 어떤 존재에 관해서든 자신의 눈이 제공하는 정보가 정확하다고 은연중 믿고 있었던 까닭에 결국 낭패를 보았던 셈이다. 그런데, 중요한 것은 남자가 범한 종류의 실수는 그가 살고 있는 세계에서 전혀 이례적이지 않다는 것이다. 그의 세계에서는 사람의 시각이 다른 모든 감각보다 우세하게 기능하는 동시에 항상적으로 이용과 조종을 당하고 있다. 젠더 정체성의 시각 기표를 비롯한 모든 시각 기표가 관습의 결박에서 풀려나 유행하고 있고, 그런 만큼 사람들의 눈은 속거나 홀리기 쉽다. 작중에 두드러진 장소인 코스모스 쇼핑몰과 라스베이거스 나이트클럽은 바로 그 부유하는 시각 기표들의 세계를 대표하며, 남자를 오인에 빠뜨린 사내의 크로스 드레싱, 상품화한 퀴어 수행, 마술처럼 보이는 트릭은 그 세계에 편만한 현혹과 기만의 기술을 곧바로 예시한다.

남자는 매장을 굽어보는 지점에 고정된 자기 자리를 가지고 매장 내부의 전망을 지배하는 역할을 한다는 점에서 주권적sovereign 시각 주체성의 면모를 얼마간 가지고 있다. 매장의 경영자를 대신해 매장을 어떤 맹점도 없는 투명한 장소로 유지하는 역할을 한다는 점에서 더욱 그러하다. 그러나 서술자는 보기(주시)라는 영역에서 남자의 주권성은 허상에 불과하다는 암시 또한 제공한다. 생각하면, 말하는 주체가 언어 세계의 중심이 아니듯이 보는 주체는 시각 세계의 중심이 아니다. 말하는 나가 말하기에 앞서서 사회적으로 공유되고 있는 언어 기표들의 네트워크를 따라감으로써 비로소 말하는 나가 되듯이, 보는 나는 보기에 앞서서 사회적으로 존재하는 시각 기표들의 네트워크를 따라감으로써 비로소 보는 나가 된다. 말하는 나, 보는 나가 바로 그렇게 되는 데는 타자가 결정적 역할을 한다. 타자는 말하는 사람 혹은 보는 사람이 언어 네트워크 혹은 시각 네트워크를 이해하고 추수하는 방식을 결정한다. 보는 행위의 경우, 타자란 주체가 자신을 보고 있다고 생각하는 존재, 주체에게 특정한 양상으로 자신을 보이도록 명하는 존재다. 자크 라캉이 사르트르로부터 전유한 용어로 말하면 그 타자는 '응시'이다.[3] 「당신의 백미러」에서 최순애라고 자칭한 사내가 남자에게 들려주는 자신에 관한 이야기 중에는 응시의 예가 들어 있다. 그것은 마술사였던

---

3) 자크 라캉, 『자크 라캉 세미나 11: 정신분석의 네 가지 근본 개념』, 맹정현·이수련 옮김, 새물결, 2008, 132-134.

아버지로부터 사내가 받았을 응시다. 아버지는 어린 시절의 사내에게 장난감 대신 마술 도구를 가지고 놀게 했고, 파트너였던 아내가 세상을 떠나자, 여성을 요하는 그 자리를 사내에게 물려 초등학교 학생 때부터 밤무대에 서게 했다. 아버지가 사내에게 여자처럼 보이기를 원했던 사정을 감안하면, 사내가 시각 기표들의 네트워크 중 크로스드레싱 혹은 퀴어 페티시즘 노선을 따르고 있는 것은 이상한 일이 아니다. 사내는 마음속에서 아버지의 응시를 계속 받고 있는 한편, 퀴어의 주체적 자리에서 그 자신을 그리고 세계를 보고 있을 것이다.

주체와 그 타자, 주시와 응시 사이의 관계는 남자의 이야기에도 어렴풋하게나마 작동 흔적을 남기고 있다. 그 감시원의 인생에서 마술사의 아버지에 해당하는 인물은 누구일까? 남자의 이야기 중에 그의 정체성 형성에 영향을 주었으리라 짐작되는 아버지나 그 밖의 인물은 나오지 않는다. 그의 상징적 타자가 누구일까를 추리하도록 시사하는 것은 사람이 아니라 사물이다. 즉 남자가 "원통형 고정대"에 올라서서 매장의 손님들을 감시할 때면 자신의 왼편에 두게 되는 마릴린 먼로 마네킹들이다. 같은 원통형 고정대 위에 설치된 "먼로들은 한결같이 지하철 환기구의 바람에 뒤집히는 치맛자락을 두 손으로 추스르는 그 유명한 포즈를 취하고 있다". 남자가 선글라스를 끼고 곧추서서 먼로와 나란히 포즈를 취하고 있는 장면을 눈앞에 그리는 독자라면 평소 남자의 머릿속에 모종의 공상이 맴돌고 있지 않았을까 생각하게 된다. 그 공상들을 구체화하도록 도와주는 남자의 회상을 서술자는 이렇게 제시한다. "마네킹을 수없이 조립하고 판매원을 거들어 마네킹에 옷을 입히기도 했다. 먼로 포즈의 마네킹은 다른 마네킹보다 옷을 입히기가 어려웠다. (……) 가끔 장난처럼 벌거벗은 마네킹을 끌어안고 블루스를 춘 적도 있다." 추정하건대, 남자의 주시에 영향을 미치고 있는 응시는 먼로의 정부情夫, 라스베이거스의 패자霸者, 백만장자 플레이보이 같은 존재로부터 온다. 매장에 출몰하는 최순애의 "밀랍처럼 하얀 얼굴, 마네킹 같은 몸매"를 선글라스를 통해 주시했을 때, 영업 끝난 심야를 틈타 자신이 일해온 쇼핑몰에 보안을 해지하고 들어가서 최순애가 물건을 훔치도록 도와주었을 때 그리고, 부산으로 거처를 옮겨 "미라보" 관광호텔 나이트클럽에서 둘이 함께 무대에 서는 달콤한 인생을 꿈꾸었을 때, 남자는 라스베이거스 플레이보이의 응시가 비춰주는 그림들 중 유쾌하고 방탕하고 로맨틱한 사내 그림에 취해 있었을지 모른다.

「당신의 백미러」에 나타난 바와 같은 회화주의 스타일은 어떤 비평 전통에서는 의미가 없다. 묘사가 서술에 종속되어야 한다고, 남김 없는 묘사보다 이야기의 운동이 중요하다고 믿는 비평가라면 그것을 일종의 퇴폐 미학으로 간주할지 모른다. 1990년대가 끝나기까지 한국 비평가들에게 소설 이론의 교사와 같았던 루카치는, 1848년 이후 유럽 문학이 정치적 반동의 거대한 조류에 연루되어 드러낸 퇴폐의 양상이라고 그가 생각했던 자연주의와 모더니즘의 오류 중에 특수한 세목들에 대한 집념을 포함시켰다. 그에 따르면, 발자크나 톨스토이는 작중인물들이 경험하는, 일반적으로 유의미한 인생의 전변轉變에 통합시켜 세목들을 다룬 반면, 졸라나 플로베르는 세목 자체의 흥미에 끌려 그러한 극적 운동과 무관한 세목 묘사에 기울었다.[4] 『나나』의 파리 바리에테 극장 장면 또는 『마담 보바리』의 용빌 농업공진회 장면 등과 같은 비범한 묘사의 사례들에서 세목은 무의미한 삽화에 사회적 의의를 부여하는 효과를 혹시 산출할지 몰라도 역사의 역동 가운데 자리한 인간세계의 조리 있는 재현이라는 진정한 예술의 요구에서 동떨어져 있다. 루카치의 묘사주의 비판은 세목을 향한 모든 종류의 열정을 배격해야 한다는 주장은 아니다. 세목들을 자의적으로 나열하는 대신 원근법적 관점—생활과 역사를 보는 올바른 관점—하에 세목들을 선택하라는 요구다. 그러나 교조적이라는 위험을 무릅쓰지 않는다면 작가들에게 충성을 요하는 하나의 올바른 인간관, 역사관이 존재한다고 믿기 어렵다. 세목 묘사의 예술에 유일하게 건강한 혹은 정당한 방식이 있다는 생각은 무엇보다도 예술의 역사 자체

[4]   Georg Lukács, "Narrate or Describe?", *Writer and Critic*, trans. Arthur Kahn, Merlin Press, 1978, 110-116.

에 의해 논박된다. 예컨대, 루카치가 주장한 리얼리즘에 대응되는 시각예술의 원리는 알베르티의 기하학적 공간 개념으로 대표되는 이탈리아 르네상스 미술의 원근법이지만, 그것이 근대적 시각의 토대를 놓았고 근대를 통해 우세한 시각 모델로 존재했을지라도, 근대미술이 그것을 답습하는 일로 일관하지 않았다는 것은 강조할 필요가 없는 사실이다. 근대 미술의 흐름 속에는 원근법주의의 특징인 위계, 비율, 닮음의 관념으로부터 시각 공간을 해방시킨 양식들이 있다. 그중 하나가 17세기 네덜란드 회화에서 발전한 사실적 재현 양식이다. 사물들의 파편적이고, 세세하고, 명료한 표면에 착목한 네덜란드 화가들의 작업은 원근법 회화에 대한 대안적 전통을 개시했고, 훗날 사진의 발명에 의해 생겨난 시각 경험의 예고가 되었다.5) 루카치가 비판한 자연주의 소설은 이 반反 원근법적, 경험주의적, 현미경적 묘사 예술에 대응된다.

또한, 하성란 소설의 회화주의 스타일은 한국인의 감각의 역사에서 시각의 상대적 우위가 확립된 20세기 후반의 정황을 참작해 이해할 필요가 있다. 1970년대 이후 한국에서 산업과 기술의 발전은 한국보다 선진적인 나라들에서 그랬 듯이 생활의 모든 영역에서 시각이 다른 모든 감각보다 우세

5) Martin Jay, "Scopic Regimes of Modernity", *Vision and Visuality*, ed. Hal Foster, Dia Art Foundation, 1988, 12-16.

하도록 만들었다. 분업적이고, 기계화된 생산 체제를 중심으로 생활환경이 변화하면서 관찰, 주의, 열람 같은 보는 행위의 비중이 높아졌고, 망원경과 현미경을 비롯한 광학기기들이 도입되어 시각적 지각 영역이 엄청나게 확대되었으며, 사진기의 개량과 사진기 사용의 대중화에 따라 이미지에 의존하는 정보 전달, 기억 보존, 흥미 추구가 일상 관행이 되었고, 텔레비전 보급과 영화관의 성업이 말해주듯이 시각적 쾌락의 생산과 소비가 대중문화의 중심을 이루었다. 하성란은 그렇게 시각문화가 번성하기 시작한 시기에 성장했고, 특히, 컬러텔레비전 방송이 개시되고 영화 비디오 시장이 팽창을 기록한 1980년대에 성년이 되었다. 그런 이력을 가진 작가라면 그럴 만하게, 하성란은 이전 세대의 어느 작가보다도 시각적 지각과 경험의 세목에 민감하고, 세목이 풍부하고 명료한 그림 같은 장면 창출에 끌린다. 그러나 하성란의 우수한 작품들은 독자의 마음속에 한 장의 사진 혹은 한 편의 영화처럼 살아남고자 하지 않는다. 불멸하는 이미지의 광휘를 탐하는 대신, 대중사회에 편만한 이미지들을 성찰하는 자리가 된다. 「당신의 백미러」는, 앞에서 살펴보았듯이, 기존의 상품화된 이미지들을 이야기 서술 중에 환기하는 동시에 그것들이 어떻게 남자의 보는 방식, 아는 방식, 욕망하는 방식에 개입하는지 보여준다. 다시 라캉의 용어를 빌리면,[6] 기존 이미지들이 어떻게 '스크린'으로 작동하여 남자가 타자의 응시를 받게 만드는지, 어떻게 남자로 하여금 그 자신과 세계에 대해 상상적 관계를 가지게 만드는지, 어떻게 남자의 평범한 생활 중에 미혹의 순간들을 산출하는지 보여준다. 남자의 눈은 대중의 눈이다. 주시하는 눈이자 현혹되는 눈, 관찰하는 눈이자 맹목적인 눈이다. 「당신의 백미러」는 눈의 역설에 관한 오늘의 이야기로서 일품이다.

6) 자크 라캉, 앞의 책, 151.

세속 너머를 향한 식물-되기

─한강, 「내 여자의 열매」

¶ 한강 소설집 『내 여자의 열매』(창작과비평사, 2000. 3. 초판본)에 실린 텍스트를 논의에 사용했다.

한강의 단편소설 「내 여자의 열매」는 남성 서술자가 늦봄 일요일 정오 무렵 4년째 결혼생활을 하고 있는 서울 상계동 아파트 거실에서 세 살 연하인 아내의 몸을 살펴보는 데서 시작한다. 회사원인 그는 휴일이 주는 여유를 누리다가 아내의 부탁을 받고 아내의 몸 여기저기에 생기기 시작한 "연푸른 피멍"을 관찰한다. 이어 결혼 전에는 동안이었던 아내의 얼굴이 스물아홉 살 현재, 나이보다 늙어 보일 정도이고 보기 좋았던 몸 역시 부쩍 깡말라 있다는 것을 발견하고는 애틋한 심정이 된다. 피로의 흔적이 역력한 아내의 몸을 보며 그는 언제부터인가 아내의 성욕이 없어져 자신들이 섹스리스 커플이 되었음을 상기한다. 그날 이후 아내의 멍을 잊고 있었던 그는 초여름 저녁 그 증상이 발전했다는 것을 확인한다. 멍은 부풀어서 "토란잎"처럼 보였고 멍의 색깔이 "둔탁한 녹색"으로 변했다. 그런데다가 얼굴이 "푸르스름하게" 지질렸고 머리카락은 "마른 시래기" 같았다. 아내는 "햇빛만 보면 옷을 벗고 싶어져" 언젠가는 앙상한 몸을 드러내고 베란다로 나간 적도 있다고 알려준다. 다음 날 아내는 지금 살고 있는 아파트가 답답해서 견딜 수 없다며 "차라리 먼 데로" 가자고 호소한다. 그러나 현재 생활에 얼마간 만족하고 있는 그가 역정을 내며 반박하자 아내는 대화를 피하고 말수를 줄이기 시작한다. 그렇게 싸움을 벌인 다음 일주일간 해외 출장을 다녀온 그는 집 안에 들어서자마자 놀라운 광경을 목도한다. 발가벗고 베란다에 나가 무릎을 꿇고 있던 아내의 몸이 온통 진초록색이었던 것이다. 푸르스름하던 얼굴은 "상록활엽수의 잎처럼 반들반들"했고 시래기 같던 머리카락은 "싱그러운 들풀 줄기의 윤기"를 발했다. 아내의 신음에 가까운 부탁의 말을 알아들은 그가 급히 물을 날라 가슴에 끼얹자 아내의 몸은 "거대한 식물의 잎사귀처럼 파들거리며" 살아난다. 그 이후 그가 목격한 것은 아내의 몸이 식물로 변해가는 모양이다. 아내의 허벅지에서 잔뿌리가 돋아 나왔고 가슴에서는 꽃이 피었다. 그는 화초 기르기 좋아하는 버릇대로 아내를 커다란 화분에 심어놓고 정성을 다해 돌본다. 가을 내내 아내의 몸은 "맑은 주황빛"으로 변해가고 겨울을 앞두고는 하나둘 잎을 떨구기 시작한다. 그리고 마침내 잎이 모두 떨어지고 나자 아내의 입이었던 자리에서 "한 움큼의 열매"가 쏟아져 나온다.

위의 줄거리에도 나타나 있듯이, 「내 여자의 열매」의 이야기에는 사물의 자연적 질서가 존재한다. 자연 기후는 계절에 따라 달라지고 계절은 봄에서 겨울로 이동한다. 여자의 몸에 일어난 생명의 진화는 그 계절의 추이에 따른 생장과 쇠락의 리듬을 보인다. 자연 질서 위에 세워진 자연화한 문화 질서 또한 발견된다. 사람은 남자와 여자로 성별되어 결혼이라는 사회적으로 인정된 계약하에 남편과 아내의 쌍수적 범주로 분화된 역할을 각자 수행한다. 소설의 서두, 늦봄 일요일 정오의 햇빛이 쏟아져 들어오는 아파트 거실에서 부부가 한가롭게 대화하는 장면은 사실적으로 묘사된 안정된 자연적 상황이다. 그런데 이야기란, 사건이 발생하면서—하나의 안정된 상황을 깨뜨리고 다른 하나의 안정된 상황을 가져오는 사건이 발생하면서— 시작되는 것이라면, 「내 여자의 열매」의 이야기를 개시하는 사건은 자연 질서를 추수하는 데서가 아니라 깨뜨리는 데서 일어난다. 소설 서두에 그려진 젊은 부부의 안정된 상황은 여자의 몸이 점점 식물로 변해가는 초자연적 사건의 개입으로 인해 돌이킬 수 없이 붕괴되고 다른 안정된 상황, 이를테면, 남자가 여자의 부재를 수락하는 상황으로 이동한다. 이 서사적 운동을 야기한 초자연적 사건은 보통 변신metamorphosis이라고 명명되는 종류다. 여자는 생의 어느 순간부터 "바람과 햇빛과 물"만으로 살아갈 수 있기를 소망했고 그러한 소망을 충족시키는 모종의 물리적 변화가 여자의 몸 내부로부터 생겨났다. 물 이외의 음식을 먹지 못하고 고통스럽게 구토를 하는가 하면 온몸에 피멍 같은 연푸른 얼룩이 생기더니 마침내 인간 동물의 형태를 벗어버리고 식물 줄기 모양을 이루었다. 변신 이야기들에서 종종 그렇듯이, 여자의 이야기에서도 소망은 현실을, 정신은 물질을 변화시킨다. 여자의 변신과 함께 소망과 현실, 정신과 물질을 서로 차단된 대립 관계로 보게 하는 자연법칙은 돌연 작동하기를 멈춘다.

변신이라는 테마는 환상물le fantastique, the fantastic 장르와 밀접한 관계가 있다. 그것은 환상 서사의 반反자연주의적 가정을 확연하게 명시하는 테마 중 하나다. 하지만 이야기 중에 초자연적 사건이 나오는 텍스트라고 모두 환상물로 간주하는 것은 옳지 않다. 그렇다고 하면 환상물 장르의 변별적 성격을 놓치게 되기 때문이다. 오늘날 환상물 장르의 표준 학설처럼 통하는 츠베탕 토도로프의 이론에 따르면, 환상물은 꿈인지 현실인지, 환영인지 진실인지 확실치 않은 세계를 제시한다는 점에서 다른 장르들과 구별된다. 환상물 내의 초자연적 사건은 어떤 자연법칙에 따르면 설명할 수 있는 것인지, 아니면 어떤 자연법칙에 따르더라도 설명할 수 없는 것인지 알 수 없는 상태에 독자를 빠뜨린다. 환상 텍스트의 독자는, 예를 들어, 그것이 알고 보면 작중인물이 꾸고 있는 꿈속의 사건 또는 앓고 있는 병으로 인한 환각이라는 해명, 그리고 텍스트에 나와 있는 그대로 자연법칙 너머의 어떤 힘이 작용하여 일어난 사연이라는 인정, 그 둘 사이에서 시종 주저한다. 환상물의 전형적인 예는 헨리 제임스의 『나사의 회전』으로, 이 소설의 독자는 유령들이 오래된 저택에 진짜로 출몰하고 있다고 해야 할지 아니면 히스테리컬한 가정교사가 환영을 보고 있을 따름이라고 해야 할지 정하지 못한다. 텍스트 독자로 하여금 그러한 종류의 주저를 계속하게 만들지 않는다면 그 텍스트는 환상물 아닌 다른 장르에 속한다. 합리적으로 검토한 결과, 초자연적 사건이 설명되는 것이라면 그 텍스트는 기이물奇異物. l'étrange, the uncanny이고, 용인되는 것이라면 그 텍스트는 경이물驚異物. le merveilleux, the marvelous이다.[1] 따라서 토도로프의 공식에 따르면, 환상물은 기이물과 경이물 사이에 존재하는 장르이며, 이 인접 장르 각각과 결합한, 즉 독자로 하여금 최종적으로 주저를 철회하게 만드는 두 개의 하위 장르를 부수적으로 가지고 있다.

그렇다면, 「내 여자의 열매」가 속한 장르는 무엇인가. 환상물인가, 환상기이물인가, 환상경이물인가. 독자는 서술자가 이야기하는 여자의 변신이 서술자가 살고 있는 세계에서 실제로 일어난 사건이 아니지 않을까 하는 의심을 가져볼 만

---

[1] 츠베탕 토도로프, 『환상문학서설』, 최애영 옮김, 일월서각, 2013, 87-117. 이 번역본에서는 '기이 장르' '경이 장르'라는 합성어가 쓰이고 있다.

하다. 어쩌면 그것은 서술자가 철저하게 시치미를 떼고 있지만 서술자 자신의 순전한 공상일지 모른다. 그의 결혼은 성생활 면에서 만족스러운 편은 아니다. 결혼 초기 열애의 시기를 보낸 이후 여자는 그의 성적 요구에 마지못해 응하는 듯했고 언제부터인가는 그와 성교 없는 관계를 지속하고 있다. 그는 그 자신의 외로움을 유난히 의식하고 있는 데다가 그 상태를 견디기 힘들어하고 있는 만큼 여자의 성적 비활동성은 근심과 의심을 유발하는 괴로운 문제일 수밖에 없다. 그렇다면, 여자가 식물로 변하는 이야기는 그가 지어낸 픽션, 성적으로 불만스러운 여자와의 관계를 그 자신에게 설명하는 상상적인 방식일 공산이 크다. 그것이 그의 픽션일 것이라는 추측은 여자의 모든 장기는 "노말"하다는 의사의 진찰 결과를 고려하면 더욱 타당하다. 그러나 이와 반대되는 독해도 성립한다. 텍스트 내에는 어쨌든 서술자가 공상을 늘어놓고 있다고 추정할 근거가 없다. 서술자는 여자가 식물로 변하는 과정을 마치 여름이 가고 가을이 오는 자연의 순리에 대해 말하듯이 시종 어떤 의혹의 기미도 비치지 않는 어조로 보고하고 있다. 더욱이, 텍스트 내에 인용된 여자의 어머니에게 보내는 편지에서 아내는 자신이 식물임을 아무렇지도 않은 자연적 사실처럼 전제하고 식물이 말을 할 줄 안다면 했을 법한 말을 간간이 하고 있다. 병원에 들러 받은 진단 결과를 서술자에게 알리는 대목에서 여자는 "모든 것이 마음 탓"이라는, 승려의 설교 같은 의사의 의견을 전한다. 이 불교적 발상에 기대면, 그 부부의 현실은 일체유심조一切唯心造의 기적이 일어나는 우주 속의 티끌에 지나지 않을지도 모른다. 요컨대, 「내 여자의 열매」의 이야기를 합리적으로 검토하면, 환상물을 정의하는 요소라고 토도로프가 말한 독자의 주저가 끝끝내 취소되지 않는다. 이 변신 이야기는 기이물로도 경이물로도 읽을 수 있으나 어느 쪽으로 읽어도 의문이 모두 풀리지 않는다.

토도로프에 따르면 환상물이 독자에게 야기하는 반응인 주저는 대개의 경우 초자연적 사건에 대해 작중인물이 취하는 태도의 형태로 텍스트 내에 나타난다. 초자연적인 것을 앞에 두고 부인과 용인 사이에서 망설이는 작중인물이 있다면 그는 독자의 역할을 위임받아 수행하는 셈이다. 그런데 「내 여자의 열매」의 작중인물에게서는 주저의 태도가 전혀 나타나지 않는다. 여자를 제외하면 비중 있는 유일한 작중인물인 서술자는 앞에서도 지적했듯이, 여자의 신체 변화를 지켜보며 한 그루 식물의 성쇠를 말하는 어법으로 태연하게 기술한다. 그는 여자가 식물이라는 자신의 관찰에 추호의 의문도 품고 있지 않아, 물을 쏟아붓자 생기를 얻어 초록빛으로 빛나는 여자의 몸을 보고 "내 아내가 저만큼 아름다웠던 적은 없었다"고 말하는가 하면, 잎을 하나둘 떨구고 서서히 다갈색으로 변해가는 여자의 몸을 보고 "낯설고 향긋한 냄새"가 났었던 여자의 "아랫도리"를 생각한다. 그러나 환상 텍스트 내에 독자의 주저가 재현되지 않은 경우가 이례적인 것은 아니다. 현대 환상 서사의 고전인 카프카의 「변신」 역시 주저 역할을 수행하는 인물을 가지고 있지 않다. 그레고르 잠자는 어느 날 아침 침대 속에서 자신이 벌레로 변했음을 발견한 다음 자신이 꿈을 꾸고 있는 것은 아닌가 의심함으로써 잠깐 주저의 기색을 내비치지만 이내 자신에게 일어난 괴변에 대해 체념하고 자신의 동물성에 걸맞게 행동하려고 한다. 또한 방 밖으로 나오려는 그를 무자비하게 방 안으로 몰아넣는 그의 아버지를 비롯한 가족은 그의 변신을 경악스럽긴 해도 불가능하진 않은 사태로 받아들인다. 토도로프는 주저가 환상물의 주요 형식 요소이지만 불가결한 조건은 아니라고 보았고, 주저의 부재는 오히려 「변신」 같은 20세기 환상 텍스트의 새로운 특징이라고 이해했다.

「변신」을 참조하면서 읽어보면 「내 여자의 열매」에 대한 보다 정교한 검토가 가능하다. 과거에 많은 비평가들이 지적했듯이, 「변신」의 담론은 그레고르는 벌레다, 라는 비유를 그와 유관한 텍스트 내의 모든 언어 표현 속으로 일관성 있게 확대해서 그리고 의미가 복합된 비유가 아니라 사실을 표시하는 문자인 듯이 구사한다는 특징을 가지고 있다. 이 "비유를 자의字意 그대로 쓰기to literalize a metaphor"는 바로 「내 여자의 열매」를 이루고 있는 담론의 원리이기도 하다. 즉, 이 소설 담론은 여자는 식물이다, 라는 비유를 축자逐字적으로 사용하고 있는 것이다. 여자는 식물이라는 비유는 물론 진부하다. 아폴론의 구애에 저항하던 끝에 월계수로 변한 오비디우스의 다프네에서부터 굴레 벗은 동물처럼 욕망하는 오르페우스와 대조적으로 지하 세계에 식물처럼 뿌리를 내린 라이너 마리아 릴케의 에우리디케에 이르기까지, 푸른 연꽃을 엠블럼으로 가지고 있는 티베트 기원의 여성 구도자救度者 다라보살多羅菩薩에서부터 당 왕조와 명운을 함께한 절세의 미인으로 꽃 이름에 그 명성의 흔적이 남은 양귀비에 이르기까지 식물과의 연상을 구현한 여성 형상은 수없이 많다. 혹자는「내 여자의 열매」에서 그 문학적, 종교적 여성들의 잔상과 마주칠지 모른다. 그러나 여자는 식물이라는 낡은 비유가 단지 답습되고 있을 뿐이라고 본다면 그것은 얕은 소견이다. 기존 연구에 따르면 카프카는 일상 언어 속의 비유란 사물의 진실한 이름과 거리가 멀다고 여겨, 비유가 행하는 실재의 변용을 중시하기는커녕 비유를 인수해서 다시 변용하는 작업을 했다.「변신」은 사람에 대한 비칭卑稱으로 보통 쓰이는 비유를 단순히 승계한 것이 아니라 그것을 새로운 허구적 실재 속으로 옮겨놓는 대항변용counter-metamorphosis을 시도한 것이다.[2]「내 여자의 열매」에서도 사정은 크게 다르지 않다. 식물

2)　Stanley Corngold, *Franz Kafka: The Necessity of Form*, Cornell University Press, 1988, 55-61.

이라는 비유는 수동성, 유약성, 무력함 같은 관습적 연상들 너머로 나아간다.

　이것을 확인하려면, 당연히, 텍스트의 허구적 세계 속으로 들어가야 한다. 먼저 살펴볼 것은 한 그루 식물로 변신하기까지 여자의 마음을 지속적으로 지배했고, 그래서 여자의 생에 일정한 형태를 부여했다고 생각되는 여자 자신의 욕망이다. 서술자는 여자가 자신과 교제하던 중에 앞으로 무엇을 하고 싶어 하는지 알려주며 했던 말을 기억한다. "떠나서 피를 갈고 싶어"라는 말이다. 여자는 한국을 떠나 이 나라에서 저 나라로 옮겨 다니며 "세상의 끝"까지 가보기를 원했다. 세상 어디에도 정착하지 않고 "자유롭게 살다가 자유롭게 죽는 것"이 그녀에게는 "어릴 적부터 꿈이었다". 이 꿈이 여자의 어린 시절과 어떤 관계가 있는가는 작중에 인용된, 어머니 앞으로 쓰인 여자의 편지에서 확인된다. 어머니는 바닷가 빈촌에서 태어나 자랐고, 그곳에서 아이 낳고 일하며 늙어서 그곳밖에는 세상을 갖고 있지 않다. 여자가 고백한 바에 의하면, 여자는 언젠가부터 "어머니처럼 될까봐" 걱정하며 자랐고, 결국 열일곱 살 때 무작정 집을 나와 낯선 도시 이곳저곳을 떠돌며 살기 시작했다. 온몸을 옥죄며 따라붙는 "어떤 끈질긴 혼령"에게서 도망치듯 "언제나 달아나고만 싶었"던 마음이 여자를 서울까지 데려왔고 급기야 "세상의 끝"까지 가겠다는 결심을 하게 했다. 여자가 자유라고 부르는 생의 조건에 대한 열망의 근원에는 이렇게 어머니의 사는 모습에서 느꼈을 두려움이 자리 잡고 있다. 추측하건대, 그것은 변방의 궁벽한 세계에 갇히고 낡은 인습에 묶여 일생을 소진해야 하는 운명이 어머니와 같은 여성인 여자 자신에게도 배당되어 있을지 모른다는 두려움이다. 가족에게 예속되어 누추하게 살아갈 운명의 암시는 여자의 몸—한국 시골 여성들의 인종, 젠더, 역사의 표지標識들이 교차하는 여자의 몸—에 새겨져 있다. 여자가 단지 한국을 떠나고 싶다고 말하지 않고 "떠나서 피를 갈고" 싶다고 말하는 이유가 아마 여기에 있을 것이다.

그러나 자신으로부터의 끊임없는 도주는 여자에게 자유를 주었을지 몰라도 행복을 주지는 않았다. 어머니 앞 편지에서 여자는 가출을 단행한 후 의지가지없이 어렵게 생활하면서도 "시가지의 휘황한 불빛, 시가지의 화려한 사람들이 좋았"다고 쓰고 있다. 하지만 10년 이상 이곳저곳 떠돌고 보니 고향에서나 고향 아닌 어디에서나 불행하기는 마찬가지였다는 것이 여자의 고백이다. 이 불행의 각성은 여자가 "세상의 끝"까지 가겠다는 욕심을 버리고 남자와 결혼하기를 선택한 이유 중 하나였을 것이다. 남자는 외국으로 떠나려고 회사를 그만둔 참인 여자를 붙잡고 청혼한 사연을 회상하는 대목에서 자신이 이루고 싶은 가정은 여자가 과거에 어린아이로서 경험한 가정과 같지 않으리라는 시사처럼 들렸을 법한 말을 한다. 자신은, 짐작건대 일찌감치 부모를 여의고 "평생을 외롭게 살았다"며 아파트 베란다에서 화초와 채소를 재배하고 "부엌에서 콩나물도 길러" 먹는 가정을 꿈꾸어왔다고 말이다. 남자의 말을 들으면서 여자는 낯선 도시들을 전전하며 외롭고 힘들게 살아야 했던 불행을 종료시킬, 어떤 친밀한 부부의 안정된 일상을 상상했을지도 모른다. 남자가 결혼을 제안하자 여자의 얼굴에 나타났다는 "먼 곳"을 바라보는 듯한 눈은 마음속에 자리 잡고 있는, 그러나 충족되기 어려워진 탈출 욕망이 지은 표정이었을 것이다. 어려서부터 언제나 "달아나고" "울부짖고" 싶어 했고 도시의 군중과 소음 속을 떠돌기를 좋아했다는 여자의 술회에 따르면 여자는 동물의 이미지를 떠올리게 한다. 반면, 실내 화초 가꾸기를 좋아하는 남자를 남편으로 맞아 서울 대단지 아파트에 살림을 차린 여자는 식물의 이미지를 생각하게 한다. 여자는 식물이라는 비유는 자유에의 꿈에 반하는 듯한 결정을 내린, 집 안의 주부가 되기를 선택한 작중 여자의 상황에 그럴싸하게 어울린다.

사실, 서술자는 결혼 이후 여자에게서 받은 느낌을 종종 화초나 채소에 빗대어 말하곤 한다. 여자의 식물로의 변신이 서술자에게 아직 인지되지 않은 시점의 묘사 중에서도 그렇다. 베란다 유리문 밖을 내려다보고 있는 여자가 "좁은 어깨"를 "시든 배춧잎처럼" 늘어뜨리고 있다고 말하는가 하면, 대단지 아파트 생활을 견디다 못해 병색을 띠기 시작한 여자의 몸을 두고 "더욱 음울하게 시들어가고 있는 것" 같다고 말한다. 여자 스스로도 어딘가 식물과 닮은 또는 통하는 데가 있다는 인상을 가중시키기에 충분한 행동을 한다. 여자는 집 안에서 기르던 식물의 생사에 따라 현저하게 감정의 굴곡을 보이며 "상추나 들깨 한 포기가 말라죽으면 한나절 내내 울적한 기색이었고, 한 포기가 살아나는 듯 듣기 좋은 콧노래를 나직하게 흥얼거렸다". 시끄럽고 답답한 아파트 주거 환경에 대해 적의에 가까운 분노를 드러내는 대목에서는 여자 자신이 "살 수 없"는 상황과 식물이 "자랄 수 없"는 상황을 겹쳐서 이야기한다. 여자가 그렇게 식물과 자신을 상상적으로 동일화하는 과정은 여자가 어머니 앞 편지 문장 중에서 '달아남'과 '울부짖음'으로 요약한 자신의 동물적 혈기를 다스리는 과정과 동시적이다. 여자는 식물로 변하기 전에 한밤과 새벽이면 아파트 인근 고속도로를 질주하는 차들의 굉음에 놀라 잠에서 깨어 떨곤 했으며, 그러던 어느 날에는 꿈결에 말하듯이 "……다들 어디로 저렇게 달려가는 거야?"라고 물은 적도 있다. 이 물음은 차들이 목적한 지점을 알고 싶다는 축자적 물음으로 읽히지만, 또한 달려봐야 소용없다는 수사적 물음으로도 읽힌다. 이 물음 전후의 정황, 특히 여자가 결혼의 계약을 지키고 있는 정황과 머지않아 식물의 몸이 되어 어머니를 상기하는 정황을 감안하면, 그 물음은 수사적인 것이라고 이해하는 편이 옳다. 게다가, 여자가 그처럼 질주의 의미를 의

심하던 무렵 여자의 몸은 물 이외의 모든 음식을 거부하고 앙상하게 말라가는 동시에 딱딱하게 굳어가고 있던 참이다. 초자연적 변신의 징조처럼 서술된 여자의 병증과 통증은 동물처럼 욕망하기를 거부하며 여자 스스로 겪고 있는 고난의 증표라고 보아야 한다.

그러나 결혼 이후 여자가 살기 시작한 식물 같은 삶은 그리 행복하지 않아 보인다. 텍스트에 명시된 바에 따르면, 그것은 우선 상계동 아파트라는 환경에 여자가 적응하지 못한 것과 관계가 있다. 여자는 그곳에 집을 얻기 전부터 "인구 칠십만이 모여 산다는 거기서 천천히 말라죽을 것" 같다며 그곳으로 이주하기를 꺼렸고, 그럼에도 남편에게 양보해 그곳에서 4년째 살고 있는 지금은 많은 인구와 오염된 환경 때문에 고통을 겪고 있다. 하지만 주거 환경은 여자의 결혼생활이 불만스러운 이유의 전부는 아니리라고 추측된다. 남자와 여자는 화초 애호가와 화초의 관계가 시사하듯이 대등한 사이가 아니다. 여자에 관한 남자의 서술 중에는 분별 있고 지혜로운 어른이 어리고 약하고 귀여운 아이에게 사랑과 사려를 베푸는 듯한 발언이 종종 보인다. 텍스트상 명시적이지 않지만, 남성 우위의 재래 가족문화는 주부이기를 선택한 여자가 행복하지 않은 또 하나의 이유일지 모른다. 그러나 결혼생활이 여자에게 얼마나 실망스럽든지 간에 혼인 관계를 청산하고 싶다는 생각을 여자는 내비치지 않는다. 점점 식물 모양을 띠어가는 여자의 변신에 관한 남자의 서술대로라면, 여자는 결혼 이후의 상실과 우울을 조용하게 견디고 있다. 더할 나위 없이 조용해서 그 역경을 불가변적 존재 조건으로 수락하고 있는 듯한 느낌마저 든다. 그처럼 모종의 견인주의가 엿보이는 대목에서 여자는 평생 가족 바깥, 고향 바깥이라곤 몰랐던 어머니와 문득 닮은꼴이 된다. 그러나 여자의 식물적 삶은 어머니의 식물적 삶과 똑같지 않다. 어머니 앞 편지에서 여자는 이렇게 쓰고 있다.

어머니, 자꾸만 같은 꿈을 꾸어요. 내 키가 미루나무만큼 드높게 자라나는 꿈을요. 베란다 천장을 뚫고 윗집 베란다를 지나, 십오층, 십육층을 지나 옥상 위까지 철근을 뚫고 막 뻗어올라가는 거예요. 아아, 그 생장점 끝에서 애벌레 같은 꽃이 꼬물꼬물 피어나는 거예요. 터질 듯 팽팽한 물관 가득 맑은 물을 퍼올리며, 온 가지를 힘껏 벌리고 가슴으로 하늘을 밀어올리는 거예요. 그렇게 이 집을 떠나는 거예요. 어머니, 밤마다 그 꿈을 꾸어요.

여자가 꾸는 꿈속에서 식물은 수동적이고 유약한 존재가 아니다. 베란다 화분에 뿌리를 두고 있음에도 계속 높게 뻗어 천장을 뚫고 옥상 위까지 올라간다. "베란다 천장을 뚫고 윗집 베란다를 지"난다, 치솟은 가지 끝에서 "애벌레 같은 꽃[을] 꼬물꼬물" 피운다, 또는 "온 가지를 힘껏 벌리고 가슴으로 하늘을 밀어올"린다는 표현이 말해주듯이 그 식물은 동물의 능동적이고 파괴적인 힘을 가지고 있으며, 따라서 동물의 변태 같은 모양이다. 서술자는 여자가 동물에서 식물로 변하고 있음을 말하지만, 여자의 꿈속에서 그 변신은 동물적인 몸과 식물적인 몸의 부분적인 연합으로 나타난다. 그것은 동물적 / 식물적, 능동적 / 수동적 같은 개념 분할을 무효로 만드는 생명의 힘—행위들, 정념들, 신체들을 그 개념들이 표시하는 불변의 상태에 두지 않는, 반대로 그것들 각각의 내부에서 구성의 변화를 일으키고, 그것들 각각의 사이에 부단히 연관을 만들어내는 생명의 힘—을 생각하게 한다. 여자의 몸에 일어난 것은, 들뢰즈와 가타리가 배치agencement라고 명명했던 운동, 즉 모든 사물을 생성과 변형의 흐름 속으로 밀어넣는, 이질적인 기능들의, 작용들의, 표현들의 합체와 같은 종류의 사건이다.[3] 배치의 과정을 겪으며 사물은 자신을 변화시킬 뿐 아니라 자신의 환경과의 관계 역시 변화시킨다. 여자는 식물이 됨으로써 자신의 생존 조건과의 관계를 변화시킨다. 위의 구절에 나와 있다시피, 여자는 생장을 거듭하던 끝에 드디어 "집"을 떠나고 있다.

---

3)   질 들뢰즈·펠릭스 가타리, 『천 개의 고원』, 김재인 옮김, 새물결, 2001. 특히 서론 및 되기(생성)에 관한 제10편 참조.

여자의 꿈에 관한 구절에서 또 하나 주목할 것은 식물이 계속 높이 뻗으며 자란다는 것이다. 여자가 한 마리 짐승처럼 달아나고 울부짖던 과거에 여기저기 도시를 떠돌며 수평 이동을 했다면, 한 그루 나무처럼 자라고 시드는 지금은 땅에서 하늘로 수직운동을 한다. 이 수평과 수직의 대조는 여자의 식물 같은 삶을 더욱 넓은 의미로 이해하도록 이끈다. 여자는 서술자에게 식물로 변하는 조짐을 보인 시기부터 성욕도, 식욕도 모두 잃고 마치 "위, 간, 자궁, 콩팥"을 게워내기라도 하듯 격렬한 구토의 고통을 겪었으며, 이어 "바람과 햇빛과 물만으로 살 수 있게 되기"를 바라던 꿈을 드디어 실현한 듯한 상태에 이르렀다. 지나던 길에 주저앉아 구토를 하며 "흔들리는 지상"을 느끼던 여자는 이제 자신의 몸으로부터 청공靑空을 향해 꽃을 터뜨리는 상상을 하고 있다. 따라서 여자의 식물-되기는 지상적, 세속적 삶에 대한 모종의 반감에 그 동기를 가지고 있는 것으로 보인다. 여자가 상상 속에서 떠나는 "집"은 단순히 상계동 아파트의 집이 아니라 집으로 대표되는 세속 세계를 의미한다고 읽는 편이 좀 더 타당하지 않을까. 신수정은 「내 여자의 열매」 단평 중에서 여자가 "식물성의 변신"을 통해 유한한 육신의 운명에서 벗어나 "무한한 초월"의 세계로 들어서게 되었다고 말했다.[4] 소설 텍스트에 초자연적 사건처럼

---

4) 신수정, 「미궁 속의 산책」, 『푸줏간에 걸린 고기』, 문학동네, 2003, 369.

기술되어 있는 여자의 고통스러운 변신은 수도자의 금욕적 수행을 어딘가 닮아 있고, 세속 너머로 나아가며 여자가 터뜨리는 꽃은 해탈한 사람의 마음에 깃드는 법열의 상징과 흡사하다. 다만, 초월이라는 말이 흔히 수반하는 고고함, 무정함, 무책임 같은 뉘앙스는 여자에 대한 형용에 어울리지 않는다. 식물로 변한 자신에 대한 여자의 보고 중에는 오히려 계절의 추이를 비롯한 자연과 인간의 움직임에 여자가 마음을 열어놓고 섬세하게 감응하고 있음을 알려주는 구절들이 있다. 예컨대, 비 오기 전 꿈에 젖는 대기, 새벽녘 희부옇게 빛나는 하늘, 돋는 싹과 피는 잎, 알을 깨고 나오는 벌레들, 간선도로를 달리는 차들의 속도, 옆 동 노인의 미약하게 뛰는 맥박, 윗집 주방에서 데쳐지는 시금치, 아랫집 항아리에 담기는 국화 다발 등이 여자의 지각 중에 포함되어 있다. 그러므로, 여자의 식물-되기란 세속적 욕망의 속박으로부터 자신을 풀어놓는 일이면서 동시에 세계의 생생함과 풍부함을 향해 자신의 몸을 깨우는 일이다.

환상 텍스트들이 대개 그렇듯이, 「내 여자의 열매」는 한 편의 알레고리를 이룬다. 환상물과 알레고리는 서로 다른 장르이지만 환상 텍스트를 이해하는 합리적 방법 중 하나는 그것의 알레고리적 가능성에 착안하는 것이다. 초자연적인 것을 기술하는 환상 텍스트의 단어들을 축자적literal으로만 읽지 않고 비유적figurative으로도 읽는다면, 다시 말해 그 단어들을 초자연적인 것을 의미하는 동시에 자연적인 것을 의미한다고 읽는다면 그 환상 텍스트는 알레고리적 구성물로 나타나게 된다. 「내 여자의 열매」는 결혼 중인 한 남자가 봄부터 가을까지 아내가 식물로 변한 과정을 말하고 있는 동시에, 그 아내가 원인이 무엇이든 심신에 일어난 변화를 실존적 위기로 받아들이고 내면적으로 벌인 고투를 말하고 있는 알레고리다. 그 고투는 유동遊動적, 세속적, 내재적 양식으로부터 정주定住적, 탈속적, 초월적 양식으로의 삶의 중심 이동이라는 궤도를 그리고 있고, 그 이동의 궤도는 한 그루 식물처럼 감각하고, 움직이고, 관계하는 몸을 완성하는 행로와 일치한다. 이 식물적 몸은 여성 이미지의 혁신을 바라는 독자들에게는 너무 온건할지 모른다. 「내 여자의 열매」에 대한 기존 논평들에서는 그 견인과 초월의 식물성을 마뜩찮아하는 구절이 실제로 보인다. 그러나 식물적 감각이나 사유는 미몽의 주술 같은 것이 아니다. 그것은 동물적 감각이나 사유와 마찬가지로 근대 서양의 인간-남성-로고스 중심주의로부터 해방되려면 다시 이해해야 하는, 다시 연접해야 하는 자연의 능력이다. 예컨대, 뤼스 이리가레는 『둘로 있기』라는 책에서, 우리에게 공유하기를 허락하는 우주란 아버지가 아니라 어머니가 창조한 작품이 아닌가 하고 묻고 나서 이렇게 말한다. "식물들은 어렵지 않게 함께 산다. 그러면 우리는? 우리는 어떻게 공기를 나누어 가지겠는가. 식물

세계가 없다면 우리는 어떻게 함께 살겠는가. 사실, 식물 세계는 어머니를 대신한다. 그러나 이들 중 어느 하나가 없다면 어떻게 우리-사이가 가능하겠는가?"[5] 진정으로 다르게 감각하는 문학, 다르게 사유하는 문학이 나오려면 작가들과 독자들은 식물로부터 많이 배워야 한다. 「내 여자의 열매」는 자연과 초자연의 경계를 분방하게 넘나드는 상상의 전개 쪽보다 '어느 날 갑자기 아내가 한 그루 나무가 되었다'라는 시 한 줄의 서술적 확장 쪽에 가깝다. 그러나 그 단순한 듯한 발상으로부터 식물처럼 사유하는 몸이 아름답게 출현하고 있다. 저자 한강의 기여로 한국의 문학식물표본첩literary herbarium에 둘도 없이 진귀한 품종이 생기지 않았을까.

5)   Luce Irigaray, *To Be Two*, trans. Monique M. Rhodes and Marco F. Cocito-Monoc, Routledge, 2001, 3.

동물화한 인간의 유물론적 윤리

—은희경, 「내가 살았던 집」

¶   은희경 소설집 『상속』(문학과지성사, 2002. 6)에 실린 텍스트를 논의에 사용
    했다.

2000년에 발표된 은희경의 단편소설 「내가 살았던 집」의 여주인공은 그때까지 한국의 경제적, 사회적 개발이 출현시킨 도시 취업 여성의 새로운 프로필 중 하나를 보여준다. 그녀가 직책을 가지고 있는 출판 에이전시라는 업종은 1990년대에 들어 한국의 출판업계가 국제적인 도서 상품 시장의 영향을 크게 받기 시작하면서 등장한 신종 분야이고, 그녀가 10대 나이의 외동딸과 함께 거주하고 있는 파주 인근의 신도시는 수도권 택지 중 하나로 개발되어 1990년대 중반 무렵 도시의 면모를 구비한 고양시 일산 지역이다. 그녀가 어느 초여름의 이른 아침 이탈리아 볼로냐에서 열리는 도서전을 참관할 목적으로 일산 아파트의 집을 나와 불러놓은 택시를 타고 공항으로 이동하는 데서 소설은 시작한다. 그녀는 집을 나오기 직전에, 생리가 시작된 증거를 손에 들고 그녀를 불러 세운 딸의 멍한 표정과 마주친다. 볼로냐의 호텔방 욕실에서 샤워 준비를 하던 중에는 자신의 젖꼭지가 차갑다는 것을 감지한다. 그

녀가 기억하고 있는 어머니의 풀이에 따르면, 여자아이가 초
경을 했다는 것은 남자와 섹스를 하리라는 예고이고, 젖꼭지
가 차갑다는 것은 "여자로서는 끝난 거"라는 증거다. 성적 능
력이라는 면에서 그녀와 딸은 양극의 자리에 있다. 딸이 그 능
력의 발흥을 보기 시작했다면 그녀는 그 능력의 쇠락을 겪기
시작했다. 그녀의 볼로냐 출장에서 시작된 서술은, 가능한 예
측 그대로, 여자 노릇womanhood과 관련된 그녀의 경험을 중
심으로 전개된다. 주제 설정 면에서 참신한 작품은 아니다. 그
러나 국제적 상품 시장을 배경으로 직업 활동을 하고 있는, 대
략 40세 전후의 사무직 여성은 종래 한국 소설에 우세한 여성
형상들, 도시 중류 가정의 주부, 유년의 낙원에서 추방된 소
녀, 빈민 계급 출신의 공장노동자, 재야 투쟁 경력이 있는 인
텔리겐치아 등과 다른 것이다. 그녀의 이야기 외부에 위치하
고 있으나 그녀와 어떤 격의도 없는 듯한 서술자는 그녀의 경
험으로부터 전체적으로 통일된 플롯을 엮어내는 대신, 그녀
의 회상과 각성의 단편들을 삽화적이고 생략적인 스타일로 제
시하면서, 여성의 덕이라는 전통적 관념에서 멀리 떨어진 동
시에 도시인의 개인주의적 이지理智가 발휘된 그녀의 상념을
전달한다. 여성의 성과 삶, 사랑과 가족을 둘러싼 그녀의 성찰
은 유례가 드물 만큼 환멸적이고 도발적이다.

　여주인공의 도덕적 성찰은 그녀가 연관된 두 개의 이야
기가 작은 일화 단위로 나뉘어 교차하면서 나란히 진전하는

과정을 따라 제시된다. 그 이야기 중 하나는 그녀와 딸 사이에서 발생한다. 초경의 특별한 경험을 했음에도 그런 순간에 대개의 어머니들이 주는 보살핌을 받지 못한 딸은 그녀가 볼로냐 출장으로부터 돌아오자마자 언짢은 기색을 보이기 시작한다. 그녀는 결혼 아닌 관계에서 얻은 현재의 딸을 어머니의 만류에도 불구하고 출산했고, 계속 미혼 상태로 있으면서 양육 책임을 져왔다. 그녀가 직장인 노릇과 어미 노릇을 어떻게 겸해왔는지는 추측할 도리밖에 없으나 딸의 눈으로 보면 그리 성공적이지 않았다. 집 안에서 기르던 암수 한 쌍의 햄스터가 자기 새끼들을 모두 잡아먹은 일은 딸에게 가혹한 진실의 현현과 다르지 않다. 어미 햄스터는 새끼가 살아남기 어려운 경우 물어 죽인다고 그녀가 설명하자, 딸은 그것이 어미들의 횡포에 불과하다고 일축하고 나서, 자신이 "늘 아프고 공부도 못하니 차라리 죽어버리는" 편이 낫다고 생각하지 않느냐 힐문하고, "다 알아, 엄마한테는 엄마 인생만 중요해!"라고 비난한다. 엄마에게는 기를 가치가 없는 열등한 새끼이고 학교 아이들 사이에서는 "쓸데가 없는 바보" 같다고 자신을 멸시하고 있는 딸은 그녀에게 어미 노릇의 어려움을 절감하게 한다. 그녀가 딸을 데리고 월미도를 찾아간 휴일 저녁, 딸은 자기가 어미처럼 돌보다가 내버린 햄스터가 결국 죽었을지 모른다고 생각하고 있음을 알린다. 그리고 다음 날 그녀가 출근한 사이 집을 나가 그로부터 이틀이 지나도록 돌아오지 않는다. 딸이 에둘러 말한 바대로 스스로 죽었는지 죽지 않았는지 불분명한 상태에서 이야기 서술은 끝난다. 그러나 결과가 어떻든 그녀가 순진한 아이로서의 딸을 잃었다는 사정은 달라지지 않는다.

　두 이야기 중 하나가 상실의 플롯을 가지고 있다면, 다른 하나는 애도의 플롯을 가지고 있다. 그녀가 볼로냐 출장에 나선 아침에는 딸이 성적으로 성숙하기 시작했음을 보여준 시각에서 멀지 않은 시점에 그녀의 다섯 살 연하 애인이 죽었다. 그녀가 공항으로 이동하는 동안 겪었던 도로 정체의 원인은 바로 그가 주행 중 일으킨 사고였다. 그는 간밤에 그녀의 아파트 동 앞까지 와서 그녀를 만나려고 했으나 바라던 대로 되지 않자 차를 돌려 달리던 새벽에 사고를 내고 즉사했다. 그녀는 2년 전 가을부터 세 계절에 걸쳐 그를 만나왔다. 그는, 짐작건대, 그녀가 결혼을 원하지 않은 까닭에 다른 여자를 아내로 맞았지만 결혼 후 몇 달이 지나 다시 그녀를 만나기 시작했다. 서술자는 그녀가 그의 혼외 애인 상태인 자신을 어떻게 보고 있었는지 명확하게 말하지 않고 있으나, 서술된 삽화 중에는 그러한 관계를 정리하고자 하는 욕구가 그녀에게 있었다는 증거가 적지 않다. 그의 죽음은 그녀를 모종의 속박으로부터 풀어주었다고 보아도 좋을지 모른다. 그러나 그가 죽고 나서 그녀가 느끼는 것은 해방감이 아니라 상실감이다. 그녀는 친구를 통해 그의 사망 소식을 들은 후, 과거에 그가 취했던 동작, 들려준 이야기, 불렀던 노래를 추억한다. 그러면서 그의 부재에 대해 "고통"을, 그의 부재에도 불구하고 변함없는 세상에 대해 "분노"를 느낀다. 그러나 그녀는 그의 유령에게 마음을 내주려 하진 않는다. 그와 공유한 순간을 회상하는 동안 한편으로 그가 자신에게 특별한 존재였다는 것을 깨달으면서, 다른 한편으로 그에 대한 집착이 무의미하다는 믿음을 굳힌다. 그녀가 집을 향해 차를 몰다가 그가 사망한 도로 지점에 우발적으로 도달한다는 이야기 종반의 사건은 그녀가 마음속으로 치르고 있는 애도 의례의 절정에 대한 마음 밖의 상관물과 다르지 않다.

딸과의 단절, 애인과의 사별에 직면한 그녀에 관한 서술 중에는 그녀가 회한과 고뇌에 빠져 있음을 시사하는 대목은 많지만, 자신을 책망하고 있음을 보여주는 대목은 많지 않다. 돌이켜보면 딸의 가출, 애인의 죽음과 전혀 무관하지 않았을지 모르는 그녀의 도덕적 신념은 회상과 애도의 심리적 의례 속에서 반성되는 가운데 철회가 아니라 확인으로 나아간다. 그녀가 자신을 도덕적으로 확인하는 과정은, 작품의 세부 내용에 밀착해서 보면, 여자 노릇의 문제를 둘러싸고 그녀가 어머니와 종전에 해왔던 대립을 명확히 하는 과정이기도 하다. 어머니는, 한마디로, 관습적 여성 도덕에 순치된 인물이다. 아버지로부터 "혼자서 반추할 수많은 행복의 기억"과 함께 "생계에 지장이 없을 만큼 충분한 유산"을 받은 어머니는 아버지의 바람대로 자신을 유지하고 있다. 즉 "지금도 아버지가 사랑하던 그때처럼 곱고 로맨틱"하다. 여자는 모름지기 남자와의 관계 속에서 자신을 보아야 한다는, 남자의 성적 대상으로서의 자신을 발견하고 경영해야 한다는 믿음을 어머니는 견지하고 있다. 그런 만큼 자기 나이에 어울리는 방식으로 남은 세월을 살아갈 의향이 없고, 골다공증 치료를 목적으로 맞은 주사의 부수 효과로 다시 생리를 시작한 자신의 몸을 기꺼워한다. 반면에, 그녀가 자신의 성적 신체에 대해 취하고 있는 태도는 양가적이다. 딸이 생리를 시작한 순간, 그녀는 어머니처럼 "섹스의 기별"을 생각하는 대신, 자신의 몸을 "생산 기계"라고 느끼게 했던 "출산에 대한 고통스러운 증오"와 자신의 삶에 연속된 또 하나의 삶을 맞이해야 했던 "운명"에 대한 "역시 고통스러운 애정"을 상기한다. 그녀는 출산에서 노동까지 여자의 고통을 겪을 만큼 겪었다고 생각하는 듯하고, 그런 까닭에 그녀의 이성은 여자 노릇에 대한 "낭만적" 해석의 관습을 용인하지 않는다.

서술자는—그리고, 서술상 빈번한 자유간접화법을 감안하면, 여주인공은— "로맨틱"이나 "낭만적"이라는 단어를 부정적으로 사용한다. 그것은 인간 현실에 대한 정확한 혹은 진지한 이해를 결하고 있다는 뜻이다. 어떤 여성이 낭만적이라면 그것은 그녀의 육체적, 경제적, 사회적 생활의 필연으로부터 괴리된 환상illusion, 그녀에게 거부하기 어려운 위안이나 쾌락을 제공하는 반면 그 필연의 인식과 수락을 방해하는 환상에 잠깐이든 언제나든 휘둘리고 있다는 뜻이다. 그녀가 경계하고 있는 환상 중 특히 거북한 것은 "사랑"이다. 사랑이 두 사람 사이의 잠정적인 정서적, 성적 유대 이상의 무엇을 의미한다면, 이를테면, 영원한 동반자적 결합을 위한 계약의 예고를 의미한다면, 사랑은 그녀의 진심을 말하는 어휘가 아니다. 그렇기에 서술자는, 사랑한다고 속삭이는 애인에게 응답해서 "그녀 또한 그에게 수없이 사랑한다고 말했지만 자신이 그를 사랑한다고 생각해본 적은 한 번도 없었다"고 쓰고 있다. 서술 내용에 따르면, 그녀는 여자 노릇의 전통적 관념에 대해 저항했듯이 낭만적 사랑의 환상을 거부했다. 그와 함께 보낸 모든 시간의 기억을 꼼꼼하게 기록했을 만큼, 그리고 그가 다른 여자와 결혼한 뒤에도 그의 신변에 계속 관심을 가졌을 만큼 그를 무척 사랑했지만, 그와의 관계에 그녀의 전부를 던지려 하지 않았다. 그의 열렬한 요청에도 불구하고 그와의 결혼을 거절했고, 오히려 그가 "너무 충동적이고 감상적"이라고 퇴박했다. 그녀가 그의 청혼을 거절한 이유에 관한 서술은 상세하지 않지만, 정열의 노예가 되기를 그녀가 원치 않았음은 분명하다. 사랑에 대한 그녀의 환멸적 태도를, "살겠다는 본능부터가 고통"이라는 그녀의 유보 없는 생즉고生即苦 주장과 함께 고려하면, 그녀는 냉정한 산수를 최고의 생존 기술로 만든 시장 경제에서 인간의 정열이 겪을 수밖에 없는 쇠락을 예시하는 듯하다. 정열이라는 인간의 위험한 성향은 자신과 동류의 인간을 향하는 쪽보다 자신의 은행 잔고를 향하는 쪽이 낫다고 존 메이너드 케인스는 주장한 적이 있다.[1] 이렇게 보면, 딸이 자기 인생만 중요하게 여긴다고 그녀를 비난한 것, 그가 사랑의 충동이라곤 모르는 "출세주의자"라고 그녀를 공격한 것은 상당히 암시적이다.

그녀의 이야기 중에는 환상에서 탈출한 그녀의 삶이 어떤 모양인가를 알려주는 삽화들이 있다. 가장 두드러진 것은 앞에서 잠시 주목한 햄스터를 둘러싼 삽화다. 어미 햄스터는 새끼가 살아남기 어렵다고 판단하면 본능적으로 죽인다고 그녀가 말하자, 딸은 자기 나름대로 기지를 발휘해서 그것을 알레고리로 들었다. 즉, 그녀가 자신을 돌봐주지 않는 이유를 말했다고 들었다. 그러나 딸의 독해는 그녀가 말하고 있는 바대로 "오해"다. 서술자가 공백 많은 화법을 택하고 있기 때문에 이야기의 후반에 이르러 알게 되는 사실이지만, 그녀는 집안의 햄스터가 새끼를 먹어버린 사건을 놓고 딸과 대화하던 시점에 자신이 임신했음을 알고 있었다. 배 속의 아이는 애인이 그녀에게 남긴 사랑의 유일한 흔적이었다. 옛날에 현재의 딸을 가졌을 때는 그리 망설이지 않고 출산을 결정했던

1)   Albert O. Hirschman, *The Passions and the Interests: Political Arguments for Capitalism before Its Triumph*, Princeton University Press, 1997, 134.

그녀이지만 이번에는 사정이 다르다. 결국, 그녀는 어미 햄스터가 새끼 햄스터에게 했던 것과 같은 성격의 행동을 배 속의 아이에게 하기로 결심한다. 이것은 자기 혈육을 원치 않았던 그의 소망에 부응하는 일이면서, 무엇보다도 "살겠다는 본능부터가 고통"임을 터득한 그녀의 신념과 합치되는 일이다. 어미 노릇의 예에서 햄스터와 그녀 사이에 보이는 유사성은 이런저런 상념을 자극한다. 그것은 인간의 차이에 대한 기독교적, 휴머니즘적 환상을 밀어내고 인간적 존재와 동물적 존재의 연속성이라는 철학적 문제를 제기한다. 그녀의 햄스터 같은 행동은, 예컨대, 윤리의 근원은 동물의 덕에 있다는 주장을 떠올리게 한다. 니체주의자라면 아마도 그녀를 현자로 칭하기를 망설이지 않았을 것이다. 인간의 행동과 동물의 행동이 얼마나 유사한가를 관찰한 『아침놀』의 단장 중에서 니체는 이렇게 썼다. "지혜, 절제, 용기의 기원처럼 정의의 기원 역시 동물적이다. 간단히 말해서 우리가 소크라테스의 덕이라고 부르는 모든 것의 기원은 동물적이다."[2]

인간과 동물의 유사성은 어느 시대의 문학적, 철학적 인간학에나 나타나는 제재이지만, 1990년대 이후 한국 문학에서 동물 같은 인간의 출현은 의미 있는 사건처럼 보인다. 무엇보다도, 동시대를 한동안 풍미한 역사철학적 담론과 긴

---

2)　프리드리히 니체, 『아침놀』(니체전집 10), 박찬국 옮김, 책세상, 2004, 43.

밀한 관련이 있기 때문이다. 많은 사람이 기억하고 있듯이, 1989년 베를린장벽 철거와 함께 사회주의 체제가 몰락하면서 한국의 사상계에도 주목할 만한 기류가 나타났다. 전후 냉전 질서가 붕괴했다는 생각은 물론, 보다 중대한 의미를 지니는 어떤 대전환을 인류가 경험하고 있다는 생각이 확산되었고, 그러한 생각을 분절하기 위해 부활된 혹은 창안된 개념들이 유행을 보았다. 그 개념 중 하나가 헤겔로부터 유래한 '역사의 종언'이다. 헤겔의 『정신현상학』에 대한 알렉상드르 코제브의 해석을 원용한 프랜시스 후쿠야마의 저작 『역사의 종언과 최후의 인간』(1989년 한국어 번역본 제목은 『역사의 종말』)이 국제적 베스트셀러가 되면서 되살아난 그 개념은 한국의 비평 담론에도 영향을 남겼다. 역사의 종언 테제가 주목을 받자 기민하게 반응한 비평가 중 하나가 김윤식이다. 그는 「역사의 종언과 소설의 운명」이라는 글에서 헤겔적 의미에서의 역사, 즉 자유의 전개로서의 역사가 끝난 상황이 새로운 비평 논제를 구성한다고 보았다. 그 논제는 "'말기의 인간'에 상응하는 '말기의 소설'은 어떠할까"라는 물음으로 요약된다.[3] '말기의 인간' 또는 '최후의 인간'이란 니체에게서 그 용어를 빌려온 코제브와 후쿠야마의 용법에 따르면, 역사의

---

[3]   김윤식, 「역사의 종언과 소설의 운명」, 『발견으로서의 한국현대문학사』, 서울대학교출판부, 1997, 13.

종언 이후에 존재하는 인간, 다시 말해, 역사 변증법의 동력을 이루는 인간 특유의 욕망─타인으로부터 인정받고자 하는 욕망─을 더 이상 갖고 있지 않은 인간을 말한다. 전후 미국의 소비 대중으로 대표되는, 영광 대신에 행복, 투쟁 대신에 향락에 몰두하는 그 생물학적 인간 부류를 코제브는 동물이라고 간주했다. 인간의 동물화는 김윤식의 1990년대 소설 독해의 중요한 코드이기도 하다. 그는 1990년대 소설의 새로움을 대표한다고 생각한 신경숙의 「풍금이 있던 자리」나 윤대녕의 「은어낚시통신」에서 윤리적 감각과 구별되는 "생리적 감각"이 출현했다고 보았으며, 그러한 감각의 갱신과 함께 "리얼리즘"이라고 통칭되어온 주류 소설의 "인간중심주의"를 넘어서 "동물로서의 혹은 생물로서의 지평"으로 한국 소설이 이동하고 있다고 이해했다.[4]

김윤식이 1990년대 소설 해석에 동물 개념을 도입한 것은 탁견이다. 그러나 그의 윤리 범주와 생리 범주 구별은 의문을 부른다. 신경숙과 윤대녕 이후에 나타난 동물화한 인간 형상, 예컨대 백민석, 이기호, 천운영, 편혜영 등의 작중인물을 고려에 넣으면 특히 그렇다. 동물 같은 인간의 출현은 윤리적인 것에서 생리적인 것으로의 이동이 아니라 윤리적인

4) 김윤식, 「1990년대를 빛낸 세 편의 소설」, 『글쓰기의 모순에 빠진 작가들에게』, 강, 1996, 206-207.

것의 스펙트럼 내에서의 이동을 나타낸다고 보아야 옳지 않을까. 「내가 살았던 집」의 여주인공은 그러한 수정을 요구하는 두드러진 예다. 소설집 『상속』 해설은 참고가 된다. 김동식은 그 여주인공을 포함한 은희경의 작중 여성 인물들이 진화론적, 우생학적 윤리를 무의식적으로 포용한다고 보고 있다.[5] 은희경의 햄스터-인간은 1990년대 소설의 동물화한 인간이 대개 그렇듯이 인간의 육체적 존재를 중심에 두고 인생을 생각한다. 그녀가 극히 경멸적으로 대하고 있는 여자 노릇의 환상들은 다시 보면 모두 육체적 존재의 필연에서 유리된 관념, 가상, 허구와 관계가 있다. 그녀에게 비난의 대상인 어머니는 생계를 위해 일하는 여성, 남성에게 의존하지 않는 여성, 노동과 노화로 망가지게 되어 있는 여성—바로 이들 여성의 육체적 진실에서 동떨어진 공상의 노예다. 그녀는 니체처럼 혹은 박완서처럼 생각한다. "인간의 삶이 육체가 있을 때까지만 존재한다는 데에 육체의 권능이 있었다. 아무리 멋진 정신을 갖고 있더라도 육체가 죽어버리면 하는 수 없이 멋 부리기를 끝내야 한다. 고통의 수식數式은 정신이 아니라 육체가 속한 세계의 규칙에서 비롯되는 건지도 모른다." 그녀가 택하는 인공유산은 "생리" 혹은 미학의 문제가 아니라 윤리

5)   김동식, 해설 「연기(演技/延期)하는 유전자의 무의식에 대하여」, 『상속』,
      문학과지성사, 2002, 328-333.

의 문제다. 그녀는 자신이 겪고 있는 고통의 운명을 다른 생명에게 또다시 인계하지 않겠다는 의지로부터 어미 햄스터를 닮기로 결정한다. 그녀의 육체론은 윤리적이고, 그녀의 윤리는 유물론적이다.

그녀의 유물론은 그녀가 여자 노릇의 문제를 둘러싸고 어머니와 마찰을 빚는 까닭의 많은 부분을 설명해주고, 자신의 연애에 그렇게 심대한 의미를 부여하지 않는 이유의 많은 부분 역시 설명해준다. 그녀의 애인은 대략 열정파다. 궁벽한 지방 마을에서 태어나 어린 나이에 어머니를 잃은 그는 학교 공부를 제쳐두고 "주먹패"에 끼어 살았다. 그가 죽기 전에 전과 있는 시골 건달이나 무명의 낭인 가수가 아니라 번듯한 방송기자였던 것은, 어머니에 대한 그의 애착 때문이다. 그가 어머니를 잊지 못해 탈선했다고 판단한 그의 형은 "그렇게 어머니를 생각한다면 어머니가 자랑할 만한 사람이 되라고 설교"했고, 그는 그러한 사람이 되겠다 작심하고 그에게 가능한 "출세"의 코스를 달려왔다. 그에게 어머니는 단지 그리움의 대상이 아니라 그의 자아 이상ego ideal에 관여하는 타자였던 셈이어서, 사망할 당시 30대 후반 나이였을 무렵에도 그는 어머니의 시선 앞에 자신을 세우고 평가했다. 사정이 그러했으니, 노래하기를 가벼운 취미 이상으로 여겼던 그가 「이별이란 없는 거야」를 자주 불렀던 것은 그럴 법한 일이다. 그러나 그의 애창곡을 그녀는 좋아하지 않았다. 아무리 멀리 떨어져도 서로 사랑하는 사이에 이별이란 없다는, "이치에 닿지도 않는" 그 "가사가 특히 싫었다". 죽은 사람에 대한 집착은 "자기만족적인 의식儀式"에 불과하다고 그녀는 단정했다. 그의 사망 이후 그녀가 하는 생각에 따르면, "꿈꾸는 일조차 막혀버린 돌이킬 수 없는 단절, 그런 것이 바로 죽음이다". 그녀의 기억 중에는 성탄절을 맞아 기념 예배가 진행 중이던 교회에 그녀가 그를 따라 우연히 들어갔을 때 그가 "소년처럼" 진지한 표정을 짓고 서서 마치 "간절한 기도라도" 하는 듯하더니 이윽고 그녀 앞에서 "눈물"을 글썽인 일이 있다. 그때 그녀가 "당황"했음은 말할 것도 없다. 그의 감상적인 마음은 어느 대목에선가 그녀의 유물론적 신념과 양립하기 어렵다.

그러나 그와 그녀는 현재의 자신을 불만스럽게 여기고 있다는 점에서 서로 통한다. 젊어서 미혼모의 고단한 처지를 자청한 그녀처럼 그 역시 표준화된 성공 인생의 트랙을 달리지 않았다. 우등생으로 학교를 마치고 이어 관직으로 나아간 그의 형이 머리로 출세했다면, 그는 어린 시절에 방황한 대가를 치르며 "발"로 출세했다. 그러나 그녀와 사귀던 무렵 그는 자신이 성취한 사회적 상승의 의미를 의심하는 중이었다. 그의 고향에서는 입신출세의 표본 같았던 그의 형이 어떤 연유에선가 죽었다. 그와 그녀가 늦은 밤 파주의 묘지로 가서 형의 무덤에 기대어 앉아 친밀한 대화를 나누는 '무덤가' 대목을 보면, 그는 다만 "생존"하기에 급급할 뿐이라는, 서글픈 자각을 드러낸다. 어린 시절 자신은 가수가 되고 싶었으며 어머니 역시 가수가 되기를 바랐을지 모른다고 말한다. 그러나 그의 후회는 이제라도 가수의 길을 가겠다는 결의의 서곡은 아니다. 현재의 생존 방식을 철회하고 왕년의 소원을 이루겠다는 의지는 그에게서 보이지 않는다. 그가 말 한마디 없이 갑자기 결혼한 이유가 무엇인지 그녀가 묻자 그는 "별일 아니라서"라고 대답한다. 인생의 행복에 대해 회의적인 듯한 그에게 그녀는 응수한다. 엄마가 하늘나라에 있다고 믿는 아이가 엄마의 사랑을 확인하는 기쁨을 한 번 이상 누리지 못한다는 어떤 만화 이야기를 하고 나서 이렇게 덧붙인다. "행복이란 다만 인생의 어떤 하루일 뿐." 그들의 사고방식에는 페시미즘이 공통으로 우세하다. 한밤중 무덤가에 누워서 그들이 나누는 대화 중에는 생에 대한 집념을 조롱하는 듯한 냉소적 유머가 있다.

풀숲을 헤치고 다가오는 바스락 소리를 들은 것 같아 그녀는 흠칫 몸을 움츠렸다. 괜찮아, 여기 찾아오는 놈은 바람밖에 없어. 그가 안심시키는 대로 과연 바람소리였다.

그가 혼잣말처럼 중얼거렸다.

"우리 지금 여기서 그냥 죽을까."

이상하게도 그 목소리가 먼 곳에서 들리는 것처럼 아득했다.

"그러든지."

별을 향해 눈을 떠봤지만 그녀의 눈꺼풀은 이내 스르르 내려왔다. 풋잠이 들었던 것도 같았다. 그도 아무 기척이 없었다. 그녀가 조그만 소리로 물었다.

"잠들었어?"

"응."

또 시간이 흘러갔다.

조금 후에 그가 몸을 일으키더니 담배를 찾아 불을 붙였다. 다시 나란히 누워서 담배를 나눠 피우며 그들은 별이 참 오래도록 지지 않는 밤이라고 생각했다.

그가 꿈꾸던 삶을 살지 못하고 있다고 말할 때 그것은 현재 살고 있는 삶이 과거에 진심으로 원했던 삶이 아니라는 뜻이지 현재 살고 있는 삶과 다른 삶을 살고자 한다는 뜻은 아니다. 그가 꿈이라고 지칭한 것은 미래의 삶을 위한 소망이나 설계와 무관하며 단지 현재의 삶의 부정否定을 나타낸다. 그렇다고 해서 그것이 현재의 삶을 사는 데에 장애가 되는 듯이 보이지는 않는다. 그는, 스스로 밝히고 있듯이, 꿈꾸던 삶이 아닌 삶을 "열심히" 살고 있다. 그렇게 의미나 목적을 묻지 않고 열심히 사는 삶을 그의 어법을 좇아 "생존"이라고 부르기로 하자면, 그에게 꿈은 생존을 힘들게 만드는 반성과 회의의 원인이 아니라 반대로 생존을 계속하도록 도와주는 동력이다. 그가 그녀에게 알린 바대로, 꿈을 상기함으로써 그는 생존을 위해 분투하는 중에 잠시 "위안" 또는 휴식을 얻었다. 꿈의 효능에 대한 예증이 필요하다면 위에 인용된 무덤가 장면을 보면 된다. 그가 하루의 일이 모두 끝난 밤에 형의 무덤을 찾아가서 그녀에게 이루지 못한 꿈 이야기를 하는 장면은 바로 위안의 장면이기도 하고, 휴식의 장면이기도 하다. 꿈의 논리에 따르면 그가 그토록 그녀에게 집착한 이유 역시 이해하기 쉬워진다. 그가 결혼한 다음에도 그녀와 관계를 유지하려고 했던 것, 그녀의 결별 시도에 격하게 반응했던 것은 그녀가 꿈을 받쳐주는 존재, 위안과 휴식을 약속하는 사람이었기 때문이다. 그와 그녀의 사랑에 대한 찬미처럼 들리는 자작가사 중에 그는 "오 나의 꿈, 그것은 네가 쉬고 있는 의자 / 오 나의 꿈, 그것은 우리가 함께 눈뜬 외딴 집 (……) 오 나의 꿈, 우리 지금 그곳으로 떠나네 / 오 나의 꿈, 그곳은 우리 함께 잠들 무덤"이라고 적었다. 여기 나오는 꿈-집-무덤의 비유 연쇄는 그녀 역시 수긍했던 바다. 소설의 종결부에서, 차를 몰다 멈춘 도로 위에서 그의 사망 지점, 그의 존재와 결부된 장소를 접한 그녀는 "꿈속에서나 살아보았던 다정한 집"을 생각한다.

그의 삽화에 들어 있는 꿈과 삶의 대립은 추상적이다. 그가 기자라는, 이른바, 발로 뛰는 직업을 갖고 있으니 그날그날 피곤했으려니 짐작은 하게 되지만 그가 생존이라고 부른, 꿈과 절연된 삶이 어떤 사회적, 도덕적 성격의 것인지는 모호한 상태로 있다. 그러나 소설 텍스트 내의 명백한 사실은 그 것이 자본주의사회라는 조건 위에 있다는 것이다. 그가 직업 활동을 하고 있는 사회는 개인의 이익을 다른 무엇보다 중시 하고, 그 이익의 증대를 위한 계산과 책략을 다른 무엇보다 장려한다. 공리적이고 합리적인 생활의 추구라는 자본주의 의 요구가 사회 전역을 지배하게 되면 모든 의미와 가치는 불 신의 위협에 노출되기 마련이다. 종교적인 꿈이든, 낭만적인 꿈이든 모든 꿈은 개인의 자기 이익 추구라는 목적에 합당하 지 않으면 한낱 환상으로 간주되어, 결국 유보되거나 폐기된 다. 소설에 서술된 그의 꿈 역시 비슷한 운명을 맞았다. 그녀 와의 사랑을 통해 그가 살고자 했던 꿈꾸는 삶은 그녀가 절교 를 요구함으로써 위기에 봉착했다. 혼자 가계를 책임져야 했 던 아이 엄마인 그녀는 생존의 고통을 나름대로 겪고 있었을 것이고, 그래서 그와 교제하는 동안 그녀 역시 위안과 휴식 을 얻었을 것이다. 그러나 그녀는 자기 이익, 특히 자기의 사 회적, 윤리적 이익에 대한 계산을 계속 유예할 만큼 비합리적 이지 않다. 쳇바퀴 돌리는 햄스터처럼 사랑의 공전空轉을 계 속하고 있는 자신을 마주하면서 연민과 혐오를 느꼈을 것이 고, 그래서 환멸의 칼로 자신의 마음을 뺐을 것이다. 그가 죽 기 전에 집으로 보내온 사과 상자를 늦게서야 열어보고 사과 들이 썩었음을 발견한다는 애도의 한 삽화에서 그녀는 친밀 함을 욕망하는 육체의 아이러니를 예리하게 포착한다. "썩은 것을 골라내면서 그녀는 사과 역시 자기들끼리 닿아 있는 부분에서부터 썩기 시작한다는 것을 알았다. 가까이 닿을수록 더욱 많은 욕망이 생기고 결국 속으로부터 썩어 문드러지는 모양이 사람의 집착과 비슷했다."

「내가 살았던 집」의 여주인공은 1990년대 여성 작가들의 작품에 종종 나타나는, 젠더 상투형을 거부하는 여성 인물의 한 예다. 그녀의 이야기는 특히 남자의 사랑에 대한 집착이 여자의 자연스러운 혹은 바람직한 자질이라는 관념을 의문에 부친다. 그녀는 자신이 거의 병적일 정도로 연애에 열중하고 있었음을 상기하는 동시에, 사과가 속으로부터 썩어가듯이, 도덕적으로 타락하고 있었음을 자각한다. 그러나 그녀가 연애 경험을 반성하는 것은 기존의 도덕 기준에 따라서가 아니다. 그녀는, 예컨대, 신경숙의 「풍금이 있던 자리」의 여주인공처럼 전통적 가족 관념에 비추어 기혼 남자와 자신이 하고 있는 사랑이 부도덕하다고 느끼지 않는다. 김윤식의 어법에 따르면, 신경숙의 여주인공과 은희경의 여주인공은 모두 저자들의 "생리적 감각"의 산물이다. 그러나 어미 까치가 먹이를 물고 오자 소란을 피우며 한껏 입을 여는 새끼 까치들에게 다정한 눈길을 던지는 전자,[6] 새끼 햄스터가 살아남

---

6) 신경숙, 「풍금이 있던 자리」, 『풍금이 있던 자리』, 문학과지성사, 1993, 42-43.

기 어렵다고 판단되면 스스로 죽어버리는 어미 햄스터에게서 종족을 위하는 역설적 지혜를 찾아내는 후자는 같은 부류가 아니다. 「내가 살았던 집」은 여자 노릇에 관한 통념에 대해, 자본주의사회에서의 생활 경험으로부터 자라나온 비판적 입장을 예시한다. 그 요점은 가족이나 사회의 존속이 아니라 여성 개인의 생존이라는 관점에서 그것을 재고해야 한다는 것이다. 개인의 생존을 윤리적 사고의 원점으로 삼으면 기존의 도덕적 권위들이 자명하지 않게 된다. 하지만 그 결과로 개인들이 감정적, 사회적 유대를 위해 노력할 이유가 사라지지는 않는다. 가출한 딸이 돌아와 오해를 풀기 바라던 여주인공은 딸에게서 걸려왔다고 짐작되는 전화벨 소리에서 "누군가의 생존으로부터 걸려온 마지막 교신음"을 듣는다. 그녀가 취하는 교신을 위한 몸짓은 모녀 관계의 범위를 넘어서도 의미를 가진다고 생각된다. 생존하기 위해 고투하는 육체는 도덕의 환멸이 보편적으로 경험되는 오늘날의 사회에서 윤리적 사고가 돌아가야 하는 자리다. 어떤 개인이든 육체적 존재로서 경험하는 기쁨과 슬픔에 대한 공감으로부터 개인들 사이에 새로운 교신의 희망, 새로운 유대의 희망이 생겨날지 모른다. 「내가 살았던 집」의 유물론은 1990년대를 통과하며 한국 소설이 획득한 윤리적 냉철함의 특출한 증거로 남아 있다.

순진한 사람들의 카니발적 공동체

─윤성희, 「유턴지점에 보물지도를 묻다」

¶ 윤성희 소설집 『거기, 당신』(문학동네, 2004. 10)에 실린 텍스트를 논의에 사
  용했다.

윤성희의 단편소설 「유턴지점에 보물지도를 묻다」는 서사 디자인 면에서 단순하다. 여성 서술자-주인공은 태어난 순간에서부터 어느 새해맞이의 순간까지, 대략 30년에 걸쳐 있는, 자신의 과거로부터 추려진 사건들을 시간 순서에 따라 세 절로 나누어 제시한다. 첫째 절은 가족의 붕괴를 중심으로 한다. 그녀와 언니는 약 한 시간 차이를 두고 해를 달리해서 태어난 쌍둥이 자매다. 어머니가 그들을 출산하자마자 사망했고, 아버지가 할아버지의 사업을 돕느라 바빴기 때문에 그들은 버려진 아이들과 다르지 않았다. 그렇기는 해도 옆집 할머니의 보호 덕분에, 그리고 그들 자신의 우애 덕분에 그들은 그리 비참하지 않은 유년을 보냈다. 언니는 초등학교에 입학할 즈음 교통사고로 죽고, 아버지는 할아버지의 유산을 놓고 이복동생들과 갈등하던 끝에 가족과 절연하고 그로부터 몇 해 지나 경부선 열차칸에서 객사한다. 결손된 모양으로나마 유지되던 그녀의 가족은 그렇게 해서 붕괴되고 만다. 둘째

절은 고등학교 졸업 후 입사한 여행사를 5년간 다니고 그만둔 그녀가 경부선 열차 탑승 중에 만난 Q를 시작으로, 그녀와 친구 사이로 발전하게 되는 인물들을 소개한다. Q는 지하철 열차를 운전하던 중 눈앞으로 한 여자가 뛰어들어 자살한 사건에 충격을 받아 기관사를 그만두었고, 친척의 부탁으로 중국집을 대신 운영하고 있다. Q의 호의로 그녀는 그곳 주방 보조로 일하게 된다. 그녀는 매일 기숙하던 "찜질방"에서 임시직 노동자 W와 가출한 여자 고등학생을 만난다. 한 유명 여자 배우의 감춰진 딸인 W는 학창 시절의 별명대로 "유령"처럼, 마치 존재하고 있지 않은 듯이 존재하고 있고 그녀, Q, W의 고스톱 게임에 끼어들어 돈을 딴 여학생은 아버지가 보관하고 있었다는 보물지도를 보여주며 그들을 유인한다. 셋째 절은 보물찾기에서 시작한다. 지방의 어느 산속에 묻혀 있다는 보물을 찾기 위해 길을 나선 후 그들이 했던 모든 준비는 허술한 것으로 밝혀지고, 그들이 만난 장애는 넘기 어려운 것으로 드러난다. 그들은 허사로 끝난 여행에서 돌아와 주방장이 도망갔음을 발견한다. Q가 빚은 만두의 맛을 기억하는 서술자-주인공은 만둣집을 차리자고 제안한다. Q와 W가 조리를 맡고, 서술자와 W가 가진 돈을 내놓고, 고등학생을 포함한 그들 모두 책임을 분담해서 개업한 가게는 나날이 번창한다. 친구들과 함께 자립에 성공한 주인공은 고속도로 위에서 새해를 맞이한 순간에 쌍둥이 언니를 추억한다.

「유턴지점에 보물지도를 묻다」의 서사는 디자인 면에서만이 아니라 재료 면에서도 단순하다. 서술된 주인공과 친구들의 행위는 그들이 좋아하는 냉면, 만두, 어묵 같은 음식만큼이나 소박하다. 그들의 보물찾기는 모험에 미달이고, 그들의 만둣집 경영은 운명과 무관하다. 그러나 범박한 음식 재료가 일급 조리사의 손에 들어가면 품격 있는 요리로 변하듯이, 평범한 인간 행위는 능변가의 말을 거치면 풍미 있는 이야기를 이룬다. 30대에 만두 판매에 투자해서 많은 수익을 올렸다는 서술자의 자기 서사가 경제적으로 자립한 청년의 자서전적 잡담으로 끝나지 않은 것은, 무엇보다도 서술자의 비범한 도덕적 감각 덕분이다. 서술자의 도덕적 감각은 인간사에 편재하는 아이러니에 촉수를 뻗고, 그 아이러니의 희극적 혹은 비극적 결과를 기민하게 포착한다는 특징을 가지고 있다. 한 예가 할아버지에 관한 서술 속에 있다. 서술 내용에 따르면, D라는 지방 도시를 한때 떠들썩하게 했던 유도선수 출신으로, 그 도시 최초의 나이트클럽을 비롯해 상당한 재산을 가졌고 적어도 일곱 명의 여자를 거느렸던 할아버지는 그런 이력의 남자로서는 그럴 법하게 자신의 손녀인 쌍둥이 자매에게 전혀 관심이 없었다. 할아버지는 자식들을 안아주는 대신 개들을 안아주었고, 그러다가 "개회충이 눈과 뇌로 파고"드는 괴질에 걸려 사망했다. 모든 면에서 거인이었던 할아버지의 몸이 개들의 몸으로부터 전이된 미물에 먹혀 망가졌으니 갈데없는 아이러니가 아닌가. 특히 할아버지의 아이러니에서는 예상(영웅적인 죽음)과 실상(회충에 의한 사망) 사이의 격차가 아주 커서 그것을 접하는 사람에게 웃음을 유발한다. 또 하나의 예는 언니에 관한 서술에서 찾을 수 있다. 쌍둥이 자매는 거실 카펫 위에서 각자 특정 색깔을 밟지 않고 걸음 걷는 놀이를 했고, 이어 집 밖의 길 위에서도 그 놀이를 했다. 자매는 금지를 지키지 못하면 잃게 되는 점수의 많고 적음에 따라 열 살이 되었을 때 언니, 동생을 정하기로 했다. 보도블록이 새로 깔린 어느 날, 자신이 밟지 않기로 되어 있는 색깔을 피하려고 보도블록 가장자리를 걷던 언니는 지나가던 오토바이에 치어 목숨을 잃었다. 그들 중 누가 언니이고 동생인가를 정해줄 그 놀이에 대한 열중은 그들 사이에 성립하는 자매 관계에 대한 충성을 나타내고, 부모의 사랑이 부족한 상태에서 자매가 공유하고 있는 상호 보위保衛의 심리 또한 암시한다. 그러나 언니의 자매 노릇에 대한 애착은 자매 관계 자체의 소멸을 가져왔다. 이것은 비애를 부르는 아이러니다.

서술자는 인간사에 작동하고 있는 아이러니를 예민하게 감지하는 한편, 자신과 타인의 평범한 생활 중의 작은 기행奇行에 주의를 기울인다. 예컨대 어린 시절에 그녀가 언니와 함께했던 놀이가 그것이 놀이임을 모르는 어른에게 기행이었다면, 그녀가 새마을호 열차의 "5호 차량" "25번" 좌석에 앉아 서울과 부산 사이를 "일곱 번"이나 오간 행위 역시 그녀의 사연을 모르는 타인에게는 기행이다. 아버지는 서울과 부산을 왕복하는 새마을호의 바로 그 번호의 열차, 그 번호의 좌석에서 사체로 발견되었다. "기차가 어디를 통과할 때쯤 아버지의 심장이 멈췄는지 짐작해보면서 나는 서울과 부산을 오갔다"고 그녀는 말한다. 그러나 아버지의 사망 순간에 대한 추정이 그녀가 경부선 열차를 일곱 번이나 탑승한 목적이었다고 믿기는 어렵다. 아마도 그녀는 가족과 의절하고 어디론가 떠난 아버지의 외로움과 가족을 모두 잃고 세상에 혼자 남은 그녀 자신의 외로움을 겹쳐놓고 기나긴 시간을 보냈을 것이다. 그렇다면, 실용적 이유 없는 열차 여행이라는 그녀의 기행은 한편으로 아버지의 죽음에 대한 쉽게 끝나지 않는 애도이면서, 다른 한편으로 외로운 자신과의 사실적인 대면이었을 것이다. 서술자의 기행에 비견할 만한 다른 기행은 W에게서 보인다. W는 매운 음식을 무척 좋아해서 자신이 만든 아주 매운 소스를 항상 가지고 다녔다. 서술자와 함께 자주 냉면을 먹으러 다녔는데 냉면이 나오면 자신의 소스를 넣어 먹기를 잊지 않았다. "매운 음식이 식도를 타고 내려가는 순간, W는 자신이 살아 있음을 느낀다고 했다"는 것이 서술자의 전언이다. 혀가 얼얼할 만큼 매운 음식을 즐기는 W의 기행은 스스로가 "유령" 같다는 W의 자기 의식을 배경으로 하면 왠지 예사롭지 않게 들린다. 그것은 타인들로부터 인정받지 못하는 자신을 견디기 위한, 존재에의 의지를 자신에게 불어

넣기 위한 강렬한 자극 탐닉과 다르지 않은 듯이 보인다.

　서술자-주인공과 W의 기행은 그들 각자의 사정에 비추어 다시 보면 단지 기행에 그치지 않는다. 그것은 그들의 삶이, 누구의 삶이든 그렇듯이, 과거와 미래 사이에서 움직이고 있음을 알려준다. 아버지가 앉았던 자리에 앉아 여행하는 서술자의 행위, 자기 존재가 유령처럼 희미하다고 생각하는 W의 행위는 모두 과거와 미래 양쪽에 관여하는 가운데 성립하는 삶의 실재를 상기시킨다. 그 두 행위는 모두 과거 회상(혈육 잃은 고아인 자신에 대한 서술자의 회상, 가족과 사회에서 버려진 자신에 대한 W의 회상) 그리고 미래 예상(다른 사람과의 친교에 대한 서술자의 예상, 자기 존재의 확인에 대한 W의 예상)을 하나로 연결하는 고리와 같다. 서술자와 W의 삶은 그렇게 회상과 예상의 이중적인 움직임을 가지고 있다는 점에서 이야기를 내포하고 있는 삶이기도 하다. 그들의 기행이 그들의 삶-이야기와 맺고 있는 관계는 어떤 사회 집단의 제의가 그 집단의 신화와 맺고 있는 관계와 비슷하다. 이야기를 단지 언어 텍스트의 영역으로 간주하기를 거부한 철학자들이 종종 주장했듯이, 삶은 잠재적으로 서사적이다. 폴 리쾨르는 소설이나 희곡 같은 문학적 서사물에 앞서서 생성되는, 그리고 그 서사물이 수용된 다음에 재생되는 이야기의 영역을 구성하면서 삶이란 혼돈된 지각과 경험 덩어리가 아니라 "발생기 상태에 있는 이야기"임을 논증했다.[1] 「유턴지점에 보물지도를 묻다」는 물론 문학적 서사물이다. 그러나 서사 형식 면에서 그것은 특별히 문학적이지 않다. 가족을 잃은 외로운 처지의 개인들이 결국 우애 집단을 이룬다는 이야기는 낙원의 상실과 회복 같은 주제의 변주 같지만, 변주치고는 주제에 대한 기억력이 약한 변주다. 서술자는 문학적 서사의 관례를 참조하려 하기보다 서술자 자신의 삶에서 발생 중이라고 여겨지는 이야기에 충실하려고 한다. 이 소설이 서술상 단순하면서도 자연스럽다는 느낌을 주는 이유 중 하나가 여기에 있을 것이다.

낙원이라는 말은 서술자-주인공이 살았던 유년의 세계에 대한 명칭으로 적절치 않음이 분명하다. 그녀가 태어났을 때 그녀의 삼대 가족은 상당한 재력에 기반하고 있었으나 구성원들에게 안락하고 양육적인 환경은 아니었다. 할아버지와 아버지는 기질적으로 다른 사람이어서 근대 가족에서 흔히 나타나는 친자 관계의 위기가 그들 사이에 현저했다. 어린 나이에 이미 할아버지의 기대에 어긋난 것으로 보이는 아버지는 20대에 가까울 무렵 할아버지로부터 독립했다. 그러나 쌍둥이를 얻음과 동시에 아내를 잃게 되자 고향을 떠난 지 10년 만에 다시 할아버지에게로 돌아갔고 할아버지의 냉정

1)   Paul Ricoeur, *Time and Narrative*, vol. 1, trans. Kathleen McLaughlin and David Pellauer, The University of Chicago Press, 1984, 74.

한 처사를 건디며 나이트클럽 경영을 도왔다. 할아버지가 사망한 후 유언장이 보이지 않자 아버지의 이복동생 일곱 명은 유산을 둘러싸고 싸움을 벌인다. 소송으로까지 치달은 그 형제간 싸움은 부계 혈연가족이 대체로 공동체와 딴판이라는 현대 한국의 인류학적 사실에 부합한다. 아버지는 장자로서의 상속권을 포기하는 대신에 동생들의 뺨을 때리고 집을 나간다. 홀로 남은 딸에 대해서는 생계를 위한 송금 이상을 약속하지 않는다. 장남의 권리와 의무를 버리는 마당이니 아버지는 핏줄에 연연하지 않기로 결심했을지 모른다. 하지만 서술자는 쌍둥이 자신들에게 사랑이 부족하다는 말을 의사로부터 들은 다음부터 아버지가 "하루에 한 번씩 〔자신들을〕 꼭 껴안아주었"던 일, 언니가 죽은 후에는 "하루에 두 번씩 〔자신을〕 꼭 껴안아주었"던 일을 잊지 않는다. 「유턴지점에 보물지도를 묻다」는 마르크스주의적, 페미니즘적 가족 비판이 한국의 지식 계층에서 상식으로 통하던 시기에 나온 작품이지만 가족을 단지 기만적이거나 억압적인 제도로 그리지 않는다. 가족 공동체의 신화를 의심하는 정도에 못지않게 가족을 잃은 개인의 불행에 공감한다.

가족 관계에서의 불행은 서술자만의 경험은 아니다. Q와 W(그리고 가출했다고만 언급되고 관련 서술은 생략된 여학생) 모두 이른 시기에 자신의 가족과 이별했다. Q의 가족에 관해서는 정보가 적다. 아버지가 기차에 치여 외다리가 되었다는 것, 어머니가 만두를 맛있게 빚었다는 것, 부모의 집이 시골스러운 마을에 있었다는 것 정도다. 하지만 서술자의 눈에 뜨인 그의 신체적 특징인 "손마디마다 〔박인〕 굳은 살", 지하철 기관사직을 버린 후에 사촌의 선처로 영세 식당을 운영하고 있는 정황 등으로 미루어 보면, 그의 가족 환경은 그리 유복하지 않았다고 생각된다. 서술자가 만난 시점 이후의 그에게는 가족이 남아 있지 않은 듯하다. 어린 시절에 울보였던 그는 만두 소리만 들어도 눈물을 그칠 만큼 어머니의 만두를 좋아했다. 그러나 현재는 어떤 이유에선가 어머니가 만들어주지 못하는 만두를, 그는 때때로 주방에 들어가 스스로 만들어 먹는다. 이 만두 빚기가 외로움에 대한 그의 처방임은 물론이다. W의 가족은 Q의 가족보다 훨씬 혹독하다. W는 어머니가 무명이던 시절에 어떤 남자와 모종의 떳떳하지 못한 관계를 맺어 태어났고, 어머니가 배우로 각광을 받게 되자 어머니와 외할머니 외에는 아무도 그 존재를 모르는 아이가 되었다. 부모의 사랑은커녕 자신의 신원에 대한 공인조차 받지 못한 채로 자랐고, 어머니와 달리 못생긴 용모여서 종종 무시를 당하며 10대를 보냈다. 서술자는 W에 관한 단락 중에서, 사람들이 오가다가 그녀를 보지 못하고 부딪치는 바람에 그녀의 몸 곳곳이 심하게 멍들어 있었다고 전한다. 사람들에게 부딪치고, 밟히고, 찔리는 그녀의 몸을 은유로 읽으면, 가족으로부터, 사회로부터 배제된 개인에게 삶이란 얼마나 고달픈 일인가 느끼기 어렵지 않다. Q와 W는 부모와의 관계에서 불행한 개인의 고통을 공통으로 상기시킨다. 소설 끝에 가서 서술자는 Q, W, 자신이 만둣집 동업으로 돈을 벌어 몇 년 만에 각자 아파트와 소형차를 마련했다고 말한다. 그들의 사업 성공이 외롭고 곤궁한 개인 이야기의 결말로서 희극적이라면, 가족의 의미에 대한 물음의 결론으로서 긍정적이다. 그들이 성공하도록 도와준 만두의 맛은 바로 어머니가 Q에게 만들어 먹였던 만두의 맛을 이어받은 것이었다.

그러나 서술자-주인공, Q, W의 우정은 가족제도에 대한 집착과 관계가 없다. 서술 내용 중에 그들이 각자 혹은 함께 가족을 이루어 과거의 결핍을 채우려고 행한 시도는 나오지 않는다. 주인공은 혈연에 의한 유대가 사람 사이에 가능한 사랑 관계의 전부가 아니라는 것을 알고 있다. 그녀는 어린 시절에 혈연을 떠나서 움직이는 사랑의 마음을 만난 적이 있다. 그녀의 옆집에 살았던 할머니의 마음이 그것이다. 많은 빚에 몰린 큰아들이 손자를 데리고 도주하면서 홀로 남은 옆집 할머니는, 손자에게 먹이려고 샀던 바나나를 그들에게 먹였다는 삽화가 말해주듯이, 손자를 생각하는 마음으로 그들을 돌보았다. 그래서 그녀는 언니와 자신을 "키운 [사람]"으로 옆집 할머니를 기억한다. 어미 없이 자라는 아이들을 자신의 피붙이가 아님에도 보살핀 할머니의 마음을 연민이라고 말할 수 있다면, 그것은 주인공에게 호의를 베푼 Q의 행위에도 존재한다. 주인공이 특정 열차 좌석을 고집하는 이유를 Q가 알았다면, 아버지의 사체가 발견된 좌석과 번호가 같은 좌석에 앉아 서울과 부산을 오간 주인공의 사연을 Q가 들었다면 Q는 무엇을 생각했을까. 자신이 운전하던 지하철 열차로 뛰어들어 자살한 어느 젊은 여자를 떠올리지 않았을까. 그는 절망적 상황에 처한 주인공을 가엾게 여겨 같이 일하자고 제안했을 것이다. 주인공의 W에 대한 우정 역시 연민이라는 동기를 가지고 있었다고 추측된다. 쌍둥이 중 한쪽으로 태어나 자신의 차이를 인정받지 못했던 주인공에게 자기 존재를 "유령" 같다고 여기는 W의 슬픔은 풀기 어려운 마음의 수식이 아니었을 것이다. 주인공이 W의 측은한 이야기를 유심히 들어주고, 매운 냉면 먹기라는 W의 자기 확인 의례에 동조하는 행위는 "나는 불행이 무엇인지 알기에 불행한 사람을 도울 줄 안다"는 베르길리우스 시행과 같은 마음의 표현이 아닌가. Q와 주인공 사이, 주인공과 W 사이에서는 불행한 사람들 사이에 나타나는 연민의 증식과 같은 종류의 사건이 일어나고 있다.

연민이라고 하면, 그것은 맹자와 장 자크 루소 같은 사상가들이 다른 시대, 다른 문화 속에 살았으면서도 똑같이 주목한 인간 감정이다. 그들의 기본 생각은 사람이면 누구나 가지고 있는 연민의 감정으로부터 인간성 혹은 도덕성이 유래한다는 것이다. 루소는 자연 상태에 돌려놓고 인간을 보면 이성에 선행하는 정신활동을 관찰할 수 있고, 그 정신활동의 원리는 두 가지로 압축할 수 있다고 주장했다. 그 하나는 자기를 보존하고자 하는 욕구, 루소의 어휘로는 자기애amour de soi-même이고, 다른 하나는 고통을 당하고 있는 다른 사람의 위치에 자신을 놓고 보는 감정, 즉 연민pitié이다. 각 개인에게 있어서 자기애가 자기의 행복에 대한 열정을 불러일으키고 그리하여 개인과 개인 사이에 갈등을 낳을 소지가 있다면, 연민은 자기애의 활동을 완화시키고 궁극적으로 개인들의 상호 보존에 협력하게 만든다. 루소는 모든 사회적 덕이 연민으로부터 나온다고 보아서, 관대, 인자, 인정人情은 약자, 죄인 혹은 인간 일반에 적용되는 연민의 파생이며, 친절과 우정은 특정 대상에 고정되어 불변하는 연민의 산물이라고 규정했다.2) 그런데 연민이 자기애를 완화한다는 말은 그 두 힘의 관계에 대한 완전한 설명 같지 않다. 연민은 자기애를 제어하기도 하지만 자기애에 조력하기도 한다고 간주하는 편이 옳다. 사실, 루소는 『에밀』의 연민에 관한 구절 중에서, 그것이 이타적인 것이라기보다 이기적인 것이라고 시사했다. 사람은 다른 불행한 사람의 위치에 자신을 놓음으로써 두려

---

2) Jean-Jacques Rousseau, *Discours sur l'origine et les fondements de l'inégalité parmi les hommes*, *Œuvre complètes*, Ⅲ, Gallimard, 1964, 154-157. 장 자크 루소, 『인간 불평등 기원론』, 김중현 옮김, 펭귄클래식코리아, 2010, 80-84. 역자는 pitié를 "연민" 대신 "동정심"으로 옮기고 있다.

움을 느끼고 자기만의 행복의 길을 찾아간다고 썼다.[3] 그렇다면, 「유턴지점에 보물지도를 묻다」에 서술된 우정의 진실은 이기주의일까. 작중에서 연민은 순수한 감정처럼 표현되고 있는 데다가 연쇄적으로 인물들을 감염시키고 있어서 그것을 인물 각자의 행복에 대한 정열로 치환하는 데는 무리가 따른다. Q가 주인공을 동정하고, 주인공이 W를 동정하고, 나아가 그들 모두가 가출 여학생을 동정해서 만둣집 사업에 참여시키고 대학 진학을 도와주는 판국이니 말이다. 중국학자 프랑수아 줄리앙은 루소가 개인으로서의 자아로부터 세계를 사유하는 개인주의 전통 속에서 연민을 이해한 반면, 맹자는 자아를 주체화하지 않았고 연민을 "개인횡단적" 현상으로 생각했다고 지적했다.[4] 「유턴지점에 보물지도를 묻다」의 여러 인물을 사실상 동일한 도덕적 존재로 만들며 증식하는 연민은 루소의 개념보다 맹자의 개념에 가까운 듯하다.

하지만 맹자의 관점에서 보든, 루소의 관점에서 보든, 연민의 감정에 따라, 이해利害를 따지지 않고 타인을 대하는 사람이라면 자연 상태의 인간에 닿아 있다는 이치는 달라지지 않는다. 「유턴지점에 보물지도를 묻다」의 인물들이 지닌 자연인 같은 특성은 그들이 우애 집단을 이루기 시작하는 대목에

---

3)   장 자크 루소, 『에밀』, 김중현 옮김, 한길사, 2003, 398-399.
4)   프랑수아 줄리앙, 『맹자와 계몽철학자의 대화』, 허경 옮김, 한울, 2004. 53-54.

서부터 표 나게 서술된다. 루소의 말대로, 자연인의 욕망이 육체적 욕구를 넘어서지 않는다면, 그들의 욕망은 육체적 욕구 주위를 맴돈다. 그들은 육체적 욕구를 제어하고 대신에 문명의 광채를 입혀주는 모든 예절과 격식에 대해 불만인 듯하다. 주인공은 열차칸에서 만난 Q와 갑자기 친해진 경위를 말하는 중에, Q가 권유하는 대로 사이다를 마시고, 앞자리의 승객이 돌아볼 정도로, 아주 길게 트림을 하고 나서 "시원"하다고 느꼈던 일을 유독 언급한다. 트림은 발한, 구토, 방귀, 배설 등과 마찬가지로 다른 사람과 함께 있는 장소에서는 하지 않는 것이 문명사회의 예절임은 말할 것도 없다. 주인공과 Q의 우정은 문명의 명령 대신 육체적 요구에 따르는 무례를 함께 범하는 데서 시작된 셈이다. 그런 점에서 주인공, Q, W, 가출 여학생이 서로 친구 사이가 되는 장소가 찜질방이라는 것은 간과하기 어려운 세목이다. 찜질방은 몸의 치장과 단속에 관한 사회의 통상적 요구가 상당한 정도로 유예되는 곳이다. 그곳에서는 남녀노소 누구나 다른 사람이 보는 앞에서 땀으로 온몸을 적시는 일이 자연스럽고, 씻기, 먹기, 휴식, 수면 같은 육체적 욕구 충족에 몰두해도 그와 똑같은 행위를 하고 있는 다른 사람에게 방해가 되지 않는 한 무례하지 않다. 주인공과 친구들은 찜질방에 모여 몸이 예절과 격식에 별로 구애받지 않는 홀가분한 상태에서 음식을 먹고, 게임을 하고, 이야기를 나누고, 잠을 잔다. 거주하던 아파트를 방치하고 서울로 추정되는 도시로 이주한 주인공은 찜질방의 자그마한 사물함에 보관한 물건 외에는 생활 도구를 소유하고 있지 않으며, 당장의 육체적 생존 외에는 어디에도 패념치 않는 듯이 일상을 보낸다. 주인공과 W는 몸의 보존에 열중하는 그들 나름의 습관을 언젠가부터 길렀다. 찜질방의 뜨거운 탕에 몸을 한동안 담그고 나온 다음 "젖은 머리카락을 흩날리며 냉면집을 찾아다"닌다. 물론, W는 생의 원기를 북돋우는 매운 소스를 챙겨 들고.

이렇듯 자연인의 마음이 작중인물들 속에 혹은 사이에 살아 있다는 것에 유념하면 그들의 행위 중 먹는 행위가 빈번하게 명시되고 있는 것은 이상한 일이 아니다. 주인공은 Q를 처음 만난 열차칸에서 Q가 사준 삶은 달걀을 먹고, Q의 중국 집에서는 Q가 만든 만두를 먹고, 찜질방 친구들과 식혜와 미역국을 먹고, W와 시내 가게 이곳저곳의 냉면을 먹고, 보물찾기 여행 중에는 닭백숙을 먹고, 고속도로 휴게소에 들르면 어묵을 먹는다. 그녀가 먹고 있는 음식의 목록은 그녀의 미각이, 그녀의 처지와 어울리게, 질박하고 서민적임을 알려준다. 그러나 사람은 먹어야 산다는 자연의 필연, 혹은 사람은 자신의 계급에 부합하는 미각을 가진다는 문화의 이치는 여기서 초점이 아니다. 작중에 언급된 그녀의 식사, 대개의 경우 다른 사람과 함께하는 식사는 영양 섭취나 미각적 호사일 뿐 아니라 공통의 계급문화를 배경으로 하는 사교다. 그녀는 함께하는 식사를 통해 하나둘 친구를 만들어가고 나중에 만둣집 동업으로 이어지는 돈독한 유대를 쌓아간다. 음식이 사람 사이에 마법을 일으킨다는 이야기는 참신한 편은 아니다. 우리에게는 가브리엘 악셀의 영화로 각색되어 널리 알려진 덴마크 작가 이자크 디네센의 『바베트의 만찬』을 위시한 많은 소설과 영화가 그 이야기를 반복하고 있다. 특히, 1998년 일본 대중문화에 대한 시장 개방 이후, 대략 윤성희 세대에서부터 젊은 한국인 애호가를 얻기 시작한 일본 영화가 그렇다. 삼대 가족의 아침 식사 장면에서 시작해서 가족애와 식도락을 섞어 언제 소멸할지 모르는 전후 일본 가족의 풍경을 그린 오즈 야스지로의 「맥추麥秋」 또는, 핀란드로 이주한 일본인 여자가 헬싱키의 한갓진 골목에 개업한 작은 식당을 중심으로 하는 미각의 로맨스이자 우애 찬가인 오기가미 나오코의 「카모메 식당」을 떠올리면 된다. 윤성희의 작품은, 다른 식탁 예찬과 마찬가지로, 공동 식사가 개인들의 친밀한 관계의 발단이라는 보편적 경험에 주제의 근원을 두고, 식사를 매개로 하는 불우하나 순진한 인물들의 유대를 그리고 있다. 식구食口라는 한국어 단어가 가족을 뜻한다는 사실을 존중하면, 그들은 어느 순간 비非혈연 가족을 이루었다고 말해야 할지 모른다.

2014년에 출간된 윤성희의 첫 장편소설 『구경꾼들』에 대한 논평 중에서 류보선은 작중의 가족이 그 구성원 일부의 죽음을 비롯한 재앙을 계속 겪으면서도 "공감의 공동체"를 이루며 존재한다고 읽으면서 그러한 집합적 존재의 요인

중에 그 가족의 "카니발적 활력"이 있다고 지적했다.[5] 윤성희의 1999년 신춘문예 당선작부터 그 장편소설에 이르는 그녀의 소설 작품 전체를 시야에 넣고 보면 그 카니발적 활력의 기억할 만한 최초 표현은 바로 「유턴지점에 보물지도를 묻다」에 나온다. 찜질방 내에 생긴 게임방에 모여 고스톱 놀이 등을 하던 그들은 아버지의 금고에서 훔쳐 나온 지도가 보물지도라 믿고 있는 고등학생의 제안을 받아들여 "진짜로 보물이 나오면 사등분"하기로 하고 탐험 준비에 착수한다. Q는 중학교 동창을 통해 중고 트럭을 구입하고 이어 친구들과 함께 등산용품을 마련하고, 주인공과 W는 운전면허 시험을 보는 한편으로, 동네 뒷산에 오르며 체력을 기르고, 고등학생은 지도에 표시된 장소들의 실제 지리상 위치를 조사한다. 그러나 그들이 여행을 시작하자마자 보물 탐험이란 그들에게 주제넘은 일임이 드러난다. 주인공과 W는 자신들이 취득한 면허로는 트럭 운전이 불가능하다는 사실을 알게 되고, 고등학생은 지도 정보를 해득하는 능력 면에서 미심쩍어 보이고, Q는 중학교 동창이 과거에 자기한테서 입은 금전 피해를 복수하려고 무용지물을 팔았음을 깨닫는다. 그래서 그들은 자신들 모두 "멍청한 것들"임을 시인하지 않을 수 없게 된다. 고

---

5) 류보선, 「유령가족과 공감의 공동체─윤성희 장편소설 『구경꾼들』 읽기」, 『문학동네』 65, 2010년 겨울호.

장 난 트럭을 버리고 밤길을 걸어 새벽녘에 목표한 산 아래에 도착한 그들은 인근 마을로 들어가 두 마리 "토종닭" 백숙을 시켜 먹은 다음 산행을 시작한다. 그러나 오르기 쉽지 않은 산이어서 무거운 발굴 도구를 도중에 모두 버렸으니 그들의 산행은 탐험에서 점점 멀어진다. 보물이 묻혀 있다고 추정되는 장소에 도착하기까지 그들은 산속에 버려진 물건들에 정신을 팔거나 고등학생한테서 담배를 받아 난생처음 피우거나 한다. 그들의 보물찾기는 결국 한바탕 요란한 놀이로 끝난다.

1미터를 팠더니 커다란 바위가 나왔다. 그리고 그 바위를 가느다란 나무뿌리들이 감싸고 있었다. 나는 구덩이에 조금 전 주운 등산화와 선글라스를 던졌다. W는 망원경을 던졌다. 고등학생은 담배와 라이터를 내려놓았다. 그러고는 수첩을 꺼내 조금 전 곡괭이를 숨길 때 적었던 메모를 찢어 담뱃갑 사이에 끼웠다. Q는 트럭 열쇠를 집어 던졌다. 우리는 도로 구덩이를 덮었다. 고속버스를 타고 집으로 돌아오는 내내 서로 한마디도 하지 않고 잠을 잤다. 고등학생은 시내에서 가장 큰 서점으로 가서 지도책 사이에다 보물지도를 끼워두고 왔다.

여학생이 원래 아버지 소유인 보물지도를 간직하고 있다는 사실이 그녀가 가출을 단행하면서도 버리기 어려웠던 혈연관계에 대한 미련을 나타낸다면, 보물찾기가 실패함에 따라 그녀는 그 감정에 더 이상 구속되지 않게 된다. 여학생을 포함한 작중인물들의 행위가 보여주는 비혈연가족 형성을 향한 움직임은 보물찾기의 실패에 이르러 확고한 전진의 기세를 얻는 듯하다. 그들은 보물찾기를 통해 판에 박힌 일상으로부터, 외로운 생존 투쟁의 고통으로부터 일시적으로 해방되는 축제의 순간을 맞이한다. "멍청한 것"이라고 주고받는 "욕", 한밤을 걸어 맞이한 아침에 시골 민가에서 먹는 "토종닭" 백숙, 보물 발굴을 눈앞에 두고 난생처음 피워보는 담배 등은 그들의 카니발적 장난을 가리킨다. 그 장난을 통해 그들은 외로움의 곤경으로부터 빠져나올 뿐 아니라, 보물찾기의 이득을 "사등분"한다는 결의에 드러난 바와 같은, 동등한 관계 속의 유대를 공고히 한다. 지그문트 바우만은 현대사회에서 개인들이 영위하는 공동체는 폭발하듯 생성되고, 탈영토적으로 활동한다고 주장하면서 그 형식 중 하나로 "카니발적 공동체"를 꼽았다.6) 그것은 변덕스럽고 불확실하고 위태로우며, 따라서 그것에 속한 개인들의 통합적 관계는 잠정적이다. 우리는, 바우만이 그렇게 하고 있듯이, 그것이 포스트모던사회의 개인들이 경험하는 고통에 대한 처방으로서 그렇게 유효한지 의심해야 한다. 그러나 역사를 통해 형성되

---

6)　　Zygmunt Bauman, *Liquid Modernity*, Polity, 2000, 199-201.

고 문화적으로 단일한 공동체가 현대의 신화에 불과한 오늘날, 고독한 개인들에게 공유와 공속共屬의 감정을 일으키는 카니발적 공동체의 의의는 적지 않다.

「유턴지점에 보물지도를 묻다」의 서술자-주인공은, 서울 지역의 찜질방에 기숙하면서 중국집 주방 보조를 하고 있던 시점에는, 2000년대를 통해 한국 사회에 급격하게 증가한 어떤 계급에 속한다. 그것은 주로 비정규직 노동자와 외국인 하급 노동자로 이루어진 새로운 계급이다. 자본가계급, 신新중간계급(전문직, 관리직, 사무직), 구舊중간계급(자영업자, 가업 종사자), 노동자계급(정규 노동자)과 구별되는 그 계급을 사회학자들은 일반적으로 계급 이하underclass라고 부른다.[7] 2000년대 이후 한국 소설, 특히 경제적 불평등 사회를 배경으로 하는 소설의 청년 주인공들은 대개 그 계급 이하다. 윤성희의 몇몇 초기 작품들은 계급 이하 집단의 소묘로서 선구적 위치를 점한다. 그러나 그 작품들은 그 집단의 궁기와 곤경에 대한 증언보다 그 집단에 잠재된 순진한 인간 유대의 발견에 기울어 있다. 「유턴지점에 보물지도를 묻다」는, 앞에서 보았듯이, 자연 감정을 잃어버리지 않은 사람들, 타산과 계략에 서툰 "멍청한" 사람들 사이에 성립하는 우정에

---

7)   Zygmunt Bauman, *Work, Consumerism and the New Poor*, second edition, Open University Press, 2005, 71–73.

관한 것이다. 그들의 우정은 기업주의나 소비주의 풍조에 휘말린 우정과 다르다. 기업을 경영하듯 타인과 교제하는 사람에게 친구란 앞으로 이득을 가져다줄 투자 대상이고, 소비생활의 일종으로 인간관계를 영위하는 사람에게 친구는 한때의 쾌락을 위한 수단일 뿐이다. 공자나 아리스토텔레스로 소급되는 교훈에 따르면, 진짜 우정은 그러한 기업주의적 이용이나 소비주의적 향락과 관계가 없다. 미국의 철학자 토드 메이는 자신이 아니라 타인을 위하는 마음, 타인의 인격 전체에 대한 경애, 함께 살아온 시간에 뿌리박은 공감과 소통 등을 특징으로 하는 우정을 상정하고, 거기에서 신자유주의에 대항하는 연대의 정치를 위한 테마, 훈육, 동기를 보고 있다.[8) 윤성희의 계급 이하 인물들의 우정이 정치적으로 어떤 함축을 가지는가는 확실하게 답하기 어려운 문제다. 그렇지만, 그들의 우정을 특징짓는 공감에 의한 결합, 계산을 넘어선 신뢰, 동등한 관계의 약속 등이 민주적인 사회를 향한 실천에 불가결한 덕목임은 의심할 나위가 없다. 그들이 이루는 바와 같은 카니발적 공동체가 정치적 의지를 가지고 대중적 규모로 확대된다면 그것은 어쩌면 대중민주주의의 한국적 광경인 촛불집회를 닮아갈지 모른다. 정치적 교의와 무관한 문학

---

8)   Todd May, *Friendship in an Age of Economics*, Lexington Books, 2012, 123-143.

작품이 때때로 정치의 근원에 가닿는다는 비평의 정설을 「유턴지점에 보물지도를 묻다」는 우아하게 지지한다.

반권력을 위한 인간 우화

—이기호, 「발밑으로 사라진 사람들」

¶ 이기호 소설집 『최순덕 성령충만기』(문학과지성사, 2004. 10)에 실린 텍스트를 논의에 사용했다.

이기호의 단편소설 「발밑으로 사라진 사람들」은 희미하게나마 한국 현대사의 사건들을 지시한다. 황순녀라는 인물의 이야기는 한국 전쟁의 와중에서부터 주민등록제도 시행 (1968년) 사이에 놓여 있다. 그녀의 나이로 열여덟 살에서 서른두 살에 이르는 그 시기에 그녀가 살았던 장소는 경기도 혹은 강원도의 군사 규제 지역이 아닐까 추측된다. 그녀가 짧은 생애를 바친 사업인 감자 재배는 한국 농민들이 실제로 너 나없이 취했던 생존 수단이다. 서술자가 제공한 극히 간략한 인생 내력만으로 보면 그녀는 전후 한국의 궁벽한 지역에 실제로 존재했을 법한 아낙의 모습을 하고 있다. 그러나 그녀에 관한 서술은 리얼리즘 양식에서 멀찌감치 떨어져 있다. 특히, 소와 얽힌 그녀의 사연을 전하는 대목에서 그렇다. 그녀가 전쟁의 환난을 피하지 않고 멧돼지와 고라니가 출몰하는 어느 산기슭의 "구릉지"에 남아 "화전" 농사를 짓고 있던 때의 일이다. 여느 밤처럼 천막 안에 홀로 앉아 짐승들이 감자밭을 망치지 않을까 염려하며 졸고 있던 그녀는 사방에서 울리는 "거칠고 묵직한 첫소리"에 놀라 잠에서 깨어나고, 그녀의 귀에는 멧돼지 떼가 감자밭을 휘젓는 듯 들렸던 그 소리에 이어 산짐승들의 어지러운 울음소리를 듣는다. 그녀가 바닥에 엎드려 무서움을 견디다가 사방이 고요해졌다고 느꼈을 즈음 그녀의 천막으로 "낯빛"이 "어둠보다 더 짙은" 짐승이 들어온다. 그녀는 그 짐승과 눈을 마주치자 자신에게 닥친 위협을 생각하기보다 감자 농사를 도와줄 "소"를 떠올리고, 그러다가 결국 그 짐승에게 겁탈을 당한다. 전쟁 중에 아들을 출산한 그녀는 아들의 아버지가 소라는 믿음을 계속 품고 아들의 모습에서 소의 형색을 본다. 문제는 소에게 당해 아이를 낳았다고 믿는 그녀가 아니라 그녀의 믿음과 타협하고 있는 서술이다. 저자는 삼인칭 서술 목소리를 택하고 있지만 그녀를 객관적으로 대하지 않는다. 저자-서술자의 관점은 그녀와 관련된 대목에서는 거의 전적으로 그녀의 주관적 의식 내에 머물러 있다. 서술자는 그녀의 겁탈 장면에서 그녀의 착각에 동조하여 소라는 지칭을 쓰고 있을 뿐 아니라 소의 씨를 받았다는 그녀의 믿음이 한낱 망상임을 입증하려 하지 않는다. 그녀, 그리고 그녀를 둘러싼 사회적 세계에 관한 서술은 합리적, 세속적 인식의 요구에 대해 소홀하고, 그런 점에서 계몽 전통과 닿아 있는 리얼리즘소설의 재현 관습을 따르지 않는다.

한밤중 그녀가 혼자 있는 천막에 갑자기 나타난 남자의 공격이 그녀에게 불가항력이었다는 것은 명백하다. 자신을 범한 수컷이 사람이 아니라 소라는 생각은 어떤 사회에서는 성에 대한 무지를 고백하고 사람들의 짓궂은 의심을 면하는 방법일지 모른다. 그 망상의 외부에는 농업 생산이 기계화되기 이전 시대의 한국 농촌사회, 소가 농경의 중요한 수단이었고 소의 소유가 바로 농가의 부富였던 농촌사회가 존재한다. 과거 한국인의 소에 대한 애착은 유별났다. 이방인의 눈에는 특히 그랬다. 1923년 경성중학교 교사로 조선에 건너와서 약 8년간 체류했고, 전후 일본에서 미술평론가로 활동했던 난바 센타로는 1942년에 간행된 그의 『조선 풍토기』 상권에서 조선에서는 "소를 가족처럼 사랑한다"고 특필했다.[1] 그는 조선의 농가에서 소를 사육하는 방식을 보면 "소와 동거하는 집"도 많아서 그런 경우 "같은 지붕 아래 한쪽 구석이 외양간", 다른 한쪽 구석이 사람 자는 방이라고 적었다. 또한 조선인은 일본인과 달리 소를 통행수단으로 삼는 풍습이 있고, 회화 중에 목동이 소를 타고 피리 부는 그림이 자주 보인다고 썼다. 가축을 보면 그 땅에 사는 사람의 기질을 엿볼 수 있다는 가설 위에서 조선 소는 "풀을 먹고 있을 때도 얌전하고 태평하고 온순하고 느긋하다"고 평했다. 조선 땅에서 유구한

---

1)　難波專太郎, 『朝鮮風土記』上卷, 建設社, 1942, 277.

세월 함께 살아온 사람과 소 사이에서 비슷한 뭔가를 찾는 것은 「발밑으로 사라진 사람들」의 저자가 수긍했을 법한 발상이다. 소에게 당했다는 순녀의 망상은 소를 가족처럼 사랑하는 풍토에서는 마치 공기 같은 마법이었을 사람과 소의 은유적 동일화에 의존한다. 산속 짐승들이 내지르는 울음의 광풍이 지나간 다음, 어떤 사내가 땅 위를 기어 그녀의 천막을 들추었을 때 그녀는 바로 그 동일화의 논리에 따라 사내를 응시한다. 거칠고 불결한 사내의 얼굴에서 씩씩한 검은 소의 두상을 보는 것이다.

어떤 계몽된 독자에게는 무지한 농민의 환각에 불과할 사람과 소의 은유적 결합을 저자-서술자는 의미 있다고 여긴다. 그래서 순녀가 망상을 일으킨 동기에 대한 합리적 설명을 사절하고 그 망상의 궤도 위에서 일어나는 우연들에 주목한다. 그 우연들의 중심은 그녀가 가장인 이상한 가족이다. 그녀의 아들은 그녀가 속으로 우려한 것과 달리 "온전치 못"한 모습으로 태어나지는 않았다. 소의 씨라는 그녀의 주장에 따라 우석牛石이라는 이름을 그녀의 큰아버지한테서 지어 받기도 했다. 그러나 우석이는 "만 두 살이 다 되도록 엄마, 라는 말을 하지" 않았고, "두 발로 걷지 못하고 온종일" 기어 다녔다. 보통 어미라면 아이가 장애를 타고나지 않았는지 걱정했을 테지만 그녀는 걱정에 빠지는 대신 자신의 망상으로부터 위안을 얻는다. 우석의 상태를 염려하는 사촌 언니에게

"잘못된 거 하나 없어. 그냥 피를 이어받은 거지. 감자 농사 짓는 덴 아무 문제없어. 뼈가 아주 굵은 애거든"이라고 대답한다. 게다가 그녀는 한방에서 우석이와 "누렁이"를 같이 키운다. 누렁이란 큰아버지가 아이 딸린 그녀의 생계를 생각해서 선물한 누런 암송아지다. 우석이와 같이 자라며 그녀의 감자 농사를 돕던 누렁이는 우석이가 열두 살일 무렵 병이 나서 눕고 만다. 그리고 방 안에서 순녀와 우석이의 간호를 받다가 놀라운 방식으로 그들 곁을 떠난다. 추운 겨울 어느 날 그들이 잠들어 있는 사이 집 밖으로 나가 거름 구덩이에 몸을 누이고 죽은 것이다. 사람의 방식으로 이해하자면, 누렁이는 죽어서 무엇이 되어야 하는지 알고 있었던 셈이다. 누렁이의 몸에 거름을 덮어 매장을 마친 다음 순녀는 "네 아버지도 어디선가, 누군가의 감자밭에 거름이 되었을지 모르겠구나"라고 토로하고, 우석이는 옛날에 순녀가 천막에서 들었던 "여리고 슬픈" 소리를 내며 운다. 누렁이가 사람처럼 죽고 나자 우석이가 소처럼 일하기 시작한다. 큰절하듯 엎드려 쟁기 줄을 어깨에 묶고 순녀에게 뒤에서 쟁기를 잡게 하고 힘차게 밭을 간다. "정말 제 아비를 쏙 빼닮"은 아이라고 순녀에게 감격을 안기곤 하던 우석이는 어느 날 저녁 시원한 바람을 맞으며 집으로 돌아오는 길에 순녀를 등에 태우고 엎드려 "한 손 한 손" 내딛는다. 어미와 아들이 그렇게 사람과 소의 토속적 풍경을 이루는 순간, 그들의 결핍과 고난은 완전한 반전을 이룬다. 그 풍경을 다분히 목가적으로 다룬 서술자에 따르면, "그들은 모든 것이 만족스러웠다".

그처럼 사람과 소가 서로 닮는 기적은 감자 농사로부터 파생된 사건이다. 소에 대한 순녀의 애정은 감자 농사에 대한 그녀의 집념과 분리되지 않는다. 천막에서 "소"를 만나던 시점 전부터 화전을 일궈 감자를 기르고 있었던 그녀는 감자 수확의 꿈에 단단히 사로잡혀 있어서, 겁탈을 당하는 순간에도 알알이 살찐 감자들을 거두는 상상으로 봉욕逢辱을 견뎠다. 아이를 잉태하고 이어 독립의 가망이 얼마간 생긴 후, 그녀가 꿈꾸는 행복의 대지는 널따란 감자밭이 된다. 그녀는 임신 중이었던 동짓달에도 내년 농사를 위해 부지런히 밭을 돌보았고, 배 속의 아이에 대한 염려를 아이와 함께 일해 밭을 넓혀 간다는 기대로 다스렸으며, 밤하늘 아래 "밭 주위를 서성거리며 반달처럼 부푼 자신의 배를 어루만졌다". 감자 농사는 그녀의 유일한 생계 수단이지만 단지 그렇기 때문에 중요한 것은 아니다. 감자 농사는 그녀에게 주어진 삶의 조건을 그것이 아무리 불우할지라도 긍정하게 하는 이유다. 우석이가 직립장애 증후를 보이기 시작했을 때, "걷지 못해도 상관없단다. 아가야. 네 탄탄한 두 팔로 감자밭을 기어 다니면 되지. 엄마는 아무렇지도 않단다"라는 말에 보이듯이, 그녀는 감자 농사를 이유로 아이와 자신에게 닥친 불행을 수락한다. 우석이는 취학할 나이가 되어서도 언어장애가 여전했지만 그녀는 전혀 낙망한 기미를 보이지 않고 우석이를 학교에 보내는 대신 밭으로 데려가 감자 경작 기술을 가르친다. 그리고, 앞에서 보았듯이, 누렁이가 죽은 다음 우석이가 누렁이 역할을 대신하자 부끄러워하기는커녕 만족스럽게 여긴다. 더욱이, 그녀의 감자 재배는 그녀 나름의 윤리적인 삶의 방식이기도 하다. 어디까지나 감자라는 식물과 관련해서지만 자연의 이치에 따라 생명의 끊임없는 낳음[生生]에 관여하는 행위이다. 그래서 서술자는 감자 수확을 아이의 분만에 빗대어 말한다. "씨알 굵은 감자들이 앞다투어 말간 알몸을 드러낸 채 탯줄 같은 뿌리에서 떨어지지 않으려 버둥거렸다. 이미 땅속에서부터 탯줄을 놓친 감자들은 흙을 양수 삼아 이곳저곳 유영하다 순녀와 우석이의 손에 조심스레 제 몸을 맡겨왔다."

한국 소설사의 관점에서 보면 순녀는 친숙한 여성 인물 유형이다. 순녀 유형은 과거에 종종 토속적이라고 불리던 소설 장르를 통해 확립되었다. 그 유형은 특히 김동리, 황순원, 오영수 등의 작품을 통해 특별한 문학적 지위를 얻었다. 그녀 자신은 근대의 폭력에 희생될 수밖에 없는 몸이지만 어떤 토착적 영성 혹은 덕성을 가지고 있어서 같은 땅의 사람들―대개 남자들―을 타락과 혼란으로부터 구원하는 존재로 승격되었다. 순녀의 선례는 병든 거지 신세인 남편을 부양할 목적으로 다른 사내의 아내가 되어 물자를 변통하다가 도망치는 김유정의 유랑 여인(「산골 나그네」), 마을의 전설에 자신의 운명이 예언되어 있다 믿고 그 운명에 따라 반동 지주로 몰린 남자를 어미처럼 보호하는 황순원의 오작녀(『카인의 후예』), 시가와 친정 양쪽으로부터 내쳐진 비참한 처지임에도 치한의 겁탈로 생긴 자식을 미륵의 아들이라 여기고 살리는 윤홍길의 촌부(『에미』) 등의 계보 중 어딘가에서 찾아진다. 토속소설과 관련하면, 순녀가 "화전"민 생활에 자족하고 있다는 상황이 사소하지 않다. 화전은 한자의 용례로 보면 수전(水田, 논)과 대비되어 쓰이는 화전(火田, 밭), 그것이다. 그러나 화전은 밭이라는 단어와 달리, 원시적이고 궁벽한 농경생활의 뉘앙스가 있다. 화전민은, 유종호가 「사라지는 말들─말의 사회사」에서 주석한 바대로, "한국 농민의 비참함을 단적으로 나타내는 말"이다.[2] 그런데 토속소설 중에는 화전민의 삶이 궁핍과의 투쟁 그 이상이라고 시사한 작품들이 있다. 오영수의 「메아리」가 대표적이다.[3] 작중의 동욱 내외는 병에 걸린 아이를 죽게 놔둘 수밖에 없는 가난의 극한을 경험한 끝에 "지리산 공비 토벌" 이후 산청 근처의 산골로 들어가 움막을 짓고 화전을 일군다. 고단한 나날을 보내면서도 산골생활 특유의 기쁨을 맛보며 "산의 생명"을 느끼는 사이 그들은 천진하고 너그러운 인간성을 회복한다. 이어 사람이 싫어서 산

---

[2]   유종호, 「사라지는 말들 5─말과 사회사」, 『현대문학』 2020년 5월호, 171.
[3]   오영수, 「메아리」, 『오영수 대표단편선집』, 책세상, 1989.

골에 들어와 살다가 오히려 사람 사이의 정情이 지중함을 깨
달은 노인, 노인 덕에 목숨을 건진, "산 속에 딱 하나 남은 빨
갱이"를 이웃으로 받아들여 다정한 공동체를 이루기 시작한
다.

　　그러나 「발밑으로 사라진 사람들」은 일부 소재를 토속소
설과 공유하고 있긴 해도 그 장르 내에 머물지 않는다. 이 소
설 텍스트가 「메아리」를 비롯한 토속소설의 어떤 선례 텍스
트들에 대해 가지고 있을 법한 관계는 모방적이라기보다 변
환적이다. 순녀에 관한 서술은 리얼리즘의 규율을 따르지 않
는 만큼이나 합리적인 종류의 인식과 도덕에 대한 요구에 얽
매이지 않는다. 저자-서술자는 정신적으로 전근대를 사는 시
골 여자의 진실한 형상을 만들려 하지도, 사람들을 병든 풍
속으로부터 구하는 토착적 처방을 얻으려 하지도, 어떤 대안
적 인간세계의 조짐을 찾으려 하지도 않는다. 저자-서술자는
순녀의 토속 클리셰들―원시적 생명력, 긍정의 윤리, 살림에
대한 집념―을 그 자체 때문이 아니라 그녀가 근대의 합리적
이고 탈마법화한 세계에 대해 타자임을 나타내는 기표이기
때문에 강조하고 있는 듯하다. 이와 관련하여, 서술된 순녀
의 인상 속에 천진한 여자의 면모와 함께 아웃캐스트outcast,
被追放者의 면모가 있다는 점은 주목을 요한다. 그녀의 유일한
친가 쪽 어른인 듯한 큰아버지는 전쟁이 나자 그녀를 외딴곳
에 버려두고 피난 갔고, 그녀에게 경사스럽지 않게 아이가 생

겼음을 알고 송아지를 주는 대가로 마을로 내려오지 못하게
했다. 그녀의 타자성은 그녀의 생활 방식에 대해 세상 사람들
이 보이는 반응에서도 확인된다. 순녀와 우석 모자를 취재한
지방신문 기자는 "비정한 어머니"를 고발한다는 내용의 기사
를 내보내고, 그러자 읍내 초등학교 여교사와 그녀가 인솔한
60명의 아이를 시작으로 많은 사람이 순녀네 감자밭 주위에
몰려들어 아동학대 규탄 집회를 연다. 순녀는 세상에 대한 타
자답게 세상의 상식과 부딪히는 경우 그 상식의 자명성이나
정당성에 흠집을 내고 종종 그것을 웃음거리로 만든다. 순녀
를 편들고 있는 저자-서술자는 그녀의 천진하고 황당한 행위
가 발생시키는 상식 교란의 희극적 순간에 유독 다변이다. 마
법에 매혹된, 이야기의 희열을 우선하는 이야기꾼이라는 점
에서 저자의 선조는 발자크와 톨스토이가 아니라 이솝과 장
자, 셰에라자드와 라퐁텐이다. 저자의 서사적 기예는 영어권
비평가들이 리얼리즘과 구별해서 종종 우화창작fabulation이
라고 부르는 픽션 계열이다.[4]

순녀와 부딪혀 웃음거리가 되는 상식 중 대표적인 것은
군軍의 권위, 나아가 국가의 권위다. 군은 우석이가 누렁이를
대신하기 한참 전에 그녀의 집 뒷동산 너머에 나타났다. "군

---

4) Robert Scholes, *Fabulation and Metafiction*, University of Illinois Press,
    1979. 1-4, 7-8, 23-25, 49-55 참조.

사 보호 지역"이라는 푯말이 세워지더니 길쭉한 모양의 막사가 들어서고 군인들이 떼로 몰려들었다. 군부대가 차지한 자리는 순녀가 장차 우석이가 크면 같이 감자 농사를 지으려고 틈틈이 자갈도 고르고 거름도 뿌려놓은 땅이다. 부대에서 들려오는 소음 때문에 곤란을 겪고 있던 순녀는 어느 날 참다못해 부대 정문으로 가서 경계를 서고 있던 위병에게 언제 부대가 떠날지를 묻는다. 위병을 어리둥절하게 만든 그녀는 공들여 마련한 감자밭 자리를 군인들이 제멋대로 차지했다고 항의한다. 위병이 "여긴 국가에서 군인들만 살게 지정해준 국유지"라고 공박하자, 그녀는 "여긴 내가 태어날 때부터 지금까지 아무도 살지 않은 땅"이라고, "여긴 국가가 한 번도 살지 않은 땅"이라고 받아친다. 국가를 막돼먹은 인간으로 만드는 순녀의 발언은 그날 이후의 실랑이에서도 나온다. "도대체 국가가 누구냐"는 그녀의 물음에 "국가는 제일 신성하고 높은 것"이라고 위병이 답하자, 그녀는 다시 "그렇게 신성한 것이 어찌 그리 자주 피난을 가버리느냐 (……) 멧돼지도 피난 한 번 안 갔다"고 조롱한다. 순녀의 발언은 무지한 농민의 억지처럼 들리는 이면에서, 국가의 권위를 의문에 부친다. 그 발언의 배후에는 국가 덕택에 생명과 재산의 안전을 누리고 있다고 믿지 않는, 국가권력에 의한 수탈과 강압을 받고 있을 뿐이라고 생각하는 민중의 원한이 서려 있다. 순녀네 뒷동산의 부대는 급기야 그러한 원한이 사리에 맞는다고 시인하기라도 하듯 행동한다. 세월이 흘러 우석이가 누렁이 노릇을 대신하고 있던 때, 순녀와 우석이의 사정이 잘못 보도되어 잇따른 규탄 집회로 부대 주변이 한창 시끄럽던 때, 부대원들은 시찰을 나온 사단장에게 문책을 받고 나자 무자비한 조치를 취한다. 한밤중을 틈타 순녀의 감자밭을 남김없이 밀어버린 다음 그 자리에 사격장을 설치하고 사방을 철조망으로 둘러 버린다.

서술자에 따르면, 순녀네 뒷동산에 군부대가 들어선 후 그녀가 부대 정문 앞을 찾아가 위병과 벌인 실랑이는 "총 스물여섯 차례나" 된다. 그리고 그녀가 요구한 대로 부대가 다른 데로 "이사" 가지 않자 부대 담벼락을 에워 돌아가며 씨감자를 묻고 김매기를 하는 연례행사를 시작한다. 이것은 그녀가 부대 땅에 대한 권리를 고집하고 있기 때문이라기보다 씨감자는 마땅히 그 "고향"인 땅으로 돌려보내야 한다고 믿고 있기 때문이다. 앞에서 말한 대로, 그녀의 감자 농사는 천지간의 생육과 관계가 있다. 땅속에 영근 감자는 자궁 속에 자라난 아이와 같고, 그러므로 감자 농사와 동물의 생식 사이에는 유비類比, analogy가 성립한다. 그 유비는 순녀의 남자 경험에 관한 서술 속에서도, 우석이의 쟁기질에 관한 서술 속에서도 작동한다. 소의 두상을 가진 남자가 자신에게 무엇을 하고 있는지 몰랐던 그녀는 감자밭을 갈고 씨감자를 심는 상상을 했고, 우석이가 엎드려 끄는 쟁기 아래서 "겨우내 굳어 있던 흙들"은 "깊고 검은 제 음부를 세상에 드러내며 수줍게 다리를 벌렸다".『주역』의 기본 용어를 상식으로 가진 재래 한국인들처럼, 서술자는 땅을 암컷, 여자, 음의 자리에 놓는다. 서술자의 어법을 좇아 추론하면, 순녀의 감자 농사는 서로 조화하여 부단히 생명을 낳는 음양의 마법에 대한 헌신이 된다. 군, 나아가 국가는 물론, 그 마법을 인간세계로부터 추방하고 있는 세력 중의 하나가 된다. 순녀의 농사와 대립하는 관계 속에서 국가는 '생생生生'하는 자연이 아니라 살생하는 문화가 자신의 목적임을 입증한다. 남자들에게 쟁기와 보습 대신에 총과 포를 주고, 농사 대신에 사격을 익히도록 요구하는 것이 국가다. 순녀는 어느 봄날 군부대 주위에 감자 파종을 마친 다음, "국가란 놈이 암만 땅 위에서 설친다고 해도 땅 밑은 여전히 우리 감자밭"이라고 말한다. 국가가 훼방을 놓았음에도 감자는 살렸다는 안도감의 표현이지만 여기에는 국가와 생명이 양립하기 어렵다는 직관 또한 들어 있다.

순녀가 표현하고 있는 토속적, 마법적, 음양론적 사고에 따르면 자연은 부단히 낳고 기르는 거대한 생명이고, 사람, 소, 감자는 그 생명의 부분적 구현으로서 서로 연속되어 있다. 순녀는 그 생명 연속체 내에 머물면서 생생의 과정에 참여하고 있는 반면, 그녀를 추방한 사람들은 그 생명 연속체를 느낄 줄 모르고 생생의 질서가 사람에게 부과하는 도리를 생각할 줄 모른다. 순녀가 만난 군인들은 사람과 사람 사이, 사람과 동물 사이에 인위적으로 만들어진 서열 관념을 철칙처럼 여기고 그것을 명분으로 폭력을 일삼는다. 부대 정문의 위병은 국가의 신성함을 내세워 그녀의 호소를 경멸하고, 그녀가 물러서지 않자 공연히 그녀 곁의 누렁이를 캐빈 소총으로 내리친다. 누렁이가 병들어 누웠을 때 누렁이의 상태가 위중하다고 느낀 그녀는 전쟁이 끝나고 수년 만에 읍내로 가서 약을 구하려고 한다. 그러나 애처롭게 허탕 치고 만다. 읍내를 돌아다니며 어떤 약을 어디서 구해야 하는지 묻고 다녔을 그녀에게 사람들은 주로 누렁이가 "몇 근이나 나가는데?"라고 되물었을 뿐이다. 그녀의 감자밭에 세간의 이목이 집중되고 소란이 일자 10여 명의 군인을 대동하고 감자밭을 방문한 사단장은 어떤가. 생생의 이치란 그에게 불가해한 상형문자다. "순녀와 우석이를 지시봉으로 가리키며 연신 고함을 질러대"던 사단장은 무엇 때문엔가 갑자기 격분해서 그의 옆에서 부동자세로 대기하고 있던 군인 모두의 정강이를 "프리킥하듯 차례로 걷어"찬다. 군인 사회에 만연한 폭력이 순녀의 감자밭에 미쳐 일어난 결과가 물론 사격장 설치다.

그러나 서술자는 사람들이 얼마나 무정하게, 잔인하게 자연의 이치에 역행하는가를 예시하면서 또한 사람들이 자연과의 원초적 유대를 잠시나마 회복하는 이례적인 경우를 보여준다. 그것은 「발밑으로 사라진 사람들」의 우화적 성격을 뚜렷하게 하는 환상 출현의 순간이기도 하다.

"쟁기질? 각개 전투장에서?"

"그러니까, 저…… 소가…… 검은 소가 나타나서……."

"소?"

"네……."

"그래서, 그 소를 몰아 각개 전투장을 갈아엎었다?"

"네……."

"근데 깨어보니까 소가 아니라 옆 동료더라?"

"미치겠군……. 좋아, 그럼 총은 왜 그렇게 된 거야? 뭐하느라 그렇게 엉망이 됐냐구?"

"그게…… 저어…… 그게 분명 어제는 쟁기였는데……."

주임상사는 담배를 꺼내 물었다. 그리고 불을 붙이다 말고 다시 물어보았다.

"그럼 여자는? 그 소처럼 기어 다니는 애는?"

"저기…… 씨감자를 심는 거까지는 봤는데 그 뒤론 통……."

군인들이 간밤에 감자밭을 없애버렸다는 것을 알고 집으로 돌아가 토방에 죽은 듯이 칩거하고 있던 순녀와 우석이는 보슬비가 내리는 그날 밤에 씨감자 가마니를 짊어지고 나온다. 순녀는 작별의 인사를 나누듯이 이곳저곳 주변을 둘러본 다음 평소처럼 어깨에 쟁기 줄을 걸고 엎드린 우석이를 싸리나무 가지로 어르며 어디론가 출발한다. 서술자가 말하기를, 그 밤에 그들은 군부대 안으로 들어갔다. 그들이 나타나기 전부터 "마치 길 잃은 어린아이마냥 눈물을 흘리고 있었" 던 네 명의 위병들은 순녀의 "이랴" 소리가 점점 다가오자 "도통 자기 자신을 제어할 수 없는 지경"에 이르렀다. "자신이 어딘가로부터 쫓겨 왔다는 서러움"과 "무언가를 뿌리치고 도망쳐왔다는 죄스러움"에 가슴 아파했다. 그들을 서럽게 하는 이 "어딘가", 그들을 죄스럽게 하는 이 "무언가"가 무엇을 말하는지는 추측하기 어렵지 않다. 그것은 순녀와 우석이가 유기적 관계를 맺고 있는 그 자연이다. 위병들은 국가라는 인간의 제도가 지배하는 땅 위에서, 자연으로부터 유래한 본성을 억압하고 군인이라는 인간 행세를 하고 있지만 그 동물적 본성은 소멸하지 않고 그들의 의식 아래 층위에 살아 있다. 봄비 내린 그 밤은 그 본성이 억압을 뚫고 나와 그들의 의식을 무력하게 만들고, 그들을 인간 제도의 규칙 위반으로 몰아간 순간이다. 그들은 정문으로 다가오는 순녀와 우석이를 제지하지 않았음은 물론 그들 모자의 뒤를 따라 각개 전투장으로 갔다. 그들이 그곳에서 밤새 무엇을 했는가는 그들의 근무지 이탈 사건 조사를 맡은 주임상사가 그들 중 한 명과 나누는 위의 문답 중에 나와 있는 대로다. 위병의 말 중 순녀와 우석이가 그 밤 이후로 보이지 않았다는 말은 상상을 자극한다. 가능하지 않게 되어버린 감자 파종의 의무를 다하고, 위병들이 각개 전투장을 갈아엎는 기행을 유발하고 사람들의 눈에서 사라졌다는 그 환상적 이야기에서 그들 모자는 육신적 존

270

재이기를 멈추고 어떤 순수한 관념 혹은 정령精靈으로 화하는 듯하다.

한국인의 오래된 우주론적 사고에 따르면, 만물을 낳는 것은 자연의 위대한 덕이고 그 덕에 참여하는 것은 뛰어난 인간의 일이다. 그런데 「발밑으로 사라진 사람들」에서 그 덕에 종사하는 인물은 전후 한국의 세속적 기준으로 뛰어난 인간이 아니라 모자란 인간이다. 순녀와 우석이는 가난하고 무식하고 우둔하며, 한쪽은 여자이고 다른 한쪽은 장애가 있다. 그들은 인간보다 동물에 가깝다. 사람과 소의 존재론적 거리가 그들의 의식 속에서 성립하지 않을뿐더러 인간을 동물과 구별되게 하는 결정적 요인인 언어가 그들의 생활에 불가결하지 않다. 우석이는 아홉 살이 되어서도 "어마, 어마" 소리밖에 하지 못한다. 그러나 언어와 문화에 의한 억압을 별로 당하지 않았기 때문에 그들은 생생의 세계에 머물고 있고, 작중의 다른 어떤 인물보다 생명중심적biocentric 삶을 영위한다. 인간중심적이고, 국가주의적이고, 군사주의적인 권력 체제 아래에서 그들이 온전할 가망은 희박하다. 저자-서술자는 주민등록제도가 시행될 무렵에, 다시 말해, 국가권력에 의한 철저한 주민 관리가 시작될 무렵에 그들이 세상에서 사라졌다고 자못 암시적으로 말하고 있다. 그들이 대표하는 동물적 본성이 인간의 의식 아래로 숨을 수밖에 없듯이, 그들의 존재는 인간의 "발밑"으로 사라질 수밖에 없다. 「발밑으로 사라

진 사람들」은 전체적으로 유머러스한 우화이지만 인류 동물
에 대한 향수鄕愁의 기미가 있다. 이를테면, 순녀, 우석이, 누
렁이 사이에서 이루어지는 언어 이전, 상징 이전의 상호 교감
과 인식은 인간이 어떤 연유에선가 떨어져 나온, 그러나 완전
히 잊지 못하는 어떤 분열과 한정 없는 세계를 상상케 한다.
그 세계는 라이너 마리아 릴케가 『두이노의 비가』 중 「제8비
가」에서 "열린 세계das Offene"라고 부른, 동물들의 영역과 통
한다.5) 그것은, 우직하게 말해서, 생과 사의 대립이 없는 영
원의 시간, 안과 밖의 구분이 없는 무한 공간으로 열려 있는
세계다.

　　이 열린 세계는 20세기 시와 철학 사이에 심오한 대립
을 야기한 쟁점 중 하나였다. 릴케는 그 순수하고 무한한 세
계에 인간은 들어가지 못한다고 여겼다. 그 세계를 다만 외부
에서 "조망"하며 "정리"하려는 시도를 반복할 뿐이고, 아쉬워
하는 몸짓으로 그 세계를 떠날 수밖에 없다고 생각했다. "뒤
돌아보고, 멈춰 서고, 서성인다. / 그렇게 우리는 살면서 언제
나 작별한다"고 그는 노래했다. 그렇게 동물 영역을 인간의
고향처럼 그리는 릴케의 문장은 인간 현존재의 세계에 비하
면 동물의 세계는 빈곤하다는 하이데거의 명제와 충돌한다.

5)　Rainer Maria Rilke, *The Selected Poetry of Rainer Maria Rilke*, bilingual
edititon. ed. and trans. Stephen Mitchell, Random House, 1982, 376.
라이너 마리아 릴케, 『두이노의 비가』, 손재준 옮김, 열린책들, 2014, 444.

또한 열린 세계가 동물 실존에 특유하다는 릴케의 사유는 하이데거가 예술작품에 위임하고 있었던 존재론적 사명과 배치된다. 하이데거에게 열린 세계는 그 그리스적 개념 원천—aletheia, Entbergung, dis-closure, 탈-은폐—과 관계가 있는, 어디까지나 인간 실존에 일어나는 사건이었다. 하이데거는 1940년대 전반, 파르메니데스의 시를 단서로 삼은 고대 그리스철학에 관한 강의 종반에 릴케의 「제8비가」에 대해 비판을 가했다. 그 비판 내용을 다루는 것은 여기서 불가능하고 또한 불필요한 일이다. 다만 주목할 것은, 그 「제8비가」의 배경에서 하이데거가 당대의 유력한 사상들, 즉 "본질적으로 갇혀 있는 인간보다 자유로운 동물"을 우위에 두는 사상과, 인간 "의식보다 무의식"을 우위에 두는 사상을 보고 있었다는 점이다.[6] 그런데 20세기 후반 이후 그 니체의 철학과 프로이트의 정신분석은 하이데거가 말한 "존재 망각"의 형이상학에 연루된 사유의 타락에 그치는 것이 아니다. 그 두 사상은 서양에서는 물론 한국에서도 인간중심적 오만을 교정하기 위한 지적, 문학적 노력에 많은 영감을 주어왔다. 「발밑으로 사라진 사람들」은 그 최근 증거다. 이 토속소설의 유쾌한 패러디는 동물 철학과 정신분석의 기본 관심에 호응하면서,

---

6) Martin Heidegger, *Parmenides*, trans. André Schuwer and Richard Rojcewicz, Indiana University Press, 1998, 158.

좋은 우화가 대개 그렇듯이, 윤리적으로 제어된 환상을 제공한다. 그 환상 속에서 인간과 동물, 문화와 자연, 언어와 소리 사이의 서열은 전도를 겪고, 그 서열을 토대로 신성화한 제도인 국가는 조롱을 당한다. 세상에서 종적을 감춘 순녀와 우석이는 반권력counter-power의 정령과 다르지 않다. 그들은 한국인의 생명중심적 상상으로부터 태어난 토종 형상들 사이에서 아마도 한동안 빛을 발할 것이다. 국가주의, 군사주의, 남성주의 권력의 신화들과 맞서 싸우는 데는 비판적 이성만이 아니라 귀신과 정령도 필요한 법이다.

정치 이성 레짐의 바깥으로

—김연수, 「다시 한 달을 가서 설산을 넘으면」

¶ 김연수 소설집 『나는 유령작가입니다』(창비, 2005. 5. 초판본)에 실린 텍스트
   를 논의에 사용했다.

8세기 신라 승려 혜초의 『왕오천축국전』은 김연수의 단편소설 「다시 한 달을 가서 설산을 넘으면」의 주요 재료다. 소설 제목부터 그 전箋(글) 중에 나오는 자구의 한국어 번역을 그대로 차용하고 있다. 소설의 중심인물은 모두 그 인도 여행기의 독자다. 1986년 서울 소재 어느 대학에 재학 중이던 시기에 스스로 목숨을 끊은 여자, 여자와 같은 대학을 다녔고 여자와 특별한 친구 사이였던, 아마추어 작가이자 아마추어 산악인인 남자, 히말라야의 낭가파르바트산 등반 중에 사망한 그 남자의 이야기를 전하는 서술자 H, 이 세 인물 모두 그 혜초의 기록에 심취한 경험이 있다. 여자는 『왕오천축국전』 역주본을 대학 도서관에서 빌려 읽는 동안 고대 인도의 "이상한 세계"를 묘사한 여러 문장에 밑줄을 그었고, 여자가 자살하기 전 탐독했다고 추측되었기에 주의를 기울여 읽은 남자 역시 그 이상한 세계에 마음이 홀려 낭가파르바트산 등반 중에도 그 세계의 역사와 풍속을 생각했으며,

서술 중에 간혹 혜초의 난해한 자구를 설명하곤 하는 H는 여자와 남자가 읽은 『왕오천축국전』 한국어판의 주석자이다. 「다시 한 달을 가서 설산을 넘으면」은 『왕오천축국전』 122행에 대한 주석에서부터 시작해 그 텍스트에 대한 참조, 주해, 논평을 반복함으로써 전체적으로 그 텍스트에 대한 텍스트, 즉 메타텍스트metatext를 이룬다. 여행기 중의 어떤 공백을 채우고, 어떤 의미를 보충하고, 어떤 맥락을 만드는 기능을 그 소설은 수행한다. 앞으로 보겠지만, 남자의 낭가파르바트산 등반 경험에 관한 서술은 혜초의 기록 중에 들어 있는 이상한 세계에 대한 일부 보고와 조응하면서, 순례가 "원정"으로 대치된 20세기 문명 속에서 그러한 세계가 현현하는 방식을 알려주고 있다.

　「다시 한 달을 가서 설산을 넘으면」은 H가 시종 일인칭으로 서술한 세 개의 절로 이루어져 있다. 첫째 절에서 H는 1988년 낭가파르바트산 등반에 나선 남자가 파키스탄의 길기트를 지나며 옛날에 혜초가 "세계의 끝"이라고 느꼈던 그 일대를 어떤 마음으로 접하기 시작했는가를 주로 이야기한다. 둘째 절은 그 등반으로부터 2년 전에 남자에게 일어난 일들—여자친구의 자살, 아홉 달 동안의 소설 쓰기, 히말라야 원정대 지원, H 자신과의 만남 등—에 관한 서술에 바쳐져 있다. 셋째 절에서 H는 첫째 절에서 중단한 남자의 등반 이야기를 이어가면서 그가 위험한 상황을 만났음에도 하산하지 않아 사고를 당한 경위를 설명하고, 생과 사의 경계에서 미친 사람처럼 보였던 그의 마음속을 어떤 감정과 의지가 채우고 있었을까 상상한다. 이처럼 시간상 전진-후진-전진의 구도에 따라 셋으로 분절되어 서술된 그의 이야기는 여자친구가 자살하다-소설 쓰기에 몰두하다-히말라야 등반을 계획하다-H를 만나다-낭가파르바트산 원정에 참가하다-원정 중 사망하다, 정도의 시퀀스로 요약된다. 다른 각도에서 보면, 그의 이야기에 관한 서술은 두 개의 층위로 구분된다. 그 하나는 그 자신이 서술을 수행하고 있는 층위이다. 그의 서술은 그가 여자친구를 잃은 후에 지었다는 소설과 등반 중에 작성했다는 일지日誌에 들어 있다. 다른 하나는『왕오천축국전』의 주석자이면서 또한 그의 소설과 일지의 독자인 H가 서술을 담당하고 있는 층위이다. 전자 층위의 서술은 후자 층위에서 인용 또는 번안을 통해 드러날 뿐이고, 바로 그런 방식으로 후자 층위의 서술에 통합되어 있다. 앞에서 말했듯이 세 개의 절로 이루어진 H의 서술은 남자의 서술보다 상위에서 그것을 부연하고 보충하고 해석하는 작업을 한다. 그러니까, 남자의 서술과 H의 서술 사이에는『왕오천축국전』과「다시 한 달을 가서 설산을 넘으면」사이에 존재하는 바와 같은 종류의 관계가 존재하는 셈이다.

이러한 메타텍스트 또는 메타서술 구조 속에서 서술자 H는 소설 장르의 역사상 존재한 서술자의 유형화된 형상 중 하나를 유난히 뚜렷하게 가진다. 독자라는 형상이 그것이다. 그녀는 작중에서 혜초의 기록과 남자의 문장을 읽고 있으며 그러한 독해를 바탕으로 남자의 삶을 읽으려고 한다. 미완의 작가, 미완의 등반가로 끝난 그의 삶은 그녀에게 『왕오천축국전』『대당서역기』『동방견문록』 등과 마찬가지로 한 편의 텍스트다. 그녀는 인용과 해석, 추론과 상상의 반복을 통해 그의 일화들 사이에 연관을 만들고 궁극적으로 그의 짧은 인생을 의미 있게 하는 해석학적 행위를 수행한다. 그녀의 독해 행위는 그녀와 그의 관계를 소설에서 보통 접하는 서술 주체와 서술 객체의 관계와 다소 구별되게 한다. 일반적으로, 그 주체–객체 관계는 데카르트 이후의 근대 서양철학에 성립한 주체–객체 관계와 크게 다르지 않다.[1] 주체는 객체와 구조상 대립하는 위치에서 주체 특유의 인식능력을 사용하여 객체의 감각 자료로부터 객체의 표상들을 구성한다. 이 주체–객체 관계는 작중 서술자와 남자 사이에서 어느 정도 나타나지만 소설 전체를 통해 서술자는 인식하는 존재, 남자는 인식되는 존재로 분리되어 있지 않다. 서술자는 『왕오천축국

---

[1] 영국의 철학자 J. M. 번스타인은 루카치의 명저 『소설의 이론』을 재구성한 책에서 장편소설the novel의 기초를 놓은 텍스트는 세르반테스의 『돈키호테』가 아니라 데카르트의 『성찰』이라고 논증한 바 있다. J. M. Bernstein, *The Philosophy of the Novel: Lukács, Marxism, and the Dialectics of Form*, University of Minnesota Press, 1984, 157–165.

전』을 비롯한 텍스트를 매개로 낭가파르바트산 등반에 나선 남자의 마음을 구성하며, 남자가 등반 일지에 적어놓은 지각과 경험에 비추어 혜초의 기록에는 추상적으로 남아 있는 "세계의 끝"을 상상한다. 서술자가 그의 소설 원고를 읽고 나서 그를 처음 만난 이후 그들은 잠시 연인 비슷한 사이가 되기도 했지만, 세계가 그 너머와 이웃하고 있는, "현실"이 "꿈"과 닿아 있는 실존 상황에 대한 감각, 그리고 순례의 형식으로든 등정의 형식으로든, 어떤 위험이 따르더라도, 세계 너머 혹은 꿈과 대면하려는 용기 있는 인간에 대한 사랑을 그들은 공유하고 있다. 그러한 감각과 사랑이 표현되는 서사적 순간들에서 주체-객체 분리는 폐기된다.

서술자는 그가 등반 중에 사망한 이후의 어느 시점에서 그가 어떤 사람이었는가를, 어떤 젊음을 살았고, 어떤 사랑을 했고, 어떤 죽음을 죽었는가를 밝히려고 이야기를 시작한다. 그의 이야기 중에는 알쏭달쏭한 퍼즐이 하나 있다. 낭가파르바트산 등반 중에 역경을 만나 대원 중 대다수가 하산했음에도 그가 먼저 올라간 어느 대원을 쫓아 등정을 계속한 이유이다. 그의 일지에는 그것이 그를 엄습한 고산병과 관계가 있을지 모른다는 것, 혹은 그의 자살 욕구와 관계가 있을지 모른다는 것을 시사하는 구절들이 있다. 그러나 생리학적, 정신병리학적 설명은 만족스럽지 않다. 그것은 여자친구의 갑작스러운 자살과 고대 인도 다섯 나라에 관한 혜초의 어느 구절이 그에게 그랬던 것처럼 불가해한 데가 있다. 서술자는 『왕오천축국전』이 현존하지 않는 역사적 세계에 관한 기록이고 많은 글자가 손실된 문헌이어서 그 내용을 이해하는 데는 상당한 조사와 추론이 필요하다는 것을 알고 있다. 그러나 그 여행기 122행의 빠진 글자를 두고 그녀가 하는 발언에서 보이듯이, 그녀는 혜초가 기록한 세계를 고증이라는 합리적 행위를 통해 확실하게 재현하기란 불가능하고 결국에는 "상상"을 통해 이해하는 수밖에 없다고 생각한다. 이성의 한계를 의식하는 그녀의 독자로서의 지혜는 그녀가 전하는 남자의 작가로서의 회의, 즉 여자친구를 사랑했던 이야기를 소설로 쓰려다가 경험한 회의와 짝을 이룬다. 그는 여자친구의 죽음으로 끝나는 "현실의 인과관계"가 정연하게 작동하는 소설을 쓰려고 하다 보니, 다시 말해 합리적 플롯의 요구를 충족시키려고 하다 보니, 자신들이 서로 "사랑했던 모든 순간들이" 자신의 "소설에서 사라졌다"는 것을 깨닫게 된다. 텍스트 읽기 및 쓰기에 있어서 이성의 효용과 관련하여 서술자와 남자에게 공통으로 엿보이는 이러한 의심은 당연히 주의할 가치가 있다. 근대 서양철학에서 군주적 지위에 올려진 주체성은 바로 인간의 이성적 능력에 원천을 두고 있기 때문이다.

이성의 효용에 대한 믿음의 유보란 철학적 태도로서 전혀 새롭지 않다. 그러나 「다시 한 달을 가서 설산을 넘으면」

에 서술된 1980년대 후반 상황과 관련지으면 의미 있게 들린다. 작중에는 이성이 인간 사회에서 취할 수 있는 세속적, 실제적 형태를 얼마간 예시하는 인물이 있다. 남자가 참가한 "한국 낭가파르바트 원정대" 대장이 그 인물이다. 그는 88 서울올림픽의 성공적 개최를 기념한다는 취지를 내세워 이런저런 기관과 기업으로부터 지원을 받으려고 했던 많은 원정대 대장 중 한 사람이었다. 에베레스트산 등반 기회를 둘러싸고 벌어진 경쟁에서는 패했으나, 그의 말을 빌리면, "역사적 소임"을 다하겠다는 마음으로 낭가파르바트산 원정에 도전했다. 원정대의 베이스캠프가 마련되자 열린 입촌식에서 "1988년은 민족사의 새로운 전환기"라는 말로 식사式辭를 시작한 그는 대원들이 반드시 등정에 성공해서 민족의 위세를 떨치고 "고국의 동포"를 기쁘게 해야 한다고 역설한다. 그의 연설은 판에 박힌 것이지만 그의 민족주의를 가짜라고 의심할 근거는 없다. 원정대를 따라온 정부 연락관이 "South Korea"라고 말할 때마다 "South"를 빼라고 요구한 그다. 그는 낭가파르바트산에서도 가장 험난한 루트를 택해서, 그리고 좋지 않은 기후를 무릅쓰고 등정을 채근했다. 대원들이 가까스로 루트를 개척하던 중, 주위의 지형조차 바꾸는 폭설을 만나 정상 공격이 불가능한 상황이 되었음에도 그는 정해진 기한 내에 어떻게든 원정의 목적을 달성하려고 대원들을 "죽음의 지대"로 내몰았다. 당시 대장의 등정 강행을 두고 서

술자는 "무모한"이라는 수식어를 사용하고 있지만 그것은 대
장으로서는 동의하기 어려운 언사일 것이다. 원정대를 군의
"특수부대"처럼 다룬 그의 행위는 민족주의가 지고한 이념으
로 통하는, 그런 까닭에 민족적 미션이 개인과 집단에게 둘
도 없는 특전 획득의 기회인 사회에서는 오히려 생존과 성공
을 위한 모략에 부합한다. 그는 히말라야 산정을 정복하고 그
럼으로써 민족의 영웅이 되려고 대원들의 희생을 두려워하
지 않았으니 그의 리더십은 몰인간적인 계산을 기초로 하는
자기 이익 추구의 전형에 속한다. 막스 베버라면 그것을 일러
합리적이라고 하는 데에 반대하지 않을 것이다.

소설에 그려진 1980년대 후반의 한국은 이성의 광기가
언뜻 느껴지는 사회이다. 그 광기의 형태 중 하나가 민족주의
라면 다른 하나는 정치주의다. 여기서 정치는 카를 슈미트가
말한 의미에서의 정치다. 어떤 사유, 어떤 행동, 어떤 조직이
든 동지와 적friend and enemy의 구분에 기초한다면 그것은 정
치적이다. 모든 면에서 정치적 실체인 국가는 동지와 적을 결
정적으로 구별하는 역할을 하며, 국가 내부에서 일어나는 모
든 연합과 해체, 융화와 분열은 극단에 이르면 그 적대적 관
계의 집단 형성에 도달한다. 비정치적인 것, 예컨대, 도덕적
인 것, 경제적인 것, 미적인 것은 다른 구별들(선과 악, 이익
과 손해, 미와 추)에 기초해서 독립된 영역을 이루면서도, 한
편으로 정치적인 것에 에너지를 공급하기도 하고, 다른 한편

정치적인 것으로 변형되기도 한다.[2] 정치주의란 동지와 적 구별을 다른 어떤 구별보다 의미 있다고 생각하는 풍조 혹은 그 구별을 인간 활동의 모든 영역으로 일반화하는 풍조를 말한다. 1980년대 한국의 경우, 가장 강력한 동지와 적 구별은 권위주의적 집권 세력과 그에 저항하는 시민 연합 세력 사이의 적대 관계에 따라 형성되었음은 물론이다. 1980년대를 재현하는 가장 유력하고도 통속적인 방식은 정치 권력의 민주화라는 서사에 있지만, 그 벽두에 광주에서 일어난 내전을 시작으로 한국 사회 전역에서 지속적으로 일어난 극렬한 적대의 사건과 광경들을 고려하면, 그 연대는 정치주의의 시대였다고 고쳐 말해도 좋을 것이다. 정치주의의 논리적 결과 중 하나는 적을 섬멸하기 위한 싸움보다 의미 있는 노력은 없다는 생각, 그 싸움에 자기 집단의 모든 능력과 자원이 바쳐져야 한다는 생각이다. 「다시 한 달을 가서 설산을 넘으면」에서 정치적으로 중요한 적대의 장면을 찾으려고 하면 실망할 수밖에 없지만 정치주의에 휩쓸려 경직된 사람들의 마음은 작중의 한 삽화에 정확하게 포착되어 있다. 박종철의 죽음이 알려진 직후의 어느 저녁, H를 포함한 한 출판사의 기획위원들이 모여 이야기를 나누다가 남자의 소설 원고를 화제에 올린

---

2) Carl Schmitt, *The Concept of the Political*, expanded edition, trans. George Schwab, The University of Chicago Press, 2007, 26-27.

장면에서 한 기획위원은 남자가 자리를 비운 사이 이렇게 말한다. "난 마음에 안 들어. 데모하느라 죽어가는 애들도 있는데, 연애 따위가 다 뭐야!"

남자가 소설 쓰기에 몰두하는 동기가 되었던 사건, 즉 여자친구의 자살은 정치주의가 사회 전역을 지배하고 있는 사태와 관계가 있다. 그녀는 한강에 투신하면서 "부모님, 그리고 학우 여러분! 용기가 없는 저를 용서해주십시오. 야만의 시대에 더 이상 회색인이나 방관자로 살아갈 수는 없었습니다. 후회는 없어"라는 유서를 남겼다. 여기서 "용기"가 무엇을 위한 용기를 말하는지는 불분명하다. 그것은 정치적 대의를 위한 희생의 요구를 무시하고 부모의 소망에 따라 학업에 전념하기 위한 용기일 수도 있고, 반대로 졸업과 취직을 위한 진로를 포기하고 학우들과 함께 투쟁의 오열에 참여하기 위한 용기일 수도 있다. 그녀를 자살로 이끈 것은 그러한 용기가 없는 자신을 참지 못하게 만드는 상황, "회색인이나 방관자"의 자리에 머물기를 불가능하게 하는 상황이다. 요컨대, 그녀의 자살은 정치적 이성의 레짐regime 바깥에서는 어떤 인생도 무의미한 것처럼 만든 시대가 초래한 비극적 결과 중 하나다. 그녀와 사랑하는 사이였던 남자가 정치주의의 현실을 어떻게 대하고 있었는지는 분명하지 않다. 그 역시 흑과 백 사이에서 동요하는 대학생활을 하고 있었을지 모른다. 다만, 분명한 것은 자신의 삶이 진정한 것이라고 느끼지 못했다는 점이다. 그는 허위와 타협해야 비로소 생존이 가능한 환경에 놓여 자신이 진심에서 유리된 채로 살고 있지 않은가, 의심한 적이 있다. 대학 산악부 선배를 만나 히말라야 원정대원 선발을 위한 집단 훈련에 참가할 수 있도록 도와달라고 부탁하는 자리에서 그는 "진정한 산악인"은 사람들이 살아남기 위해 하는 "모든 거짓말에 맞서기 위해 산에 오른다"는 선배의 말에 감명을 받아 산악부원으로 계속 남게 됐다고 토로한다. 이러한 고백에 따라 추론하면, 그는 캠퍼스가 걸핏하면 최루탄 가스에 뒤덮이는 현실, 정치주의의 압력이 일상화한 현실에서 자신에게 충실한 삶을 살아갈 가망은 많지 않다고 생각했을 것이다.

텍스트 내에는 그와 여자친구 사이에 있었던 일에 관한 서술이 빈약하지만, 그녀와의 사귐이 그에게 더할 나위 없이 소중했다는 것은 명백하다. 그것은 바로 최루탄 가스 자욱한 현실 너머 어딘가를 가리키고 있었기 때문이다. 여자친구를 잃은 충격으로 불면의 밤을 보내는 동안 그가 읽은 책의 문장들 가운데 위안을 얻었다고 말하고 있는 문장들은 모두 사랑 혹은 결혼을 바라고 있는, 그것을 통해 가능할 법한 어떤 다른 삶을 간절하게 구하고 있는 청년의 마음에 관한 것이다. 그 마음은, 다시 말해, 꿈꾸는 마음이다. 여자친구가 자살하자 그는 어떻게 해도 도저히 "이뤄질 수 없는 꿈"을 꾸고 있었다는 것을 깨닫고, 바닥 모를 슬픔에 잠긴다. 꿈을 잃었으니 그는 현실에 패한 셈이 아닌가. 이제 살아가기 위해 진심을 배반하는 삶, 진정한 자아를 죽이는 삶 말고 무엇이 그에게 가능한가. 더욱이 여자친구가 남긴 유서의 문장은 그녀의 죽음에 못지않은 충격을 주어 그를 비참하게 만든다. 그녀는 부모와 학우에게 용서를 구하고 있을 뿐 그가 그녀에게 특별한 존재였음을 명시하는 어떤 표현도 남기지 않았기 때문이다. 그는 그녀와 사랑하는 사이였다는 생각, 그녀와 함께 꿈꾸고 있었다는 생각이 맞는 것인지 스스로 물을 수밖에 없는 처지가 된다. 그 물음에 대한 해답을 얻으려고 그는 소설을 써보지만 전혀 만족스럽지 못하다. 그가 확인하고 싶었던 그들의 사랑은 소설 속에서 실체를 얻는 데에 실패한다. 꿈 혹은 꿈의 연대를 본질로 하는 사랑은, 그가 생각하기에, 모든 사건이 "현실의 인과관계"에 따라 서술되도록 요구하는 소설에는 들어설 자리가 없기 때문이다. "꿈"은 이성적 담론의 임계에서, "문장이 끊어진 자리에서 시작"된다는 깨달음은 나중에, 히말라야의 산중에서 그가 의식과 몽환의 경계를 넘나드는 순간에 온다.

1986년 한강에 몸을 던져 죽은 그의 여자친구라는 인물은 같은 해에 잇따라 분신한 학생들을 뒤쫓아 실제로 그렇게 죽은 여학생을 떠올리게 한다. 그러나 손정수가 지적했듯이, 그 인물은 박혜정이라는 여학생이 한강에 투신한 1986년 한국의 특수한 시공간에 한정되지 않는 의미를 산출한다.[3] 그러한 보편화의 계기는 무엇보다도 그녀가 자살이라는 부정의 방식으로, 실재하지 않는 세계라는 의미에서의 유토피아를 환기하는 데서 마련된다. 그녀를 매혹한 유토피아가 어떤 세계인가는 그녀가 밑줄 치며 읽었다는 『왕오천축국전』의 문장 중 하나를 보면 대략 짐작이 간다. "풍속이 지극히 고약해서 혼인을 막 뒤섞어서 하는바, 어머니나 자매를 아내로 삼기까지 한다"로 시작되는 그 문장이 그리고 있는 것은 그녀가 처해 있는 현실세계와 전혀 딴판인 세계다. 현실세계의 토대를 이루는 같고 다름, 높고 낮음의 이성적 질서가 그곳에서는 통하지 않는 듯이 보인다. 아나키의 한 극치 같은 그곳은 현실의 관점에서는 "꿈"이라고 말할 수밖에 없는 공간이다. 죽기 전의 그녀에게 자신은 혹시 무의미한 존재가 아니었을까 생각하던 남자는 그녀가 빠져든 그 꿈의 기록을 정독하면서, 추측하건대, 그러한 의심을 서서히 마음에서 밀어내기 시작한다. 그리고 어렴풋하게나마 자신이 그녀에게 꿈꾸는 마음의 동반자였다는 느낌, 자신들은 서로 사랑하고 있었다는 직감을 갖게 된다. 그가 자신의 소설 원고를 읽은 서술자 H를 만나 그녀의 사랑을 의심하지 말아야 한다는 권고를 듣기 전에—그녀의 유서 중 '후회 없어'라는 말의 감춰진 수화자는

---

3)　손정수, 「살아남은 자의 운명, 이야기하는 자의 운명—김연수론」, 『소설 속의 그와 소설 밖의 나』, 민음사, 2016, 31.

그이고, 그 말은 그녀가 그와 후회 없는 사랑을 했다는 뜻이
라는 주석을 받기 전에—출판사 소파에 앉아 깜빡 잠든 그
는 죽은 그녀의 꿈을 꾼다. "나무가 없는 황량한 벌판"을 그와
"둘이서 걸어가고" 있던 그녀는 조금만 더 가면 오아시스가
나온다고 말하고 그곳에 언제 가봤느냐고 묻는 그에게 "지난
번에 함께 가보지 않았느냐"고, "우리가 사랑하는 동안에" 가
보지 않았냐고 반문한다. 그녀가 차근차근 설명한 그곳은 저
"이상한 나라" "누이와 결혼하고 어머니를 아내로 삼는 나라"
다.

　여자친구가 자살한 이유를 스스로에게 납득시키려고 소
설 쓰기에 몰두했으나 바라던 결과를 얻지 못한 후, 그리고
소설 원고를 여자친구가 읽었던 『왕오천축국전』의 주해자에
게 우송한 후, 그는 히말라야 등반을 계획하고 산악 훈련에
참가한다. 고줌바캉 원정대원 선발 심사에서 탈락하고 나서
그가 산악부 선배와 나눈 대화 중에 나와 있듯이, 그 산봉우
리에 오르고자 하는 그의 소망은 "나쁜 마음", 즉 자살 욕구
와 무관하지 않다. 여자친구가 그를 영원히 떠남으로써 그에
게 꿈 없는 삶밖에 남지 않았다면, 그는 그 현실 앞에서 체념
하기를 거부한다. 그는 현실의 명령에 승복하는 대신, 꿈에
투신하기로 결심한다. 사람들은 누구나 알고 있다. 진정으로
꿈꾸는 삶을 살고자 하는 자에게, 꿈의 순수한 형태 속에서
살고자 하는 자에게 꿈은 얼마나 심오한 대가를 치르게 하는

지를. 그는 꿈꾸는 삶을 위해 어떤 대가를 치러야 하는지 알고 있을 뿐 아니라 어떤 대가든 기꺼이 치르려고 하는 인간의 위엄 또한 알고 있다. 그는 공책을 사면 으레 "결국 우리에게 필요한 것은 오직 용기다. 아주 기이하고 독특하고 불가해한 것들을 마주할 용기"로 시작되는 문장을 표지 뒷면에 적었다고 한다. 추정컨대, 그 문장은 릴케가 어느 젊은 시인에게 주었던 훈화—어느 개인이든 큰 슬픔을 당하고 고독에 빠졌을 때 고독이 자기 존재의 본질임을 깨닫는 동시에 협소하고 타성적인 자기 세계의 너머와 대면하려 한다면 내면에서는 큰 삶으로 나아가는 변화가 일어날 수 있다는 발언— 중에 들어 있다.[4] 사랑했던 친구를 잃은 슬픔을 외롭게 겪으며 세 계절 동안 소설 쓰기에 전념했던 그는 릴케가 젊은 시인에게 주문했던 용기를 바야흐로 발휘한다. 낭가파르바트산 원정에 참가하는 동시에 이상한 것, 불가해한 것, 위험한 것을 향해 걸음을 내딛는다.

원정대원들이 마이크로버스를 타고, 몬순기후의 열기 때문에 모두 흠뻑 땀에 젖은 몸으로 길기트에 가까이 가자 낭가파르바트산 일대의 봉우리들이 그들의 눈에 들어오기 시작한다. 그것들은 그에게 "꿈의 형상"으로 다가온다. "사

---

4) 라이너 마리아 릴케, 『젊은 시인에게 보내는 편지』, 김재혁 옮김, 고려대학교 출판부, 2006, 85 참조.

람의 발길이 닿지 않은 그 하얀 봉우리들은 여름밤의 뒤척이는 잠 속으로 밀려들었다가는 흔적도 남기지 않고 사라지는 꿈의 형상을 닮아 있었다"고 서술자는 전한다. 원정대장은 낭가파르바트산을 반드시 "정복"해야 한다고 선언하나 그것이 터무니없는 표현임을 그는 안다. 꿈은 정복되어 인간 현실에 병합되지 않으며 현실의 바깥에 변함없이 위대하게 존재한다. 등반이 시작된 후 그는 현실과 꿈, 삶과 죽음의 경계가 지워지는 상태로 점점 나아간다. 베이스캠프를 떠난 그는 다른 대원들과 함께 "초인적인" 노력으로 새로운 캠프를 하나둘 설치해가며 정상을 향한 루트를 열어간다. 『왕오천축국전』 중의 문장과 여자친구의 유서를 골똘히 생각하며 전진을 계속하던 그는 반복적으로 찾아오는 고소 증세, 영하 30도에 육박하는 혹독한 추위, 미친 듯이 몰아치는 바람, 걸핏하면 벌어지는 "화이트아웃"과 싸우던 끝에 이성을 잃고, 언어를 잃는다. 그가 등반 중에 꼬박꼬박 쓰던 일지는 "다시 한 달을 가서 설산을 넘으면"이라는 혜초에게서 빌려온 문장에서 끝난다. 그의 눈앞에 환각처럼 나타나서 마침내 그를 광기에 빠뜨리는 산마루는 너무나 광대하고, 너무나 강력해서 인간의 인식능력의 한계를 넘어서는 대자연의 전형이다. 그 설산의 이미지에서는 숭고라는 말이 자연스럽게 떠오른다. 사실, 산과 숭고는 서로 밀접하다. 숭고라는 용어가 유럽 철학과 예술비평에서 쓰이기 시작한 것은 고전학자 니콜라 부알로에 의한 롱기누스의 문체론『숭고에 관하여』의 프랑스어 번역이 18세기 후반에 널리 읽힌 것과 관계가 있지만, 그에 못지않게 근대 유럽의 지식인과 예술가들 사이에서 산악 등반 취미가 유행한 것과도 관계가 있다. 영국 숭고론의 선구자들인 존 데니스와 샤프츠베리 백작은 각각 알프스 등반과 아틀라스산맥 탐험 경험으로부터 그 개념의 재료를 얻었다고 알려져 있다.「다시 한 달을 가서 설산을 넘으면」에 서술된 낭가파르바트산 등반 이야기는 미학적으로 보면 숭고에 관한 이야기이다.

산의 숭고에 관한 주목할 만한 성찰 중 하나는 게오르크 지멜의 알프스론에 있다. 알프스 등반이 유럽 부르주아들의 레저 활동으로 유행하던 시기에, 리하르트 슈트라우스를 비롯한 음악가와 예술가들이 그 산악 경관의 수려함과 경이로움에 감복한 경험을 앞다퉈 자신들의 작품에 담던 시기에, 지멜은 숭고에 관한 칸트의 사유를 이어받아 그것의 인상을 포착하려고 했다. 보다 정확하게 말하면, 지멜의 알프스론은 칸트의 숭고 개념을 수정하려는 시도를 포함한다. 칸트는 숭고란 객체가 가진 자질이 아니라 객체에 대한 주체의 반응이라고 생각했다. 그가 정의한 숭고는 절대적으로 거대한 것, 일체의 비교를 넘어서는 거대한 것이다. 그것은 절대적으로 거대한 만큼 그것의 다양한 감각적 양상들을 하나의 통일체로 종합하는 것은 불가능하다. 숭고한 것 앞에서 구상력은 무능한 반면, 이성의 이념은 굳건하다. 그가 구분한 숭고의 두 유형 중 하나인, 무한 개념으로 대표되는 수학적 숭고는 그 초감성적 개념을 생각하는 이성 능력에 대한 자각을 일깨워 인간에게 존엄감과 고양감을 주고, 다른 하나인 자연의 난폭한 힘으로 대표되는 역학적 숭고는 인간의 자유란 자연에 의한 파괴를 당하지 않으며 감각의 영역을 초월한다는 진실을 발견하게 한다.[5] 그러나 그러한 이성적이고 자유로운 인간 이념은, 지멜이 이해한 알프스의 숭고 앞에서는 안전하지 않다. 알프스는, 만물을 인식하고 표상하는 인간의 척도인 인간 자신과 대극에 존재한다. 아래로는 "노골적인 물질 덩어리의 둔중한 중량"을 갖추고 있고, 위로는 "생의 움직임을 넘어서 성화聖化된 눈의 영역"을 지니고 있는 그 산악은 이성의 요구가 먹히지 않는 혼돈, 혹은 "무형식성無形式性"의 극단이다. 험준하게 솟아오른 바위, 투명하게 빛나는 얼음의 비탈, 초원도 계곡도 없는 광대한 눈밭, 평지와 어떤 연관도 없는 산정의 눈—이 풍경은 차라리 "생에 대한 타자의 상징"이다.[6]

지멜이 발견한 알프스의 숭고한 인상은 "생으로부터의 소원함"으로 압축된다. 그러나 그 인상은, 얼핏 하게 되는 추

5)   임마누엘 칸트, 『판단력 비판』, 백종현 옮김, 아카넷, 2009, 253-278.
6)   ゲオルク・ジンメル,「アルプス」,『文化の哲学』(ジンメル著作集 第7巻), 円子修平・大久保健治訳, 白水社, 1994(新装版), 151-154.

론과 달리, 죽음과 연결되지 않는다. 지멜은 알프스에서 정지한 생의 이미지 대신에 형식으로부터—이를테면, 법규와 관습으로부터— 스스로를 해방하는 생의 이미지를 보고 있다. 알프스 산정은 생에 내재하는 초월의 표현이다. (말이 나온 김에 보태면, 지멜에게 초월은 생의 정의이기도 하다. 생의 본질은 언제나 무엇 이상의 생이 되고자 하고 나아가 생 이상이 되고자 하는 움직임이다.) 숭고란 세속시대의 유럽 문화에서 초월의 대체물이라는 기독교 신학자들의 주장은 여기서 유념할 만하다. 「다시 한 달을 가서 설산을 넘으면」에서도 남자의 숭고 경험은 그의 죽음으로 끝나지 않는다. 사방이 눈으로 덮인 산정 아래 세찬 바람에 흔들리는 텐트 안에서 일지에 "친구"라고 기록한 헛것에게 말을 건넬 만큼 의식이 희미했던 그는 철수하는 다른 대원들과 동행하지 않고 홀로 눈 속에 남는다. 낭가파르바트산 원정이 실패로 끝난 다음에 그는 정상 부근에서 그보다 앞서 올라간 대원 한 사람과 함께 시체로 발견된다. 그는 분명히 목숨을 잃었다. 그러나 그가 죽음을 어떻게 체험했는가는 누구도 모르는 일이다. 서술자는 『왕오천축국전』의 기록 중 문장이 끊어진 대목 이후의 사연에 관해 추측을 내놓듯이, "다시 한 달을 가서 설산을 넘으면"이라는 그의 일지 중 마지막 구절 다음에 그에게 일어났을 법한 사건을 두고 상상을 펼친다. 영혼의 고향을 찾아 순례의 길에 나선 혜초의 마음, 그리고 실재하는 꿈의 형상을 마주하고자 히말라야 산정으로 올라간 그의 마음을 누구보다 깊이 이해하고 있었을 그녀는 그가 단지 물리적 역경과 싸우던 끝에 미쳐버린 것이 아니라 자기 구제를 향한 길을 초연하게 가고 있었던 것이라고 상상한다. 화창한 하늘 아래 달빛을 받아 환하게 반짝이는 낭가파르바트산 정상을 눈앞에 두고 그가 홀로 눈 위를 걸어가는 정경을 떠올리는 그녀의 마음속에서 설산은 순수하고 무정한 대자연이기를 그치고 자비의 화신처럼 나타난다. 그가 다가가고 있는 설산 너머란, 혜초와 같은 붓다의 제자들이 염원한 경지, 즉 "니르바나"의 경지다.

하얗게 얼룩이 진 검은 봉우리는 그 모든 고통과 슬픔과 절망을 고스란히 받은 채 벌거벗고 있다. 바람이 불어오면 눈물처럼 하얀 눈송이들이 바위를 타고 주르르 흘러내린다. 그는 천천히, 아주 천천히 벌거벗은 봉우리의 고통과 슬픔과 절망 속으로 걸어간다. 낯익은 얼굴처럼 환하게 웃는 암벽, 훈훈한 바람을 뿜어내는 설산, 서서히 그를 위쪽으로 밀어올리는 바람. 그리고 벌거벗은 산으로 붉은 꽃과 푸른 풀과 하얀 샘이 생겨난다. 그는 자신과 함께 걸어가는 검은 그림자의 친구와 농담을 주고받으며 낄낄거린다. 여기인가? 아니, 저기. 조금 더. 어디? 저기. 바로 저기. 다시 한 달을 가서 설산을 넘으면. 바로 저기. 문장이 끝나는 곳에서 나타나는 모든 꿈들의 케른, 더 이상 이해하지 못할 바가 없는 수정의 니르바나, 이로써 모든 여행이 끝나는 세계의 끝.

서술자가 소설 전편을 통해 중요하게 사용하고 있는 꿈은 한국 작가들이 서양 낭만주의와 상징주의의 영향 아래 새로 익힌 어휘이고, 소설 최종 장면에 등장하는 설산의 환상적 이미지는 과거 한국 문학의 주요 사상 원천 중 하나인 불교에 닿아 있다. 그래서 이 소설은 한국인의 문학적 상상의 어떤 관습을 승계하고 있다는, 전형적으로 '문학적'이라는 느낌을 준다. 정치화한 리얼리즘 문학의 지지자들, 제도화한 문학을 적대하는 아방가르드 예술 애호가들, 대중문학 상품 시장의 챔피언들에게 이것은 지루한 작품일지 모른다. 그러나 저자 김연수가 단지 외골수 낭만적 몽상가에 관한 낡은 이야기를 반복했다고 보는 것은 경솔한 일이다. 앞에서 보았듯이, 이 소설은 1980년대 후반 학생운동에 대한 찬미 의례에 가담하는 대신, 정치적인 것이 군림하는 실존 상황을 문제화하고 있다. 작중 남자가 히말라야 등반을 결행한 것은 그가 정치주의의 대세에 짓눌려 단명하는 청춘의 슬픔을 통감했기 때문이고, 그럼에도 정치 이성의 헤게모니에 복종할 의향이 전혀 없었기 때문이다. 혜초의 이역異域 순례와 겹쳐 있는 그의 산악 등반은 겉으로는 불교적 초월의 삽화처럼 끝난다. 그러나 그 초월의 경험은 삶의 전면적 부정과 거리가 있다. 땅 위 인간의 모든 "고통과 슬픔과 절망"을 고스란히 품고 있는 봉우리는 이미지상, 특정 종교의 상징에 국한되지 않는, 성모聖母에 가깝고, "붉은 꽃과 푸른 풀과 하얀 샘"의 출현은 땅 위의 세계와 다른 세계의 에피퍼니epiphany, 聖顯에 해당하는 사건이다. 그 산악 등반 서사가 예시하는 것은 정치주의 풍조에 대한 거부이고, 정치 이성 레짐의 바깥에 대한 열망이다. 그러한 열망 없이 철학적으로, 윤리적으로 성숙한 문화가 가능하리라 믿는 사람은 21세기 한국의 문학 독자 중에는 많지 않을 것이다. 혜초가 기록한 이상한 나라들의 실재를 상상하며 남자가 가는 길은, 달리 말해, 그의 동일자 세계의 외부로 열려 있는 길, 그의 타자와의 만남으로 나아가는 길이다. 2000년대에 들어 한국 문학의 주요 흐름 중 하나는 타자와의 만남, 타자의 경험, 타자에 대한 책임을 사유하는 방향으로 나아갔다. 「다시 한 달을 가서 설산을 넘으면」은 그 윤리적 전환의 발단에 놓인 작품이다.

동성사회적 욕망과 팝 모더니즘

—박민규, 「고마워, 과연 너구리야」

¶   박민규 소설집 『카스테라』(문학동네, 2005. 6)에 실린 텍스트를 논의에 사용
  했다.

1997년 11월 외환 부족 사태를 맞은 한국 정부가 국제통화기금으로부터 금융지원을 받는 대가로 추진한 일련의 경제개혁은 새로운 사회적 광경들을 출현시켰다. 그중 하나가 서울역을 비롯한 서울 도심 지상, 지하의 공공 구역을 무단으로 점령한 노숙자 집단이다. 서울 거리의 노숙자 무리는 물론 1997년 11월 이전에도 존재했지만, 국제금융구제시대에 들어 눈에 띄게 증가하고, 특히 유력 대중매체가 앞다퉈 취급함으로써 그 시대의 대표적 이미지가 되다시피 했다. 그것은 한국 사회가 겪고 있는 위기, 특히 실업자가 늘어나 1999년의 경우 금융구제시대 이전보다 두 배가량 급증해서 156만여 명에 달하던 상황의 엄혹함을 여실하게 반영하는 듯했다. 도심 지하의 노숙자는 박민규의 단편소설 「고마워, 과연 너구리야」(2003)에도 등장한다. 서울의 한 회사에서 인턴 근무 중인 주인공-서술자는 손 팀장이라는 인물의 퇴사에 즈음해 열린 송별회에 나갔다가 술을 지나치게 마신 나머지 의식을 잃는다. 그리고 새벽녘이 되어 의식이 돌아오자 자신이 지하철역 구내의 바닥에 누워 노숙자들 사이에서 자고 있었음을 깨닫는다. 수치감으로 얼굴을 붉힌 그에게 안도의 말을 건넨 40대 중반의 노숙자는 엉망으로 취한 그를 그곳으로 부축해 데려온 사람이 손 팀장이었음을 알려주고, 이어 "거의 너구리가 다 됐"더라고 손 팀장의 인상을 평하면서 그 전락의 사정에 대한 자기 나름의 직관을 보여준다. 주인공–서술자는 직장생활을 시작한 참인 젊은 남자이지만 인간의 체모를 잃고 "너구리"로 화하는 변고가 앞으로 그에게 일어나지 말라는 법은 없다. 그의 인턴 경험 중에 그에게 오는 신탁神託은 별로 상서롭지 않다. 그는 나머지 일곱 명의 인턴과 함께 단한 명의 정식 사원 자리를 놓고 경쟁하는 중이며, 채용 여부 공지를 앞두고 "남색가"인 인사부장에게 능욕을 당하고 있다. 그의 이야기는 금융구제시대 이후 청년 세대의 고난에 관한 많은 소설의 출현을 예고하는 듯하다.

「고마워, 과연 너구리야」를 2000년대 한국의 청년 현실과 관련짓는 것은 그럴 법한 일이다. 그러나 리얼리즘 서사의 관점에서 보면 이 소설은 허술하다. 경제개혁의 충격하에 있는 국민생활의 묘사가 결여되어 있고, 주인공과 그의 친구 B가 당대 청년의 형상으로서 전형적이라고 보기 어려우며, 서술 중에 당대 현실의 정의처럼 나오는 "후기자본주의"는 서술된 세계 내에서 어떤 모양으로 작동하는지 확실치 않다.

리얼리즘적 재현은 당초에 이 소설의 목표가 아니었을 것이다. 서술자는 자신이 경험한 현실의 진실하고 객관적인 재현보다, 비현실적이고 비자연적인 인간 상황에 관한 만담漫談에 경도되어 있다. 서술된 세계의 중심을 이루고 있는 것은 다국적기업의 우세나 소비주의의 만연 같은 후기자본주의의 양상들이 아니라 "인간이 너구리로 변하는 세상"이다. 손 팀장의 일화는 변신의 일화를 닮았다. 손 팀장은 사내 프레젠테이션 경쟁에서 탈락해서 기분이 침울하던 날, 어린 시절에 즐겨 했던 오락 프로그램을 주인공에게 부탁해 자신의 컴퓨터에 설치한다. 이후, 한 마리의 너구리가 한 스테이지의 과일과 채소를 모두 먹으면 다음 스테이지로 올라가는 그 게임에 열중하는가 싶더니, 인사부장이 "너구리 광견병"이라고 진단한 증상을 보이기 시작한다. 컴퓨터 앞에 죽치고 앉아 끊임없이 뭔가를 먹어대며 오락에 빠져 지내는 생활을 얼마간 해온 그는 급격히 살이 찌고 눈가의 기미가 짙어져 "너구리에 가까워졌다"는 인상을 주기에 이른다. 나중에 그를 회사에서 쫓아낸 인사부장에 따르면, 너구리 광견병에 걸린 그는, 너구리가 농가의 적이듯이, 기업의 적이다. 지하철역의 노숙자는 손 팀장이 너구리로 변한 사정을 인사부장과 다른 방식으로 설명한다. 손 팀장이 통과하지 못한 게임 중의 "스테이지 23"은 바로 "이 세상의 실제 이름"이며, 이 세상에서 살길이 "막힌" 사람은 "누구나 (……) 너구리가 되는" 법이라고 말한다.

이어 주인공-서술자는 손 팀장과 다른 너구리를 시중에서 만나기도 한다. 인사부장을 따라 들어간 사우나에서 성적 농락을 당한 그는 부장이 떠난 다음 실내의 희뿌연 수증기를 가르고 나타난 "거대한 너구리"가 "황갈색의 털과 좋은 대비를 이루는 연두색의 이태리타월"을 들고 다가오는 모양을 본다. 굴욕을 당한 그의 몸을 시원하게 씻겨준 너구리에게 마음속으로 하는 감탄조의 말이 바로 소설 제목이다.

「고마워, 과연 너구리야」의 서술자는 노숙자가 손 팀장을 너구리라고 칭하는 데에 동의하는가 하면 사우나의 때밀이를 주저 없이 너구리라고 부른다. 그러나 서술 내용에 조금 주의를 기울이면 서술자가 말하는 인간 변신은 서술된 세계 내에서 실제로 일어나지 않았음이 금방 드러난다. 서술자의 발언 중에서 너구리는 한편으로 중국, 한국, 일본, 러시아 동부에 서식한다고 알려진 포유류 식육목 갯과 동물을 가리킨다. 손 팀장이 좋아한 너구리 게임, 정확하게 말하면, 일본의 시그마상사에서 1982년에 출시한 후 일본은 물론 세계 각지에서 여러 변형을 거치며 인기를 모은 플랫폼 게임은 일본인들이 '다누키'라고 부르는 그 갯과 동물의 이미지를 게임 플레이어로 삼은 것이다. 다른 한편, 너구리는 손 팀장이나 때밀이에 대한 호칭으로도 쓰이고 있다. 이 경우 너구리는 갯과 동물이 아니라 너구리의 어떤 성질과 유사한 특성을 가진 인간을 뜻한다. 그러니까 너구리라는 단어는 축자적literal 방식과 비유적figurative 방식 두 가지로 사용되고 있는 셈이다. 하지만 어떤 문맥에서는 그 단어가 축자적 의미와 비유적 의미를 분간하기 어렵게 사용되고 있어서, 인간이 너구리로 변하는 사태가 작중 세계의 현실인 듯이 느껴진다. 이것은, 물론, 착각이다. 「고마워, 과연 너구리야」는 환상적 변신 이야기와 거리가 멀다. 너구리로의 변용은 환상물 장르에서 일반적으로 접하는 초자연적 사건과 달리, 믿어야 할지 믿지 말아야 할지 몰라 계속 망설이는 상태에 독자를 묶어두지 않는다. 그러나 주목할 것은 인간이 너구리로 변하는 괴변은 일어나지 않았음에도 주인공-서술자는 일어났다는 듯이 말하고 있다는 사실이다. 그는 너구리라는 비유를 결코 포기하지 않으며, 그가 사우나 때밀이를 만난 장면에 이르면 정말로 너구리를 목격했다는 듯이 그 비유를 아예 축자적으로 사용한다. 너구리의 비유에 대한 집착이 너구리의 환상에 대한 애착과 무관하지 않음은 물론이다. 「고마워, 과연 너구리야」는 환상물the fantastic 장르가 아니지만 환상fantasy을 좋아하는 인물을 주인공-서술자로 가지고 있다.

환상이라고 하면 보통 현실의 법칙이 작동하기를 멈춘 상상의 영역, 보다 구체적으로는 현실에서 충족이 불가능한 소원이 충족되는 상상 속의 사태나 정황을 가리킨다. 그러나 환상이 문학 분석에 유용한 용어가 되려면 그 상식적 정의는 수정될 필요가 있다. 라캉 이후의 이론에 따르면, 환상은 소원 충족이 아니라 욕망의 구성에 관계한다. 환상의 작용은 어떤 대상을 사람에게 욕망의 대상으로 만드는 것, 욕망에 일정한 방향과 구조를 부여하는 것이다. 환상의 매개 없이 욕망은 성립하지 않는다. 슬라보예 지젝이 말했듯이, "우리는 환상을 통해 욕망하는 법을 배운다".[1] 환상의 작용이 이러하다면, 「고마워, 과연 너구리야」에서 문제의 동물은 주인공이 욕망하는 대상이 아니라 주인공이 일정한 방식으로 욕망하도록 만들어주는 환경설정, 다시 말해 욕망의 미장센mise-en-scène이라는 관점에서 분석되어야 한다. 그런 점에서 그가 친구 B로부터 너구리에 관한 견해를 듣는 대목은 주의를 요한다. 그의 해석에 따르면 너구리의 정체가 무엇인가는, 그것이 옛날 농촌의 밭일하는 사람들 사이에 돌연 나타나면 사람들이 일손을 놓고 그것과 어울려 놀았다는 이야기, 그래서 밭일 관리 책임자가 그것을 죽이고 싶도록 미워했다는 이야기가 말해주는 바다. 그것은 노동에 반대되는 놀이, 이익에 반대되는 쾌락을 향한 본능을 인간에게 회복시켰고, 그런 만큼 의무와 계산의 구속으로부터 인간을 풀어주었다. 즉, 너구리는 경제와 사회의 합리주의와 모순되는 인간 본성을 세상에 살아 있게 하는 동물이다. 그리고 주인공과 B의 담론 속에서

1)　　슬라보예 지젝, 『이데올로기라는 숭고한 대상』, 이수련 옮김, 인간사랑, 2002, 206.

종종 그렇듯이, 너구리가 장난을 좋아하는 동물에 그치지 않고 특정한 인간 유형이기도 하다면, 그 유형은 대체로 유희인간遊戲人間, Homo Ludens에 가깝다. 그렇기에 B는 너구리라는 것은 "즐거움의 문제가 아닐까 싶어"라고 추측하기도 하고, "신이 인간을 위해 내려준 것은 결국 너구리뿐"이라고 단언하기도 한다.

작중인물 중 너구리의 특성을 드러낸 인물을 찾아보면, 주인공이 인턴을 하면서 만난 직원 중 제일 가까운 사이였던 듯한 손 팀장, 그리고 같은 해에 같은 대학에 들어가 1학년 때부터 친구 사이인 B가 두드러진다. 그런데 그들에게서는 놀이 열정이 공통으로 엿보인다. 그들이 똑같이 "좋은 시절"이라고 추억하고 있는 과거는 바로 유희인간의 본성과 합치하는 생활을 그들 각자 나름대로 하고 있던 때다. 손 팀장이 중학생이던 시절, 동네의 "오락실"에서는 너구리 게임이 대유행이었다. "너구리 기계가 연달아 열 대까지 놓여 있던 오락실도 있었"고, 기계를 사용할 순번이 오기를 기다리느라 기계마다 "애들은 줄을 섰"었다. 그렇게 "너 나 할 것 없이 다들 너구리에 빠져" 있던 시절을 회고하면서 그는 자신이 얼마나 너구리 게임을 즐겼는지 자세하게 밝히지 않는다. 하지만 중학생 때로부터 20년은 족히 지났을 시점에 회사 사무실의 컴퓨터 앞에 앉아 그 게임에 열중하고 있는 장면을 보면 그는 영락없이 소년판 유희인간이다. 스테이지가 올라갈수록 심해지는 장애를 만나며 과일과 채소를 먹어대는 게임 속 너구리를 닮아서, "크래커"와 "칩"을 몇 봉지씩 먹어치우며 누가 보든 말든 개의치 않고 온종일 그 아이콘을 놀리고 있다. 반면에, B는 대학에 입학한 직후 록밴드를 결성해서 재학 기간 내내 로커로 활동했다. 대학 신입생 대상 오리엔테이션 때, 교단에 서서 뭔가 짜증스러운 훈화를 늘어놓던 누군가에게 주인공은 "닥쳐 개새끼야"라고 소리를 질러 청중 사이에 폭소를 자아냈다. 그 결과, 행사가 엉망으로 끝난 다음 B는 그 무례한 욕쟁이를 찾아가 밴드를 같이 하자고 제안했고, 그들이 결성한 "샘즈 선"이라는 밴드는 학생들 사이에서 "〈닥쳐 개새끼야〉의 샘즈 선"으로 통하며 인기를 누렸다. "욕만 잘해도 로커가 되던 시절(……) 그저 두들기면 사람들이 열광하던 시절"이었다. 그 밴드는 주인공이 병역을 마친 다음 취업 준비를 시작하며 해체되었으나 즐겁게 놀았던 그들의 기억은 생생하다. 직장을 구하는 대신 "너구리가 될까 싶"다는 B의 결정은 유희인간의 자위自衛를 위한 작심과 다르지 않다.

그렇다면 너구리 환상은 주인공으로 하여금 어떤 욕망을 가지게 하는가. 여기에 답하기 위한 좋은 방법은 너구리의 이미지와 이야기를 매개로 주인공이 어떤 상상의 인간관계 속으로 들어가는가를 알아보는 것이다. 주인공에게 손 팀장은 "지나치게 완고한 표정이라 늘 대하기가" 어려운 사람으로 비쳤지만 주인공의 도움으로 너구리 게임 프로그램을 작동한 다음부터는 다르게 보인다. 그는 자신보다 열 살 이상 연하일지 모를 주인공을 상대로 너구리 게임이 크게 유행했던 과거의 추억을 이야기하는가 하면, 주인공의 인턴사원 처지와 직장의 근무 기강을 아랑곳하지 않고 주인공에게 게임을 해보라고 권한다. "어떤가, 자네도 한번 해볼 텐가"라는 그의 물음은 주인공이 신입생 오리엔테이션 종료 후에 B로부터 들었던, "우리 같이 밴드 해보지 않을래"라는 제안과 다르지 않다. 주인공이 안 하겠다고 응답하자 그는 돌연 "섭섭하군"이라고 말하더니 주인공이 "분명 너구리를 좋아할 거라 여겼"다고 덧붙인다. 이 섭섭함의 표현 중 "너구리"의 의미는 이중적이다. 그것은 한편으로 게임 속 플레이어로서의 너구리를 뜻하면서 다른 한편으로, 나중에 그 자신이 놀라운 변모를 통해 입증하듯, 유희충동을 회복하기 시작한 손 팀장 자신을 가리킨다. 그러므로 그의 제안을 주인공이 거절한 순간, 그가 "섭섭하군"이라고, 상심한 듯 반응하는 것은 자연스럽다. 주인공이 그렇게 너구리와 놀기를 꺼린 것은 인턴사원에서 정식 사원으로 전환되는 행운을 잡으려면 사내에서 지켜야 하는 품행을 생각해서이지 너구리를 좋아하지 않아서가 아니다. 손 팀장에게 실망을 주고 나서 주인공은 친구나 애인의 요청을 본심에 반해 거절한 사람의 괴로움을 느끼지 않았을까. 그렇지 않다면, 손 팀장 자리를 떠나 자기 자리로 돌아오는 동안 "세 개의 책상 열을 지나는 일이 세 개의 산맥을 넘는 일처럼 아득하게 느껴진다"는 그의 발언은 이해하기 어렵다.

「고마워, 과연 너구리야」에서 그 동물 환상이 작동하는 곳은 바로 남성 인물 사이의 유대 욕망이 편재하는 곳이다. 손 팀장의 중학생 시절에 관한 서술은 몇 줄의 문장에 불과하므로 근거 약한 추론일 수밖에 없음을 인정하고 말하자면, 손 팀장의 너구리 게임 애호는 10대 전반 소년들의 동성 유대 경험과 무관하지 않을 것이다. 손 팀장의 중학생 시절이 1980년대라면 그때 10대 문화는 엄격한 젠더 분리에 기초를 두고 있었고, 남학생들이 드나든 오락실은 남자끼리의 놀이와 사교 공간 중 하나였다. 남성 유대 문화는 주인공과 B의 대학생활에도 존재한다. 그 두드러진 예는 물론 그들이 조직한 록밴드이다. 현대소설에서 대학은 흔히 남녀 간 사랑의 배경이지만 그들의 회고에서 여성은 중요하지 않다. 여성은 그들의 취미 활동이 나열된 단 한 줄의 문장 중에 음주, 공연, 낚시와 함께 언급되어 있을 뿐이다. 너구리 환상이 작동하는 공간에서 여성은 화합하기 어려운 존재로 나타난다. 회사에서 자기와 경쟁하고 있는 나머지 인턴사원 중 두 명의 여성에 대한 주인공의 논평을 들어보면 그들은 호모루덴스와 정반대다. "두 명의 여자애들은 토익이 높기로 유명한데다, 하여간에 지독하다. 목숨이라도 건 분위기." 여성이 출현하지 않는 공간에서는 너구리의 환상이 좀 더 강력하게 작동하고, 주

310

인공의 욕망 또한 동성사회적 구조를 더욱 분명하게 드러낸다. 그가 인사부장을 따라 들어간 사우나는 바로 그런 공간이다. 인사부장이 그를 이용해서 성욕을 채우고 사라진 뒤 그는 널따랗고 고요한 욕탕 바닥에 주저앉아 머리끝에서부터 뜨거운 샤워를 하고 그 물줄기 속에서 "갑자기 혼자란 느낌"에 젖어 "눈물"짓는다. 바로 그때 그의 등 뒤로부터 거대한 너구리가 나타난다. 그가 생각하기에, 너구리는 자신이 농락당하는 장면을 지켜보았고, 자신을 향해 "이해한다는 표정"을 지었다. "편안한 마음으로" 너구리에게 등을 맡긴 그는 너구리의 능숙한 "손길" 덕분에 좋은 기분을 되찾고, 너구리가 때를 밀고 나서 비누칠을 해주자 그 "환상적인 플레이"에 "감격"하고 만다. 무력한 혼자라는 슬픈 자각에 빠져 있던 순간에 너구리가 제공한 이해와 위무가 얼마나 특별했는가를 알려주는 그의 발언은 개그풍의 경박과 과장에도 불구하고 그가 안녕과 쾌락의 많은 부분을 다른 남자와의 우애 관계로부터 얻고 있음을 암시하기에 부족하지 않다.

그러나 너구리의 환상에 의해 매개된 남성 인물들의 동성사회적 공간은 일반적인 사회적 공간과 별개가 아니다. 그곳에서 남성 인물들이 맺고 있는 상호 유대의 배경에는 억압적인 권력 관계가 존재한다. 그들의 우애에 관한 삽화들은 그들의 동성 유대가 규율과 통제에 본질적으로 대립하는 것임을 알려준다. 주인공과 B는 교도하는 인간이나 제도에 대한 공통의 반감을 바탕으로 친구가 되기 시작했고, 권위에 저항하는 청년문화의 대표 격인 록밴드를 함께 했다. 주인공의 이야기에서나 B의 이야기에서나 오이디푸스적 아버지 혹은 그에 준하는 동일시의 모델은 전혀 보이지 않는다. 물론, 주인공의 아버지와 B의 아버지 양자 모두 혹은 어느 하나가 반드시 등장해야 했던 것은 아니다. 아버지에 관한 이야기가 빠져 있어서 그들의 우애를 이해하는 데에 지장이 있는 것은 아니다. 그 결락이 주목할 만한 것은 그로 인해 주인공과 B의 유대가 내포한 반反권위적 남성 유대의 성격이 모호하기 때문이 아니라 반대로 명확하기 때문이다. 주인공과 B에 관한 서술 중에는 아버지의 부재와 관련하여 특히 주의할 대목이 있다. 그것은 그들이 저수지 낚시를 하던 중에 UFO를 목격했다는 삽화다. 주인공-서술자의 설명에 따르면, "낚시터 맞은편의 아카시아 숲 위"의 공중에 떠서 눈이 부실 정도로 푸른 섬광을 주위에 뿜고 있던 그 반구형 기체는 순식간에 저수지 위를 날아 그들의 머리 위에 머물렀다. "그 거대한 기계는 마치 살아 있는 유기체처럼 느리고 무거운 호흡을 하고 있었다." 이어 그는 아래와 같이 서술한다.

몇 번의 호흡과 더불어 우리는 그 반원의 중심에 작은 구멍이 열리는 것을 볼 수 있었다. 기체를 에워싼 섬광과는 다른 성질의 불빛이, 그 구멍을 통해 일직선으로 하강해왔다. 그리고 그 빛의 기둥이 땅 위에 닿았다고 느껴진 순간, 엄청난 굉음과 함께 UFO는 이동했다. 정신을 차리고 보니 UFO는 이미 사라진 후였다.

그리고 우리는 보았다. 불과 5-6미터 앞, 즉 빛의 기둥이 닿았던 그 자리에 어떤 물체가 서 있는 것을. 그 물체는 한참을 멀뚱히 서 있더니 아장아장 우리가 켜놓은 랜턴의 불빛 앞으로 걸어 나왔다.

그것은 한 마리 너구리였다.

이 아카시아 숲 위의 UFO는 사우나의 때밀이와 마찬가지로 너구리 환상이라는 프레임 속에서 사물들이 겪는 우습고도 상징적인 변용의 한 예를 보여준다. "느리고 무거운 호흡"을 반복하다가 그 동체의 "중심에 작은 구멍"을 열어 느닷없이 한 마리 너구리를 방출하는 UFO는 말할 것도 없이 아이를 출산하는 여성을 닮았다. 너구리가 지구 밖으로부터 왔다는 서술은 그 동물이 상징하는 인간이 노동하고 계산하고 투쟁하는 사회에 대해 타자라는 생각을 명확히 한다. 그런데 이 너구리의 탄생에 관한 서술은 어머니를 상기시키는 반면 아버지는 사상捨象한다. 너구리는 "신이 인간을 위해 내려준 것"이라고 B는 주장하고, 마치 거기에 화답하듯 주인공은

UFO가 너구리를 지구에 내려놓았다 보고하고 있지만, 아버지가 신처럼 표상 불가능한 자리에 있다고 추리하기는 어렵다. 아버지 이미지를 생략한 너구리 탄생 서술은 아버지의 초월적 존재에 대해서가 아니라 동성사회적 욕망의 기원에 대해 뭔가를 말하고 있다고 생각된다. 퀴어 이론의 정초자 중한 사람인 이브 코소프스키 세지위크는 동성사회성과 동성애를 별개로 여기는 통념에 수정을 가해, 성적인 관계와 성적이지 않은 관계의 양극 사이에 있는 남자들끼리의 관계 전체를 단일한 욕망 연속체로 이해하기를 제안했다.[2] 그 개념 변형에 따르기로 한다면, 세지위크가 그렇게 했듯이, 동성애의 심리적 기원에 관한 정신분석의 가설을 고려할 필요가 있다. 오이디푸스 삼각형 도식은 남자아이의 성애가 이성애와 동성애로 다르게 발전하는 이유에 대한 설명을 제공한다. 요점을 말하면, 아버지와 어머니 사이에서 어느 한쪽을 욕망한 결과로, 어느 한쪽과 자신을 동일시한 결과로 남자아이는 성인이 되어 이성애 아니면 동성애 성향을 나타낸다. 긍정적인 오이디푸스 단계, 즉 아버지와 동성애적 동일시를 하고 아버지에게 종속된 여성화한 위치에 자신을 두는 단계를 통과함으로써 남자아이는 이성애적 역할을 위한 모델을 발견한다. 반

2) Eve Kosofsky Sedgwick, *Between Men: English Literature and Male Homosocial Desire*, Columbia University Press, 1985, 1–5.

대로, 아버지가 없거나 멀리 있어 어머니가 아버지의 자리를 차지하고, 그래서 어머니와 비정상적으로 강력한 동일시를 하면 남자아이는 동성애 성향으로 나아간다. 다시 말해, 유아기 남자의 이성애 욕망과 동성애 욕망은 그의 성인기에 그 각각의 반대편으로 결착되는 것이다.[3] 이 이론에 비추어 보면, 너구리의 탄생에 관한 서술 중에 아버지의 이미지가 결여된 사정은 필연적이다. 아버지의 상상된 부재는 동성사회적 욕망 주체가 자신의 기원에 대해 무의식적으로 사고하는 방식의 핵심이다.

「고마워, 과연 너구리야」는 표면상으로 참입參入, initiation 이야기의 형식을 가지고 있다. 주인공은 장난할 자유를 구가하던 시절을 뒤로하고 개인들이 각자 이익을 추구하며 경쟁하는 사회 속으로 진출하여 자신을 부양할 방도를 찾기 시작한 참이다. 그가 인턴사원으로서 만난 사회는 개인들에게 경제적 생존 수단을 제공하는 대신에 그 사회의 목적에 따라 수립된 직무라는 이름의 역할에 헌신하도록 요구한다. 취직 경쟁에 뛰어들어 그가 발견한 것은 개인의 본래적 자아와 사회적 역할 사이에 해소하기 어려운 모순이 존재한다는 것이다. 본성적으로 유희인간인 개인의 경우에 그 모순은 치명적이다. 손 팀장은 억누르고 있던 본성의 요구대로 컴퓨터 게임

---

3)   Eve Losofsky Sedgwick, 위의 책, 22-23.

에 열중하다가 거리로 내몰려, 겉으로 보기에는, 노숙자보다도 불우한 처지가 된다. 너구리 게임의 "스테이지 23"에 비유된, 누구에게나 찾아오는 세상살이의 고비란 그 자아와 역할 사이의 모순을 견디는 개인 능력의 한계와 다르지 않다. 주인공의 사회 진입 경험은 "사회란 무서운 것이구나"라는 각성으로 압축된다. 사회생활의 "스테이지 1의 문턱"에서 그는 진정한 자아 아니면 사회적 역할이라는 선택의 기로와 마주친다. 그러나 그의 이야기는 분석적으로 읽으면 남성 동성사회적 욕망의 곤경에 관한 것이다. 주인공이 나가고 있는 회사는, 주인공과 손 팀장의 일화가 얼핏 암시하듯이, 남자들 사이의 우정, 협업, 연줄이 우세한 사회의 일부이지만 주인공의 동성사회적 욕망에 대해 우호적이지 않다. 회사는 유희인간의 소동을 허락하지 않는 방식으로 남성 동성사회적 욕망을 회사의 목적에 맞게 규율한다. 우애 욕망은 손상을 입을 수밖에 없다. 이것은 주인공과 인사부장의 일화가 예증하는 바다. 모든 사원이 일정하게 배분된 역할의 노예이기를 원하는 회사기업의 폭정을 대표하는 인물인 인사부장은 회사의 남성 유대 사회에서 손 팀장과 같은 유희인간을 추방하는 한편, 주인공과 같은 유순한 신체를 갈취한다. 인사부장의 "남색"은 기업 권력에 포획되어 기업의 이익에 복무하는 남성 동성사회적 욕망의 타락한 형식이다. 주인공이 당면한, 자아 아니면 역할이라는 문제는 그 이면에서는 우애 아니면 굴종이라는 문제다.

「고마워, 과연 너구리야」가 남성 동성사회적 욕망을 제시하는 방식은 개인의 내면에 관한 서사 영역에서 한국 소설이 진전시킨 관습에 견주어 보면 상당히 이채로운 데가 있다. 2000년대 전반기 박민규 소설의 독특함에 주목한 비평가들은 그 소설이 1990년대 주류 소설과 얼마나 다른가를 강조하곤 했다. 예컨대, 김영찬은 박민규 소설이 "주체/중심"의 강박하에 개인의 내면 서술에 집중하는 종래의 소설 스타일에서 탈피했다고 보고, 그 새로운 세계를 "탈脫내면의 문학"이라고 명명했다.[4] 이것은 예술, 문학, 철학 분야에서 탈중심적 주체성의 도래를 경축한 모더니즘 비판가들 혹은 포스트모더니즘 지지자들의 주장과 기조를 같이하는 논평이다. 그런데 박민규 소설이 개인의 내면 서술에 있어서 근대적 주체성 주장—통일성, 중심성, 주권성의 현시—의 관습에서 탈출했는가는 논란거리다. 내가 위에 제시한 「고마워, 과연 너구리야」 분석이 옳다면, 주인공의 내면—너구리 환상과 동성사회적 욕망—은 파편적이지도, 분산적이지도 않다. 그를 사로잡고 있는 환상은 엉뚱함의 표층 아래 일관된 구조를 가지고 있으며, 그러면서 그의 자아 감각에 상응하는 바깥 세계의

4)   김영찬, 「개복치 우주(소설)론과 일인용 너구리 소설 사용법—박민규론」, 『비평극장의 유령들』, 창비, 2006, 150-151.

상상적 표상에 기여하고 있다. 그의 환상이 투사된 이야기 서술은 산만하고 비약적이지만 그 짧은 삽화와 장면들은 최종적으로 그의 내면적 정황에 대한 지시로 수렴된다. 내면성의 문학이라는 측면에서 1990년대 주류 소설과 박민규 소설의 차이는 과장하지 않는 편이 현명하다. 윤대녕이 의식적, 무의식적 경험의 정교한 묘사에 기운 반면, 박민규는 알레고리적으로 투명한 환상 안출案出에 쏠렸을 뿐, 그들의 소설 모두에서 개인의 내면은 일정한 합리적 구조를 가진, 그래서 공감과 이해를 허용하는 마음으로 나타난다.

게다가 "탈脫내면"이라는 표현은 중대한 오해를 불러올 우려가 있다. 박민규 소설의 주인공들이 외부 세계에 관계하는 방식과 관련하여 그렇다. 근대의 성립 이후 소설에서 내면성의 추구, 즉 작중인물의 내부에 부침하는 느낌, 감정, 사상에 주의하는 작법이 사실상 규범화한 사정은 계몽 이후의 인간에 대한 일반적 관념과 밀접한 관계가 있다. 그 관념의 골자 중 하나를 말하면, 인간 각자는 자아의 가능성을 내부에 가지고 있다는 것, 내부의 경험을 반성함으로써 진실한 자아를 성취한다는 것, 진실한 자아를 따르고자 노력하는 가운데 좋은 삶을 산다는 것이다. 이 인간 관념에 따르면, 개인이 속한 사회는 그의 외부를 이루며, 한편으로 그의 자아 탐구와 함양에 자원을 제공하면서, 다른 한편으로 그의 자아에 충실한 삶을 어렵게 한다. 인간 내부 자연의 본래적 선함과 인간 외부 사회의 타락한 가치를 대립시킨 장 자크 루소 이래 동서양 문학은 사회의 대로를 활보하는 대신에 마음의 오지 속으로 들어간 인물을 자주 영웅으로 삼았다. 현대 문학의 중요한 전통에서 내면 속으로의 망명과 진정한 삶에의 투신은 일치한다. 그래서 "탈脫내면"은 문학적 경사慶事에 대한 명칭이기 어렵다. 최악의 심급에서 그것은 문학의 작중인물이 사회 관습에 굴복하고, 기존 권위에 투항하고, 유토피아의 꿈을 버리기 시작한 사태를 뜻한다. 한마디로, 자아의 패배를 뜻한다. 박민규 소설은 물론 순응주의와 무관하다. 앞에서 보았듯이, 「고마워, 과연 너구리야」는 자본주의, 혹은 마르크스의 표현을 빌리면, '임금노동자의 감추어진 노예제'와 천성적으로 자유로운 호모루덴스를 대립시키고, 작중인물 B를 통해 전자가 아무리 강력한 힘을 가지더라도 후자는 세상에서 사라지지 않는다고 선언한다. 소설 전편을 관통하고 있는 너구리 환상은 그 자연과 사회를 양극화하는, 함축된 사상 구조 면에서 다분히 루소적이다.

2000년대 전반 박민규의 독특한 작품들은 저자 세대의 보통 사람들이 생애의 어느 시기엔가 친숙했던 대중소비와 대중오락의 다양한 기표들을 재치 있게 이용한다는 특징을 가지고 있다. 그러한 특징이 박민규의 작품에 특유하다고 말하면 물론 잘못이다. 박민규가 등장하기 이전에 유하, 장정일, 김영하, 백민석 등은 무협지에서 만화영화, 상품 광고에서 대중음악에 이르는 대중문화의 많은 사례를 인유하거나 참조하거나 패러디한 작품을 썼다. 1990년을 전후한 시기부터 한국 문학에는 대중소비를 통해 당대 사회와 문화의 엠블럼처럼 정착된 언어, 모티프, 이미지의 가공을 중심으로 하는 스타일, 내가 팝 모더니즘이라고 부른 스타일이 뚜렷하게 존재한다.[5] 박민규의 문학적 명성을 확립한『카스테라』는 그 스타일의 다부진 표현을 담고 있다. 그의 팝 모더니즘 소설은 대략 두 가지 점에서 그 문학적 선례들과 구별된다. 첫째는 대중 상품 소비에서 유래한 각종 환상의 대담한 발설이라는 점이다. 작중인물 다수는,「고마워, 과연 너구리야」의 주인공-서술자가 그렇듯이, 상품 소비를 통해 쾌락을 얻으면서 은밀하게 배양한 환상을 종종 현실과 중첩시키고, 그 환상을 공유하지 않는 독자에게는 유치하게, 괴상하게, 황당하게 보이기 쉬운 자신들의 사고와 행동을 아무렇지 않게 이야기한다. 둘째는 다국적 소비문화의 우세를 반영한 서사라는 점이다. 너구리 환상만 해도 민족적, 지역적 기원이 불분명하고, 초국가적, 초장르적으로 유통되고 있는 수많은 서사와 상상의 레퍼토리에 속한다. 예컨대, 유희를 좋아하는 너구리, 너구리의 본색을 감추고 살아가는 인간은 애니메이션「헤이세이 너구리 전쟁 폼포코」(스튜디오 지브리 제작, 1994년 개

---

5)   황종연,「팝 모더니즘 시대의 비평」,『문학과사회』2016년 봄호, 113.

봉)에도 나오는 모티프다. 「고마워, 과연 너구리야」가 미적 취향 면에서 대중문화에 대해 친화적이라는 것은 명백하다. 그러나 이 소설에서 단지 대중주의 미학을 읽고 만다면 그것은 불행한 일이다. 주인공은 환상과 합체된 현실에서 본능을 억압하는 문화, 욕망을 왜곡하는 사회를 발견한다. 대중적 환상의 서사에서 욕망의 문화정치까지의 거리는 그리 멀지 않다.

아무도 기억하지 않는 사후의 생을 위하여

—김인숙, 「감옥의 뜰」

¶　김인숙 소설집 『그 여자의 자서전』(창비, 2005. 8)에 실린 텍스트를 논의에 사용했다.

1990년대 후반 이후의 한국 소설 중에는 해외여행과 거주가 한국인들 사이에 흔한 일이 되기 시작한 당시의 상황을 예증하는 작품들이 적지 않다. 특히, 1992년 한중 수교 이후 한국의 국제관계에서 아시아 국가들이 차지하는 비중이 높아지면서, 또한 동아시아 혹은 아시아 지역주의 담론이 다방면의 공론 영역에서 시세를 얻으면서 한국인의 아시아 경험은 유의미한 문학 재료가 되었고, 실제로 몇몇 작품을 통해 주목할 만한 표현을 얻었다. 2000년대 한국 소설 지리는 방현석의 베트남, 전성태의 몽골, 박형서의 태국, 그리고 무엇보다도 김인숙의 중국을 빼놓고 말하기 어렵다. 김인숙의 단편소설 「감옥의 뜰」은 마찬가지로 중국을 배경 삼은 그녀의 단편소설 「바다와 나비」만큼 유명하지 않은 듯하나 그 김기림의 시를 인유한 작품 이상으로 주목할 이유가 있다. 우선, 이 소설에 다뤄진 주요 지역은 역사적으로 한국과 관계가 깊은 중국 동북부의 하얼빈이다. 이 송화강 연변의 도시는 그곳을 기지로 삼은 러시아의 동청철도東淸鐵道 부설 사업이 추진되면서 크게 면모를 일신하여 근대 중국사에서 때때로 상해와 비교될 만큼 국제적인 도시가 되었다고 알려져 있다. 그런데 근래의 연구에 의하면, 1898년부터 시작된 그 철도부설 사업은 하얼빈 지역 한인 민족운동의 토대가 만들어진 계기이기도 했다. 러시아 연해주 등지에 거주하다가 하얼빈으로 이주한 한인 철도부설 노동자들을 중심으로 민족적 집결이 이루어졌으며, 이것을 기반으로 이토 히로부미 암살과 같은 의거가 가능했다고 한다. 「감옥의 뜰」에서 안중근의 사적은 중요하게 취급된다. 소설 제목 중의 '감옥'은 바로 안중근이 수감되어 있었던 여순감옥을 가리킨다. 초점화자인 하얼빈 거주 한국인 규상은 안중근의 생애에 비추어 그 자신이 살아온 삶의 의미에 대해 질문을 던진다. 앞으로 보겠지만, 규상에 관한 서술 속에는 한국사의 국외 유적들의 이미지와 현대 한국인의 실존적 경험 사이에 연계를 만들기 위한 흥미로운 시도가 포함되어 있다.

「감옥의 뜰」은 안중근이 거사에 성공한 철도역이나 일본 관동군 731부대 유적과 같은 한국인의 역사 상식에 등장하는 하얼빈의 장소들에 대해 언급한다. 하지만 서술된 이야기는 현대 한국인들을 교화하거나 계도하려는 역사, 니체가 말한 의미에서 기념비적 역사monumental history와 아무 관계가 없다. 규상을 비롯한 작중인물들이 그 유적들을 보는 방식은 자신들의 생활 속에 이어져 흐르고 있는 역사를 느끼는 일보다 자신들의 현재와 단절된 과거의 조각을 구경하는 일에 가깝다. 그것은 대체로 관람의 방식이다. 사실, 「감옥의 뜰」에서 이런저런 역사 유적은 관광 명소로 등장한다. 작중 서술은 하얼빈의 명물 빙설제氷雪祭가 열리는 어느 해 1월, 형 규만의 부탁으로 규상이 갑작스레 안내를 맡아 하루 내내 계속하는 하얼빈 관광 동선을 따라 진행된다. 한국 외교부 관료와 모종의 관계가 있는 듯한 50대 중후반의 한국인 남자 대여섯 명을 데리고 이동하는 그의 행로에는 과거 731부대의 주둔지, 빙설제가 열리는 태양섬, 조선족 사장이 경영하는 룸살롱이 들어 있다. 역사 유적, 지역 축제, 매음 매춘은 옴니버스 관광 품목이라는 점에서 차이가 없고, 그래서 사람, 풍물, 경관 등이 속속들이 상품화 체제 아래 들어간 중국의 상황을 지시한다. 규상의 안내로 하얼빈을 유람하고 있는 그 한국의 "업체 대표"들이 말하는 새로운 중국의 인상은 그 대륙에서 놀라운 속도로 발전 중인 자본주의의 충격과 다르지 않다. 그들은 여느 한국인 관광객과 마찬가지로 중국의 엄청난 크기와 힘에 탄복하는 한편으로, 중국이 경제 도약을 계속한다면 장차 한국에 대해 미국 이상으로 군림하지 않을까 두려워한다.

1992년 한중 수교 이후 한동안 확연했던 사실은 야심 있고 낙천적인 부류의 한국인들에게 중국은 엘도라도와 같았다는 것이다. 1990년대 후반부터 2000년대 후반까지 매년

10퍼센트 안팎의 GDP 성장률을 기록한, 당시 인구 12억의 중국은 한국의 자본가, 기업가, 투기꾼 들에게 매력적인 곳일 수밖에 없었다. 규상은 날로 팽창하는 중국 시장이 어떤 행운을 주리라는 기대를 품고 중국으로 건너간 한국인의 한 예다. 그는 30대 후반에 잇따라 불운을 겪었다. 서른다섯 살때 주식 투자에 실패하는 바람에 집을 잃었고, 서른일곱 살때 이혼을 당하는 동시에 비리에 연루된 혐의로 "감사원"에서 퇴직을 당했다. 당시에 북경에 거주하고 있었던 형 규만은 중고 자동차 무역으로 많은 돈을 벌었고 중국통 한국 관료와 연줄을 맺을 만큼 성공했다. 반면에 규상은 형과 함께 북경에서 생활한 2년 동안 어떤 이유에선가 재기의 발판을 마련하지 못했고, 이후 하얼빈으로 이주한 다음에도 형의 도움으로 살았으며 형의 조수 노릇을 계속해야 했다. 사업이나 그 밖의 목적에서 한국인 누군가의 중국 관광을 도와줘야 하는 형의 지시에 따라, "형 대신 술을 마〔시〕고 형 대신 여자들을" 사는 일을 했다. 형의 일을 대신하는 때가 아니면 하루가 멀다 하고 술을 마시거나 며칠씩 밤을 새워가며 "포커"를 치는 것이 그의 일상사다. 서술상 현재 그의 하얼빈 친구는 그가 무면허 여행 가이드를 하는 동안 친분이 생겼을 중국인 "나라시 기사" 샤오친, 그의 "둘도 없는 노름 친구"인 룸살롱 상그리아의 정 상무 정도다. 그는 30대 전반에 한국 정부기관(감사원)에 근무하고 있었던, 사회적 성공의 궤도에 진입한 남자였지만 40대에 들어서면서 하얼빈 사회의 하류 인생으로 몰락했다. 게다가 물리적으로도 장해가 생겼다. 음주와 도박에 빠져 방만한 생활을 계속하는 사이 건강이 나빠져 성 기능 부전상태가 되고 말았다. 그는 심신의 안락을 얻기 위해 때때로 하얼빈 지하 세계의 풍속에 의존하고 있다. 그 풍속은 엑스터시라는 마약 투약이다.

중국이라는 이방의 음지에서 신체적, 사회적 몰락을 외롭게 겪고 있는 규상의 생활에서는 퇴폐의 증후가 뚜렷하다. 그가 엑스터시를 복용하고 있다는 사실이 드러나자 그가 변명 삼아 했던 말에 따르면 그는 "재기"하기도 "타락하기도 어려운" 자신의 나이를 고통스럽게 의식하며 정상과 비정상 사이의 삶을 위태롭게 이어오고 있다. 그러나 그의 중국 생활이 단지 고통으로 점철된 것은 아니다. 그는 한국에 사는 동안 전혀 없지 않았을 행복의 순간을 단 하나도 기억하지 못하는 반면, 중국에 체류하고 있는 덕분에 그가 누리고 있는 작은 기쁨을 명확하게 의식하고 있다. 그 기쁨 중 하나는 일주일 아니면 이주일 간격으로 샤오친을 불러 술을 마시며 "묵혀두었던 이야기"를 중국어로 "털어놓곤" 하는 데서 오는 그것이다. 그의 중국어 학습 기간은 몇 년 되지 않지만 그 "낯선 언어"는 "그의 내부에 있는 곰팡이들을 제거하는 느낌을 줄 때가 있었"고, 그럴 때 그는 "오르가슴"을 느끼곤 했다. 그가 중국어를 하며 느낀 기쁨은 바꿔 말하면 한국어를 떠나는 기쁨, 한국 사회의 언어적, 상징적 질서 밖으로 나가는 기쁨이다. 오르가슴이라는 비유는 과한 듯하나 일리가 있다. 그것은 그의 몸을 옭아매고 있던 한국적인 말과 삶의 법이 해체되는 계기와 다르지 않기 때문이다. 규상의 이야기에서 중국은 한국과 역사상 겹치는 장소 또는 21세기 한국에게 위협적인 대국으로서보다는 한국적 삶의 질서에 대한 외부로서 의미가 있다. 한국에서는 어쩌면 가능하지 않았을 경험, 한국에서 잃어버렸거나 가져보지 못한 귀중한 뭔가와 만나는 경험이 그곳에서는 덧없는 모양으로나마 이루어진다. 이것은 규상의 하얼빈이 우리에게 주목을 요하는 또 하나의 이유다.

「감옥의 뜰」에서 흥미의 초점은 낯설고 퇴폐적인 하얼빈의 한구석에서 발견되는 사람 사이의 친밀한 관계에 있다. 그관계를 이룬 사람들은 서로에게, 작중의 키워드를 빌리면, "하오펑여우好朋友"이다. 규상에 관한 서술은 그가 외롭고 피폐한 처지이지만 "하오펑여우"를 가지고 있음을 스스로 깨닫는다는 결말로 나아간다. 그 '좋은 친구'의 하나가 흰소리 잘하는 택시기사에 불과한 것 같았던 샤오친이라면, 다른 하나는 그와 반년 정도 동거하다가 한국으로 돌아간 후 한 달여 만에 위암으로 사망한 화선이다. 그는 1월의 어느 늦은 밤 전혀 예상치 못한 전화를 해온 화선의 남편으로부터 그녀가 사흘 전에 별세했다는 소식을 듣고, 이어 다시 전화상으로 북경의 형한테서 관광차 하얼빈에 들렀으나 곤란을 만난 한국인들을 돌보라는 요청을 받는다. 다음 날 샤오친의 차를 이용해서 그들을 안내하는 동안 그는 이곳저곳에서 촉발되어 화선을 추억한다. 관광 안내를 마친 다음 다시 샤오친의 도움을 얻어 화선의 유품을 처리하는 대목에서 그는 샤오친이 "어쩌면 정말로 [자신]의 친구일지도 모른다"고 생각하는가 하면, "내 하오펑여우"라는 호칭으로 화선의 추억을 마친다. 화선은 그가 하얼빈에 와서 만난, 그보다 먼저 하얼빈 생활을 시작한, 30대 중후반으로 짐작되는 여성이다. 그가 그녀를 처음 만났을 때 그녀는 "이혼녀"라고 자칭하면서, "그해 초등학교에 입학하는 아이를 남편에게 줘버리고, 자기는 무작정 중국으로 와버렸다"고 말했다. 그와 동거하는 동안 그녀는 그와 대조적으로 진지하고 건실하게 살았다. 부지런히 중국어를 배웠고 열심히 생활 정보를 모았다. 중국으로 오기 전까지 그녀가 살아온 삶의 대부분은 어둠 속에 있고, 심지어는 이혼했다는 말도 거짓이었던 것으로 밝혀진다. 그러나 그녀의 이주가 절실한 소망에 따른 일이었음이 의심되지는 않는다. 그녀는 한국에서 유지하고 있었던 그녀 자신과 결별하고, 중국이라는 다른 세계 속에서 다른 존재로 거듭나고자 했다고 믿어진다. 이와 관련하여, 하얼빈이 만주어로 그물 말리는 곳을 뜻한다는 풀이를 기초로 서술 중에 만들어진 하얼빈, 그물, 그녀 사이의 의미 연쇄는 놓치기 어렵다. 이에 따르면 그녀는 인간세계의 중심으로부터 밀려나 표류하던 끝에 하얼빈이라는 변경에 이르러 구원을 얻은 인간이 된다.

규상과 화선이 동거에 들어간 경위는 분명하지 않다. 그들은 30대의 어느 순간에 자신들의 삶을 실패라고 느꼈다는 점, 다른 삶을 시작하려고 낯선 땅으로 떠나왔다는 점에서 같은 처지이지만 계산이나 정열의 단단한 끈으로 그들이 묶여 있었다는 증거는 없다. 규상이 한국으로 돌아가 화선의 투병을 돕지 않은 이유를 말하는 중에 서술자는 모든 고락을 함께 하기에는 그들의 관계가 "헐거웠다"고 밝히고 있다. 그런데 규상이 마음속으로 치르는 애도의 이야기를 들여다보면, 화선은 육체적으로나, 정신적으로나 난국에 처한 규상을 깊이 동정하고 있었음이 확인된다. 그 증거 중 하나가 규상의 성적 불능에 대해 화선이 보인 반응이다. 그의 성기를 일으켜 세우려는 노력을 매번 헛되게 했던 그녀는 연민의 마음을 감추지 않았다. 관계 시도가 불발로 끝난 어느 때엔가는 "섹스가 사라지면 슬픈 일"이라고 말하면서 이렇게 권했다. "당신 언제든지 이게 불현듯 서면, 섰는데 나한테까지 올 겨를이 없으면…… 가장 가까운 데 창녀라도 찾아가요." 그의 매춘을 양해한다는 그녀의 말은 그녀가 그와 결혼한 사이가 아니고, 따라서 그에게 성적 충성을 요구할 자격을 가지고 있지 않은 만큼 자연스러울지 모른다. 그러나 그 말의 의미는 그렇게 범상한 양해에서 끝나지 않는 것으로 보인다. 어미 노릇을 거부하고 혼자 한국을 탈출한 그녀의 결단과 연결해서 읽으면 그것은 사회의 도덕적 관습에 구애되지 않는 윤리적 언표처럼 들린다. 그녀는 도덕보다 욕망, 마음보다 몸을 우위에 두고 자신과 타인의 삶을 생각하려 했던 듯하다. 도덕의 근간을 이루는 선악 구분에 대해 자신은 회의적이라고 스스로 밝히기도 했다. 그가 그녀의 안내를 받아 731부대 전시관을 처음 관람했을 때이다. 그 악명 높은 생체실험의 증거들을 보고 그토록 악할 수 있으니 인간은 정녕 두렵다고 생각하고 있던 그에게 그녀는 "선과 악은 어느 지점에서 구분이 되는 거 같아요? 삶과 죽음처럼, 그건 그냥 맞닿아 있다는 생각이 들어요"라고 대꾸했다.

규상은 한국에서 추방과 다름없는 불운을 겪으면서 환멸의 습격을 받았을 것이다. 그가 애써 추구했던, 사람들이 행복이라고 부르는 상태는 일순간에 헛것[幻]이 되어 무참히 사라졌다. 그가 빠져 있는 음주와 도박, 간혹 즐기는 마약은 그가 입은 극심한 환멸의 상처를 가리키고 있을 것이다. 환멸은 화선의 내면적 프로필이기도 했다. 가족이라는 형식, 전통적으로 여성에게 사회적 인정을 제공한다고 여겨진 형식은 어떤 이유에선가 그녀에게 더 이상 의미를 가지지 못하게 됐다. 그러나 그녀에게 헛것으로 판명된 가족 형식으로부터 탈출하고 나서 그녀가 단지 쾌활하게 자유의 궤도를 달리고 있었던 것은 아니다. 가족의 속박을 거부한 후 그녀는 자해의 고통과 다르지 않은 아픔을 겪고 있었다. 이것은 그녀가 하루 두 갑의 담배를 피웠다거나 밤이면 한국의 아이를 그리워하며 울곤 했다는 언급에 암시되어 있는 바다. 그들이 공통으로 겪은 환멸은, 추정하건대, 그들 사이에 친밀한 관계가 생겨난 이유 중 하나였을 것이다. 하지만 그들이 환멸 이후를 사는 방식에는 적잖은 차이가 있다. 그가 곤경에 처한 그 자신에 대한 연민의 수렁에 빠져 있었다면, 그녀는 환상도, 위선도 없는 삶을 향한 의지를 보였다. 그가 가련한 자신을 음주와 도박으로 위무하고 있었다면, 그녀는 자신의 몸으로 삶의 진실을 구했고 그 명령에 따르고자 했다. 환멸 이후에 관한 한 그녀는 그보다 성숙하고 지혜롭다. 그의 회상 속에 나타난 그녀는 단지 친밀하고 자애로운 이성 친구에 그치지 않는다. 그녀는 반성적인 삶에 그와 함께 참여했고, 인간 존재의 문제에 그와 함께 대면했다. 그녀는, 말하자면, 그의 둘도 없는 철학적 동지였던 것이다.

사람은 누구나 고국을 떠나, 그 익숙한 언어와 문화 밖으로 나가, 자신과 대면하면 많게든 적게든 철학적이 되는가? 「감옥의 뜰」의 저자는 아마도 그렇다고 답할 것이다. 규상과 화선의 이야기는 많은 부분에서 내가 살아온 삶은 어떤 의미가 있는가, 나는 살 가치가 있는 삶을 살고 있는가, 나는 어떤 죽음을 죽을 것인가, 같은 물음들과 관련되어 있다. 규상의 추억에서는 화선과 함께한 하얼빈, 여순, 아청 등지의 명소 관람이 큰 비중을 차지하고 있는데, 그 관람은 자신들의 존재를 심문의 대상으로 만드는 실존적 모험의 요소를 포함한다. 작중 주요 장소 중 하나인 여순감옥은 "침묵보다 더 낮고 적요보다 더 깊은" 소리의 공간으로 규상에게 다가오는 최초의 장면에서부터 저 애국지사의 사적을 넘어 니힐리즘의 형장刑場을 이룬다. 여자 안내원의 뒤를 따라 관람객이라곤 그들이 전부인 어둡고 조용한 감옥 건물 내부를 돌아보던 규상은 고문실을 거쳐 사형실로 들어가 그곳에 설치된 교수대를 살펴본다. 교수대의 "밑바닥"에는 사체가 떨어져 통과할 문이 달려 있고 문 아래로는 그 사체의 수납과 폐기에 쓰이는 나무통이 놓여 있다. 그는 "교수대에 서서 바닥의 나무통을 내려다보"던 중에 자신의 "몸속에서 무언가가 쑥 빠져나가" 그 통으로 "툭 떨어져내리는" 환상에 사로잡힌다. 서술자가, 짐작건대 그의 생각을 좇아, "어리석은"이라고 형용하고 있는 이것은 물론 그 자신의 죽음에 관한 환상이었을 것이다. 주목할 것은 그의 죽음이 "밑바닥" 아래의 통이 환기하듯이 하강의 이미지를 가지고 있다는 점, 그리고 그의 사체가 아무렇게나 버려져도 상관없는 물질로 상상되고 있다는 점이다. 여기에는 육체적으로나 사회적으로나 자신이 몰락하고 있다는 의식과 연속된 그의 비참한 죽음 관념이 투영되어 있음에 틀림없다.

안중근이 생애를 마친 장소는 더할 나위 없이 끔찍하지만 그의 죽음을 가련하다고 보는 한국인은 드물 것이다. 그는 그의 당대 이후 한국의 반제국주의운동에 교훈이 되는 의로운 죽음을 죽었고 그래서 생물학적 생명의 한계를 넘어 불멸하는 영광을 얻었다. 안중근은 권리를 누리는 것보다 영광을 가지는 것이 값지다고 믿어지던 문화 내에서 길러진 사람이었다. 그 명예의 문화를 사는 사람들이 때때로 얼마나 비범한가를 알려주는 예가 「감옥의 뜰」의 한국인 관광객들의 대화 중에 나온다. 안중근 어머니가 옥중의 아들에게 편지를 보내 항소 따위 하지 말고 "억울하게 죽어라"라고 했다는 이야기가 그것이다. 이 이야기는 매스미디어를 통해 널리 알려진 그 편지 본문 중에서는 "옳은 일을 하고 받은 형이니 비겁하게 삶을 구하지 말고 대의에 죽는 것이 어미에 대한 효도이다"라는 문장에 대응된다.[1] 작중에서 찬탄되고 있는 안중근 어머니의 교시는 한국의 명예 문화의 구성 분자인 성스러운 죽음 관념을 상기시킨다. 그런데 그와 같은 죽음은 범인凡人의 몫은 아니다. 규상이 슬퍼하는 이유 중 하나는 자신이 영광의

---

[1]   참고로, 안중근의 어머니가 실제로 그와 같은 문장의 편지를 썼는지는 불확실하다. 그 문장의 최초 원천 중 하나가 아닐까 추정되는 사이토 다이켄의 『내 마음의 안중근』은 안중근 감방 간수를 담당했던 헌병의 기억 등을 전하고 있지만, 사료로서의 신빙성이 높지 않다. 일본어 원서 초판본(1994) 띠지에는 그 저술이 "역사소설"이라고 명기되어 있기도 하다. (斎藤泰彦, 『わが心の安重根: 千葉十七·合掌の生涯』, 五月書房, 1994; 增補新裝版, 1997.) 사이토 다이켄, 『내 마음의 안중근』, 이송은 옮김, 집사재, 2002, 207에 그 안중근 어머니의 전언이 나온다.

가망 없이 죽으리라는 예감이다. 안중근이 하얼빈역에서 암살 테러에 성공한 것이 서른 살 때, 여순감옥에서 사형을 당한 것이 서른한 살 때다. 하얼빈역 앞을 지나면서 규상은 화선에게 묻는 방식으로 자신에게 묻는다. "만일에 내가 서른한 살에 죽을 수 있었다면, 내 죽음도 그렇게 위대할 수 있었을까?" 그가 서른한 살 때, 안중근이 추구했던 '동양 평화'처럼, 목숨 바쳐 보위하고 싶은 어떤 대의를 가지고 있었는지는 분명하지 않다. 다만 분명한 것은 그가 알고 있는 많은 사람이 비범하게든 평범하게든 젊은 나이에 죽어, 30대 중반 이후의 그와 달리, 파탄과 환멸을 겪지 않았다는 것이다. 그는 서른한 살에 죽지 못한 까닭에, 다시 말해 삶을 그 "절정"에서 끝내지 못한 까닭에 자신에게 남은 것은 초라한 연명과 "원통한 마음뿐"이라고 느끼고 있다.

규상의 원통한 심정은 아마도 화선이 모르지 않았을 것이다. 절정을 지나 상처로 얼룩진 삶을 살고 있기는 그녀도 마찬가지였다. 규상이 안중근처럼 위대하게 죽을 수 있었을까 하고 묻자 그녀는 정면으로 답하는 대신 "우린 오래 살 거예요"라고 말한다. 여기에는 체념의 어조가 있다. 현재까지 살아 있으니 자신들은 결국 평범한 부류라는 사실 앞에 정직하자고 그녀는 제안하고 있는 것이 아닐까. 게다가 그녀는 사람의 쇠락에 대해 규상만큼 감상적으로 반응하지 않았던 듯하다. 731부대 유적지 관람 중에 그녀가 했던, "삶과 죽음"이

"맞닿아 있는 것" 같다는 말은 감상을 거르고 걸러 얻어진 달관의 느낌을 준다. 그 말은 생과 사, 유와 무, 존재와 비존재 양쪽 모두를 동일한 실재의 다른 양상으로 수락한다는 뜻, 나아가 전자를 사랑하고 후자를 증오하는 마음의 상습常習을 거절한다는 뜻으로 들린다. 생과 사의 대립과 사랑과 증오의 대립, 두 대립 사이에 성립하는 상동 관계는 중국의 낯선 유물과 풍경을 눈앞에 두고 그녀가 하는 생각 속에서 비틀린다. 그 예가 그녀의 아청 여행 삽화에 나온다. 하얼빈 남동쪽 교외에 자리한 그 작은 도시의 들길을 규상과 함께 걷던 그녀는 개발의 파장이 미치지 않은 그와 같은 곳에 정착해서 텃밭을 일구며 살고 싶었다고 토로한다. 이어, 텃밭이라면 한국에서도 가능했을 일이라는 반응을 예상했는지, 그곳에서 텃밭을 일구다 보면 땅속에 묻혀 있던 "오천년 전의 사람의 뼈, 만년 전의 토기, 그런 것들"과 만나게 된다고 덧붙인다. 아청은 12세기 전반에 발흥해서 중국 대륙 북부를 석권했다가 13세기 전반에 소멸한 여진족 국가 금나라의 발상지. 그녀는 금나라의 고토故土에서 망각과 부식의 기나긴 세월을 통과하고 있는 인간 존재의 잔해에 특별히 애착한다. 아청 이야기 중 그곳 박물관에 진열된 다량의 "동경銅鏡"을 앞에 두고 그녀가 보이는 반응은 그녀의 호고 심리와 관련하여 특히 흥미롭다. 전시실 하나를 가득 채운 동경들은 "세월을 좇아 거무튀튀한 색깔로 모두 변색되어" 있다. 한쪽에는 원래의 상태로 닦아놓아 황금빛이 도는 견본 거울이 있다. 그녀의 "둥근 얼굴을 가득 담고 노랗고 은근하게" 빛나는 그 거울을 들여다보다가 그녀는 아무것도 비추지 않는, 검게 녹슨 거울들로 다시 눈길을 던진다.

유리상자 안의 동경들은 세월의 녹을 묻힌 채, 그 거울 속에 담겼던 천년 전 여인들의 얼굴을 모두 지워버린 채, 완강하게 어두웠다. 화선과 그는, 이제 그 존재의 형식이 달라진, 푸르고 검은빛의 동경들을 오래 들여다보았다. 거울은 차갑고, 무겁고, 조용했다. 우리는 오래 살 거예요. 화선이 말했던가. 우리는 오래 살겠지만, 아무도 우리를 기억하지 않을 거예요. 그리고 또 화선은 말했을 것이다. 참…… 다행이에요.

그녀에게 동경은 죽음의 이미지를 가지고 있다. 그녀가 거울에서 느끼는 차가움, 무거움, 조용함은 규상이 731부대 건물에서 느끼는 "침묵보다 더 낮고 적요보다 더 깊은" 무엇과 유사하다. 동경이 그녀의 마음속에 환기하는 죽음은 천년 전 여인들의 죽음이면서 동시에 그녀 자신의 죽음이다. 황금빛 거울이 보여주던 그녀의 얼굴을, 흑청빛 거울은 보여주지 않는다. 어둠밖에 보여주지 않는 거울들을 오래 들여다보면서 그녀는 아마도 자신의 죽음을 생각했을 것이다. 아득한 옛날의 여인들이 동경들을 남기고 사라졌듯이 자신도 형해形骸

를 남기고 소멸하리라 생각했을 것이다. 그리고 동경들이 그 주인이 누구였던가를 알려주지 않는 채로 오래도록 잔존하고 있듯이 자신의 형해 역시 자신과 무관하게 기나긴 풍화의 시간을 거치리라 생각했을 것이다. 그렇다면 "우리는 오래 살 거예요"라는 그녀의 말은 역설이 된다. 그것이 안중근처럼 자신이 죽을 수 있었을까 묻던 규상과 대화하는 중에 그녀가 했던 말이기도 하다는 것을 고려해서 들으면 그것의 역설적 성격은 더욱 뚜렷하다. 그녀는 영웅의 죽음을 죽어 만인의 기억 속에 불멸하는 대신에 누구도 알아보지 못하는 형해의 형태로 영속하리라고 말한 셈이다. 이 수사 표현은 그녀가 그녀 자신을 보는 데에 살아 있는 자의 관점만이 아니라 죽은 자의 관점도 취하고 있었다는 것을 알려준다. 그녀가 자기를 관조하는 방식은 에밀 시오랑이 『출생의 불편함』에서 '사후적posthume'이라는 명명에 값한다고 말한 인식과 정확하게 일치한다.[2] 그것은 "인식하는 사람이 살아 있으면서 동시에 살아 있지 않은 듯이, 존재이면서 동시에 존재의 추억인 듯이 작동한다".

이렇게 보면, 삶과 죽음이 서로 맞닿아 있다는 화선의 법어 같은 말은 재삼 음미를 요한다. 그것이 한편으로 생과 사가 동일한 실재의 분리 불가능한 양면임을 인정한다는 뜻이라면, 다른 한편으로 생과 사 사이의 일, 즉 출생과 소멸, 생

2)   E. M. Cioran, *De l'inconvénient d'être né*, Gallimard, 1973, 10.

장과 쇠락의 모든 과정을 동등하게 수락한다는 뜻이다. 출생은 단지 기뻐할 일이 아니고 소멸은 마냥 슬퍼할 일이 아니다. 화선은 오히려, 마치 열반을 염원하는 승려처럼 소멸에 대응한다. 그래서 위의 인용문에 나와 있는 바대로, 아무도 기억하지 않을 자신들의 죽음이 "참…… 다행"이라고 그녀는 생각한다. 존재와 그 소멸을 대하는 그녀의 감성은 다분히 니힐리스틱하다. 규상의 731부대 전시관 관람을 안내하고 나오는 길에 사람의 흔적이라곤 전혀 없는 넓은 순백의 눈밭을 만났을 때 그녀가 감탄하며 했던 말은 그곳이 "성소" 같다는 것이다. 인간 존재가 소멸한 풍경에서 성스러움을 느끼는 그녀의 감성은 작중에 그려진 1990년대 이후 한국과 중국의 세계에서는 이색적이다. 한국인 다수가 시대 변화를 이해하는 데에 동원하는 대서사를 배경에 두고 보면 특히 그렇다. 그 대서사의 요점은 일본에게 침략을 당한 과거를 기억하고 중국에게 위협을 당할 미래를 예상하는 작중 한국인 관광객들의 발언에 얼마간 드러나 있다. 그것은 국가들이 보다 많은 부와 힘을 가지려고 부단히 경쟁하는, 사람들이 발전 이데올로기의 압력 아래 생을 도모하는 역사의 시간이다. 반면, 화선이 관찰하는 동경들과 그것들이 환유하는 여인들의 존재에는 전혀 다른 시간이 관여하고 있다. 그것은 존재가 비존재로, 실상이 허상으로, 출생이 소멸로 나아가는 시간이다. 그것은 역사의 시간이 아니라 자연의 시간이다.

돌이켜보면 하얼빈은 과거 한국 소설에서도 의미 있게 다뤄진 적이 있다. 1932년 만주국 탄생 이후 그곳 지역의 조선인 인구가 급증하고, 만주 유람이 조선인 엘리트들 사이에 유행하고, 만주 도시들의 다인종 사회와 문화가 제국 미디어산업의 레퍼토리가 되면서 하얼빈은 조선인 작가들의 주의를 끌었다. 한국 문학사에 모더니즘적이라고 간주되는 일제 말기 소설의 많지 않은 해외 소재 중 하나는 하얼빈의 국제적 도시 문화에 있었다. 오늘날에도 읽을 만한 20세기 전반 단편소설 중 하나인 최명익의 「심문」(1939)은 하얼빈이 조선인에게 가지는 어떤 상징적 가치를 명확히 하는 데에 성공한 작품이다.[3] 직업 화가인 서술자는 방랑하는 기분으로 하얼빈 여행에 나섰다가, 반년 전쯤에 자신의 모델 겸 애인 노릇을 그만두고 그곳으로 건너와 삼류 카바레 댄서로 일하고 있는 여옥과, 여옥에게 생계를 의존하고 있는, 한때 사회주의 이론가로서 명성이 자자했으나 현재는 아편중독자가 돼버린 현일영을 만난다. 「심문」은 하얼빈의 중심지 키타이스카야의 번화한 다국적 소비생활이나 "에로그로"라고 통칭되던 선정주의 대중오락에 주목하는 대신, 몰락의 운명을 만난 그 왕년의 지식인 남녀의 말로를 이야기한다. 「심문」에 그려진 하얼빈은 그처럼 조선 / 한국의 사회적 난민의 생존을 위한 장

---

3)   최명익, 「심문」, 『최명익 소설 선집』, 진정석 엮음, 현대문학, 2009.

소라는 점에서 「감옥의 뜰」의 하얼빈을 선취하고 있다. 두 텍스트는 작중인물들의 몰락을 심미적으로 처리하는 방식과 관련해서도 비슷하다. 「심문」의 여옥, 숙녀와 창부의 이미지, 일본 유학파 지식인과 삼류 카바레 댄서의 이력, 섬약한 마음과 병든 몸을 가진 그녀는 퇴폐의 화신과 같다. 그녀가 갱생의 꿈을 포기하고 자살하는 대목에서 퇴폐 미학은 완성된다. 「감옥의 뜰」 중에 화선의 병들고 쇠잔한 몸에 관한 묘사는 나오지 않는다. 그러나 규상이 마약에 취해서 화선과의 섹스를 대리 경험하는 장면은 미학적으로 명백히 퇴폐적이다. 화장 중에 불타고 있는 화선의 몸을 떠올리며 사정의 순간으로 나아가는 그의 상상 속에서 섹스와 죽음, 황홀과 멸각은 하나가 된다. 현대에는 조르주 바타유가 대표하는 위반과 성애의 철학에서 그러하듯이.[4]

그러나 「심문」과 「감옥의 뜰」의 미학적 유사성은 너무 강조하지 않는 편이 좋을 것이다. 전자에서의 쇠락은 진보적이고 단선적인 역사—작품 서두의 폭주하는 특급 열차에 그 이미지를 가지고 있는 역사—로부터 낙오한 존재의 양상이지만, 후자에서의 쇠락은 역사의 법칙이 작동하지 않는 자연의 영역에서 일어나는 변화의 일부이다. 「감옥의 뜰」의 결말,

---

[4]   Jonathan Dollimore, *Death, Desire and Loss in Western Culture*, Routledge, 1998, 249-257.

규상이 어떻게 화선의 유품을 처리하는지 보여주는 일화는 그녀의 삶과 죽음이 자연의 일이라는 해석을 보증한다. 그녀의 옷가지와 함께 아청박물관에서 구입한 작은 동경이 들어 있는 가방을 그는 처음에는 송화강변의 쓰레기 더미 옆에 버렸다가 샤오친에게 질타를 받고 나서 생각을 바꿔, "낮고 둥근 땅이 있는 언덕"에 묻기로 하고 아청 쪽으로 향한다. 그녀의 옷과 거울 매립을 그녀의 시신 매장과 같은 것으로 가정한 그는 자연의 장구한 시간을 통과하고 언젠가 땅 위로 나올 그녀의 형해를 상상한다. "천년의 세월이 흐른 뒤, 그녀는 그 거울과 함께 아무 이름도 없이 남겨진 손목뼈나 쇄골뼈 등으로 모습을 드러낼 것이다. 그녀가 봄의 들판에서 연초록 새순처럼, 부서진 거울조각이나 작은 뼛조각으로 태어나는 꿈을 꿀 때면 그는 그녀에게 가만히 인사를 건넬 수 있을지도 모른다. 잘 잤니, 내 하오펑여우……." 생명이 부활하는 봄을 배경으로 하는 그의 상상은 화선이 역사의 편이 아니라 자연의 편에서 삶을 인식했던 것에 호응한다. 아청의 옛날 거울들이 화선에게 상상하게 만든 이름 없는 여성들의 영생은 쥘리아 크리스테바가 '여성의 시간'이라고 부른 범주에 든다. 여성의 시간은 한편으로 자연의 리듬에 따르는 순환적 시간이면서, 다른 한편으로 부활의 신화들과 결합되곤 하는 영원한 시간이다.[5] 역사의 시간으로부터 추방된 규상은 여성의 시간 속에서 위안을 얻는다. 화선이 부활하는 꿈은 "어쩌면 그의 생에 유일하게 남게 될, 편안한 꿈일지도 모를 일"이라고 서술자는 전한다. 규상과 화선의 우정 이야기는 자연에서 비롯됐든, 문화에서 유래했든 간에 '여성적'이라고 간주되는 자질들을 중시하는 문화 페미니즘에 합류한다. 금나라의 동경은 2000년대 한국 작가들이 여성성을 둘러싸고 산출한 오묘한 상징 중 하나다.

5) Julia Kristeva, "Women's Time", *The Kristeva Reader*, ed. Toril Moi, Columbia University Press, 1986, 190-191.

인간 사육의 숭고한 테크놀로지

—편혜영, 「사육장 쪽으로」

¶   편혜영 소설집 『사육장 쪽으로』(문학동네, 2007. 7)에 실린 텍스트를 논의에
    사용했다.

현대소설의 주인공들은 무엇인가를 찾아 어디론가 떠난다. 그러나 세상의 길은 그들의 탐색을 도와주기는커녕 오히려 방해한다. 그것은 갈라지고 얽히고 끊어져서 그들을 헛된 배회로 몰아가고 깊은 혼란에 빠뜨린다. 물리, 지각, 심리 면에서의 방향 상실은 프란츠 카프카 소설 주인공들의 두드러진 경험이다. 아메리카로 가는 대형 선박 안에서부터 길을 잃은 카를 로스만은 외숙의 도움으로 뉴욕에 머물며 교육을 받기 시작한 후에도 물리적, 심리적 미로 경험을 반복하다가 과거에 부모에게서 그러했듯이 외숙에게서 쫓겨난다. 이후 아메리카 사회에 정착하기 위한 그의 모든 노력은 쫓겨남이라는 동일한 결과를 가져올 뿐이다. 성으로부터 부름을 받은 측량기사라고 자칭하며 마을에 발을 들여놓은 K는 성으로부터 가까워지지도 멀어지지도 않는 길을 하염없이 걷다가 지쳐버리고, 마을 사람에게서 그곳에는 성과 왕래하는 교통편이 없다는 말을 듣는다. 그는 결국 성에 들어가지도 못하고,

마을에 정착하지도 못한 채 부랑자처럼 이곳저곳 전전하다가 생을 마친다. 길 잃은 삶에 관한 길고 짧은 이야기는 한국 소설에도 드물지 않다. 그중 카프카적이라고 부를 만한 불안과 미혹의 기색까지 수반한 예는 편혜영의 2006년 작품 「사육장 쪽으로」에 보인다. 이 단편소설에 등장하는 남자는 한적한 시골의 신축 주택단지에 아내, 딸, 노모와 함께 거주하고 있다. 카를 로스만이 아메리카에 대해, K가 성 아랫마을에 대해 외지인인 반면, 남자는 그 시골 마을에 대해 내지인이다. 그러나 그가 물리적, 심리적으로 얼마간 친숙한 지역에 기거한다고 해서 그의 삶이 태평한 일상의 연속인 것은 아니다. 어느 휴일 오후, 집 앞에서 공놀이를 하던 어린 딸이 지나가던 개들에게 물리면서 그가 누리고 있던 평화는 단박에 깨진다. 그는 살점을 뜯기고 죽은 듯이 쓰러진 아이를, 울음을 참지 못하는 아내, 치매에 걸린 노모와 함께 차에 태우고 인근 병원을 찾아 황급히 신작로를 달린다. 인근 병원 위치를 묻는 그에게 마을 사람들은 모두 "사육장 쪽으로" 가라고 답한다. 그러나 마을 너머 야산 어디엔가 있으리라고 짐작했던 사육장은 그가 야산을 통과하고 나서도 눈에 띄지 않는다. 그는 개 짖는 소리에 의지하는 쪽이 낫겠다는 생각에 청각에 집중하지만 개 짖는 소리가 사방에서 들려와 그마저도 소용이 없다. 어디로 가고 있는지 모르는 채로 고속도로를 달리던 그는 문득 자신이 도시에 있는 것인지, 마을에 있는 것인지조차 헷갈리는 상태에 놓인다.

남자가 살고 있는 마을은 그의 직장이 있는 도시로부터 두 시간가량의 자동차 주행거리를 두고 떨어져 있다. 고속도로로 통하는 신작로를 따라 단독주택 총 스물두 채가 야산 방향으로 늘어서 있다. 야트막한 야산에는 듬성듬성 소나무 숲이 이루어져 있고 곳곳에 낮은 무덤들이 누워 있다. 마을이 차지한 자리는 과거에 중화학 공장 단지였다고 한다. 마을이라고 하지만 주택 이외에는 공공기관도, 복지시설도, 상가 구역도 없는 소규모 주거지역이다. 이른바 "전원생활"을 꿈꾸는 도시인들의 수요를 염두에 두고 개발된 그곳 주택 군락群落은 실은 그러한 꿈과 거리가 있다. 스물두 채의 단독주택은 각기 마당과 화단과 우체통을 갖추고 늘어서서 반듯한 안락과 조용한 흥취를 연상시키지만 조금 자세히 보면 어설프게 지어진 건물임이 금방 드러난다. 목조가옥 같은 외관이나 실은 "철제" 골조 건물이다. 서술자의 보고에 따르면, 철제 골조를 세운 다음 "거대한 레고 블록"을 쌓듯이 조립해서 만들었고, 그렇게 집을 짓는 데는 열흘의 시간조차 걸리지 않았다. 마을과 이웃한 고속도로 연변에 방음벽이 세워져 있긴 해도 그곳을 주행하는 차들의 소음은 마을로 고스란히 들려오고, 화물차 같은 대형차가 지나갈 때면 신작로가 미세하게 떨리기까지 한다. 더욱이, 마을 인근에는 "개 사육장"이 있어서 개 짖는 소리가 시끄럽게 들려온다. 개들이 일제히 짖는 소리가 어떤 때는 너무 시끄러워 사육장 개가 "수백 마리"는 되지 않을까 추정될 정도다. 마을 주민 사이에는 사육장에 관한 기괴한 소문이 돌고 있지만, 주민 중에 사육장에 가보았다는 사람은 없다. 개 짖는 소리는 고속도로 차량과 조립 주택 바닥의 소음에 섞여 들려오기 때문에 그 소리만으로 사육장의 위치를 가늠하기는 어렵다.

그처럼 가옥 건물도, 주변 환경도 좋지 않은 시골에 남자가 가족을 데리고 거주하기로 결정한 것은 다소 의아한 일이다. 그는 도심 주변이긴 하지만 그곳에서 태어나고, 자라고, 일가를 이룬, 그 시골로 이사하기 전까지는 도시를 떠나서 살아본 적이 없는 "전형적인 도시인"이기 때문이다. 도시인의 어떤 기질과 면모를 그가 가지고 있는지는 분명하지 않지만, 그의 직장이 있는 "도심지 한복판의 빌딩 안에서 맞는 밤"을 그가 좋아한다는 정보는 주의할 만하다. 창가에 서서 바라보면, 건물들을 밝힌 불빛이 "아름답고 포근"하게 다가오는, 그리고 다른 건물 내부의 사람들이 투명하게 보이는 도시의 밤은 마을 어귀에 들어서면 거대한 암흑의 바다가 눈앞에 펼쳐지고 개 짖는 소리가 대기를 뒤흔드는 마을의 밤과 전혀 다른 것이다. 그 두 종류의 밤은 빛과 어둠, 인식과 몽매, 문명과 야만으로 발전하는 대립을 함축한다. 그럼에도 그가 도시 대신에 시골을 택한 것은 부동산 중개인 Y씨의 유혹 때문이다. Y씨가 "전원주택이야말로 진정한 도시인의 꿈이 아니겠느냐"고 그에게 물어왔을 때, 그는 "도시인이라면 선뜻 그렇다고 대꾸할 거라고 생각했고," 이어 "나야말로 굴뚝이 달린 경사진 지붕의 새하얀 단층집이 꿈이었다고 가슴을 탕탕 내리치며 대꾸했다". 그렇게 대답하고 나자, 그에게는 "전원"에 사는 것이 정말로 자신의 오랜 꿈이었다는 듯이 여겨지기 시작했고, 그의 머릿속에는 판에 박힌 전원 풍경의 이미지들이 들어섰다. 이사를 결심한 다음 그는 "전원주택이야말로 진정한 도시인의 꿈이 아니겠느냐"는 Y씨의 말을 자기 말인 양 회사 동료들에게 늘어놓고, 자신의 집이 "산을 배경으로 한, 경사진 지붕의 새하얀 단층집"이라고 자랑한다.

그에게는 "전형적인 도시인"이라는 호칭의 근거가 되어줄 만한 주거 이력이 있지만, 도시인 집단 내에서 그의 위치가 자랑할 만하다고 보기는 어렵다. 그는 지난 세월 내내 도시 주변부의 주민에 지나지 않았기 때문이다. 그의 낮은 서열을 감안하면, 그가 "진정한 도시인의 꿈"이라는 말에 유인을 당한 것은 그럴 법한 일이다. 그는 그 꿈을 소유함으로써 자신이 더 이상 낮은 서열이 아님을 타인들에게는 물론 그 자신에게 입증하고 싶었을 것이다. 자신을 현재의 자신 이상으로 만들고자 하는 그의 욕구는 신분 관념이 평등 관념으로 대체되고 계급 이동이 자연의 이치처럼 통하는 민주주의시대에는 지극히 정상적이다. 누군가는 분수 모르는 행동이라고 비난했을지도 모를 그의 전원주택 구입은 계급 차이에 민감한 개인들이 상위 계급의 상징을 가지고 싶은 마음에 흔히 저지르는 위선에 속한다. 알렉시 드 토크빌의 유명한 표현을 빌리면, 그것은 "사치라는 위선"이다. 토크빌은 민주주의사회 혹은 모든 계급이 혼돈에 빠진 사회에서는 누구나 실제 이상의 자신으로 행세하기를 바라고, 그래서 공업자들은 온갖 사기를 부려서 외양은 번듯하나 내실은 형편없는 물품들을 양산한다고 썼다.[1] "진정한 도시인의 꿈"을 좇아 그가 구입한, 황량한 야산의 조립 주택이 도시인의 허영심에 아첨하는 허접한 종류의 상품임은 물론이다. 그 주택단지에 관한 작중 서술 중에는 그것이 대중화되고, 획일화되고, 표면적인 행복의 위장에 불과하다는 암시가 빠지지 않는다. 저렴한 자재로 짧은 기간에 지어진 "집들은 같은 공장에서 생산된 공산품처럼 똑같아 보였다. 자세히 보면 창의 위치라든가 외벽의 모양이 조금씩 달랐지만 멀리서 보면 모두 똑같다고 말할 수 있었다". 주민들의 생활 역시 우스꽝스러울 만큼 균일했다. 날씨 좋은 주말 그의 가족은 파라솔 아래에서 고기를 굽다가 역시 비슷한 파라솔 아래에서 비슷한 고기를 굽고 있는 이웃의 가족들과 마주치곤 했다. 그럴 때면 그 가족들은 "비슷한 각도와 횟수"로 손을 흔들어 인사를 교환했고, 그런 다음 모두 비슷한

---

1) 알렉시 드 토크빌, 『미국의 민주주의 II』, 임효선·박지동 옮김, 한길사, 1997.
    614-615.

동작으로 상추쌈을 입에 넣었다.

그가 주택단지로부터 멀리 떨어진 도시에서 어떤 직장에 다니고 있는지, 어떤 직책을 맡고 있는지는 소설에 밝혀져 있지 않다. 그렇지만 직장에서의 그의 일상에 관한 간략한 언급 중에는 지시하는 바가 많은 구절이 있다. "그는 일하는 틈틈이 주식시장의 변동을 살폈다. 주가가 올라가면 주식을 사지 않은 걸 탄식했고, 주가가 내려가면 경제가 왜 이 모양이냐고 탄식했다. 가지고 있는 주식이 있을 리 없었다. 단지 습관이었다." 어떤 회사원이 주식시장 관련 부서에서 일하고 있는 것도 아니고, 개인적으로 주식 투자를 하고 있는 것도 아니면서 주가 변동에 습관적으로 눈길을 던지는 장면은 2020년대의 시점에서는 전혀 희한하지 않을 것이다. 그러나 그것은 서울이나 부산의 회사들에서, 길게 잡아도 30년밖에 되지 않은 풍경이다. 한국 주식시장 성장의 주요 계기였던 외국인 투자자에 대한 시장 개방이 1992년의 일, 한국인들 사이에 주식매매 열풍 혹은 '대박 신드롬'을 불러온 코스닥시장의 버블이 1999년의 일이다. 한 통계에 따르면, 1997년 60조 원 정도였던 상장기업의 시가 총액이 2007년에는 1100조 원에 이르렀다. 이러한 한국 주식시장 팽창의 배경에는 모든 사람에게 연금, 금리, 배당, 가임家賃, 지대地代 등으로 살아가도록 고무하는, 다시 말해, 불로소득자가 되도록 부추기는 세계경제의 변화가 존재한다. 세계경제의 신자유주의적 전환을 가져왔다고 평가

되는 1980년대 마거릿 대처와 로널드 레이건 정부의 경제정책 중 하나는 보통 시민에게 불로소득의 기회를 가지도록 유인하는 이른바 '금융 민주화' 프로그램이다.[2] 저당융자방안을 포함하고 있는 이 프로그램은 1997년 외환위기 이후의 한국에서도 낯설지 않다. 김대중 정부는 시장 경기를 부양하기 위해 주택 수요를 촉진하기로 결정했고 그에 따라 주택담보대출 확대 정책을 폈다. 가계부채는 자연히 급증했다. 「사육장 쪽으로」의 회사원이 주식 투자를 하고 있지 않다고 해서 자산 증식에 무관심한 것은 아니다. 그는 바로 한국의 부채 경제 debt economy에 연루되어 있다.

신자유주의에 관해서는 상이한 정의와 설명이 나와 있지만 일반적으로 그 핵심이라고 간주되는 교의가 있다면, 그것은 자본주의가 인간 생활의 거의 모든 부문을 조직하는 원리이어야 한다는 것이다. 그러므로 우선, 사람 각자는 자신을 단지 시장 참여자가 아니라 하나의 작은 기업처럼 생각해야 한다. 자신을 기업처럼 생각한다는 것은 한편으로는 경쟁에서 살아남기 위해서 끊임없이 자신에게 작업하고자 한다는 것, 2000년대부터 한국에서 유행하고 있는 시장의 어법에 따르면, 자기를 '계발'하고자 한다는 것, 다른 한편으로는 투자자와 경영자 관계 혹은 채권자와 채무자 관계를 모형으

---

2)   David Graeber, *Debt : The First 5,000 Years*, Melville House, 2011, 376.

로 생존을 기획하고자 한다는 것이다. 「사육장 쪽으로」의 회사원이 어느 정도로 기업가적 주체인가는 말하기 어렵지만, 그는 채권자와 채무자 관계에 뛰어들기를 주저하지 않았다. 그는 도시의 북쪽 끝에 살던 시절에 은행 융자를 얻어 3층짜리 연립주택을 매입했다. "지하까지 몇 세대의 세입자를" 들여 채무의 일부를 변제했지만 채무 규모가 워낙 커서 그의 정년 전에 탕감하기 어려울지 모를 정도였다. 그러나 그는 "집채만큼이나 커다란 융자"에 허덕이면서도 "후회하지는 않았"다. 소설의 문면에는 나와 있지 않으나, 주택 가격과 임대소득 상승에 대한 기대 때문에 그랬으리라는 추측은 가능하다. 그는 주택 보유를 기반으로 하는 금융 이득의 가망을 얼마간 믿고 있었기에 전원주택에 생각이 미치자 다시 위험을 무릅썼다. 연립주택을 팔고 그 연립주택 가격의 절반도 넘는 융자를 다시 받아 전원주택을 샀다. 그러나 어떤 이유에선가 그의 금융 계략이 통하지 않게 되어 그는 "죽어서도 갚을 수 없을 정도의 빚"을 지고 파산하고 만다. 「사육장 쪽으로」의 서술은 그가 출근하려고 집을 나서는 길에 그의 자산 압류를 고지하는 편지 봉투를 발견하는 데서 시작한다.

그는 자산 압류가 정해진 코스임을 모르지 않았을 테지만 경고 편지를 받고 나자 순간적으로 치미는 분노를 느낀다. 그러면서 "도대체 내가 잘못한 게 뭐란 말인가"라고 속으로 외친다. 살아 있는 동안 갚지 못할 빚을 졌으나 자신에게는 잘못이 없다는 그의 항변은 그가 부채 경제에 길들어진 나머지 빚의 엄중함에 대해 상당히 둔감하다는 것을 알려준다. 금융 민주화의 시행에 따라 보통 사람들이 은행을 비롯한 금융 기관들이 공급하는 신용에 접근하기 쉬워졌고, 그에 따라 신용을 이용해서 부를 추구하는 풍조가 사회에 만연하게 되었다고 해도 신용 제공이 대가 없는 공공서비스와 같은 것일 리는 만무하다. 예로부터 전해오는 지혜에 따르면, 빚을 지고 있는 상태는 유책有責 상태 혹은 유죄有罪 상태다. 한국 속담에 '빚진 죄인'이라는 말이 있지 않은가. 빚, 책임, 죄의 의미 연쇄는 인도-유럽어의 단어들에 분명하게 남아 있다. 예를 들어, 돈(독일어 겔트Geld), 제물(고대 영어 길드Geild), 세금(고트어 길드Gild), 죄(영어 길트Guilt) 사이에는 연관이 있다. 독일어에서 죄Schuld라는 개념이 빚Schulden이라는 개념에서 유래했다는 것은 니체에게 흥미로운 사실이었다. 『도덕의 계보』에서 그는 죄, 양심, 의무 같은 도덕 개념은 사람들이 다른 사람들에게 손해를 입힌 대가로 받아야 했던 고통의 기억으로부터 생겨났으며, 이 손해와 고통이 등가라는 관념의 원형은 채권자와 채무자 사이의 계약관계에서 형성되었다고 주장했다. 그가 참조한 고대 지중해 세계의 사례 중 하나는 변제가 약속대로 이루어지지 않을 경우 채권자가 부채 액수에 적합한 만큼 채무자의 살을 도려내도 된다는 계약 규정이다. 채권자와 채무자 관계에 대한 니체의 설명에는 경제학을 정초定礎한 개념들, 예컨대 궁극적으로 만인에게 은혜로운 시장이라는 애덤 스미스의 개념에는 감추어진, 신용의 수수授受에서 발생하는 권력관계의 확고함, 비정함, 잔혹함이 드러나 있다.[3] 「사육장 쪽으로」에서 회사원은 자신에게 잘못이 없다고 속으로 항변하고 있지만 불가항력의 무자비한 처벌이 임박했음을 모를 정도로 우둔하지는 않다. 그는 자신의 집이 낯선 사람들에게 침입과 강탈을 당하도록 고스란히 노출되어 있다는 사실을 새삼스레 깨닫는다.

그렇지만, 그의 파산으로 인해 그와 그의 가족에게 조만간 닥쳐올 생존의 위기와 그는 심각하게 대면하려 하지 않는다. "같은 시각에 잠에서 깨어"나 같은 시각에 출근하고 "비슷한 시각에 잠자리에" 드는 일상생활의 관성이 깨지리라고 생각하지 않는다. 예고된 자산 압류가 어쩌면 지연될지 모르고 현재의 집에서 내쫓기기 전에 새로운 집이 구해질지 모른다고 믿기까지 한다. 그러나 서술자가 논평하고 있는 바대로, 그것은 "어느 모로 보나 터무니없이 낙관적인 생각"이다. 안일한 그의 반대편에 겁약한 그의 아내가 있다. 출근하는 그를 배웅하러 나오던 그녀는 그가 압류 고지를 받았음을 알아차리자, 그의 파산을 전혀 모르고 있지 않았음에도 불구하고, "얼굴이

3) 프리드리히 니체, 『선악의 저편, 도덕의 계보』, 김정현 옮김, 책세상, 2002, 402-405.

파리하게 질려 소리를" 지른다. "아악, 이제 어쩌면 좋아요."
갑자기 경악한 그녀의 절규는 잠시 집 안을 울음 지옥으로 만
든다. 겁먹은 그녀의 음성을 방 안에서 들은 치매 걸린 노모가
영문도 모르고 그녀를 따라 소리를 질러댄다. 그러자 그녀는
그 소리에 더욱 겁을 먹고 노모는 비명을 멈추지 않는다. 그의
딸이 집 앞에서 놀다가 개들에게 물리는 대목에서도 외침과
울음의 장면이 나온다. 이번에는 그가 먼저 비명을 지른다. 개
들이 몰려들어 아이의 몸을 물어뜯자 그는 닥치는 대로 자갈
을 집어 던지고 방망이를 휘두르면서 절망적으로 소리를 지른
다. 개들이 사라진 다음 길 위에 죽은 듯이 누운 아이를 발견
한 아내는 곧바로 울음을 터뜨리고, 그가 모는 차 안에 아이를
품고 앉아서도 그의 운전을 방해할 정도로 계속 울어댄다. 그
녀의 울음이 주거와 가족이 강탈의 위험에 무방비로 노출되면
서 마음속에 불쑥 자라난 공포감의 직접적 표현임은 말할 것
도 없다. 공포에 질려 소리를 내지르고 울음을 터뜨리는 동안
에 그녀는 치매에 걸린 노모와 마찬가지로 인간의 위엄으로부
터 멀어진다. 찰스 다윈이 1872년에 출간한 연구서 『인간과
동물의 감정 표현』 이래의 상식대로, 공포는, 분노와 함께, 인
간과 동물이 공유하는 본성의 영역에 속한다.[4]

---

4) 찰스 다윈, 『인간과 동물의 감정 표현』, 김성한 옮김, 사이언스북스, 2020,
206-216, 328-339, 390-408.

그가 성이 나서 외치는 소리, 그녀가 두려워 우는 울음은 인간적인 것과 동물적인 것의 절대적 분할이 유효하지 않은 어떤 생명 지대에 그들이 존재하고 있다는 것을 말해준다. 서술자는 냉정함과 아이러니가 결합된 어조로 그에 관해 서술하면서 그와 개 사이의 미묘한 이미지 연계를 생성시킨다. 한편으로 그의 집과 인접한 지역 어딘가에서 많게는 수백 마리에 달하는 개들이 사육되고 있을지 모른다는 추정을 전달하면서, 다른 한편으로 그가 문득 개를 닮은 듯이 보이는 기이한 드러남의 순간을 제시한다. 그 순간 중 하나는 그가 자산 압류 통지를 받은 아침과 같은 날 저녁 장면에 있다. 회사 근무를 마치고 돌아온 그는 "겁에 질린 아내를 달래 재운" 다음 어두운 방 안에 우두커니 앉아 있다가 "깊숙한 땅속에서 기계가 웅웅거리며 작동하는 듯한 소리"를 듣는다. 그의 집과 같은 터에 있다가 철거된 공장의 존재를 연상시키는, 나아가 그의 집 전체를 하나의 "기계"로 느끼게 하는 그 소리에는 어느샌가 "인근 사육장의 개 짖는 소리"가 들어와 섞인다. 어둠 속에 홀로 앉아 그의 불안한 마음에 조응한다고 추측되는 소음에 시달리던 그는 어쩌면 엄습하는 공포를 견디지 못한 나머지 무거운 신음을 뱉었을지 모른다. 그런데 서술자의 묘사는 이렇다. "그는 개들의 울음소리를 흉내 내며 컹컹 낮게 짖었다." 또 하나, 보다 쇼킹한 드러남의 순간은 그가 개 떼에 물린 딸을 태우고 사육장 근처에 있다는 병원을 찾아 차를 모는 장면에 나온다. 딸이 한시바삐 치료를 받아야 한다는 초조감, 어느 쪽으로 달려도 사육장이 보이지 않는다는 당혹감에 허둥지둥하던 그는 자기도 모르게 고속도로에 진입한다. 고속도로 규정 속도를 위반한 적이 없는 그이지만, 아이를 빨리 병원에 데려가려면 앞에서 질주하는 트럭을 따라가는 편이 낫겠다고 생각하고 액셀을 밟는다. 그러다가 문득 놀라운 장면을 목격한다.

그는 무심코 자신을 앞질러 달리는 트럭의 꽁무니를 올려다보고는 깜짝 놀랐다. 짐칸 가득 위태롭게 실려 있는 철창에 개들이 한 마리씩 들어 있었다. 개들은 달리는 내내 그의 차를 내려다보며 컹컹 짖었다. 노모는 겁먹은 듯 눈을 크게 뜨고 몸을 덜덜 떨었다. 아내는 담요로 아이의 몸을 꽁꽁 싸매며 다시 울음을 터뜨렸다. 아이는 여전히 숨을 죽이고 누워 있었다.

서술자의 암시에 따르면, 개와 사람은 공포의 감정 이외의 영역에서도 비슷하다. 바로 "철" 구조물 안에서 생존하고 있다는 점에서 그러하다. 개가 한 마리씩 들어 있는, 위태롭게 흔들리는 "철창"과 그가 어둠 속에서 소음을 듣던 순간 "기계" 같다고 느꼈던 그의 "철제" 골조 가옥은 이미지상으로 겹친다. 돌이켜보면, 개 사육장과 그의 전원주택에 관한 서술 중에는 그것들이 닮은꼴임을 알려주는 표현이 없지 않다. 그는 사육장이 자기 집 인근에 있어도 개들이 밖으로 나와 자기

가족과 마주치지 않는다면 대수로운 문제는 아니라고 생각하는 대목에서 이렇게 상상한다. "개들은 비좁은 철창 안에서 같은 먹이를 먹고 비슷한 시간에 잠들었다가 깨어날 것이며, 필요에 따라 여기저기 팔리고 종내에는 처참하게 그슬려 죽을 것이다." 그런데 "비슷한 시간에 잠들었다가 깨어"나는 규칙적 행동은 바로 그가 그의 집에서 매일 하고 있는 것이며, "같은 먹이"를 먹는 균일한 생존은 바로 그가 주말이면 이웃들과 함께 마치 매스게임 하듯 고기를 구워 먹는 순간에 하고 있는 것이다. 그의 일상에 관한 서술 중, 그가 퇴근해서 돌아오는 밤이면 "마을은 암흑 자체"였기 때문에 그는 "개 짖는 소리"를 따라 "마을로 들어왔고 집을 찾았다"는 구절은 축자적으로도, 비유적으로도 읽힌다. 후자 쪽으로 읽는다면, 개와 그, 개 사육장과 그의 집은 구별되지 않는다.

그의 집이 그의 신용 불가 판정을 전후해서 겪는 이미지상 변화는 가히 괴변이다. 푸른 산록의 품에 안긴 "경사진 지붕의 새하얀 단층집"은 그의 머릿속에서 흉물스러운 철제 기계로 변하고 급기야 개들을 가두어 기르는 철창을 닮는다. 신형철은 소설집 『사육장 쪽으로』 해설에서 수록 작품들이 "섬뜩함"이라는 미학적이자 정치적인 효과를 달성하고 있다고 평가했다.[5] 그가 쓰고 있는 섬뜩함이라는 말의 원천이 영어

---

5)   신형철, 해설 「섬뜩하게 보기」, 『사육장 쪽으로』, 문학동네, 2007.

언캐니니스uncanniness라는 것, 지크문트 프로이트가 사용한 독일어 원어가 운하임리히카이트unheimlichkeit라는 것을 감안하면 섬뜩함이 소설집 표제작과 그 밖의 작품들에 대한 그의 독해의 열쇠 역할을 하고 있는 것은 더할 나위 없이 자연스럽다. 운하임리히카이트는 한국어로 옮기면 '집 같지 않음' '친숙하지 않음' '평소 같지 않음' 정도가 되고, 그런 이유에서 바로 표제작의 남자 인물이 마주친 자신의 집, 평안, 일상의 파국에 들어맞기 때문이다. 집과 우리牢의 차이, 말과 울음의 차이, 사람과 짐승의 차이가 흐려진다면 그것은 물리적 변고가 아니다. 물리적 자연의 인식과 해석을 토대로 만들어진 구별, 범주, 경계의 동요─궁극적으로 인간세계의 상징적 질서의 혼란으로 이어지는 동요다. 상징 질서가 혼란에 빠지면 세계는, 어떤 경우에, 순전한 힘과 양으로, 한정 없고, 형태 없고, 공막空漠한 어떤 것으로 나타난다. 그것은 인간에게 당연히 공포를 일으킨다. 「사육장 쪽으로」의 남자가 개들을 잔뜩 실은 트럭을 눈앞에 두고 마지못해 질주하는, 거대한 덩치의 화물차들이 물불 가리지 않고 폭주하는, 사위가 온통 어둠에 잠긴 고속도로는 어떤가. 폭력의 위협, 어둠의 위협, 죽음의 위협이 불가항력의 자연적 재앙처럼 몰려오고 있지 않은가. 남자의 일상이 파국에 다다르면서 소설 독자들의 마음의 눈앞에 출현하는 세계의 풍경은 미학적으로 숭고하다.[6] 그러나 그는, 칸트의 이성적 인간과 달리, 공포를 야기하는 모든 위협으로부터 안전한 자리를 가지고 있지 않다. 그는 순전한 힘과 양에 질린 한 마리 작은 동물이 그렇게 하듯이 믿지 못할 운수에 자신을 맡긴다. 길 잃은 그의 이야기는 이렇게 끝난다. "언젠가는 길이 끝날 거였다. 길이 끝나는 곳까지 달려가면 어딘가에 닿을 거였다. 그는 그들이 닿는 곳이 사육장이면 좋겠다고 생각했다."

「사육장 쪽으로」의 남자는 문학적 캐릭터로서 전혀 매력이 없다. 오히려 문학적 캐릭터의 모든 요소를 제하고 남은 인물 같다. 서술자는 몰개성적이고, 범용하고, 평균적인 그의 특성에 합당하게 이야기의 처음부터 끝까지 그의 이름을 밝히지 않는다. 게다가, 그가 무엇을 느끼고 있는지, 무엇을 생각하고 있는지 자세하게 알려주지 않는다. 서술자가 간혹 전하는 그의 생각은 따분할 정도로 평범하다. 그것은 일상의 안녕을 위한 근심의 범위를 벗어나지 않는다. 그는, 예컨대 윤대녕이나 박민규의 남성 인물과 달리, 그 원천이 신화든 만화든 간에 자신을 세계와 맞서게 해주는 상징적 준거 체계를 가지고 있지 않으며, 자신에 대한 정의定義, 자신의 문제에 대한 해법을 세상에 맡기고 있는 듯하다. 그가 "전원주택

---

6) 공포와 숭고의 밀접한 관계는 에드먼드 버크 미학의 주요 논점 중 하나다. 그 관계는 장 프랑수아 리오타르의 포스트모던 숭고론에서 강조된 바 있다. Jean-François Lyotard, "The Sublime and the Avant-Garde", *The Lyotard Reader*, ed. Andrew Benjamin, Blackwell, 1989, 204-205.

이야말로 진정한 도시인의 꿈"이라는 광고 문구 같은 말에 넘어가 엄청난 빚을 졌다는 일화야말로 그의 전부를 말해주다시피 한다. 그러나 「사육장 쪽으로」는 내면성 영도零度의 속물에 관한 이야기에 머물지 않는다. 서술자는 그가 무반성적으로 하고 있는 행위가 어떤 종류의 습관인가, 당연한 듯이 영위하고 있는 생활 방식이 어떤 종류의 문화인가가 드러나도록 사건과 상황의 세목들을 배치한다. 그러면서 그 습관과 문화 속에 그를 예속하는 어떤 힘이 작동하고 있지 않은가 하는 의심을 자극한다. 사실, 사람들을 통치하는 강대한 권력의 존재는 그에게 전원주택 매입을 권유한 Y씨가 사육장 처리 문제와 관련하여 전하는 말 중에 언뜻 환기되고 있는 바다. "Y씨는 사육장이 무허가이므로 부지가 곧 관청에 편입될 것이며, 그렇게 되면 자연스럽게 없어질 것이라고 했다." 불안과 공포에 빠진 그에게 출현한 진실, 즉 그와 개, 그의 마을과 개 사육장이 다르지 않다는 진실을 참조하면, 이 "관청"이라는 말은 극히 지시적이다. 이 말에서 사람의 생명을 좌우하는 통치권력을 떠올리지 않는 소설 독자는 드물 것이다.

"도대체 내가 잘못한 게 뭐란 말인가." 이것은 파산한 남자가 이야기 전체를 통해 극히 드물게 들려주는, 그것도 도덕의 용어("잘못")로 행해진 반성의 표현이다. 어떻게 보면, 그의 항변은 옳다. 그는 사치라는 위선이 위선이라고 불리지조차 않을 정도로 용인되는 세상에서, 은행이 개인에게 제공하는 신용이 그 개인 소유의 '인간 자본human capital'의 일부라고 간주되는 세상에서, 사람들 대다수가 추구하는 행복의 환상을 좇아, 대다수가 이렇게, 저렇게 하고 있는 투기를 따라 했을 뿐이다. 그는 남들처럼 욕망했을 뿐인 것이다. 그러나 그의 욕망은, 사치와 투기로 그를 몰아간 욕망은 본능과 같은 것이 아니다. 전원주택은, 그 말에서 그가 연상하는 상투적 이미지가 알려주듯이, 그의 본성에 내장되어 있던 꿈이 아니라 소비자본이 그의 마음속에 생산한 꿈이다. 욕망은 무죄라는 생각은 바로 그러한 생각을 통치의 원리로 삼는 권력 레짐이 정착하면서 속신俗信화한다. 미셸 푸코는 그의 콜레주 드 프랑스 강연에서 인간에 대한 통치라는 관념을 바탕으로 국가가 현재 우리가 보고 있는 바와 같은 통치국가 형태를 취한 유럽사의 순간을 설명하는 중에, 통치권력은 인구 즉 그 관할 영토에 존재하는 인간 대중을 그 대상으로 삼았으며, 인구 관리를 가능하게 해주는 인구 자체의 자연현상을 욕망에서 발견했다고 지적했다. 푸코에 따르면, 욕망은 한 전체로서의 인구가 가지고 있는 "유일무이한 행동 동력 기관"으로, 통치의 테크놀로지는 욕망의 금지가 아니라 허용을 통해 작동한다.[7] 1987년 쿠데타 정권 퇴진 이후 한국 사회의 변화를 우리는 보통 민주화라고 부르지만, 어쩌면 자유화라고 바꿔 불러도 좋을지 모른다. 욕망의 놀이를 허용하고 조절하는 자유주의적 통치성, 그리고 모든 욕망을 자본의 대문자 욕망에 예속시키는 신자유주의적 통치성이 지구적 자본주의의 압력을 받으며 민주화 이후에 확립되었다는 가설이 옳다면 그러할지 모른다. 「사육장 쪽으로」는 자본의 지배를 전면화한 통치성 체제에 갇혀 있는 한국 영내領內 인구의 부스러기들을 보여준다. 그들이 공포에 짓눌린 채로 개들을 따라 어디론가 쓸려 가는 장면에서 이 소설은 포스트모던 숭고 미학과 비판적 인간학의 융합을 성취한다. 문학이라는 이름에 값하는 훌륭한 작품이다.

7)   Michel Foucault, *Sécurité, territoire, population: Cours au Collège de France*, 1977-1978, Gallimard/Seuil, 2004, 74-75. 미셸 푸코, 『안전, 영토, 인구』, 심세광 외 옮김, 난장, 2011, 115-118. 번역문 수정.

소비주의의 역병과 싸우는 농담

—김애란, 「성탄특선」

¶ 김애란 소설집 『침이 고인다』(문학과지성사, 2007. 9)에 실린 텍스트를 논의
에 사용했다.

김애란의 단편소설 「성탄특선」은 성탄 전야를 각자 따로 보내는 젊은 남녀에 관한 이야기다. 오누이 사이인 그들은 지방 어딘가에서 태어나 자랐고 사내의 이력을 기준으로 하면 10여 년 전부터 서울에 살고 있다. 모두 서울에서 대학을 마치지 않았을까 짐작되지만 도시 하류계급 수준의 생활을 면치 못하고 있다. 사내는 서울에 와서 자취하는 동안 공동 화장실을 써야 하는 단칸방, 장마 때마다 물이 들어차는 반지하방, 5층 건물 외부의 난간 없는 계단 끝에 위치한 옥탑방 등을 전전하며 수없이 이사를 다녔다. 어느 시점부터는 누이와 한방을 쓰기 시작했다. 그들이 햇빛 드는 널찍한 공간이어서 월세 부담이 컸음에도 얻었다는 현재의 방은 "원룸"이다. 그들의 동거가 어림잡아 모두 20대 후반 이상의 나이일 그들에게 불편하다는 것은 말할 필요도 없다. 그들의 방은 그들 각자에게 필요한 사적 공간 기능을 충분히 하지 못한다. 작중에서 특히 강조되고 있는 바에 따르면, 그들 각자의 연애에 도움이 되지 않는다. 그들에게는 연애하는 일과 방을 구하는 일이 불가분한 관계에 있다. 성탄 전야를 맞이한 오누이의 상황은 대조적이다. 사내는 원룸을 독점하고 있지만 만나줄 애인이 없고 여자는 애인과 함께 있지만 방을 구해야 한다. 소설 서두에서 사내는 "가짜 아디다스 추리닝을 입고 옆구리에 비빔면"을 끼고 거리에 서서 하늘에서 떨어지는 눈송이를 잠시 바라본 다음 티브이에서 "성탄특선" 영화가 방영될 자취방으로 걸음을 재촉한다. 비슷한 시각에 여자는 연인과 함께 보내는 성탄 전야라는 소망의 실현을 눈앞에 두고 여관방을 찾아 남자하고 같이 서울의 동네를 돌아다니는 중이다.

「성탄특선」의 삽화들을 낯설다고 여기는 독자는 많지 않을 것이다. 12월 24일 저녁 매스미디어가 크리스마스 특집 영화와 노래의 홍수를 이루고, 젊은 연인들이 쾌락을 찾아 거리로 나오는 것은 설날이 되면 따로 살던 가족이 한자리에 모여 차례를 지내거나 회식을 하는 것만큼이나 일반적인 한국 풍속이다. 그러나 크리스마스를 계기로 하는 대중 유흥과 소비는 한국은 물론 전통적인 기독교 문화권 국가에서도 역사상 그리 오래되지 않았다. 크리스마스 경축은 초기 기독교도 사이에서는 없었던 일이다. 알다시피, 예수의 정확한 탄생일을 알려주는 역사 자료는 없다. 12월 25일 탄생일 추정은 『필로칼루스의 달력』이라고 불리는, 한 로마인 기독교도의 사찬私撰 연대기에 처음 등장하며, 그래서 그 문헌이 편찬된 354년 또는 그 문헌에 포함된 자료들의 기원 연도로 확인된 336년 무렵에는 그 탄생일 추정이 로마 교회의 인정을 얻고 있었으리라고 생각된다. 그리고 로마 교회는 12월과 다음 해 1월 사이에 사투르누스제祭를 비롯한 축제들이 민간에 성행했던 당시의 풍속을 참작해서 그 축제들과 타협하는 방식으로 크리스마스를 정했다고 일반적으로 이야기된다. 기독교 세계의 크리스마스 경축은 18-19세기 산업화가 초래한 사회 변화의 영향을 받으며 결정적 변동을 겪었다. 간단히 말해서, 종교적 크리스마스와 구별되는 문화적 크리스마스, 즉 신자들이 모여 복음서의 구절을 봉독하거나 '우리와 함께 있는 하나님'에 대한 믿음을 확인하는 크리스마스와 구별되는, 카드와 선물, 크리스마스트리와 산타클로스, 가족 재회로 대표되는 크리스마스가 확립됐다. 현대의 문화적 크리스마스는 많은 부분에서 미국의 작품이다. 그 축일의 의례와 상징 중 다수가 미국에서 발명되었거나 정련되었다. 현대 크리스마스의 특징적 관행인 선물 증여는 미국에서 가장 일찍, 그리고 가장 현저하게 대중 풍속으로 발전했다. 시사하는 바가 적지 않은 역사적 사실 하나만 말하기로 하면, 크리스마스 선물 증여자의 아이콘인 산타클로스는 성 니콜라스의 이야기를 각색한, 19세기 전반 미국의, 특히 뉴욕의 시인들과 명사들의 책으로부터 태어났다.[1]

「성탄특선」의 오누이에게 미국의 세속화, 상업화한 크리스마스 풍속은 이국적인 것일 수밖에 없지만 그들의 크리스마스 환상은 그것과 분리해서 말하기 어렵다고 생각된다. 그들의 어린 시절에 성탄 전야가 오면 어머니는 그들이 잠들어 있는 사이 모종의 선물이 담긴 "까만 봉다리"를 그들의 머리맡에 두곤 했다. 그들이 한국 어느 궁벽한 고장 출신이라고 해도 미국 크리스마스의 상투적인 이미지와 이야기에 친숙하리라는 추정이 무리한 것은 아니다. 그 이미지와 이야기는 그들이 성장하는 동안 이런저런 미디어를 통해 소비했을 미국산 대중문화 품목이기 때문이다. 성인인 사내가 현재 혼자 보고 있는 티브이 채널에서도 미국 중간계급의 크리스마스 풍경을 담은 영화 「나 홀로 집에」가 방영되고 있는 터이다. 경제 사정이 어려웠던 탓에 연애 4년만에 비로소 "둘만의 온전한 크리스마스"를 맞이한 사내의 동생과 동생의 애인은 미국산 크리스마스 환상에 부합하는 듯한 감미로운 시간을 보내는 중이다. 그들은 "테이블 위론 촛불이 켜져 있고, 재즈풍의 크리스마스 캐럴이 흘러나오"는 레스토랑에 마주 앉아 선물 증여의 즐거움을 누린다. 여자는 "넥타이"를 선물하고 남자는 "속옷"을 선물한다. "빨강과 초록이 주를 이룬 크리스마스 팬티와 브래지어였다. 팬티의 밴드 중앙에는 앙증맞은 골든 벨이 달려 있었다." 남자가 선물한 속옷 디자인의 특징들은 말할 것도 없이 크리

---

1)   크리스마스 역사에 관한 이상의 언급은 다음 책에 의존했다. Bruce David
      Fobes, *Christmas: A Candid History*, University of California Press, 2007.

스마스의 장식 엠블럼들에서 발췌된 것이다. 그와 같은 종류의 여성용 속옷은 크리스마스 경축을 기독교 의식으로부터 분리해서 대중 소비 진작의 계기로 정착시킨 상업주의의 지혜를 상기시키기에 부족하지 않다.

그런데 "둘만의 온전한 크리스마스"에 대한 남녀의 소원은 미국적이라기보다 한국적이라고 해야 옳을지 모른다. 서울의 호텔방과 여관방이 성탄 전야에 모두 동이 나는 사태는 작금의 한국에서는 더 이상 뉴스거리가 되지 않을 정도가 아닌가. 성탄 전야를 연애의 시간으로 여기는 관습은 기독교가 근대 한국인의 연애 문화에서 담당한 기능과 어떤 관계가 있지 않을까 하는 생각이 든다. 근대 일본과 한국에서 연애가 인생의 성패를 좌우하는 중대한 사업으로 이해되기 시작한 배경에는 서양의 사랑 관념이 있었다. 일본식으로는 렌아이れんあい라고 읽히는 '연애恋愛'라는 한자어, 일본어에 성립하고 이어 한국어에 이입된 단어는 본래 영어 '러브Love'의 번역어로 출현했다. 그리고 이로고토色事 같은, 사랑을 지칭하는 재래 일본어 단어와 달리 사랑의 신성성을 강조하는 렌아이의 개념에 기독교가 미친 영향은 뚜렷했다. 한국에서도 연애 관념 형성에 기독교가 중요하게 관여했음을 알려주는 증거는 없지 않다. 한국 장편소설에서 연애 관념을 열렬하게 표현한 최초의 작중인물, 이광수의 『개척자』의 여주인공 김성순은 기독교의 어휘와 개념에 익숙한 "승

동예배당" 신도로 등장한다.[2] 한국 교회는 청춘 남녀의 자유로운 만남이 허락되지 않았던 시기에 그리 많지 않은 사교 장소 중 하나이기도 했다. 한국전쟁 이후 한국인의 연애에 관한 기록을 찾아보면 한국 기독교의 권위가 높아지면서 기독교 의식과 제도에 기생하는 연애 풍속이 현저한 성장을 보았음이 확인된다. 늦어도 1960년대 후반부터 주요 신문에 출현한 성탄 전야 기사 중에는 축제를 즐기려고 몰려든 연인들을 포함한 서울 도심 인파에 관한 보도가 심심치 않게 발견된다. 「다른 모든 눈송이와 아주 비슷하게 생긴 단 하나의 눈송이」[3]라는 은희경의 단편소설은 지방 명문 여고 3학년생 안나가 1976년 "크리스마스이브"에, 서울의 입시학원에 와서 만난 준수한 청년 요한과 함께 명동 거리를 걸으며 경험한, 덧없는 황홀함의 순간을 이야기한다. 그때 그녀는 자신이 소망한 대로 눈이 내리는 광경을 보았고, 그녀 자신과 소년을 연인 사이라고 느꼈다.

은희경의 청순한 여고생과 김애란의 젊은 오누이는 한국 나름의 낭만화, 세속화한 크리스마스 전통을 공유하고 있을지라도 감성적으로, 문화적으로 크게 다른 세대이다. 안나가 김종삼의 시 「북 치는 소년」 중의 "크리스마스 카드"

2) 이광수, 『개척자』(춘원 이광수 전집 2), 태학사, 2019, 137.

3) 은희경, 「다른 모든 눈송이와 아주 비슷하게 생긴 단 하나의 눈송이」, 『다른 모든 눈송이와 아주 비슷하게 생긴 단 하나의 눈송이』, 문학동네, 2014.

와 "진눈깨비" 이미지에 매료되어 눈 오는 성탄 전야를 바라고 있는 반면, 사내가 "하얀 눈송이"를 맞으며 시작한 연상은 "악보 [위의] 음표들", 이어서 "사내의 씨앗"들 즉 자신의 정자들로 옮아간다. 이 차이는 물론 성별 차이와 관계가 있을 테지만 문화 차이와 보다 깊은 관계가 있다고 생각된다. 안나는 한편으로 청춘의 자연스러운 명령대로 연애를 욕망하면서 다른 한편으로 연상의 다른 여자들이 연애에 집착한 결과 직면한 불행의 사례들을 의식하고 있다. 한편으로 자신의 욕망에 대해 정직하려고 하면서 다른 한편으로 그로 인해 자신이 입을지 모를 오손汚損 혹은 범할지 모를 죄악을 예감하고 있다. 안나가 욕망의 비극에 대한 감각을 보여주고 있다면 바로 그와 같이 자성하는 욕망의 주체성은 사내한테서 만나기 어려운 어떤 것이다. 안나의 문화는 중요한 부분에서 천주교 공동체와 관련되어 있는 반면, 사내의 문화는 어떤 종교적 규율도 알지 못한다. 사내는 섹스 파트너였다가 사라진 여자를 떠올리고, 그녀가 사라진 이유라고 추정되는 자신의 열악한 주거 이력을 생각할 뿐, 좀처럼 자신의 욕망을 성찰의 대상으로 삼으려 하지 않는다. 사실, 그를 침울하게 하는 것은 충족되지 않는 그의 성욕이라기보다 그의 불운이다. "지구의 연인들이 최선을 다해 소리 지르고 있을" 시간에 자신은 외로움과 무료함 속에 버려진 듯한 사정, 도시의 연인 커플들이 지복至福의 상태에서 맞이할 듯한 크리스마스를 자신은 경험하지 못하는 사정이다. 자기에게만 허여되지 않은 듯한 쾌락의 환상은 그의 머릿속에서 외설적으로 팽창한다. "저기 '여관'의 간판 불은 꺼져 있다. '크리스마스니까' 하고 사내는 웃는다. '오늘 밤 어느 야쿠자 두목은 세 명이랑도 하겠지?' 생각하니 조금 시무룩해진다. 그러자 곧 먼 곳에서 사슴뿔을 단 세 명의 아가씨들이 엎드린 채 사내를 바라보며 '음매에-' 하고 운다."

남들은 모두 즐기는 뭔가를 자신은 누리고 있지 못하다는 그의 생각은 섹스의 영역에 국한되지 않는다. "세 명의 아가씨"에 관한 그의 공상을 전하는 방식에서 보이듯이, 그의 마음과 관련하여 다분히 폭로적인 작중 서술은 그가 물질생활의 기본 영역에서 일반적 수준의 행복으로부터 소외되었다고 느끼고 있음을 알려준다. 서술자가 그의 "로망"이라고 부른 것은 이렇다. "소독한 델몬트 주스 유리병에 보리차를 담아, 냉장고에 넣어 두었다가 시원하게 마시는 것", 화장실 변기 수조에 "세정제"를 넣어두어 "물을 내릴 때마다 변기 안으로 파란 수돗물이 쏟아져 나"오게 하는 것, 덩치 크고 소음 심한 컴퓨터라도 방 안에 들여놓고 "인터넷"은 하고 사는 것. 그의 로망은 물질 소비와 관련되어 있지만 그것이 목표로 하는 충족은 단지 물질적인 데에 그치지 않는다. 그가 차가운 보리차 마시기를 원하는 것은 그 행위가 "자기의 삶을 어떤 보통의 기준에 가깝게 해주"기 때문이고, 물을 푸르게 착색하는 세정제를 고집하는 것은 그 "푸른 물만 보면 이상하게 기분이 좋아"지고 "심지어는 자신이 괜찮은 인간처럼 느껴"지기 때문이며, 어떻게든 인터넷을 하려고 하는 것은 "요즘 세상에"는 그렇게 "하고 살아야 사람답게 살 수 있"기 때문이다. 요컨대 그의 로망은 당대 사회에서 "사람"에게 합당하다고 통하는 어떤 삶을 살고 싶다는 소망에서 자라 나온, 특정 종류의 물질적 재화 소비에 대한 욕망을 뜻한다. 그 욕망의 내용은 중간계급의 눈에는 궁상스러운 데가 있지만 그 욕망의 형식은 그가 속한 사회에서는 특이하지 않다. 그 사회가 어떤 사회인가는 소설 서두에서 지나가듯 언급된 "편의점"—1989년 서울 송파구에 진출한 미국계 세븐일레븐을 시작으로 도시 곳곳에 생겨나 재래 상점을 제치고 '국민 점포'의 위상을 차지한 편의점이 알려주는 바다. 사회학자 전상인은 편의점을 가리켜 "소비주의 사회의 첨병"이라고 했다.[4] 편의점들이 할거하고 있는 도시는 대중 소비의 선동과 조작 기제가 그 말단 구역까지 미친 사회와 다르지 않다.

오누이의 현재 거처인 원룸은 그들에게는 높은 월세여서 당초 그들은 구경만 한다는 생각으로 그곳에 들렀다. "하지만 문을 열고 햇빛이 쏟아지는 탁 트인 원룸 안에 발을 디딘 순간" 그들의 생각은 변했다. "두 사람은 자신들도 모르게

4)   전상인,『편의점 사회학』, 민음사, 2014, 62.

깨닫고 말았다. 자신들이 살고 싶던 방은, 원래 이런 곳이었다고. 그들은 결국 그 집으로 이사를 했다. 월세 부담이 컸지만 한 번쯤 '무리'라는 걸 모른 척하며 살아보고 싶었다. 그것이 영화관이나 놀이공원에서처럼 잠깐 돈을 주고 살 수 있는 환상이라 하더라도, 이제 분수껏 사는 일은 지겨워져버렸다고 떼를 쓰고 싶었는지도 몰랐다." 분수 넘치는 소비란 소비사회에서 희한한 풍속이 전혀 아니다. 소비사회는 사람이 가지고 있는 소비 성향과 능력이 그 사람이 어떤 사람인가를 결정한다고 생각되는 사회이기 때문이다. 소비사회에서 사람은 다른 어떤 존재이기에 앞서 소비자이며, 상품 소비 행위를 통해 자신을 위한 사회적 정체성을 추구하고 축조한다. 소비사회는 단지 사람들의 소비생활이 일반화한 사회가 아니라 사람들이 소비자가 되도록, 소비를 통해 '정체성 케어 identity-care'를 하도록 강제되고 있는 사회이다. 소비사회의 본질은, 앞에서 인용한 사내의 믿음, "사람답게" 살려면 어떤 상품 소비는 "배는 곯아도" 해야 한다는 생각에 집약되어 있다. 소비사회에는 소비 능력이 저열한 까닭에 "사람답다"고 혹은 "정상적"이라고 인정되는 수준에서 자신의 정체성을 케어하지 못하는 사람들이 있다. 그들은 지그문트 바우만의 말대로 '신新빈민'이다.[5] 전통적 빈민이 기아, 병, 재해와 같은 생명에 대한 위협에 노출되어 고통을 겪는다면, 신빈민은 "남들처럼" 살지 못하고 있다는 생각에서 비롯된 수치감 혹은 죄책감에 시달린다. 신빈민의 심리적 곤경이 그들을 어떤 행동으로 이끌기 쉬운가는 「성탄특선」의 연인들이 과거 성탄 전야를 함께 보내지 못한 이유를 알려주는 삽화에 예시되어 있다. 그들이 연인 사이가 되어 맞이한 첫 번째 크리스마스 때는 "입을 옷이 변변찮단 이유"로 여자가 시골집으로 "잠적" 해버렸고, 두 번째 크리스마스 때는 남자가 데이트 비용을 여자에게 전담하게 해야 하는 사정이 괴로워 어머니가 편찮다는 핑계를 대고 여자를 피했다.

소비사회에서 정상적으로 생활하는 소비자는 유쾌한 감흥과 경험을 위해 상품 형식으로 공급된 많은 기회를 접하고 그중에서 최선의 선택을 하려고 한다. 퓨리턴적이든 유교적이든 과거의 종교적 사회에서 도덕상 병폐로 취급되었던 쾌락 추구는 소비사회에서 인간 본성에 부합하는 행복한 삶의 기술로 간주된다. 18세기 유럽을 시작으로 근대 세계에 출현한 소비주의는 동시대의 쾌락주의와 불가분하게 얽혀 있다. 사회학자 콜린 캠벨의 저서 『낭만주의 윤리와 근대 소비주의 정신』에 의하면, 근대 쾌락주의는 근본적으로 "공상하기"라는 형식을 취한다.[6] 근대의 쾌락주의자는 현실에 구애받지

---

5) Zygmunt Bauman, *Work, Consumerism and the New Poor, second edition*, Open University Press, 2005, 36-42.

6) Colin Campbell, *The Romantic Ethic and the Spirit of Modern Consumerism*, Basil Blackwell, 1987, 81.

않고 스스로 상상력을 발휘해서 창출한 이미지—그리고 그 것에 부수되는 감정—로부터 유쾌한 감흥을 얻는다. 소비자 용 상품들은 바로 그러한 공상하기를 자극하거나 보조하는 자질을 그 주요 성분으로 포함한다. 이렇게 보면, 현대 크리 스마스와 같은 소비주의적 축제는 개인적 혹은 집합적 차원 에서 공상하기를 고무하는 의례와 유희의 조합에 해당한다. 크리스마스 시즌에 번성하는 쾌락주의적 소비의 예는 「성탄 특선」의 연인들에게서 쉽게 발견된다. 앞에서 인용한 크리스 마스 엠블럼 장식의 속옷 선물 장면에서 남자는 "여자의 몸에 감길 속옷을 상상하며, 팬티 위에 붙은 그 작은 종이 금방이 라도 딸랑딸랑 소리를 낼 것 같아 미소" 짓는다. 이 유쾌하게 에로틱한 상상은 그가 취직하기 전의 성탄 전야에는 가능하 지 않았던 것이다. 신빈민은 소비주의의 절기에 수치감이나 죄책감을 평소보다 통절하게 느끼기 쉽고, 아울러 감흥 없는 일상의 감정, 즉 권태를 한결 심하게 느끼기 쉽다. 「성탄특 선」의 곤궁한 외톨이 사내는 어떤가. 그는 데이트 나간 동생 에게 "뭐 해?"라는 문자를 계속 날리면서, 티브이 채널을 줄 곧 돌리면서 무료함과 싸우는 중이다.

　지금까지의 분석이 옳다면 「성탄특선」은 연애에 열광하 는 젊은이들의 성탄 전야에 관한 이야기 그 이상이다. 이 소 설이 발표된 2006년 무렵 한국에서 팽창하는 중이었던 소비 문화, 그리고 그 역장力場에 포획된 빈곤한 사람들의 다면적인 심리를 빼놓고 이 소설의 의미 있는 독해를 구성하기는 어렵다. 상식적으로 생각하더라도, 소비주의의 번성이 사람들에게 미치는 영향을 극명하게 보여주는 데에 빈민계급이 유리한 수단임은 명백하다. 대개 그들은 빈곤한 만큼 소비 상품이 주는 행복의 환상에 민감하고, 소비 불능에서 생기는 자존감의 위축으로 인해 비참하다.「성탄특선」은 소비와 관련된 행복과 불행, 희열과 권태를 대조적으로 그린다는 특징이 있다. 작중의 빈민, 특히 사내에 관한 서술은 그 상반된 경험을 희극적으로 과장해서 보여준다. 델몬트 유리병에 담아 마시는 차가운 보리차, 변기의 물을 푸르게 착색하는 세정제, 인터넷 서비스에 대한 그의 찬미는 이른바 정상적인 생활수준의 소설 독자들에게는 우스꽝스러울 수밖에 없다. 그것은 그의 발전 중인 취미를 알려주기보다 풍요한 소비와 절연된 그의 처지를 나타낸다. 그의 '로망' 혹은 천진한 소비 욕망은 서술 중에 조롱을 당하는 대신 연민을 얻는다. 사내가 밤새 내는 컴퓨터 소음을 "사람답게" 살려는 고투의 소리로 듣는다는 동생의 생각을 서술자는 논평 없이 인용한다. 사내의 곤경에 관한 서술 역시 그 신산함과 비속함을 감추지 않는다. 성탄특선이라는 말에 부합하는 뭔가를 기대했던 그는 낡은 영화 혹은 시시한 영화를 재탕하는 티브이의 관행 때문에 배신을 당하고 만다. 티브이 영화들의 지겨움을 참다못해 그는 컴퓨터에 저장해두고 보곤 했던, 그러나 마찬가지로 지겨운 포르노 영화 파일을 열어놓고 덤덤하게 화면을 보다가 문득 "수음이라도 할까" 생각한다.

그렇게 극히 제한된 범위 안에서나마 대중소비문화의 천국과 지옥 사이를 왕래하는 사내는 그 문화의 본질적 특성에 대해 그 나름의 견해를 가지고 있다. 그것은 일반적으로 평준화, 규칙화, 범속화 같은 말로 지칭되는 특성이다. 사내는 그것을 "빤함"이라고 부른다. 크리스마스라는 소비 시즌에 무엇보다 먼저 그의 눈에 들어오는 것은 색스럽게 창궐한 빤한 것들이다. 그 전형이 이런저런 요란한 불빛으로 자기 존재를 알리고 있는 여관들이다. 그는 그곳에 가본 적이 없지만 그가 보기에 "전국의 여관이란 제주에서 서울까지 대개 빤한 곳이다. 구조도 그렇고, 손님도 그렇고, 하는 일도 그렇다". 티브이에서 방영하는 성탄특선 영화 역시 그렇다. 성탄특선이라는 프로그램 제목은 대중의 축제 욕구에 응답하겠다는 상업 방송사들의 제스처이지만 실제 영화는 하나같이 빤한 것이다. 그런데 사내와 같은 소비자들에게 "빤한 것들은 언제나 이상한 마력이 있어서" 그것들로부터 좀처럼 관심을 돌리지 못한다. 사내는 빤한 것들에 휘둘리는 소비생활의 중대한 결과가 무엇인지 모르지 않는다. 그것은 소비자 자신이 빤한 인간이 돼버리는 것이다. 새벽 한 시 무렵 공중에서 하얀 눈송이가 떨어지자 섹스에 열중할 많은 남녀를 생각하고 이어 떠나버린 애인을 그리워하던 사내. 그는 문득 이렇게 중얼거린다. "나는 왜 이렇게 빤한가……." 사내의 이야기 중에는 빤한 인간의 서글픈 가소로움을 강조하는 삽화가 하나 있다. 그가 언젠가 그의 자취방에서 애인에게 짐짓 진정한 투로 사랑을 고백하고 애무에 돌입하려던 때 "썹탱아! 그게 아니잖아! 저 새낀 항상 저래"라는 소리가 그의 귀에 들어왔다. 그 것은 창밖으로 떼 지어 지나가던 아이들이 자기네끼리 주고 받는 거친 대화의 일부였을 테지만 자신의 빤함을 모르지 않는 남자에게는 가혹한 훼방이다. 그 희극적 우연의 결과로 멋 쩍어진 그는 "'아, 그 새낀 항상 그러는구나' (……) '진짜 나쁜 새끼네'"라고 비난에 가세하여 "그 새끼"와 자신을 분리한다.

평준화하고 규칙화한 소비문화의 특성은 연인들이 제대로 누리고 있는 듯한 축제에도 나타난다. 그들의 데이트는 평소에는 부리기 어려운 호사를 포함하고 있지만 "로맨틱 코미디" 관람, "패밀리 레스토랑"에서의 식사, 크리스마스 선물 교환 그리고 모텔에서의 섹스라는 프로그램으로 이루어진 그것은 쾌락주의 베테랑의 눈으로 보면 따분하고, 다시 사내의 말을 빌리면 빤하다. 그들의 데이트는 정형화하고 규칙화한 까닭에, 종교적인 크리스마스의 의례들에 대응하는 문화적인 크리스마스의 의례들에 속한다고 해도, 가족 재회나 자선 바자 등과 같은 부류라고 해도 무방하다. 서술자는 그들이 처음으로 함께 성탄 전야를 보내는 기쁨으

로, 자신들도 "'뭔가 하고 있다'는 기분"으로 들떠 있다는 것
을 알려준다. 그러나 또한 그들이 관람한 영화가 "지루했다"
거나 그들이 먹은 음식에서 "겨드랑이 암내" 비슷한 냄새가
났다거나 여자의 선물이 남자에게 별로였다는 것을 전해준
다. 단계마다 다소 순탄치 않았던 그들의 연애 의례는 섹스
를 위한 방을 구하기 어렵게 되면서 망가지기 시작한다. 이
곳저곳 돌아다니며 방이 귀한 사정만 확인하는 사이 기분이
상하고 피로를 느낀 그들은 모텔보다 못한 여관이라도 괜찮
다고 생각하고 "구로공단" 인근 골목에 있는 "여인숙"으로
들어간다. 그 "민박집 분위기가 나는 허름한 건물"의 "복권
판매소처럼 생긴 카운터 안에서" 잠을 자다 나온 듯한 주인
여자는 "침대 방"이 하나 있다고 알려준다. 마침 "동남아시
아 쪽 사람"처럼 보이는 두 청년, 그곳에서 장기 투숙을 하고
있는 외국인 노동자의 친구가 아닐까 추측되는 청년들이 현
관으로 들어온다. 성탄 전야를 맞아 심야 모임을 가지려 하
는 외국인 노동자들과 그들의 무단 집합 숙박을 막으려는 주
인 여자 사이의 실랑이가 끝난 다음, 연인들은 주인 여자의
안내를 받아 방으로 들어가 문을 잠근다. 남자는 낡은 침대
위로 털썩 몸을 던지고 나서 "이만하면 괜찮네"라고 말한다.
그러나 여자의 생각은 다르다.

여자가 불안한 눈으로 침구를 훑어봤다. 누렇게 얼룩진 이불

위로 낯선 이의 음모와 머리카락이 꿈틀대고 있었다. 여자는 조심스럽게 화장실 문을 열어보았다. 욕실 가득 비릿한 냄새가 풍겼다. 타일이 깨진 바닥 위로 녹슨 세면대가 한쪽 발을 잃은 패잔병처럼 기우뚱 서 있었다. 녹물이 흐르는 세면대 위엔 머리카락이 뭉쳐져 있었다. 여자는 욕실 문을 닫고 질문하듯 남자를 바라봤다. 남자는 극도로 피로함에도 불구하고 아직 '하고 싶어 하는' 눈치였다. 여자는 도저히 그 이불을 덮을 수 없을 것 같았다. 남자는 여자의 시선을 피하다 나무문 위로 구멍이 나 있는 것을 발견했다. 구멍 사이엔 신문지 뭉치가 끼워져 있었다. 남자가 여자의 눈치를 살폈다. 여자는 코트 자락을 쥔 채 방문 앞에 서 있었다. 남자가 걱정스럽게 물었다.

"왜? 싫어? 못 자겠어?"

영화 관람─서양식 식사─선물 교환─섹스의 계기적 행위들로 이루어진 성탄 전야 데이트는 최종 단계에 와서 파탄을 겪는다. 구로동 여인숙의 불결한 방은 다른 연인들과 마찬가지로 특별한 밤을 보내고 있다는 그들의 생각을 무참히 깨뜨린다. 그들의 데이트는 풍요한 소비의 은총 속에서 달콤한 사랑을 완성하는 대신에 그 사랑의 환상과 반대되는 추하고 더러운 현실을 불러온다. 그것은 유쾌한 영화, 진미 있는 식사, 사랑스러운 증여, 열광적인 섹스의 크레셴도를 그럭저럭 이루는 듯하다가 지루한 코미디, 거슬리는 음식, 허접한 선물,

불결한 침대의 데크레셴도를 낳고 만다. 인류학자 메리 더글러스는 원시사회의 농담 의례 분석을 통해 농담 이론을 진전시킨 글에서 농담이 어떻게 의례와 대립하는가를 밝힌 바 있다. 그것에 따르면 농담은 차이가 나는 개념들 혹은 패턴들을 연결하는 작용을 의례와 공유하고 있지만 그 연결 원리에 있어서 상반된다. 의례에서 그것들은 통합되어 조화와 질서를 만드는 반면, 농담에서 그것들은 파열되고 분산된다. 의례는 어떤 지배적 가치를 지지하는 서열을 만드는 반면, 농담은 지배적 가치를 조롱하거나 전복하기 좋아한다. "본질적으로 농담은 반의례anti-rite이다."[7] 성탄 전야의 연인들에 관한 김애란의 서사는 그들의 데이트가 소비주의적 의례로 고착화한 상태를 보여주면서 그 의례의 개념 요소들을 흩어지게 놓아두고, 그 의례의 합리성 혹은 정당성 주장을 의심스럽게 만든다. 그 서사는 소비주의적 사랑을 조롱하는 농담이다.

농담의 측면에서 「성탄특선」을 논하기로 한다면 그것이 소비주의에 감춰진 혹은 억눌린 어떤 생활양식을 지시하는가 하는 물음과 마주하지 않을 수 없다. 농담은 단지 웃음을 유발하는 이야기가 아니라 인간 본성 중의 억압된 어떤 것을 일시적으로 회복하는 언표이기 때문이다. 그 어떤 것은 베르그송

---

7)   Mary Douglas, "Jokes", *Implicit Meanings: Selected Essays in Anthropology*, second edition, Routledge, 1999, 155.

에게는 삶의 경직화 혹은 자동화에 저항하는 인간 본연의 생기였고, 프로이트에게는 의식의 통제 아래 있는 리비도적 충동이었다. 프로이트의 이론에 빚지고 있는 더글러스는 농담 의례가 구조화되지 않은 사회상태, 즉 서열화되지 않은, 차별화되지 않은, 통제되지 않은 사회적 관계를 상징적으로 표현한다고 본다. 「성탄특선」은 카니발적 혼란을 내포하는 농담 의례의 대본 같은 텍스트가 아니므로 전복적인 반反구조의 상징들을 찾아보려 하는 것은 헛된 일이다. 그러나 그 소설의 특수한 세목들을 보면 소비주의와 문화적으로 다른, 소비사회 그 아래 세계의 생활을 암시하는 사물이 있다. 흥미로운 것은 검은 봉지다. 그것은 연인들이 구로동 여인숙에서 주인 여자와 대화하는 중에 외국인 노동자 청년들이 출현한 장면에 처음 나온다. 그들 중 하나가 들고 있는 "검은 비닐봉지"에는 친구의 방에서 함께 마시려고 가져왔을 맥주병이 들어 있다. 그들은 그들대로 성탄 전야를 즐기려는 참이지만 그들의 모임은 소비주의적 교유와 판이하다. 검은 봉지는 데이트를 끝내고 돌아온 여자와 혼자 권태를 앓은 오빠가 각자 요를 깔고 누워 떠올리는 크리스마스 기억 중에 다시 등장한다. 산타클로스의 서툰 대역을 했던 어머니는 "예쁘게 포장"된 "근사한 박스"가 아니라 "까만 봉다리"에 선물을 담아 주는 "이상"한 습관이 있었다. 검은 비닐봉지는 포장은 아무래도 좋다고 생각하는 문화를 상기시킨다. 그것은 소비주의가 사회로부터 지우려고 하는 가난의 이미지이면서 쾌락주의를 모르는 생활 관습의 조각이다. 그 가난하고 순박한 생활은 작중에서 비중 있게 다뤄지지 않았다. 그러나 여인숙 주인 여자의 언행을 음미하면 그 특수한 생활의 느낌이 희미하게나마 전달된다. 안 자고 간다고 강조하는 청년에게 여자는 "안 자긴 뭘 안 자? 안 자면 또, 뭐? 사람 하나 늘면 그게 다 물세고 똥센데"라고 응수한다. 하지만 물질적으로 절박하게, 말의 교양과 무관하게 살아온 듯한 여자는 친구의 방으로 달아나는 청년들을 제지하지 않는다.

「성탄특선」이 실린 소설집 『침이 고인다』 해설에는 김애란의 작중 도시 청년들의 자아 추구를 강조한 발언이 나온다. 해설자 이광호는 그들의 이야기에 자주 등장하는 방을 둘러싼 추억과 상상에 주의를 기울이면서 그 추억과 상상이 그들의 개인적 "자아의 심미적 재정립"에 대한 소망과 관련된다고 읽고 있다.[8] 그 자아 추구의 새로운 양상을 그는 후기 푸코의 "존재 미학" 범주에 드는 것으로 보고 싶어 한다. 그러나 그것은 무리다. 존재 미학이라는 말로 푸코가 뜻한 자아 실험의 핵심은 고대 그리스와 기독교 문화 중의 스토이시즘으로 소급되는 자아 장악이고, 푸코가 예술작품으로서의 자아

8)   이광호, 해설 「나만의 방, 그 우주 지리학」, 『침이 고인다』, 문학과지성사, 2007, 304-305.

를 강조한 본의는 개인의 자아 정립과 관련한 자율적인 윤리적 실천에 있기 때문이다. 김애란의 청년 인물들을 두고 "자기의 테크놀로지"라는 용어를 의미 있게 쓰려면, 그것의 반대편에 놓이는, 그들을 자율 의지 없는 존재로 만드는 지배의 테크놀로지가 무엇인가를 말하지 않으면 안 된다. 그것은 「성탄특선」에 근거해서 말하면 소비주의이다. 그 소설의 작중인물들은 대중 소비 열풍, 서술자의 표현을 빌리면, 소비주의의 "역병"에 걸려 "빤한 인간" 혹은 자아 없는 몸으로 끝날 위험에 처해 있다. 경제적으로, 문화적으로 빈곤한 그들에게 어떻게 자아 창조가 가능할지는 말하기 어렵다. 다만, 그 역병에 희생되지 않으려면 소비사회와 다른 생활 세계에 대한 탐문이 필수적이다. 「성탄특선」은 소비주의에 휘말려 울고 웃는 오누이를 보여주면서 바로 그 "이상"한 세계 중 하나로 그들을 데려간다. 크리스마스 선물을 검은 봉지에 담아주는 어머니, "물세"와 "똥세"를 입에 올리는 여인숙 주인 여자의 세계가 그것이다. 그것은 아마도 오누이가 자아의 뿌리를 두고 있는 가난하고 더러운 세계, 그들이 서울의 대학을 다니면서 빠져나오기 시작한 세계일 것이다. 그러나 그 생활세계의 기억을 버리고 그들이 진정한 자아를 성취하리라고 믿기 어렵다. 오누이의 성탄 전야 이야기는 소비주의에 예속될지 모를 욕망의 난국과 함께 윤리적으로 각성된 회상의 단초를 보여준다.[9] 신빈곤계급 청춘에 관한 2000년대 소설 중에서 「성탄특선」은 특출하다.

9) 이 회상이 「성탄특선」 이후 어떻게 진전되었는가는 김애란의 또 한 편의 걸
    작 「칼자국」을 읽은 사람이라면 얼마간 짐작하리라 믿는다.

강남 밖의 청년, 그의 망상과 익살

—김경욱, 「러닝 맨」

¶ 김경욱 소설집 『신에게는 손자가 없다』(창비, 2011. 9)에 실린 텍스트를 논의
   에 사용했다.

2008년에 발표된 김경욱의 단편소설 「러닝 맨」의 일인
칭 남성 서술자는 그 이력 면에서 당시 한국 소설 독자들에
게 친숙한 유형이다. 지방 어딘가 출신으로 대학에 입학하
면서 서울에 올라온 그는 대학을 졸업한 지 4년이 지난 서술
상 현재도 취직을 못 한 상태다. 이른바 '스펙다운 스펙'이 없
고, 추정하건대, 국문과 같은 문과 계열 학과를 다닌 듯하다.
그동안 "최종면접"만 따져봐도 "열한번" 고배를 마셨고 근래
에는 지원 서류 심사 단계에서 탈락하기도 했다. 그렇다 보
니 인력 시장에서 "유통기한" 지난 "제품"처럼 취급당하는 기
분이다. 약 1년 전까지 그는 강북 지역의 어느 "고시원"에 살
고 있었다. 박민규의 단편소설 「갑을고시원 체류기」가 증언
하듯이 늦어도 1990년대부터 고시원은 공무원 시험 응시생
전용 숙소가 아니라 뜨내기들을 위한, 설비가 열악하나 비용
은 저렴한 셋방이었다. 그런데 김경욱의 "취업 사수생" 서술
자는 묵고 있던 고시원을 계약 기간도 채우지 않고 "도망치듯

빠져"나왔다. 고시원에 머물다가는 그 자신 역시 거기서 만난, 툭하면 "혼잣말"을 중얼거리는, 반쯤 폐인이 돼버린 사내들을 닮게 되지 않을까 두려웠기 때문이다. 그의 현재 숙소는 지하철 3호선 "옥수역"에 근접한, 그 역사 지붕이 내려다보이는 동네에 있다. 한강을 사이에 두고 압구정동과 마주 보는 위치의 분지에 자리 잡은 옥수동은 강변 쪽으로 소규모 아파트 단지들이 들어선, 2000년대까지만 해도 한남동으로 이어지는 언덕을 비롯한 이곳저곳에 허름한 서민 주택을 남겨두고 있었다. 그의 셋방 위치는 작중에서 실제 지명대로 "독서당길"이라고 불리는 언덕이나 그 부근이 아닐까 추측된다. 그의 주거지역을 생각하면, 그에게는 단지 서울의 직장을 가지고 싶다는 꿈만 있지 않을 것이다. 지방에서 서울로, 강북에서 강남으로의 이동은 진작부터 그의 인생 선배들이 개척한 성공 코스인 터이다.

그의 서술은 열한 번째 최종 면접 낙방 통지를 받고 "구겨진 기분"에 싸인 그가 은재로부터 옥수역에 도착했다는 전화를 받는 데서 시작한다. 은재는 그에게서 일주일에 두 번씩 3개월 이상 "국어" 과외 교습을 받아온 여고생이다. 그녀는 전형적인 '강남 키드'의 면모를 가지고 있다. 강남 형성사―1975년 성동구의 한강 이남 지역이 분구되어 강남구가 출현한 후 그 지역 및 인접 지역의 개발이 촉진되고 거주 인구가 폭증하면서 1988년 서울올림픽 개최 무렵, 오늘날 강남으로 통칭되는, 강남, 서초, 송파 3구로 이루어진 서울의 새로운 중심이 만들어진 역사—는 그녀 인생의 전사前史에 속한다. 그녀는 형성이 끝난 강남에서 태어났거나 아니면 유년기부터 살아와서 강남 이외 지역의 서울을 다른 세계처럼 느끼는 세대다. 서술자에 따르면, 그녀는 한강에 놓인 다리들의 이름을 모르고 있을뿐더러, "강을 건널 일이 별로 없다"는 이유에서 자신의 무지를 자연스럽다는 듯이 여긴다. 강남 키드 중 어떤 부류가 실제로 그렇듯이 그녀는 조기 유학 경험이 있다. 초등학교 3학년 때 미국으로 건너갔다가 어떤 이유에선가 학업을 중단하고 고등학교 1학년 때 돌아왔다. 그래서 한국어가 서툴고 "특히 한자어는 젬병"이다. 그녀는 "또렷한 이목구비"와 "균형 잡힌 몸매"를 가졌고 유행 패션에 대해 민감하며 비올라를 전공하고 있다. 그러나 그에 못지않게 혹은 그보다 유심히 서술자가 주의하는 사실은 재개발 예정인 "잠실의 주공아파트" 한 채가 그녀의 명의로 되어 있으며, 그녀의 가족은 그 이외의 아파트를 "몇 채 더" 소유하고 있는 눈치라는 것이다. 그녀가 이례적으로 한강 다리를 건너와 서술자에게 전화한 것은 그녀가 다니는 학교의 개교기념일인 그날 오후 그들 둘이서 "하이킹"을 하기로 약속했기 때문이다. 마침 가을 날씨가 좋아 햇살이 눈부시게 쏟아지고 하늘이 구름 한 점 없이 푸르다. 사진기를 챙겨 들고 방을 나온 그는 종전의 "구겨진 기분"을 씻은 듯이 잊고 "휘파람까지 술술 나올 지경"이라고 느끼며 옥수역으로 향한다.

　그는 은재와 함께 한강 둔치로 걸어가다가 그녀가 원한 대로 자전거를 대여해서 강을 따라 설치된 자전거도로로 나간다. 그녀가 포즈를 취하자 사진을 찍어준 다음 그녀를 자전거 뒷자리에 태우고 "오빠, 달려"라는 그녀의 사랑스러운 명령에 답해 페달을 밟기 시작한다. 그의 등 쪽에서 풍겨오는 그녀의 "달콤한 체취"를 간지럽게 느끼며 전진하는 사이 그의 마음에는 모종의 흥분이 솟아난다. 그는 "영화 속의 연인이라도 된 기분"을 느낀다. 그러나 얼마 가지 않아 예상치 못한 방해를 만난다. 어떤 조기 축구회의 낡은 유니폼을 입고 달리기를 하는 한 사내가 그의 전방에 나타난 것이다. 사내는 보행자 도로를 놔두고 자전거도로에서, 그것도 중앙선을 밟으며 달리는 중이다. 그는 사내가 마뜩찮아 알아서 비켜 가는 대신 "호기롭게 경적"을 울려댄다. 하지만 사내는 중앙선에서 비켜나지도, 뒤를 돌아보지도 않고 숨을 짧게 끊어 "쉿쉿" 소리를 내뱉으며 계속 달릴 뿐이다. 그는 앞으로 나아가려 하고, 사내는 앞을 내주지 않으려 하고, 그래서 그들은 "훈련중인 선수와 코치처럼 전력을 다해 나란히 달"린다. 그는 사내를 추월해서 멀찌감치 떼어놓는 데에 성공하지만 중키의 다부진 체격을 가졌고 야구 모자와 마스크로 얼굴을 감추고 있는, 그리고 은재가 관찰한 바에 의하면 팔뚝에 "뱀 문신"을 새겼다는 사내를 무섭다고 느끼기 시작한다. 그의 자전거 하이킹은 마치 브레이크 없는 기관차처럼 그의 뒤를 쫓아 계속 달려오는 사내 때문에 영화 속 연애와 딴판이 된다. 그것은 유람이 되기보다 도주가 되고, 은재의 실종과 그의 도강渡江 시도로 끝난다. (작품 제목 중의 '러닝'은 '도주'를 뜻한다고 생각된다.)

「러닝 맨」의 서술은 가을 오후의 시간과 한강 북쪽 강변의 공간을 실제 세계에서의 순서와 같은 순서로 통과한다. 그 서술자-작중인물은 한낮의 햇빛을 받으며 은재와 데이트를 시작해서 서울숲 부근에서 남산의 원경 사진을 찍고, 뚝섬 부근에서 그녀가 가져온 김밥을 먹고, 혼자서 잠실대교 북단의 수중보를 구경하고, 날이 저문 다음 그녀가 사라졌음을 알게 된다. 은재와의 만남, 남산 사진 촬영, 강변에서의 점심, 수중보 구경, 은재의 실종은 시간상, 공간상으로 모두 인접한 사건들이다. 시공간상의 인접성을 기초로 하는 서술 담론, 로만 야콥슨이 환유적이라고 명명한 담론은 「러닝 맨」의 특징이다. 서술자가 자전거 하이킹 중에 우연히 만나게 되는 인물들은 그 강북 강변의 행락 장소들에 그럴싸하게 어울린다. 트로트 메들리 녹음을 틀어놓고 자전거를 타는 노인, 조기 축구회 유니폼을 입고 달리기하는 사내, 유원지 매점에서 컵라면을 파는 사내, 강가에서 돌을 던지며 노는 어린아이들, 강물에 허리까지 몸을 잠그고 낚시하는 남자, 다리 밑에서 술판을 벌이는 사내들 등은 그들이 목격되는 장소들에 마치 강변의 억새밭, 강가의 자갈밭, 강 위의 다리들처럼 자연스럽게 부속되어 있다. 그런데 그렇게 배열된 서술 단위 중에는 유사성을 띠는 것이 있다. 강남 부녀자 납치 살인 사건 이야기, 사람에게까지 돌팔매질하는 어린아이들 이야기, 다리 아래 모여 개를 잡아먹은 사내들 이야기가 그것이다. 그 이야기들은 폭력이라는 모티프로 서로 은유 관계에 있다. 그것들은 환유적으로 형성된 담론 중에 마치 시에서의 운韻처럼 자리잡고 있다.[1] 그래서 서술자가 전하는 강변은 놀이의 점경點景에도 불구하고 섬뜩한 느낌을 준다. 강변의 공기 중에는 모종의 살기가 있다. 그는 뚝섬 부근의 풍경에 대해 말하면서 "주변의 생명체를 강이 모두 삼켜버린 것일까. 도심 한복판이라는 게 믿어지지 않을 정도로 적막했다"고 그 인상을 묘사하고 있다.

살기란, 실은, 그와 은재의 데이트가 시작되는 대목에서부터 환기되고 있는 바다. 자전거를 빌리려고 구청에서 운영하는 대여소 건물을 찾아간 그들은 그 출입문에 붙어 있는 큼지막한 현상수배 전단에 눈길을 던진다. 수배된 인물은 "강남 일대의 고급 주택가와 아파트단지"에서 "부녀자 납치강도" 행각을 잇달아 벌였다고 의심되는 남자다. 남자의 "최근

---

1) 담론 형성의 두 원리로서 은유와 환유에 관해서는 로만 야콥슨, 「언어의 두 양상과 실어증의 두 유형」, 『문학 속의 언어학』, 신문수 옮김, 문학과지성사, 1989 참조.

범행의 희생자는" 경기도 "파주 인근 야산에서 시신으로 발견되었다"고 적혀 있다. 수배 공고에는 현금인출기 감시 카메라에 잡힌 용의자의 사진이 첨부되어 있으나 화상이 선명하지 않은 데다가 "야구모자를 눌러쓰고 마스크까지 착용한" 모습이어서 인상 식별에 도움이 되지 않는다. 전단을 훑어보던 은재는 얼굴이 굳어진다. 파주 인근 야산에서 시신으로 발견되었다는 여자는 그녀와 같은 아파트 주민이었기 때문이다. 이 현상수배 전단 내용을 참조하면 서술자가 강북 강변에서 감지하고 있는 살기가 어디를 향한 것인지 추측하기 어렵지 않다. 그것은, '강남공화국'이라는 조어가 아주 터무니없게 들리지 않을 만큼, 다수의 한국인에게 부와 권력을 독점하고 있는 것처럼 보이는 강남 사람을 향한 것이다. 그리고 현상수배 중인 남자의 행각이 말해주듯 그것의 물리적 표현은 강남 사람 중에서 여자 쪽으로 몰린다. 서술자는 강남이 그 외부 사람들에게 선망의 대상이자 증오의 대상이라는 것, 강남 공략이 그 외부 사람들의 열망이라는 것을 알고 있다. 그래서 강변을 주행하는 중에 맞은편 강변의 총총히 솟은 아파트 대열이 눈에 들어오자 그는 "성벽"을 떠올린다. "강 건너에는 찍어낸 듯 엇비슷한 아파트가 성벽처럼 죽 늘어서 있었다. 그것은 난공의 요새처럼 보였다. 그렇다면 강은 성벽으로의 접근을 차단하는 해자일 테지. 저 깊고 넓은 해자 건너, 저 단단하고 높은 성벽 너머에 은재의 집이 있다."

강남 부녀자 납치 강도 사건이 빈발하고 있다는 정보는 그와 은재의 하이킹이 가을 강변의 청춘 로맨스가 되지 못하는 이유 중 하나다. 그는 그 사건을 다시 언급하지 않지만 같은 종류의 범행이 하이킹 중에 일어나지 않을까 하는 의심은 그의 서술에 배음처럼 깔려 있다. 그가 앞에서 달리던 사내와 레이스를 벌이는 이야기 초반부터 모종의 흉조가 출현한다. 사내의 얼굴을 보려고 곁눈질을 하다가 그가 발견한 사실은 사내가 야구 모자를 눌러쓰고 마스크로 입을 가리고 있다는 것, 즉 수배된 남자와 같은 방식으로 얼굴을 감추고 있다는 것이다. 그는 사내와 수배된 남자를 동일 인물이라고 속단하지는 않는다. 그러나 누추한 복장, 다부진 체격, 단련된 동작, 뱀 문신, 감춰진 얼굴 같은 특징으로 미루어 사내가 수배된 남자와 같은 부류일 것이라고 추측한다. 그렇기에 사내가 그에게 추월당한 다음 어느새 쫓아와 모습을 드러내자 그는 "눈빛을 감추는 자를 막다른 골목에서 맞닥뜨리는 건 상상하기도 싫"다고 생각하면서 "젖 먹던 힘까지 쥐어짜" 자전거 페달을 밟는다. 게다가, 그가 느끼는 공포는 은재가 느끼는 공포와 부딪쳐 한층 고조된다. 그들이 수배된 남자의 얼굴 사진을 눈앞에 두고 대화하는 장면을 보면, 그는 "미친개는 몽둥이가 제격인데"라고 말하고, 그러자 은재는 "어렸을 때 개한테 쫓기다 하천에 빠져 죽을 뻔"한 적이 있었다고 말한다. 여기서 "개"라는 단어를 그가 비유적으로, 은재가 축자적으로 쓰고 있음은 물론이다. 자기가 무엇인가 말하면 그것이 바로 현실이 된다는 믿음을 가지고 있는 그녀는 그 믿음을 보증하는 듯한 사건을 자전거도로에서 목격한다. 개 한 마리가 오토바이에 묶여 끌려가는 모습으로 나타난 것이다. 개가 나타나면 다음에 무슨 일이 벌어질지 예상하고 있을 그녀가 그에게 무섭다고 호소하자 그는 방금 일어난 사건은 "우연의 일치"일 뿐이라고 달래면서 그녀의 말이 그렇게 마술처럼 작동한다면 "그놈" 말은 하지 말라고 부탁한다. 그런데 놀랍게도 개가 사라진 직후 "그놈" 즉, 그가 개에 비유한 부류의 사내가 나타난다. 그의 비유 발언과 그녀의 축자 발언이 상보적이라는 가정하에서 보면, 그녀는 진짜로 말의 영능靈能을 부리고 있는 셈이 된다. 즉 그녀는 사내에게 쫓기고 있는 것이다.

그가 사력을 다해 사내의 추적을 피하는 것은 그와 물리적으로 충돌할 경우 자신에게 어떤 결과가 올지 직관적으로 알고 있기 때문이다. 노동, 운동 혹은 싸움으로 단련되었음에 틀림없는 사내와 맞붙어 그가 승리할 가망은 없다. 장사壯士, 폭한暴漢, 싸움꾼, 양아치는 그와 별개의 사회적 부족이다. 지방 출신이기는 해도 10대에 서울올림픽을 경험했으리라고 추정되는 그는 저개발 한국의 남성주의적, 군사주의적, 권위주의적 문화에 뿌리를 두고 있는 남성성의 화신과 상당한 차이가 있다. 대학 교육의 대중화, 소비사회의 성장, 문화의 상품화, 정보 테크놀로지의 발전 등에 따라 한국의 남성 문화에 일어난 변화의 어떤 측면을 그는 예시한다. 무엇보다도, 그의 일상생활은 1980년대 후반 이후 일부 계층의 남자들 사이에 생겨난 미적 라이프스타일의 한 조각을 보여준다. 그는 사진이 취미여서 대학 졸업 기념으로 "로모 LC-A" 카메라를 구입했다. 러시아 상트페테르부르크 소재 기업 로모에서 1984년부터 생산한 그 콤팩트 필름 카메라는 1990년대 유럽의 일부 예술 사진가 사이에 인기가 있었고 한국에서는, 그의 서술 중에 나오듯이, 구소련 스파이들이 사용했다는 풍문을 타고 알려지면서 마니아 집단을 낳았다. 로모 사진 동호회 카페 회원인 그는 은재에게 자신의 취향을 자랑하면서 자신은 사물만 찍으며, 로모로 촬영한 사진에서는 "사물에도 영혼이 있는 것처럼" 느껴진다고 말한다. 그가 자전거 하이킹에서 기대하는 일중 하나는 노을에 물든 청담대교를 필름에 담아보는 것이다. 그 미적 취미 덕분에 그는, 그의 표현을 빌리면 "오리떼" 속에서 "백조"가 튀듯이, 무식한 마초들과 구별된다. 그의 개성은 다른 누구 아닌 은재, 그 멋쟁이 강남 키드가 알아봐준다. 그의 로모 이야기를 들은 그녀는 "역시 오빠는 유니크해"라고 응답한다.

　그런데 이상하게도 그녀는 사내의 추격을 그만큼 두려워하는 것 같지 않다. 뚝섬에서 점심을 먹고 나와 얼마 못 가서 그녀는 그에게 자전거를 멈추게 한다. 유원지 매점 옆에 있었던 화장실에 가야겠다고, 매점 근처에 있을 테니 얼른 사진 찍고 오라고 한다. 생각해보면, 자전거도로에서 레이스를 촉발한 것은 사내가 아니라 그다. 스스로 밝히고 있듯이 "호기"가 발동해서, 그는 사내를 비켜 가는 대신 앞지르기로 했다. 사내는 그에게 앞을 빼앗긴 후 어떤 위협의 기미도 실제로 보인 적이 없다. 그를 추월하기 어렵지 않은 거리까지 따라와서도 그의 말로는 "오버페이스를 경계하는 노련한 마라토너처럼" 앞으로 나서지 않았다. 그를 엄습한 공포는 그 자신의 마음 외에는 어디에도 명확한 원인이 없는 것이다. 그렇다면 그는 어째서 그렇게 사내를 두려워하는가. 뚝섬에서 그와 은재가 나누는 대화 중에 해답을 위한 추리의 단서가 있다. 점심을 마친 그녀는 아까 따라오던 사내가 자전거 뒷자리의 자기를 훔쳐봤다는 이야기를 불쑥 꺼낸다. "자꾸 내 허벅지를 흘끔거리더라고요. 스커트 자락 끌어내리느라 죽는 줄 알았어요." 이 말에 대해 그는 느닷없이 "버럭 소리"치며 황당하게 대꾸한다. "그러게 미니스커트 입고 무슨 자전거를 탄다고 난리야!" 그녀가 깜짝 놀라 금방이라도 울음을 터뜨릴 것 같은 표정을 짓자 이번에는 그녀의 "어깨에 손을 얹으며 부드럽게" 말한다. "그때 바로 말했으면 좋았을 텐데." 그녀가 "말했으면?"이라고 물으니 그는 "또라이 새끼. 작살을 내야지. 어딜 감히……"라고 허세 부려 답한다. 이로써 보면 그는 은재의 성을 점유할 권리가 그 자신에게 있다고 가정하고 있다. 물론 속으로 그렇게 하고 있다. 그리고 역시 속으로 사내가 은재를 쫓고 있다고, 그녀를 빼앗으려고 자신을 따라오고 있다고, 자신을 해치려 한다고 생각하고 있다. 그러므로 그가 망상에 빠졌다고 추정하지 못할 이유는 없다.

과외지도가 유일한 수입원인 듯한 그는 은재를 그의 "최고의 고객"이라고 평한다. 그녀의 어머니가 또 한 명의 아이를 지도하도록 주선하겠다고 했으니, 사물만 촬영한다는 원칙을 깨고 그녀의 사진을 찍어주거나, 그녀가 만들었다는 김밥을 형편없는 맛임에도 극찬하는 식으로, 그가 그녀의 환심을 사려 하는 것은 자연스럽다. 그러나 그의 호기, 허세, 아첨은 금전적 이유만으로는 설명되지 않는다. 그의 경제적 동기는 성적 동기와 긴밀하게 얽혀 있다. 그의 서술 서두의 문장을 보면 "은재에게서 전화가 왔을 때 나는 붉게 달궈진 물건을 조몰락거리고 있었다. 낙방을 알리는 이메일로 구겨진 기분을 달래던 참이었다"라고 되어 있다. 이 문장에서 그의 발기한 음경을 형용하는 '붉음'은 그가 은재를 자전거에 태우고 사내와 벌인 레이스를 묘사하는 문장 중에 다시 나온다. "얼마나 그렇게 달렸을까. 내 마음 저 깊고 후미진 곳에서 붉디붉은 적의가 고개를 쳐들 무렵 사내가 스르르 밀려났다. 사내를 추월한 뒤에도 나는 속도를 늦추지 않았다." 그가 은재에게 바라는 것은 자신이 독특하게 심미적이고, 게다가 강하고 패기 있는 남성임을 알아봐주는 것이다. 그러나 그의 우쭐한 자아 관념은 수년 동안 무직자 신세인 그의 참담한 현실 때문에 동요할 수밖에 없다. 은재를 놓고 그가 사내와 경쟁하고 있다는 망상은 그의 이상화된 자아에 대한 불안한 집착과 무관하지 않다. 그의 서술은 시공간상으로 인접한 일련의 사건을 전하면서 그의 불안을 노출시키는 방향으로, 불안의 감정적 표현인 공포를 점증시키는 방향으로 나아간다. 공포의 크레센도는 자전거, 다시 말해, 로모 카메라와 짝을 이루는 그의 남성성을 위한 보철補綴, prosthesis이 작동하지 않는 대목에서 절정에 달한다. 잠실대교 부근에서 술 취한 남자가 그를 공격하려고 다가오자 그는 줄달음쳐 자전거에 올라탄다. 그러나 누군가가 뒷바퀴의 공기를 빼버려 손으로 끌고 달리는 수밖에 없게 된다. 어둠에 싸여 뚝섬 쪽으로 가던 중 그는 무심코 뒤를 돌아봤다가 여전히 침착한 자세로 자신을 향해 달려오는 사내를 발견한다. 그러자 즉시 자전거를 내팽개치고 "심장이 터져라" 달음박질한다. 은재가 기다리겠다고 말한 장소에는 은재는 물론 사람의 기척이라곤 전혀 없다. 따라오는 사내에게 결국 붙잡힐 것이라고 낙담하던 그는 강둑 아래의 유람용 "오리배"들이 눈에 띄자 잽싸게 달려가 그중 하나에 몸을 던진다. 그런 다음 강 너머를 향해 힘껏 페달을 밟는다. 그가 그토록 귀하게 여기는 로모 카메라는 잃어버린 채로.

공포는 1980년대 소설에 편만했던 분노에 견줄 만한, 2000년대 소설에 두드러진 감정이다. 2000년대의 뛰어난 단편소설, 예컨대 하성란의 「밤의 밀렵」이나 편혜영의 「저녁의 구애」는 모두 공포의 현상학을 담고 있다. 전자는 마을 사람까지 살상을 당하는 시골 오지 야간 밀렵의 감춰진 진상에 접근하는 남자의 이야기, 후자는 지인의 부탁으로 조화를 배달하려고 지방 출장을 갔다가 자신에게 육박하는 죽음을 예감하고 전율하는 남자의 이야기다. 「러닝 맨」에서 공포는 대도시 사회의 주변부에 존재하는 외롭고 무력한 청년의 그것이다. 그는 강남과 그 외부라는 지리 형상으로 가시화된 서울의 계급 분할 사회에 존재하고 동시에, 과거 고도 경제성장기의 청년들과 달리, 계급 상향 이동의 불가능성에 직면하기 시작한 상태다. 수년간 취직 경쟁에서 패하면서 번번이 자의식의 고문을 당했을 그는 긍지에 손상을 입어 "내 몸 어디에선가 악취를 풍기는 진물이 흐르는 게 아닌가" 의심하고 있을 지경이다. 그의 남성 나르시시즘을 용납하지 않는 듯한, 사회로부터 그를 철저하게 배제하는 듯한 상황이 출현하면서 그의 공포는 폭발한다. 그가 강변에서 마주친 사람들은 하나 같이 무섭다. 자전거도로 중앙선을 차지하고 달리기하는 사내, 은재를 동반한 그에게 적의를 보이는 매점 남자, 그에게 일제히 돌을 던져 그가 했던 구박에 응수하는 어린아이들, 그에게 욕설을 퍼붓고 위협을 가하는 취한醉漢 등등 모두가 그에게 적대적이다. 공포의 절정에서 그는 정체불명의 괴한에게 이유 없이 "린치"를 당한다 해도 도와줄 사람 하나 없는 자신의 처지를 떠올리고, 또한 지금까지는 가까스로 무사했지만 결국 사내의 추격을 피하지 못할 것이라 예감한다. 그러면서 "절망이 사지 구석 구석까지 퍼져나갔다"고 토로한다. 그의 망상 외부에서 생각 해봐도 그의 절망은 타당하다. 사라진 은재가 만일 한강에서 든, 다른 어디에서든 사체로 발견된다면 어떻게 되는가. 유력 한 납치 살인 용의자는 바로 그가 아닌가.

「러닝 맨」 작중 청년의 일인칭 서술은 심리 스릴러의 플 롯을 가지고 있고, 그 플롯을 통해 그의 자아의 약소함과 불 안함을 점진적으로 드러낸다. 그러나 그의 서술 담론은 그와 같은 부류 인물들의 목소리를 들려준 기왕의 소설들과 달리, 분노와 원망의 어조를 가지고 있지 않다. 최종 면접 심사에 서 자신을 열한 번씩이나 떨어뜨린, 도무지 직업을 주려 하지 않는 사회에 대한 그의 항변은 "인재도 몰라보는 미친 면접" 정도다. 그의 담론은 이른바 '88만원 세대'를 대변하는 고발 의 언어를 지향하지 않는다. 형식적 측면에서 그것은 재치 있 고, 쾌활하고, 수사修辭 수행 자체에 취해 있는 듯한 느낌을 준다. 「러닝 맨」이 수록된 소설집 『신에게는 손자가 없다』 해 설에는 종래 김경욱 소설의 인물들과 관련하여 "익살꾼"이라 는 호칭이 나온다.[2] 해설자 권희철은 "익살"이라는 말로 그 들의 특징적 성향인 심미주의 때문에 그들이 하게 되는 연극

[2]   권희철, 해설 「사랑은 언제나 증오하고」, 『신에게는 손자가 없다』, 창비, 2011, 282-283.

적 행위를 지칭하고 있지만, 그들의 독특한 언어 행위에 대한 명칭으로서도 그것은 적절하다. 「러닝 맨」의 경우, 작중 청년의 익살은 상투화한 남성성의 양극과 음극에 해당하는 자신의 행위를 가리켜 말하는 대목에서 현저하게 나타난다. 예컨대, 그는 사내가 은재에게 색욕을 드러낸 줄 알았더라면 당장 "작살"냈을 거라고 장담하고 그녀에게 자신이 믿음직한 "오빠"임을 주장하고 나서 곧바로, 그들 근처에서 강 위의 오리배를 향해 돌을 던지고 있던 짓궂은 조무래기들에게 "야 이놈들아!"라고 호통을 친다. 반면, 술 취한 남자가 사나운 눈빛으로 그에게 달려들 기세를 보이자 그는 단박에 겁을 먹고 "주춤주춤" 물러서다 슬랩스틱이라도 하듯 돌밭에 "엉덩방아를 찧"어 그 남자 일행에게 폭소를 자아낸다. 이와 같은 대목에서 그의 서술은 그 자신을 우스꽝스럽게 만들기를 꺼리지 않는다.

익살은 한 종류가 아니다. 타인을 웃음의 대상으로 만드는 말과 자신을 웃음의 대상으로 만드는 말은 같지 않다. 영어에서는 종종 전자를 농담joke, 후자를 유머humour라고 불러 구별한다. 보들레르는 「웃음의 본질에 관하여」라는 글에서 웃음이 그 본질 면에서 모순적이라고 지적했다. 웃음은 "무한한 위대함의 표시인 동시에 무한한 비참함의 표시다. 인간이 머릿속에 가지고 있는 절대적 존재와의 관계에서 보면 비참함을, 짐승들과의 관계에서 보면 위대함을 나타낸다.

이 두 무한자들의 끊임없는 충돌, 그것으로부터 웃음은 발한
다". 웃음의 동력은 웃음의 주체 속에 있지, 웃음의 대상 속
에 있지 않기 때문에, 사람은 자신이 우습게 보일 법한 경우
에도 웃지 않는다. 예외는 있다. 보들레르가 "철인哲人"이라고
부른 어떤 종류의 사람은 "자기를 신속하게 이중화해서 자기
자아의 현상들을 국외의 방관자로서 바라본다".[3] 그 "자기를
이중화하는 힘"은 바로 유머를 발생시키는 조건이다. 그 힘
을 보들레르는 철학적으로 훈련된 인간의 특별한 기예인 것
처럼 말했지만, 프로이트, 보다 정확하게 말해서, 이드, 자
아, 초자아의 구조 이론을 정립한 후기 프로이트는 일반적인
인간 심리라고 보았다. 1927년에 발표된 그의 짧은 유머론이
참고가 된다.[4] 그가 들고 있는 유머의 예는 월요일에 교수대
로 끌려가고 있던 죄수가 하늘을 쳐다보고 나서, "이번 주는
시작이 좋군"이라고 하는 말이다. 이 말을 하는 죄수의 마음
속에는 죽음을 앞둔 자신과 자신을 상위에서 관찰하는 또 하
나의 자신이 있다. 프로이트의 용어로, 전자는 자아, 후자는
초자아다. 유머라는 정신 태도란 초자아가 자아에 대해 부모

3)   Charles Baudelaire, "De l'essence du rire et généralement du comique
      dans les arts plastiques," *Œuvres complètes*, II, Gallimard, 1976, 532.
4)   Sigmund Freud, "Humour," *The Standard Edition of the Complete
      Psychological Works of Sigmund Freud*, vol. 21, trans. and ed. James
      Strachey, Hogarth Press, 1961. 지크문트 프로이트, 「유머」, 『예술, 문학,
      정신분석』(프로이트 전집 14 개정판), 정장진 옮김, 열린책들, 2003.

가 자식을 대하듯, 격려하는 태도를 뜻한다. 유머는 내가 나를 어른의 관점에서 아이처럼 취급하는 데서, 성숙하고 도량 넓은 초자아의 관점에서 치기 많고 어리석은 자아를 관찰하는 데서 발생한다.

「러닝 맨」에서 가장 유머러스한, 초자아의 관용이 가장 현저한 서술은 소설의 결말에 나온다. 서술자는 자전거 페달 대신 오리배 페달을 밟아 강남 쪽으로 도주하면서 가슴속에 차오르는 감회를 이렇게 드러낸다.

다리 위로 전동차가 덜컹거리며 지나갔다. 전동차는 퇴근하는 사람들로 만원이었다. 일과를 무사히 마쳤다는 나른한 안도와 느긋한 피로가 뿜어내는 훈김이 환한 차창을 노랗게 물들였다. 전동차는 어릴 적 보았던 만화영화의 은하철도처럼 레일의 끝자락을 딛고 허공으로 솟아오를 것만 같았다. 돈만 있으면 영원한 생명도 살 수 있다는 저 머나먼 은하계의 별을 향해. 그러나 손에 잡힐 듯 레일 위를 미끄러진 노란 빛줄기는 강 건너 견고한 성벽 밑으로 자취를 감췄다. 전동차를 떠나보낸 강 위의 거대한 구조물은 버려진 행성의 우주정거장처럼 고적했다. 나는 꾸역꾸역 페달을 밟았다. 강 건너는 아직 아득하기만 했다.

어둠이 내린 저녁, 청담대교를 지나 남쪽으로 달리는 열차를 바라보는 서술자의 시선에는 부러워하는 마음이 서려 있다. 자신이 열차 승객 중 하나—"일과를 무사히 마쳤다는 나른한 안도와 느긋한 피로"를 느끼며 강남, 그 행복의 성城으로 돌아가는 사람 중 하나—였으면 하는 것, 그것이 그의 소망임은 물론이다. 그는 몇 년째 무직자 신세인 만큼 그의 소망은 열렬하고, 그의 소망이 열렬한 만큼 열차의 이미지는 환상적이다. 그 서울 전철 7호선을 눈앞에 두고 그가 어린 시절 기억 속에 남아 있는 "만화영화의 은하철도"를 떠올리는 것은 그럴 법한 일이다. 지금 그는 열차에 몸을 싣는 대신 오리배를 몰고 있다. 오리배로 강을 건너는 그의 행위는 성공을 목표로 하고 있으나 수단이 빈곤한 그의 삶과 어울린다. 그것은 지방 출신인 그가 어쩌면 어렵게 탈출했을지 모를 초라한 생활의 은근한 표시이기도 하다. 몇 시간 전 뚝섬유원지에서 은재가 재미 삼아 오리배를 타보자고 했을 때 "촌스럽"다고 거절한 그였다. 다리 위의 열차와 강의 오리배 사이의 대조는 뚜렷하다. 그러나 그의 오리배 몰기는 그를 비열하게 만든다기보다 우스꽝스럽게 만든다. 그가 「은하철도 999」에 매혹되었던 어린아이로 한순간 돌아갔기 때문에, 그가 몰고 있는 기구는 교통용이 아니라 놀이용이기 때문에 그는 차라리 아이 같아 보인다. 프로이트는 유머가 그것을 발하는 사람 자신을 어떻게 해방하는가, 고양하는가를 말하면서 논의를 끝냈다. 그의 유머론의 마지막 문장은 이렇다. "봐라! 여기 세상이 있다. 아주 위험한 것 같지! 세상은 어린아이들을 위한 게임일 뿐이야. 단지 익살 부려 말할 가치가 있지."5) 「러닝 맨」의 배후에 있는 세계관의 표현으로 이보다 적절한 말이 달리 있을 것 같지 않다.

「러닝 맨」의 서술은 이중적이다. 한편으로는 무직 청년의 궁지에 몰린, 심지어 망상의 함정에 빠진 서술자 자신을 드러낸다. 불안과 공포에 물든 마음을 피력하고, 죽음의 강에 다다른 몸의 비탄을 들려준다. 그의 서술은 비극적이다. 하지만 다른 한편으로는 한강을 해자에 견주듯이 의식의 대상들에 대해 재치 있는 익살을 펼친다. 그 익살의 일차 대상은 그 자신으로, 자신의 유치함과 우졸함을 노출하고 궁극적으로 그 자신을 우스꽝스럽게 만든다. 그의 서술은 희극적이다. 그의 서술이 이렇게 비극적이면서 동시에 희극적이라는 논평은 어떤 독자에게는 난해하게 들릴지 모르겠다. 그러나 비극적인 것과 희극적인 것이 서로 통한다는 것은 그 두 극적 양식을 재현예술의 전통적 수단으로 가지고 있는 유럽의 문학가와 철학자들이 옛날부터 통찰하고 있었던 바다. 예컨대 니체는 1885년의 유고 중에 이렇게 썼다. "아마도 왜 인간만이 웃는지 나는 가장 잘 알고 있을 것이다. 인간만이 웃음을 고안하지 않을 수 없게 깊이 고뇌하고 있다. 불행하고 우울한

---

5) Sigmund Freud, 위의 책, 166. 지크문트 프로이트, 위의 책, 516. 영문판을 참조하여 번역문 수정.

414

동물은, 당연한 일이지만, 가장 쾌활한 동물이다."[6) 김경욱의 '러닝 맨'은 세상 속의 자기 자리를 얻지 못하고 있는 사정 때문에 고민한다. 그의 고민은 세속적 희망과 절망에 결박되어 있고, 니체가 "고뇌"라는 말로 뜻한 바와 거리가 있지만 웃음의 원인이 되지 못할 정도로 시시한 것은 아니다. 더욱이, 사물 사진만 찍는다는 그의 발언은 아집 있는 예술가 흉내에 그치지 않는다. 그것은 그가 인간에 대한 맹렬한 혐오를 품고 있다는, 인간관계를 고통스럽게 견디고 있다는 고백 같기도 하다. 그와 같은 불우한 도시 청년은 2000년대 어느 시점 이후 한국에서 더 이상 참신한 문학 재료가 아니다. 그 집단을 두고 숱하게 많은 담론이 각종 저널리즘 산업을 통해 쏟아져 나왔다. 그 빈곤 청년 담론은, 저널리즘 담론이 대개 그렇듯이, 요점과 구호만 남기고 역사 속으로 빠르게 사라졌다. 그러나 「러닝 맨」은 그렇지 않다. 이 작품은 계급 분할 도시 서울의 룸펜으로 추락할지 모를 청년 남자 그 자신의 비극적인 동시에 희극적인 표현에 이르렀고, 그래서 다른 어떤 담론으로 대체하기 불가능하다. 소설의 작은 승리가 여기에 있다.

6)　프리드리히 니체, 『유고(1884년 가을~1885년 가을)』, 김정현 옮김, 책세상, 2004, 385.

미니멀리즘, 아이의 마음, 코뮌주의
─황정은, 「디디의 우산」

¶   황정은 소설집 『파씨의 입문』(창비, 2012. 1)에 실린 텍스트를 논의에 사용
    했다.

「디디의 우산」은 공백 많은 소설이다. 시간 순서에 따라 제시된 디디의 짧은 삽화들은 초등학교 6학년 시절 동급생인 도도한테서 우산을 빌린 때로부터 도도와 결혼해서 두 번째 셋방을 얻은, 추정컨대 20대 후반 나이의 어느 때에 걸쳐 있고, 디디가 살아온 인생의 조각들로서 서로 이어진다. 그러나 그 삽화들은 시간상 간극이 크고 논리상 소루하며, 그런 만큼 그 삽화들의 연결은 느슨하다. 예컨대, 디디와 도도 두 인물의 특별한 인연의 시작을 알려주는 삽화는 10년 가까운 간격을 두고 두 번 일어난, 비 오는 날의 일—처음에는 도도가, 나중에는 디디가 자기 우산을 상대에게 주었던 일이다. 그런데 보기에 따라서 싱거울 정도로 범상한 그 일 외에 그들이 결혼한 이유를 이해하도록 도와주는 정보는 없다. 그들이 서로를 어떻게 생각하고 있었는지, 결혼하기까지 어떤 고려를 했는지, 결혼을 통해 어떤 인생을 살고자 했는지, 이 모든 것은 공백 속에 있다. 소설 내용의 대부분을 이루는 것은 디디의 지각과 경험이지만 그 지각과 경험에 대해 그녀가 하고 있는 생각을 노출하는 대목에서 서술자는 금욕적이라고 해도 좋을 만큼 말수가 적다. 게다가 그녀의 마음을 엿보게 해주는 틈새인 그녀 자신의 발언은, 그녀와 도도가 빗속에서 작별하는 장면에 나오는 "잘 가"라는 인사처럼, 통사 구조상 극히 단순하고 음절 수가 얼마 되지 않는, 귀에 익은 관용적 표현이면서 문득 감정의 암호처럼 들리기도 하는 짧은 구절이다. 그녀가 살아가는 세계 역시 자세하고 분명한 모양을 가지고 있지 않다. 그녀는 소설 중후반에 "창고형 매장 식자재 센터"의 출납원으로 등장하나 그 센터라는 환경의 물질적, 사회적 특징은 명시적이지 않다. 또한 그녀는 어느 동네의 옥탑방에서 결혼생활을 시작했다가 금전 사정 때문에 교통이 불편한 동네로 가서 "터무니없는 방" 중 하나를 얻었다고 하나 그 터무니없음을 실감하게 해주는 묘사는 나오지 않는다.

「디디의 우산」의 공백은 자연스럽다고 간주될 수도 있다. 단편소설은 일반적으로 축소, 생략, 암시를 지향하기 때문에 서술상 세목의 결여는 불가피하게 발생한다. 그러나 「디디의 우산」의 공백은 일반 수준의 공백을 훨씬 웃돈다. 간결하고 건조한, 문학적 수식을 제거한 문장, 작중인물의 느낌과 생각의 과묵한 표현, 서술된 사건들의 하찮음 혹은 이야기의 사소함 같은 특징은 종합적으로 하나의 독특한 스타일을 이룬다. 그 스타일의 유명한 전례는 20세기 미국의 단편소설, 무엇보다 어니스트 헤밍웨이와 레이먼드 카버의 단편소설에 있고, 그 스타일의 변별성을 확인하려는 취지에서 종종 사용되는 명칭이 미니멀리즘이다. 문학적 미니멀리즘의 어떤 요소, 특히 하드보일드라고 불리는 문장 스타일은 김영하를 비롯한 1990년대의 신인 작가들에게서 종종 보이고, 작중인물의 감정이나 사상의 경제적, 암시적 처리는 윤성희를 위시한 2000년대의 신인 작가들에게서 자주 나타난다. 1990년대 이후 소설에서 미니멀리즘 추구는, 김영하의 「비상구」나 윤성희의 「레고로 만든 집」이 전형적으로 예시하듯이, 기성 사회로부터 유리된 청년들, 특히 도시 하층계급의 무직 청년 혹은 부랑 청년의 경험을 재현하려는 노력과 관련이 있다. 한국 단편소설의 맥락에서 미니멀리즘이라는 형식 미학의 출현은 장려한 관념과 문학적 의장을 허용하지 않는 빈곤한 인간 상황의 발견과 쌍생아적 관계에 있다고 말해야 할지 모른다. 빈곤한 인간 상황이라면 그것은 바로 「디디의 우산」이 주목하고 있는 바다. 아버지가 병들어 누워 어머니의 생선 행상에 생계를 의지했던 집에서 자라나 상업고등학교를 졸업하고 현재 박봉의 출납원으로 일하고 있는 디디, 디디와 별로 다르지 않은 이력을 가졌으리라 짐작되는, 공항 화물 센터에서 근무하고 있는 도도. 밤마다 인근 술집들에서 소음이 들려오고, 태풍이 불어오면 금방 날아갈 듯한 옥탑방에서 그들은 살림을 시작했다. 초라하고 불안하고 무료한 일상, 단조롭고 즉물적인 사고를 강제하는 생활은 그들이 벗어나기 쉽지 않은 숙명일 터이다.

가난한 젊은 부부의 이야기는 「디디의 우산」 이전 황정은 소설에서 종종 다뤄진 제재다. 그것은 특히 동화적이고 환상적인 서술 스타일로 제시되곤 했다. 변신 모티프가 이용된 「오뚝이와 지빠귀」는 대표적인 예다.[1] 기조라는 남성 인물은 어느 날 갑자기 몸이 작아지기 시작해서 근무하던 은행에서 해고를 당하게 되고 더욱 작아져 오뚝이로 변해간다. 그의 아내 무도의 서술에 따르면 그의 축소는 비정하게 합리화한 세계에서 그가 끝내 견디지 못한 생존의 고통과 관계가 있다. 종전처럼 어느 직장엔가 나가고 있지만 그의 퇴직 이후 가계의 곤란에 직면한 그녀는 어느 날 자신의 몸도 작아지고 있음을 느끼고 앞으로 언젠가 전기도 수도도 끊긴 집의 괴괴한 공간에 한 쌍으로 남아 있을 오뚜기를 상상한다. 동화 장치는 「디디의 우산」에도 존재한다. 디디와 도도라는 유아어幼兒語 풍의 이름, 초등학교 6학년 시절 그들의 순정 삽화는 동화적이다. 그러나 디디와 도도의 생존 서사는 문학적 환상의 베일을 벗었다. 그들이 노동자로서 겪는 고난에 관한 서술은 간략하나 사실적이다. 그들의 고난은 특히 몸의 손상으로 표

---

1)   황정은, 「오뚜기와 지빠귀」, 『일곱시 삼십이분 코끼리열차』, 문학동네, 2008.

현된다. 점심을 먹고 계산대로 돌아가던 디디는 "매장에 박힌 쇠고리"에 걸려 앞으로 넘어져 콘크리트 바닥에 입을 찧으면서 치아들이 부서져 나가는 사고를 당한다. 그런가 하면 기내식 쓰레기 처리를 담당하고 있는 도도는 팔뚝에 만성 피부 질환이 생겨 고생한다. 임금이 낮은 데다가 몸의 손상까지 입고 있지만 자신과 가족의 생계를 위해 그렇게 일할 수밖에 없는 그들의 처지는 다른 계급의 사람들에게 진지하게 이해되지 않는다. 도도의 팔뚝을 "예사롭게" 살펴본 의사는 알레르기일 가능성이 많다고 일러주더니, 도도가 어떤 일을 하고 있는지 물은 다음, 처방대로 약을 써도 치료 효과가 별로 없을 테니 하고 있는 일을 그만두라고 "심심하게" 말한다.

가난은 디디가 어려서부터 인지한 가족과 친구들의 생활 현실이다. 초등학생 디디의 시점에서 관찰된 아버지와 "오라비"의 "기묘한 대화" 장면은 경제적으로 곤궁한 가족에게 생겨날 법한 애처로운 정황을 압축적으로 보여준다. 수년 전부터 허리 질환을 앓고 있는 아버지는 남매에게 등을 보이며 누워 있고 오라비는 아버지에게서 시선을 비켜 "허공을 보며"로 포클레인 기사 자격을 얻으려면 "몇백만 원"이 필요한 사정을 이야기한다. 오라비는 아버지가 무능하니 기사 학원 강습비를 내달라고 솔직하게 요구하지 못하고 아버지는 등을 돌리고 누운 채로 오라비의 말에 대해 침묵으로 반응한다. 째어지게 가난하나 사랑으로 뭉쳐 행복한 가족이라는 동

화적 관념은 여기서 은연중에 패러디되고 있다. 가난의 비애
는 디디가 퇴근하는 길에 거리 장사를 하는 초등학교 동기 비
비를 찾아가서 가져간 만두를 함께 먹고 비비의 상품을 사준
다는 작은 우정의 삽화 중에도 환기된다. 어느 번화한 거리의
모퉁이에 매대를 펼쳐 놓고 양말과 음반을 팔고 있는 비비는
자신이 과거 한때 대학생이었다고 알려준다. 학교를 다니다
가 등록금을 마련하려고 거리 장사를 시작했는데 어쩌다보
니 학교로 돌아가지 못하고 계속하고 있다고 말한다. 이어,
몸은 거리에 나와 있어도 마음은 학교에 있다는 듯 "난 여기
서 책을 읽어"라고 덧붙인다. 디디의 이야기에서 가난은 여
러 세대를 관통하며 지속하고 있지만 또한 특정 세대의 경험
과 결부되어 있기도 하다. "포클레인 기사"가 되고 싶어 했던
디디의 오라비는 바로 그 굴삭기가 대표적 엠블럼으로 통한
노동집약적 개발시대와 연결되고, 창고형 마트의 출납원이
라는 직책을 가진 디디는 그녀와 같은 부류의 쓰고 버리는 하
층 노동자를 대량으로 산출하고 있는 기술 진보시대와 연결
된다. 그런 점에서 디디와 디디의 동료들이 전보다 나쁜 고용
조건을 수락하도록 강제를 당하는 삽화는 놓치기 어렵다. 거
기에서 식자재 센터의 점장이 "노동시장"의 "유연성" 운운하
며 과시하는 판에 박힌 달변에는 기술 진보에 따라 점점 시장
가치를 잃어가는 상례 노동routinized labour 계급이 정부와 기
업의 신자유주의 정책에 따라 직면한 생존의 위기가 정확하

게 암시되어 있다.

디디와 도도의 노동 경험에 관한 서술은 그야말로 미니
멀리즘적 간략함을 가지고 있지만 그들은 문학상으로 새로
운 노동자 형상임이 분명하다. 그들은 한편으로 1990년대 후
반 한국 자본주의의 신자유주의적 전환에 따라 노동계급 내
에 분화가 일어나면서 현저하게 증대된 새로운 유형의 노동
자, 즉 비정규직 노동자의 면모를 보여주면서, 다른 한편으
로 한국 사회에서 노동이 이해되고 평가되는 방식에 일어난
중대한 변화를 나타낸다.[2] 그들이 얼마나 새로운 형상인가
는 1990년대가 끝날 때까지 한국 문학에 명맥을 유지한, 이
른바 노동해방의 이념 아래 그려진 노동자들과 그들이 얼마
나 다른가를 보면 쉽게 확인된다. 예컨대 방현석의 중편소설
「겨울 미포만」(1997)을 보자. 미포중공업의 해고 노동자 박

---

[2] 한국 자본주의의 신자유주의적 전환은 1997년 IMF 경제위기 이후 국가 주
도로 이루어졌고, 김대중 정부 후반기에 가시화되었다는 것이 정설이다. (지
주형, 『한국 신자유주의의 기원과 형성』, 책세상, 2011, 315-320 등 여러
곳.) 신자유주의적 구조조정이 노동 부문에서 가져온 두드러진 결과가 조직
노동의 탈정치화와 비정규직 노동의 증가. 그런데 요코타 노부코의 연구
에 의하면, IMF 위기 이후 노동의 비정규직화 추세 속에서 중핵 노동자, 정
규직 노동자는 남성, 주변 노동자, 비정규직 노동자는 여성이라는 성별 고용
형태 분리가 강화되었다. (요코타 노부코, 『한국 노동시장의 해부』, 그린비,
2020, 254-276.) 2000년대에 들어 증가한 주변적, 비정규직 여성 노동자의
존재는 디디라는 인물이 소설 밖의 당대 현실과 맺고 있는 연관을 파악하는
데에 불가결한 참조 사항이다.

상모라는 인물을 초점화자로 삼은 이 소설은 그 대기업 노조 정치의 몰락과 그 상황을 타개하고자 노력하는 소수 노조 간부들에 관한 이야기다. 해고를 당하고 징역을 살기 전까지 엔진조립부 근무 경력 15년의 중견이자 노조의 핵심 인물이었던 박상모는 1987년 노동자 대투쟁에 참여했을 때 "다른 세상을 보아버렸고"[3] 그 경험은 이후 10년 동안 "노동해방"이라는 대의를 위한 투쟁을 정부와 회사에 맞서 펼쳐온 그의 힘의 원천이었다. 그런데 그와 같은 노동자 계급의 역사적 경험은 디디와 도도의 경우 그들 자신을 이해하고 자신의 삶을 기획하는 데에 참조 사항이 아니다. 그들은 노동으로 살아가고 있지만 자신들이 위치한 계급과 그 계급의 역사적 삶에 관심이 없다. 또한 박상모는 집단으로 일하고 싸우는 노동자의 한 사람이라는 데서 자신이 사는 삶의 의미가 비롯된다고 믿고 있다. 그가 노조 수호를 위한 항쟁을 회상하는 대목에서 반복적으로 언급하는 "골리앗 크레인"은 어쩌면 그의 마음속에 자리한 노동자의 남성적, 영웅적 존재에 대응될지 모른다. 반면 디디와 도도의 이야기에는 그들이 생존을 위한 노역 이상의 의미를 노동에 부여하고 있다는 증거가 없다. 앞니를 잃어버린 디디의 얼굴, 좁쌀 같은 붉은 종기가 촘촘하게 일어난 도도의 팔뚝은 단지 노동하는 삶의 궁상을 강조하는 듯하다.

---

3) 방현석, 「겨울 미포만」, 『랍스터를 먹는 시간』, 창비, 2003, 232.

「겨울 미포만」에 보이는 남성 노동자 형상은 그 이데올로기적 핵심에서 1980년대를 풍미한 휴머니즘적, 마르크스주의적 노동 사상을 계승하고 있다. 이 노동 사상의 일단은 소설 초반, 박상모가 오토바이를 조립하는 장면에서부터 보인다. 지난 10년 동안 모든 투쟁을 함께 했으나 노조 활동에 대한 절망이 깊어진 나머지 회사를 떠나 농촌으로 가려 하는 최이현을 위한 선물용으로 박상모는 망가진 오토바이 다섯 대의 부품들을 가지고 멀쩡한 한 대를 만들어낸다. 그의 오토바이 조립은 테일러주의적 분업 이전 단계의 공작 혹은 브리콜라주를 닮아 있고, 그런 만큼 소외되지 않은 노동, 즉 전인적 개인이 자기를 실현하는 활동으로서의 노동을 연상시킨다. 그와 그의 동지들이 추구하는 운동의 중심에는 노동자들이 자신들의 노동을 스스로 통제하고 자신들을 자유롭게 하기 위한 투쟁이 있다. 그들은 그러한 투쟁이 불가능한 상태에서 단지 부과된 노동에 종사한다면 자신들은 "노예"일 뿐이라고 생각한다. 그들이 노예 상태에서 해방된다면 그들은 분업 노동자에 그치지 않을 것이다. 박상모는 "공장에서 돌아온 아들이 피아노를 치는" 미래를 꿈꾼다.[4] 그러나 노동자 개인들의 협동을 통한 자결이나 전인적 자기실현이라는 관념은 「겨울 미포만」이 발표된 시기에 한국의 노동자들이 실제로 겪고 있었던 경제적, 기술적 환경 변화에 비추어 다시 보면 멋진 공상이라는 의심을 면하기 어렵다. 생산활동의 파편화, 생산수단의 기계화, 생산기술과 규율의 전문화에 따라 1990년대 한국의 노동자들은 과거 선진 산업국가의 노동자들이 그러했듯이 자신들이 관여하는 생산의 사회적, 기술적 과정을 전유하기 불가능한 위치에 놓였다. 앙드레 고르츠가 자본주의 합리성의 결과 중에서 관찰한 "노동자 계급 휴머니즘"의 종언에 대해 한국 역시 예외가 되지 않는다.[5] 디디와 도도는 휴머니즘의 후광 없는 노동자의 형상, 바로 그것을 예시한다. 비평가 최진석이 황정은 소설에서 읽어낸 "인간적인 것과의 결별"은 그의 논의에서 다뤄지지 않은 작품인 「디디의 우산」에서 한결 역사적이고 구체적인 성격을 띠고 있지 않나 하는 생각이 든다.[6]

디디와 도도는 한국 자본주의의 발전 과정을 따라 형성된 노동계급 문화로부터 유리되어 있다. 노동자라는 계급적

4) 방현석, 위의 책, 245. 한 사람이 낮에는 공장에서 일하고, 밤에는 피아노를 치는 생활은 사회주의운동이 희망한 유토피아와 통한다. 그 유토피아의 초안을 이룬 문장에서 마르크스는 이렇게 썼다. "공산주의 사회에서는 사회가 전반적인 생산을 조절하기 때문에 사냥꾼, 어부, 양치기 혹은 비평가가 되지 않고서도 내가 마음먹은 대로 오늘은 이것을, 내일은 저것을, 곧 아침에는 사냥을, 오후에는 낚시를, 저녁에는 목축을, 밤에는 비평을 할 수 있게 된다." 카를 마르크스·프리드리히 엥겔스, 『독일 이데올로기』, 김대웅 옮김, 두레, 2015, 71.

5) André Gorz, *Critique of Economic Reason*, trans. Gillian Handyside and Chris Turner, Verso, 1989, 51-61.

6) 최진석, 「비인간, 또는 새로운 부족들의 공—동체—황정은 소설이 던진 물음들」, 『문학동네』 2015년 가을호, 490.

정체성이 의미 있는 뭔가를 이룬다는 생각을 거의 하지 않는 듯하다. 그들이 심각하게 여기는 것은 자신이 노동자라는 사실보다 가난하다는 사실이다. 디디가 비비한테서 빌린 책을 훑어보는 장면에서 그녀는 아무렇게나 책장을 넘기다가 도표 하나가 눈에 들어오자 주의를 기울인다. 그것은 "소득과 직업으로 따져본 수명에 관한 통계라는 설명이 붙은 도표"다. 그 도표의 요지인즉 "돈이 있으면 더 살고 돈이 없으면 덜 산"다는 것이다. 집으로 돌아온 그녀는 그날 종일 돈에 대해 생각했다고 도도에게 말한다. 식탁에 마주 앉은 그는 그는 자신 역시 "돈이 없구나"라고 항상 생각한다고 대꾸한다. 그녀는 책을 통해 접한 돈과 수명의 관계에 관한 이야기를 꺼낸다. 그러자 그는 "그건 그렇지"라고 응답하고 그녀는 곧바로 "그게 그런가"라고 묻는다. 황정은 소설 특유의 이 미량微量 문답은 함축적이다. 돈의 많고 적음에 따라 수명의 길고 짧음이 결정되는 사태를 그가 자명하게 여기고 있다면 그녀는 그렇게 여기는 사고방식에 의문을 가지고 있다. 그가 "돈이 언제나 문제"라고 뻔한 소리를 하자 그녀는 "돈"이라는 말을 시작으로 조그만 밥 무더기를 식탁 위에 오른쪽으로 늘어놓으면서 가능한 문제들을 나열한다. "돈. 돈이 중요하다고 생각하는 사람들. 돈이 중요하다고 생각하는 사람들이 많다는 것. 돈이 중요하다고 생각하는 사람들이 많도록 만드는 어떤 것들." 네 개의 밥 무더기를 늘어놓은 다음 그녀는 다시 묻는다. 이 중 "어느 것이 정말 문제일까." 추측컨대 그녀에게 정말 문제는 사람들이 돈을 탐하도록 만드는 관행과 제도이고 "돈이 언제나 문제"라는 생각은 오히려 그 진짜 문제를 호도하는 억견이다. 그 억견을 그녀는 진짜 문제에 대한 "뭐랄까 좆같은 답"이라고 조롱한다. 그녀의 난데없이 상스러운 언사에 그가 놀란 듯한 반응을 보이자 그녀는 "좆" 대신 "돈"이라고 말한 다음 밥 무더기를 오른쪽부터 차례로 집어 먹는다. 이 미니멀한 언어와 동작은 일상의 사실을 추문으로 만드는 연기와 비슷하다. 그것을 통해 돈, 밥, 좆은 유사관계로 묶인다.

디디는 노조 정치와 무관한 위치에 있지만 그렇다고 노예 같은 존재는 아니다. 그녀는 임금 외에 생계 수단을 가지고 있지 않지만 그녀의 생활은 노동의 규율과 경제적 이성에 잠식되지 않았다. 앞에서 살펴본, 돈을 둘러싼 그녀의 표독한 언사가 말해주듯이, 그녀는 돈, 밥, 좆의 삼각동맹 체제 내에서 편안하지 않다. 조금 자세히 보면, 그녀는 두 개의 서로 다른 삶의 형식들 혹은 질서들과 관계를 맺고 있다. 그 하나는 서열적, 수직적 형식이다. 저자-서술자는 그녀의 초등학생 시절을 언급하는 대목에서 초등학교 대신에 "국민학교"라는 명칭을 사용하고, 그녀와 도도가 동급생으로 등장하는 소설 서두에서 그들이 하교하기 전에 국기 하강 의례에 참례하는 모습을 보여준다. 수직적 권력관계는 앞에서 주목한 그녀의 노동에 관한 삽화 중에도 출현한다. 식자재 센터의 남성 점장은 모두 아니면 다수가 여성이 아닐까 짐작되는 그곳 매장의 비정규직 노동자 몇몇을 사무실로 불러놓고 신자유주의 경영학의 상투어를 늘어놓으며 개악된 노동조건을 수락하도록 압력을 가한다. 다른 하나는 평등한, 수평적 형식이다. 이것은 다른 어디보다도 그녀의 우애와 관련된 삽화들에 나타난다. 그녀가 비비를 찾아가 만나는 이야기에서 그녀는 비비와 함께 먹을 만두를 사고 비비는 그녀에게 자기 책을 가져가도록 허락하며, 그녀는 양말을 사주고 비비는 CD를 선물한다. 빼놓을 수 없는 것은 그녀와 도도가 친하게 지냈던 초등학교 동기생들을 집으로 불러 대접하는 삽화. 그만그만하게 비슷한 처지인 그들은 거실에 밥상을 놓고 둘러앉아 저녁을 먹고 취기를 즐기고 회포를 풀다가 밤이 깊어지자 여기저기 쓰러져 잠을 잔다.

서열적, 수직적 사회질서는 그녀의 생활을 크게 제약하고 있다. "국기에 대한 맹세" 녹음이 스피커에서 흘러나오면 누가 시키지 않아도 따라 외우던 그녀는 현재의 직장에 취직한 다음에는 한밤에 잠을 자다가도 "안녕하십니까. 식자재 센터입니다"라고 외치곤 했다. 그녀의 고단한 직장생활 중에는 안전하지 않은 근무 환경 때문에 일어난 치아 손실 외에 직무 서열의 하급인 까닭에 당한 굴욕이 있다. "모피를 입고 강아지를 안은 여자의 물건값을 계산"하던 중에 그녀는 피곤한 나머지 저절로 나오는 하품을 참다가 여자에게 "욕을 했다"고 오해를 사서 "뺨을 맞은 적도 있다". 서술자는 그녀의 감정적 삶에 관해 많은 정보를 주고 있지 않지만 자신에게 군림하는 권위들에 대해 그녀는 많든 적든 반감을 가져오지 않았을까 추측된다. 그래서 주의를 요하는 장면이 그녀의 집에서 벌어진 초등학교 동기생 회식 삽화 중에 있다. 취흥이 잔뜩 오른 그들이 어떤 이야기가 나오든 모두 웃어가며 호응하던 중에 누군가가 "진짜 웃긴 얘기"를 알고 있다면서 "이라크 기자가 미국 대통령한테 신발 던진" 사건에 대해 말한다. 그것은 물론 세계적으로 한동안 화제가 되었던 2008년 12월 14일의 사건, 즉 이라크 주둔 미군이 서서히 철수하고 있던 시기에 바그다드의 수상 관저에서 기자회견이 열렸을 때 이라크 기자 알 자이드가 단상의 조지 부시 대통령에게 신발 두 켤레를 던진 사건이다. 말이 떨어지자 좌중에는 다시 웃음이 번지고, 특히 디디는 "배가 끊어질 것처럼" 웃는다. 그들이 그처럼 웃는 까닭은 짐작하기 어렵지 않다. 더러운 신발을 자칫하면 맞을 뻔한 위치에 놓임으로써 부시 대통령은 정치 올림포스의 산정에서 잡배들이 들끓는 저잣거리로 떨어진 것이다. 그들의 웃음은 풍자에 의해 유발되는 종류의 웃음, 즉 권위의 추락을 기뻐하는 웃음이다.

부시 대통령이 공식 회견 중에 신발 투척을 당한 사건에 폭소를 터뜨리는 디디와 디디의 친구들은 아버지가 길 위에서 미끄러져 엉덩방아를 찧는 광경에 깔깔거리는 아이들과 크게 다르지 않다. 디디, 도도, 비비, 제제, 씨씨, 케이 같은 이름은 각자 얼마만큼 동심童心의 품속에 남아 있는, 그리고 동심으로 연결되는 사람들을 표시하는 듯하다. 디디 집에서의 회식 전에, 그들이 졸업 후 약 10년 만이 아닐까 추측되는 시점에 처음 재회한 자리에서 그들은 도도가 초등학교 때 "그림" 그리기를 좋아해서 "항상 만화를 그리고" 있었다고 회상하고, 이어 "그땐 다들 그랬"다고, "다들 뭔가를 그리고" 있었다고 회한 어린 어조로 말한다. 여기서 그들 모두 뭔가 그리고 있었다는 말은 그들 모두 만화 같은 그림을 그리고 있었다는 말에 그치지 않는다. 동사 '그리다'가 그리워하다, 사랑하다, 동경하다 같은 동사와 의미상 유사하다는 점을 염두에 두면 그 말은 어린 시절 그들이 저마다 염원을 품고 있었다는 뜻으로, 그러나 그 염원은 달성되지 않았다는 뜻으로 들린다. 디디의 경우 그녀가 무엇을 염원했는지는 분명하지 않다. 다만 그녀의 동심이 그리던 삶이 사회의 하층에서 생계 불안을 겪고 있는 현재의 삶과 크게 달랐으리라는 것은 의심할 여지가 없다. 번화가의 모퉁이에서 비비와 만두를 먹고 헤어져 비비가 보던 책을 가지고 돌아오는 길에 그녀는 그 책 표지의 제목에서 "혁명"이라는 단어를 발견하고 자기도 모르게 소리 내어 읽는다. 그녀에게 혁명이라는 말은 생경하고 난해하다. 그러나 그 이미지는 그녀의 내면에 동심과 섞여 침전

되어 있다. 혁명이라는 말에서 그녀는 어린 시절 보았던, "가시덩굴처럼 구불구불한 금발머리의 여주인공"이 나오는 만화와 "젖을 내놓고 깃발을 들고 있는 여자"가 그려진 교과서 속 그림을 떠올린다. 전자는 1990년대 한국 텔레비전에서 방영된 이케다 리요코의 만화 『베르사유의 장미』의 애니메이션 버전, 후자는 외젠 들라크루아의 1831년 최초 전시 작품 「민중을 이끄는 자유의 여신」으로, 프랑스의 1789년 혁명과 1830년 혁명에 각각 관련되어 있다.

프랑스 정치 혁명들의 이미지를 기억하고 미국 대통령의 봉변에 웃음을 터뜨리는 디디. 노예적 생존 구조에 묵묵히 순응하고 있는 듯한 그녀의 외관 아래에는 그 구조에 의해 제압되지 않은 동심이 있다. 그 동심의 표현 중 특히 주목할 것은 우산 선물이다. 그녀의 초등학교 마지막 학년 삽화에서 도도는 그녀와 함께 하교하다가 비가 내리자 가지고 있던 우산을 펴서 같이 쓰고 간다. 그리고 먼저 집에 도착하자 그녀에게 계속 쓰고 가라고 우산을 준다. 그녀는 다음 날 그에게 우산을 돌려주려 했으나 뜻대로 되지 않는다. 비가 더 많이 내린 다음 날 그녀의 오라비가 그게 누구의 우산인지 묻지 않고 가지고 나갔다가 잃어버려서 결국 돌려주지 못하고 만다. 그는 우산을 돌려달라고 일절 채근하지 않았지만 그녀는 "우산 하나를 빚졌다는 생각"으로 마음이 무거워져 그와 전보다 더 소원한 사이가 되어 학교를 졸업했다. 돈을 벌게 되자 자기 개인 우산은 물론, 식구를 위한 우산까지 여유 있게 사두곤 했던 그녀는 대략 20대 전반 나이가 되었을 무렵의 비 오는 날 초등학교 동기생들의 모임에 나갔다가 그와 재회한다. 자정 무렵 자리가 파해 각자 자기 우산을 챙기던 때 그녀는 우산을 찾지 못해 당황한 그를 발견하고 자기 우산을 준다. 옛날에 자신이 졌던 "부채" 이야기로 그를 설득해서 우산을 가져가게 만든 그녀는 그와 함께 우산을 쓰고 자기 집 앞으로 간다. 그리고 자기를 배웅한 다음 자기 우산을 "즐거운 듯 받쳐 쓰고 돌아"가는 그를 지켜본다. 그가 빗속에서 그녀에게 양도한 우산이 그녀의 안녕을 바라는 마음을 담고 있었다면 그녀가 빗속에서 그에게 선사한 우산 역시 그의 안녕을 바라는 마음을 싣고 있다. 이렇게 대략 10년의 간격을 두고 도도와 디디 사이에 있었던 우산 교환에 관한 삽화는 미니멀리즘적 위트 넘치는 한 조각 동화적 로맨스와 비슷하다.

그러나 이 우산 교환 이야기는 로맨스 이상이다. 도도가 디디에게 우산을 주어 빚을 졌다는 감정을 가지게 했고 디디가 도도에게 우산을 주어 빚을 갚았다는, 그리고 그들이 그렇게 우산을 주고받음으로써 특별한 유대를 맺었다는 사연은 오래된 사회 풍습을 예증한다. 그들의 우산 공여 행위는 마르셀 모스가 진화 정도에 관계없이 어느 사회에나 존재한다고 생각한 증여의 도덕을 따르고 있다. 선물을 주거나 받거나 함으로써 사람들 사이에 유대가 생겨나고 그 유대를 기초로 사회가 성립하므로 증여 체계는 사회의 기저에 해당한다. 모스에 의하면 증여 체계를 구성하는 것은 세 가지 의무다. 선물을 주어야 하는 의무, 선물을 받아야 하는 의무, 선물에 답례해야 하는 의무. 이 중 체계의 근간을 이루는 것은 세 번째 의무, 즉 답례해야 하는 의무다. 이 의무를 통해 증여는 단발적급부給付에 그치지 않고 교환 체계를 이루게 된다. 그러나 교환이 등가等價 관계 개념을 포함한다고 본다면 증여에 의한 교환은 교환이 아니다. 증여는 오히려 등가교환을 부정한다. 모스가 각별히 주목한 증여 유형인 포틀래치가 전형적으로 입증하듯 증여는 답례를 바라지 않는 듯한 태도를 취하는 부富의 소비 또는 이전 양상을 띤다. 모스는 사회보장제도가 출현한당대 프랑스 사회에 "후한 인심"을 비롯한 포틀래치의 주제들이 회복되고 있다고 보았을 뿐 아니라 증여 관습으로 복귀하는 방식으로 사회를 개혁해야 한다고 주장했다.[7] 「디디의우산」은 모스의 정치적 프로그램과 어떤 관계도 없지만 증여의 도덕을 포용하고 있는 소설답게, 인심 좋은 공여를 그 여주인공의 최종 행위 중에 보여준다. 웃음 만발하던 잔치가 끝나고 친구들이 거실에 흩어져 잠든 새벽, 문득 빗소리가 들려오자 디디는 이렇게 반응한다.

7) 마르셀 모스, 『증여론』, 이상률 옮김, 한길사, 2002, 71-72, 141-143, 255-257.

(……) 어머 비가 오네, 생각하며 가물가물 잠들었다가 우산, 하며 눈을 떴다. 이 집에 우산이 몇 개나 있지, 신발장 속에 우산이 몇개쯤 있지, 생각하고 도로 일어나 앉았다. 거실에서 누군가 잠결에 뭐라고 투덜대고 있었다. 디디는 마지막으로 우산을 센 것이 언제였는지 기억나지 않았다. 최근엔 가물어서 비가 없었으므로 우산을 볼 일도 없었지,

어쨌든 모두가 돌아갈 무렵엔 우산이 필요하다.

디디는 도도가 잠이 깨지 않도록 자리에서 일어났다. 모두의 팔이나 다리를 밟지 않도록 조심하며 비좁은 거실을 가로질렀다.

달칵, 하고 신발장을 열어보았다.

"어쨌든 모두가 돌아갈 무렵엔 우산이 필요하다"는 문장은 디디가 식자재 센터의 점장한테서 들은 통보 중의 문장, "회사는 (……) 여러분 모두를 떠안을 수 없다"는 문장과 현저하게 대조적이다. 디디는 사람 사이의 평등과 호혜 원리에 따라 생각하고, 점장은 사람 개인 혹은 집단 각자의 자유로운 이익 추구를 주장한다. 그 차이를 명확히 하기 위해 과장을 무릅쓰고 말하면, 디디는 교환을 부정하는 증여 경제를 지향하고, 점장은 교환을 빙자한 약탈 경제를 고수한다. 새벽녘 잠자리에서 일어나 친구들에게 나누어 줄 우산을 찾는 그녀는 동정 많고 너그럽다. 역설적인 것은 이 "고귀한 지

출dépense noble"의 모럴이 경제적으로 곤궁한 여자에게서 나타나고 있다는 사실이다. 앞에서 보았듯이 그녀는 열악한 수준의 임금으로 살아가고 있고, 도도의 말처럼 "돈이 언제나 문제"인 형편에 놓여 있다. 그러나 그처럼 경제적 자기 이익에 전념하라는 압력을 남다르게 느낄 수밖에 없는 처지이면서도 그녀는 경제적 이성이 지배하는 체제 바깥에 자신의 영혼을 가지고 있다. 모스의 연구와 마르크스의 이론이 상보 관계라고 보는 인류학자 데이비드 그레이버는 모스가 탐구한 증여 경제가 사람들의 상호 필요에 의해 맺어진 모든 관계 속에 존재하는, 심지어 자본주의적 생산 단위 내에도 존재하는 "코뮨주의의 유령"이라고 해석했다.[8] 디디의 마음이 동심의 요소를 보유하고 있다면 그녀의 영혼은 코뮨주의의 유령과 연결되어 있다. 어느 사회에나 존재하는 코뮨주의란 그레이버가 지적했듯이 박애주의와 별로 차이가 없다. 박애주의라면 정치적으로, 윤리적으로 애매하다. 어느 사회에서든 변혁에 기여할 수 있다면 같은 정도로 보수에 기여할 수 있는, 일정 범위의 사람들 사이에 실천되는 다양한 유형의 호혜 관행이다. 그러나 그것을 가볍게 여기는 것은 자본주의에 대한 도덕적 비판과 대안적 사회 상상의 중요한 원천을 잃어버리는

8) 데이비드 그레이버, 『가치이론에 대한 인류학적 접근』, 서정은 옮김, 그린비, 2009, 490-491.

것과 같다. 우정과 박애라는 가치는 자본주의적 합리성이 한국 사회의 전역에서 승리함에 따라 위태롭게 연명하고 있고, 그런 만큼 활력을 불어넣는 표상과 해석을 계속 요구하고 있다. 「디디의 우산」은 노동, 동심, 증여에 관한 미니멀리즘적 삽화 구성을 통해 그러한 표상과 해석 작업을 한 차례 일신했다고 판단된다.

비극적 파토스의 민주화

—권여선, 「봄밤」

¶ 권여선 소설집 『안녕 주정뱅이』(창비, 2016. 5)에 실린 텍스트를 논의에 사용
   했다.

19세기 프랑스에서 발전한 미식학美食學은 유럽 부르주아 사회에서 문명이라는 이름 아래 진행된 신체 규율이 식사의 영역에서 도달한 세련의 정점이었다. 미식학자들은 미각의 즐거움을 연회와 사교의 즐거움에 통합해서 생각했고, 그래서 식사 매너에서 정중함과 우아함의 요소들을 중시했다. 고전적 미식학 텍스트로 꼽히는 『미각의 생리학』은 "배탈이나 만취를 자초하는 자는 누구나 먹거나 마실 줄 모르는 것이다"는 경구로부터 시작한다. 저자 장 앙텔름 브리야사바랭은 식사의 즐거움과 식탁의 즐거움을 구분하고, 전자는 인간의 감각적, 동물적 부분의 포만을 수반하는 반면에 후자는 문명화한 경험, 즉 "반성된 감흥"을 이룬다고 주장했다. 미식에서 술은 특별히 영예로운 자리를 점하지 않는다. 식탁에 모인 사람들의 기분을 좋게 하고 그들의 대화를 북돋우는 수단일 뿐이다. 술에 대한 19세기 미식학의 평가를 기준으로 하면 보들레르의 술에 대한 찬미는 정녕 도발적이다. 『악의 꽃』

중 '술' 부部의 작품들이 입증하듯, 그는 술의 효능을 사교가 아니라 도취에서 찾았다. "오늘 세상은 찬란하다! / 재갈도 박차도 고삐도 없이 / 술 위에 걸터 타고 떠나자꾸나, / 거룩한 선경의 하늘을 향해!"(「연인들의 술」).[1] 술을 대마, 아편과 함께 인공적 도취의 재료로 찬미한 글에서는 술을 현대인의 구원자처럼 취급했다. "달래야 할 회한, 불러내야 할 기억, 가라앉혀야 할 고통, 스페인에 지어야 할 성을 가졌던 자는 누구나, 결국은 만인이 그대의 가호를 빌었던 것이다. 포도나무의 섬유 중에 숨어 있는 불가사의한 신이여."(『인공낙원』)[2] 롤랑 바르트는 브리야사바랭에 관한 글 중에서 그의 미식학에 대립하는 자리에 보들레르의 주신론酒神論을 놓으면서 이렇게 쓰고 있다. 보들레르에게 "술은 추억이자 망각, 기쁨이자 우울이다. 그것은 주체에게 자신의 밖으로 이동하도록 허락하는 것, 벗어난, 낯설고, 기이한 상태들을 위해서 자기 에고의 일관성을 양도하게 하는 것이다. 그것은 일탈하는 길이다. 간단히 말해서, 마약이다."[3]

한국인이 좋아하는 동서양 소설의 작중인물 중에는 황

1) 보들레르, 『악의 꽃』, 윤영애 옮김, 문학과지성사, 2003, 275.

2) Charles Baudelaire, "Du vin et du hachisch", Paradis artificiels, Œuvres complètes, I, Gallimard, 1975, 379.

3) Roland Barthes, "Lecture de Brillat-Savarin", Œuvres complètes, IV, Seuil, 2002, 811.

홀하고도 위태로운 일탈의 미로에 빠진 알코올중독자들이 있다. 도스토옙스키『죄와 벌』의 마르멜라도프, 가산의 대부분을 음주로 탕진하고 딸을 매춘으로 내몰기까지 하는 하급관리 출신의 주정뱅이, 헤밍웨이『태양은 다시 떠오른다』의 주인공들, 환멸과 냉소로 병든 영혼을 술에 기탁하는 파리의 미국인과 영국인, 다자이 오사무『사양』의 우에하라, 목숨, 예술, 인류 모두의 황혼을 탄식하며 통음痛飮의 나날을 보내는 소설가 등이 쉽게 머리에 떠오른다. 한국 소설의 작중인물 중에는 어떤가. 내가 아는 한, 지극한 고난을 겪음으로써 구원에 이르고자 하는 마르멜라도프 같은 취광醉狂은 없는 듯하다. 하지만 1990년대 이후 소설에 술꾼은 간혹 보인다. 절망의 유혹에 굴하지 않고 술과 아이들과 삶을 사랑하는 전라도 광주의 여인(공선옥,「목마른 계절」), 지각과 환각 사이를 오가는 주벽 있는 청년(윤대녕,「카메라 옵스큐라」), 알코올 중독의 천국과 지옥을 다녀와야 사람 같은 사람이라고 주장하는 왕년의 호주가(성석제,「해방」), 가족의 기억과 함께 낮술 취미로 다정하게 연결되는 모녀(윤성희,「낮술」). 그러나 이 목록은 권여선 소설의 술꾼들이 빠지면 완전하지 않다. 낮에든 밤에든, 혼자서든 여럿이서든 술 마시는 남녀를 작중에 자주 등장시키고 취기에 몸을 맡긴 그들의 추억과 망각, 기쁨과 우울을 즐겨 기록한 작가로 권여선은 비교 상대가 없다. 작중 술꾼들의 존재는 당연히 권여선 소설의 이해에 유용한 단서다. 그 단서를 따라간 평론가 정영훈은 알코올중독과 우울증적 기억 사이의 일반적으로 인정되는 관계를 권여선의 음주가들에게서 발견하고 나아가 그 기억의 귀환이 그리는 궤적을 따라 그들의 자기 상해와 자기 치유의 이중 과정을 분석한 적이 있다.[4]

　분석 욕구를 자아내는 권여선의 술꾼 중 특히 흥미로운 인물은 「봄밤」의 여자 주인공 영경이다. 그녀는 파토스 pathos(격정, 고통) 면에서 가장 강렬한, 다른 어느 누구보다 비참한 술꾼이다. 그리고, 앞으로 보겠지만, 그녀의 음주는 그녀 자신의 보존을 위한 싸움보다 윤리적으로 한결 심오하다. 우선, 그녀의 알코올의존증은 위중한 수준이다. 소설의 서술 시간상 현재 50대 중반인 그녀는 류머티즘 환자인 남편 수환을 따라 지방의 한 요양원에 거주하면서 금주하는 중이다. 소설 서두에서 그녀의 언니 영선과 영미는 그녀를 면회하러 가면서 그녀의 근황에서 촉발된 대화를 나눈다. 그런데 그 대화를 통해 전해지는 그녀의 인상은 영락없는 폐인의 그것이다. 영선은 "산다는 게 참 끔찍하다"는 자신의 느낌을 말하면서 그 느낌의 이유로 영경이 요양원 입원 후에 보인 행동을 언급한다. 영경은 지난번 면회에서 자신들을 "아주 잡아먹으

4)　정영훈, 「망각하지 못하는 자의 우울―권여선론」, 『윤리의 표정』, 민음사, 2018.

려"는 듯이 함부로 대했고, 최근에는 요양원 밖으로 나가 남편 수환까지 "잊어버〔렸〕다". 영선이 의심하고 있는 바에 따르면, 영경은 알코올중독의 결과로 자기 가족에 대해서마저 무심한, 윤리 감각의 마비 상태에 이르렀다. 기독교 신자인 영미의 관점에서 보면, 영경은 신에게 용서를 빌어야 마땅한 죄인이다. 언니들 앞에 "비참한 몰골"로 나타난 면회 장면에서 영경은 그들의 의심이 타당할지 모르겠다는 생각을 얼핏 들게 하는 사나운 태도를 보인다. 영경은 자신을 보러 와 준 그들에게 고마워하기는커녕 그들이 걱정하는 척하고 있을 뿐이라고 야유한다. 그리고 급기야 "개 쫓는 듯한 말투와 손짓"으로 그들을 몰아낸다. 면회실을 떠나면서 그들은 영경이 서툴다고 조롱한 그들의 "연기"를 잊지 않는다. 영미는 영경에게 당부한다. "막내야, 기도해! 언니도 기도할게. 하나님은 너를 사랑하셔. 영원히……."

영경의 언니들이 영경을 보러 가는 길에 대화하는 장면 중에는 영경의 의식이 정상이 아니라는 추단과 함께 영경의 재산 처분에 관한 짧은 문답이 등장한다. 자신들은 영경과 달리 "멀쩡하게 살아 있으니 됐지 않았냐"는, 각자 재산 욕심 내지 말자는 결정 보류의 말로 끝나는 그 문답은 영경을 대하는 그들의 진심에 대해 의문을 갖게 한다. 그들이 걱정하는 연기를 하고 있을 뿐이라는 영경의 발언은 단지 악담이 아니다. 그들은 영경의 고난이 아니라 자신들의 안녕에 관심이 있다.

면회 장면 이후의 서술은 수환을 제외한 사람들에게서 영경이 얻지 못하고 있는 이해 바로 그것을 발생시킨다. 그 서술은 그녀의 육체적, 정신적 황폐함이 어쩌다 보니 그녀가 처한 상태가 아니라 서로 연관된 그녀의 행위들 혹은 상황들의 불가피한 결과임을 보여준다. 이 서사적 이해에 따르면 그녀의 알코올중독은 그녀가 과거에 겪은 불행에 기인한 것이다. 나이 서른둘에 시작됐던 그녀의 결혼생활은 1년 반 만에 끝났다. 그녀는 이혼 무렵 백일이었던 사내아이를 일정한 회수로 일정한 시간 동안 전 남편의 부모에게 맡긴다는 조건 하에 아이의 양육권을 얻었다. 그런데 전 남편 측에서는 아이가 돌을 앞두고 있을 무렵 아이를 데리고 그녀 몰래 이민을 가버렸다. 그녀는 경찰에 납치 신고를 하고 소송 준비에 들어갔으나 언니들의 만류에 부딪혔다. 영선은 "차라리 잘된 일이니 내버려두라"고 했고, 영미는 "하나님께 기도하자고" 했다. 그때부터 그녀는 "모든 일에서 손을 놓고 술을 마시기 시작했다". 알코올의존 증세가 심해지면서 국어교사 직업을 유지하기가 점점 어려워졌고, 결국 나이 마흔셋, 교사 경력 20년 만에 교직에서 물러났다. 그녀의 불행은 그것으로 끝나지 않는다. 퇴직 직후 그녀는 스스로 "행운"이라고 부른 우연으로 같은 나이의 수환을 만났고 일주일 만에 동거를 시작했으나 그들이 50대 초반을 지날 즈음 그 행운이 다하기 시작했다. 부득이하게 수환을 요양원으로 보내고 혼자 사는 동안 알코올중독과 그 부수적 질환이 악화된 그녀는 수환에게 합류해서 "화약처럼 아슬아슬한 부부로" 생의 최후를 기다리는 형편이다.

요양원에서 영경은 "허깨비"처럼 "깡마른" 몸으로 금주의 고통을 견디며 "구토와 불면, 경련과 섬망 증세"에 시달리고 있다. 고통을 견디다 못해 밖으로 나가 술을 마시고 돌아오곤 하는 그녀의 최근 모습은 수환의 기억에 "거의 송장"으로 남아 있다. 그러나 중증 알코올중독으로 결과된 그녀의 불행은 그 처참한 신체 이미지에도 불구하고 예외적인 것은 아니다. 그녀에게서 아이를 빼앗은 전 남편과 그 가족은 가능한 인간의 극단을 보여주는 악의 화신은 아니었다. 그녀와의 결혼 관계에 성실하지 않았던 듯하고 이혼 후에 그녀의 법률상 권리를 침해한 전 남편은 인간 세상에 땅의 이끼처럼 번성하는 비열한 부류였을 뿐이다. 또한 그녀의 알코올중독은 그녀의 삶 속에 작동하는 맹목적 운명과 관계가 없다. 무절제한 음주 잘못이 그녀에게 있긴 하나 그녀를 완구처럼 삼는, 그녀의 통제 너머의 지대한 힘을 떠올려야 마땅한 이유는 보이지 않는다. 그러나 그녀의 불행은 평범한 인간세계의 평범한 곡절에서 비롯된 사건임에 불구하고 비극적인 것을 구성한다. 쇼펜하우어의 비극론은 경청할 만하다. 그는 셰익스피어의 리처드 3세, 프리드리히 실러의 프란츠 무어 같은 악의 극한에 도달한 인간이 초래하는 불행, 그리고 소포클레스의 오이디푸스가 통과하는 바와 같은 우연과 오류, 즉 운명의 작용으로 생겨나는 불행만 비극적이지 않다고 보았다. 그는 도덕상 보통 사람들이 일상 환경에서 상황의 압력 때문에 서로 초래하는 비극을 추가했다. 그러면서 그 유형은 불행이 사람들의 행위와 성격으로부터 저절로 나오는 것처럼 보여주고, 그래서 독자들 혹은 관객들 자신에게 어느 때든 일어날 법한 일이라고 생각하게 만들기 때문에 다른 두 유형보다 현대 예술에서 선호된다고 주장했다.[5] 영경의 이야기는 극의 형식을 취했더라면, 쇼펜하우어가 상정한 그 비극의 세 번째 유형에 속했을 것이다. 그녀는 이를테면 햄릿에게 희롱당한 오필리어나 파우스트에게 배신당한 그레트헨의 위치에 그녀의 자리를 가지고 있다.

그녀의 삶에서 비극적 전환의 계기는 전 시가에 한 살배기 아들을 빼앗긴 사건이지만 그 전말은 자세하지 않다. 대신에 그녀의 비극적 삶의 절정에 해당하는 그녀와 수환의 사랑이 그녀 이야기의 많은 부분을 차지한다. 그들은 마흔셋 무렵 친구의 재혼식 하객으로 처음 만났다. 수환은 웨딩홀을 메운 사람 중에서 "여자 노숙자들을 생각나게 하는 얼굴"이었던 영경을 눈여겨보았고, 친구의 집에서 술판이 벌어졌을 때는 그녀와 가까운 자리에 앉았다. 그는 그녀가 술을 마실수록

---

5) 아르투어 쇼펜하우어, 『의지와 표상으로서의 세계』, 홍성광 옮김, 을유문화사, 2019, 359-360.

얼굴색이 "회색"을 띠어가고 표정이 "석고상"처럼 굳어가는 것을 지켜보았다. "가끔 취한 눈으로 그의 눈을 빤히 들여다보던" 그녀는 어느덧 만취 상태에 이르렀고, 그러자 그는 그녀에게 "조용히 등을 내밀어" 그녀가 안전하게 자리를 떠나도록 도왔다. 이것이 그들의 인연이 시작된 "봄밤"의 일이다. 그날 그가 그녀로부터 받은 인상이 노숙자를 연상시킨 얼굴처럼 폐잔한 생명의 그것이었음을 고려하면 그가 그녀에게 어떤 감정을 가졌을까 짐작하기 어렵지 않다. 그것은 연민의 감정이다. 연민은 그가 "앙상하고 가벼운 뼈만" 남은 그녀의 몸을 등에 업었을 때 그의 마음에 솟아난 "염려"와 통한다. 그런데 그녀를 만나기 직전 그는 그의 생애에서 가장 어려운 시간을 보내던 참이었다. 스무 살 때부터 "쇳일"을 시작한 그는 서른셋에 철공소를 차려 성공적으로 운영했으나 불운하게 부도를 맞은 뒤로 경제적, 사회적 몰락을 겪었다. 위장 이혼을 제안한 아내는 이혼하자마자 자기 명의의 재산을 모두 팔아 치우고 잠적했다. 서른아홉에 신용불량자가 되어 밑바닥 직업을 전전하는 동안 공황 상태에 빠진 적도 있고, 노숙자로 지낸 적도 있는 그는 "언제든 자살할 수 있다는 생각을 단검처럼 지니고 살았다." 그가 처음 만난 영경을 염려한 것은 그의 고난과 절망을 생각하면 놀라운 일이다. 그는 어쩌면 그녀가 자신과 다르지 않은 처지라고 느낀 순간, 다른 사람으로부터 받고 싶었던 것을 그녀에게 주기로 결정했을지 모른다.

그 "봄밤" 이후 그들은 매일 만나 저녁을 먹고 술을 마셨다. 수환은 술을 잘하지 못했지만 영경의 다정한 반려였다. 그녀가 억병으로 취하면 첫날 그랬던 것처럼 그녀를 업어 그녀의 아파트까지 데려다주었다. 연민은 수환에 대한 그녀의 태도에도 나타난다. 그가 그녀에게 자신의 등을 내주었듯이 그녀는 그를 자신의 아파트에 받아들였다. 그녀의 연민은 그가 50대 초반 류머티즘 증상을 시작으로 급격히 몸이 망가지기 시작한 후 특히 두드러진다. 십수 년째 신용불량자이고 건강보험에 가입되어 있지 않은 그의 투병을 위해 그녀는 그녀 처지에서는 최선의 결정을 내렸다. 그가 파산선고를 받아 신용불량 상태에서 벗어나자 자신과 혼인한 사이로 정식 신고해서 가족 건강보험 혜택을 받게 했다. 또한 그가 여러 합병증을 앓던 끝에 병원 치료를 포기한 다음에는 저금을 털어 그를 요양원에 입원시켰고 이어 그와 한곳에 살기를 택했다. 그녀의 연민이 특별한 종류임은 의심할 여지가 없다. 그녀는 아마도 상실의 고통과 습관적 음주의 결과로 건강이 무너진 그녀 자신에 비추어 "선반, 절단, 용접, 제관 등" 철공 노동과 온갖 밑바닥 노동의 기억을 몸속에 가진 그를 가엾게 여겼을 것이다. 아마도 전 남편과 그 가족에게 사기를 당한 충격으로 나락에 빠진 자신의 고뇌로 미루어 사람들의 적대와 배신 때문에 젊은 시절에 애써 이룬 전부를 잃은 그의 고뇌를 공감했을 것이다. 연민에 관한 쇼펜하우어의 유명한 발언은 상기할 만하다. "모든 참되고 순수한 사랑은 연민이고, 연민이 아닌 모든 사랑은 사욕私慾이다. 사욕은 에로스이고 연민은 아가페다."6)

사랑이 연민과 사욕, 아가페와 에로스의 양면을 가지고 있다는 생각은 근대 서양인의 상식이다. 그 상식의 지적 배경에는 데카르트의 철학적 유산으로 간주되는 정신과 육체 이원론이 자리 잡고 있다. 연민, 아가페, 돌봄은 사랑의 정신적 측면을, 사욕, 에로스, 황홀은 사랑의 육체적 측면을 나타낸다. 근대 서양의 연애소설이 이상화한 사랑은 정신적인 것과 육체적인 것의 조화, 공감하고 지지하는 공동의 삶과 감각적으로, 성적으로 충만한 삶의 조화를 달성한 사랑이다. 그 사랑의 경험 속에서 사람은 자기 내부에 존재하는 분열의 불안을 해소하고 유토피아적 전체성을 획득한다고 생각된다. 사랑의 이상은 현실에서 흔히 해소 불가능한 대립으로 나타나는 사랑의 양면을 동등하게 취급하는 것을 의미하지는 않는다. 계몽사상 이후 서양 문화에서 사랑은 정신적인 것과 육체적인 것이 우열을 다투는 역사를 그려왔다고 해도 틀리지 않는다. 앞에서 인용한 쇼펜하우어의 참되고 순수한 사랑 명제는 생의 에너지로서의 욕망이 육체 속에 가진 원천들을 강조하기 시작한 20세기 유럽 사상을 기준으로 하면 고답적인 것

---

6)   아르투어 쇼펜하우어, 앞의 책, 502.

처럼 들린다. 현대 한국에서 그로부터 영감을 얻는 연애소설 작가는 많지 않을 것이다. 1990년대 이후 소설의 주류 중에는 신경숙의 「배드민턴 치는 여자」, 전경린의 「꽃들은 모두 어디로 갔나」, 배수아의 「여점원 아니디아의 짧고 고독한 생애」, 천운영의 「월경」 같은 육체화된 여성 욕망의 강력한 표현이 종종 보인다. 또한 2010년대 어느 시점에 한국 소설의 사랑 이야기는, 많은 사람이 관찰했듯이, 퀴어 신체로 그 중심을 이동했다. 2013년 문예지에 발표된 「봄밤」은 사랑 담론에 있어서 90년대 이후의 유행으로부터 상당히 초연한 작품이다. 휠체어에 의지하고 있는 수환의 몸과 "송장"을 방불케 하는 영경의 몸은 어떤 에로스의 광채도 발하지 않는다. 그들이 다정하게 대화하는 요양원 장면을 보면 영경은, 마치 자신들이 하고 있는 사랑의 예스러움을 시인하기라도 하듯, "아주 오래된 세로쓰기의 『부활』"을 펼쳐 수환에게 읽어준다.

영경이 수환에게 읽어준 구절은 『부활』의 주인공 네홀류도프가 노보드로보프를 어떻게 생각하고 있는가를 알려주는 대목이다. 노보드로보프는 혁명 사상과 활동 모두를 단지 자신의 야심을 만족시키기 위한 수단으로 삼고 있는 타락한 인텔리겐차의 전형 같은 인물이다. 네홀류도프는 그가 지력 면에서 탁월하다는 것을 인정하면서도 결국 쓸모없는 인간이라고 생각한다. 그의 덕성이 저급하기 때문이다. 구체적으로는, "이지력이 분자라면 자만심은 분모여서 분자가 아무리

크더라도 분모가 그보다 측량할 수 없이 크면 분자를 초과해 버리기 때문"이다. 영경은 네흘류도프의 노보드로보프 비판에 나눗셈 개념을 도입한 톨스토이의 재치에 감탄하고, 그 셈법이 모든 개인의 가치를 평가하는 방법으로 유효한 것 같다고 말한다. 어떤 사람의 "좋은 점"을 분자로, "나쁜 점"을 분모로 놓으면 그 사람의 값은 "1보다 크거나 작게" 나올 터이다. 영경은 여기에 자신과 수환에게 자못 중대한 질문을 덧붙인다. "우리는 어떨까? 1이 될까?" 영경은 병 때문에 자신의 분모가 측량할 수 없을 정도로 커지고 있지 않을까 하고 묻는다. 그러자 수환은 "당신은 아직도 분모보다 분자가 훨씬 더 큰 사람"이라고 답한다. 영경이 어떤 결함을 가지고 있든 훌륭한 사람이라는 수환의 응답은 그들이 요양원에서 "유난히 의가 좋고 사랑스러운 부부"로 통하고 있다는 것을 떠올리게 한다. 그러나 보다 중요한 것은 자신이 얼마나 나쁜 사람인가 하는 영경의 물음이다. 이것이 우리에게 알려주는 바는 그녀가 자신의 인격에 병의 악화가 미친 또는 미칠 영향을 걱정하고 있다는 것, 육체적, 정신적 부전 증세에 굴하지 않고 "좋은" 사람이기를 원하고 있다는 것이다. 이 걱정과 소원은 과거에 그녀가 수환의 연민에 대해 연민으로 응답한 사실과 부합한다. 그녀는 정녕 윤리적인 인간인 것이다.

그런데 소설 중에는 그녀의 윤리적 인격과 상반되는 듯한 사건이 언급되어 있다. 그녀가 최근 수환을 요양원에 놔

두고 외출했다가 일주일 만에 돌아온 일이다. 수환 곁에 있을 생각으로 요양원에 들어온 그녀이지만 원내에서는 음주가 금지되어 있어서 그녀는 때때로 허가를 받고 밖으로 나가 술을 마시곤 했다. 수환의 병이 위중한 상태이니 일주일 동안 그의 곁을 떠나 있었던 그녀의 행위는 어떤 사람들한테는 비난을 사기에 알맞다. 그녀를 대면한 자리에서 언니 영선은 바로 그 행위를 들어 그녀가 무책임하다는 듯이 공박하고 있다. 그러나 작중 서술은 영선이 하고 있는 바와 같은 매도가 합당치 않다는 것을 이런저런 방식으로 일러준다. 그중 하나가 요양원 간병인 청년 종우가 수환과 대화하는 중에 늘어놓는 소연에 관한 회상이다. 소연은 영경의 우는 모습을 목격할 때면 종우가 떠올리게 된다는 기억 속의 여자다. 대학시절 그는 어떤 동호회에서 만난 은경에게 마음이 있었으나 은경이 아니라 은경의 친구인 소연에게 접근해서 호감을 표시했다. 그러던 어느 날 은경이 갑자기 그에게 관심을 보이기 시작했고 그러자 그는 계속 소연을 좋아하는 척하면서 은경의 경쟁심리를 부추겨 결국 은경을 애인으로 삼는 데에 성공했다. 그가 잊지 못하는 것은 소연에게 헤어지자고 제안한 순간에 그녀가 보인 반응이다. 절교당한 슬픔을 격하게 표시할 줄 알았던 그의 예상과 달리 그녀는 그의 제안에 선선히 동의한 다음 끝까지 울지 않고 있다가 갑자기 눈물 대신 코피를 쏟았다. 울음 우는 영경과 코피 쏟는 소연 사이에서 종우가 느끼고 있는 유사관계에 따라 추론하면, 영경의 음주는 고통을 참는 기율 같은 데가 있다. 앞에서 말한 대로, 그녀는 자기 아이를 잃어버리면서, 언니들에게 외면을 당하면서 술을 마시기 시작했다. 그리고 술을 마시면서 그 상실과 고립의 고통을, 격분하지도 발악하지도 미치지도 않으면서 견뎠다. 그렇다면 그녀의 알코올중독은 그녀의 자아 집념과 기묘하게 통한다. 추측건대, 그 병은 그녀가 윤리적 존재로서의 그녀 자신을 어떻게든 부지하려고 노력한 결과이지 않을까.

영경과 수환은 "중증환자"를 위한 요양원 본관 병동 숙소의 별개 병실에 수용되어 있고 그들의 병명에서 유래한 이름이라고 짐작되는 "알류커플"로 주위의 주목을 받고 있다. "빵경" "환"이라는 애칭으로 서로를 부르는 그들은 부부의 "의"가 유난히 좋아 보인다. 요양원 사람들은 매일 아침 그들이 만나는 모양이 "이산가족" 상봉하는 모양 같다고 말할 정도다. 그들은 건강상태가 거의 최악임에도 서로에게 좋은 반려가 되기 위해 힘을 다하고 있다. 현재 영경이 자신에게 부과한 책무는 수환에 대한 사랑에 헌신하는 것이다. 누군가에게는 방종한 행동처럼 보이는 그녀의 요양원 외출은 실은 그 윤리적 투신과 관계가 있다. 스스로 제어하지 못하는 몸을 윤리적으로 사용하려 한다는 역설. 이것은 소설 후반부 알코올 금단 증상을 견디다 못한 영경이 수환의 환송을 받으며 요양원을 나가 봄밤이 내린 어느 읍내의 거리에서 술을 마시는 장면을 통해 확인된다. 영경은 보들레르식으로 말하면 거룩한 도취로, 롤랑 바르트식으로 말하면, 자기 에고의 내란으로 서둘러 나아가려 하지 않는다. 오히려 자기의 윤리적 슈퍼에고를 붙잡아두려 한다. 몸에 취기가 돌기 시작하자 "이제 시작일 뿐이라고, 서둘지 말자고 스스로를" 타이르다가 그녀는 "애타도록 마음에 서둘지 말라"를 시작으로 김수영의 절창 「봄밤」을 읊조리기 시작한다. "강물 위에 떨어진 불빛처럼 혁혁한 업적을 바라지 말라. 개가 울고 종이 들리고 달이 떠도 너는 조금도 당황하지 말라." 술을 사려고 편의점 출입을 반복하면서도 그녀는 음송을 그치지 않는다.

영경은 컵라면과 소주 한 병을 비우고 과자 한 봉지와 페트 소주와 생수를 사가지고 편의점을 나왔다. 눈을 뜨지 않은 땅속의 벌레 같이! 영경은 큰 소리로 외치며 걸었다. 아둔하고 가난한 마음은 서둘지 말라! 애타도록 마음에 서둘지 말라! 영경은 작은 모텔 입구에 멈춰 섰다. 절제여! 나의 귀여운 아들이여! 오오 나의 영감이여! 갑자기 수환이 보고 싶었다. 오후에 면회를 온 영선과 영미 생각도 났다. 그 아이가 살아 있다면 하고 생각하다 영경은 고개를 흔들었다. 촛불 모양의 흰 봉우리를 매단 목련나무 아래에서 그녀는 소리 내어 울었다. (……) 모텔 방에 들어가자마자 수환에게 전화를 하고 언니들에게도 전화를 해야겠다고 생각했다. 딱 오늘 하룻밤만 마시고 요양원으로 돌아가야겠다고 생각했다. 그녀는 그렇게 할 수 있고 마땅히 그렇게 할 것이었다.

권여선이 김수영의「봄밤」시구를 활용한 것은, 이를테면 박민규가 그의 단편「누런 강 배 한 척」중에 김소월의「산유화」본문을 인용한 것만큼 인상적이다. 영경의 목소리에 실린 김수영의 시어는 그녀가 내면적으로 벌이고 있는 싸움을 대리 표현하는 듯하다. 김수영의 시에서 화자는 개가 짖고 종이 울어 적막이 깨지고, 달이 떠서 어둠 속에 빛이 드는 순간을 맞는다. 봄을 지나는 중인 그의 몸은 "술에서 깨어난 무거운 몸"이고, 그의 마음은 "한없이 풀어지는 피곤한 마음"이다. 봄의 홍취 때문일까, 그의 "꿈"은 "달의 행로"처럼 어지럽고, 마음은 "기적소리"에도 상한다. 달빛과 소리에 의식이 혼몽하니 불현듯 그의 눈에는 "재앙"을 시작으로 사람 사는 모양이 모두 보인다. 그가 한 줄기 빛인 양 인간세계의 만상을 밝힌다면 어떨까. 그의 생은 "혁혁한 업적"이 될지 모른다. 그러나 그는 빛 속이 아니라 어둠 속이 자신의 거처임을 잊지 않는다. 그는 자신에게 타이른다. "눈을 뜨지 않은 땅속의 벌레 같이 / 아둔하고 가난한 마음은 서둘지 말라." 봄의 달밤을 만나 홍중에 차오르는 몽환의 감정, 그것의 향락이 아니라 "절제"가 그는 도리라고 생각한다. "절제여 / 나의 귀여운 아들이여 / 오오 나의 영감靈感이여." 이 마지막 구절에 주목하

면 「봄밤」 전편은 반反센티멘탈리즘 시학 서설처럼 읽힌다.[7)]
그러나 시학의 문제는 그 시를 읊는 영경의 관심 사항이 물론
아니다. 김수영의 시구를 빌려 그녀가 표출하는 것은 알코올
을 두고 그녀의 마음속에 펼쳐지고 있는 싸움이다. 그녀의 음
송을 통해 "아둔하고 가난한 마음"은 알코올에 대한 그녀의
병적 갈망을, "서둘지 말라"는 그 갈망을 억누르고자 하는 그
녀의 의지를 표시하는 쪽으로 의미의 회전을 이루는 듯하다.
"○○[하]지 말라"고 금지 명령을 반복하는 어법은 그 의지의
처절한 느낌을 불러온다.

앞의 인용문에서 영경은 김수영의 시구를 절규하듯 읊
은 다음 갑자기 수환, 언니들, 옛날의 아이를 잇따라 생각한
다. 그녀는 몸에 퍼지는 취기를 따라 생을 망각하려 하지 않
고 기억하려 한다. 비록 어느 순간엔가 끝날 행보이긴 해도
도취와 상기는 함께 간다. 그녀는 자신이 무엇을 해야 하는가
를, 자신이 어떻게 해야 하는가를 생각한다. 하루라도 일찍 요
양원으로 돌아가야 한다. 한시라도 빨리 수환을 만나야 한
다. 그러나 그녀의 의지는 알코올의 힘을 이기지 못한다. 그
녀는 수환의 임종을 보지 못했다. 그녀가 모텔 주인의 신고로
요양원의 앰뷸런스에 실려 왔을 때는 수환의 장례식이 끝난
뒤였고, 그때로부터 이틀이 지나서도 그녀는 의식이 온전치

---

7)   김수영, 「봄밤」, 『김수영전집 1』, 이영준 엮음, 민음사, 2018, 154-155.

않았다. "잦은 경련과 발작"의 고통이 지나가고 몸이 얼마간 회복된 후에도 자신에게 무슨 일이 일어났는지 정확하게 알지 못했다. 그럼에도 "뭔가 엄청난 것"이 사라졌다는 듯이 행동했다. "계속 뭔가를 찾아 두리번거렸고 다른 환자들의 병실 문을 함부로 열고 돌아다녔다." 의식이 혼탁한 채로 수환을 찾고 있는 그녀를 목격한 요양원 사람들은 그녀의 "온전치 못한 정신이 수환을 보낼 때까지 죽을 힘을 다해 견뎠다는 것을, 그리고 수환이 떠난 후에야 비로소 안심하고 죽어버렸다는 것을" 이해하기 시작한다. 그녀는 그녀 자신 견디기 힘든 병을 앓고 있었음에도 사랑의 규율을 지키려 했고 수환 곁에 머문 최후의 순간까지 충성스러운 반려로 남았다. 그녀의 이야기는 사랑이 곧 인내였고, 삶이 곧 인내였던 사람의 이야기답게 끝난다. "조숙한 소년"의 것 같기도 하고 "쫓기는 짐승"의 것 같기도 한 "두 개의 눈동자", 즉 가엾은 수환의 잔상이 눈앞에 떠오르면 그녀는 말없이 오랜 시간 울기만 했다.

그리스어 파토스는 아리스토텔레스가 비극 플롯의 세 주요 요소 중 하나를 기술하기 위해 사용한 용어이다. "파토스란 예컨대 무대 위에서 일어나는 죽음, 심한 고통, 부상, 기타 그와 비슷한 종류의 파괴나 고통을 야기하는 행위를 말한다"고 그는 썼다.[8] 그런데 이것은 인간의 약한 몸이 비극 플롯에 불가결하다는 말과 다르지 않다. 그가 파토스의 예로 열거한 죽음, 고통, 상해 등과 같은 행위들은 모두 손상되기 쉬운 인간의 몸과 관계된다. 인간 신체의 약함은 지체 높은 영웅이든 보통 사람이든 그들이 당하는 비극적 고난 중에 들어 있는 무언의 사실이다. 오이디푸스 왕은 고집스럽게 쫓아온 끔찍한 진실을 알게 되자 여왕 조카스타의 브로치로 자신의 두 눈을 찌르지 않는가. 리어왕은 과거에 어리석게 내쫓은 딸 코델리아의 시신을 안고 오열하다 죽지 않는가. 헤다 가블레르는 사회 관습과 항구적 권태로부터 은밀한 탈출을 도모하던 끝에 스스로 목숨을 끊지 않는가. 「봄밤」의 영경은 위태로운 몸이다. 그녀는 수환을 처음 만난 40대부터 거의 뼈밖에 남지 않은 앙상한 몰골이었고, 요양원에 거주하는 동안 영양실조 상태에서 경련, 발작 등의 알코올 금단증상을 보였으며, 수환과 사별한 다음에는 치매 상태에 놓였다. 그러나 그녀는 단지 병든 몸이 아니다. 그녀의 몸은 자신이 낳은 아이의 상실, 가족과 사회로부터의 고립, 남편의 임박한 죽음을 견뎌온 몸이고, 많은 역경에도 불구하고 스스로 부과한 윤리적 엄명에 따라 버텨온 몸이다. 그래서 병의 형태로 나타난 그녀의 고통은 비극 중의 고통이 대개 그렇듯이 강렬하고 고양된 삶의 표시가 된다. 그녀가 김수영의 시구를 절규하듯 음송하는 장면에서 그녀는 문득 고귀한 수난자의 풍모를 띤다.

---

8)   아리스토텔레스, 『시학』, 김한식 옮김, 펭귄클래식코리아, 2010, 219, 번역문 변경.

비극의 파토스에 대한 주석에 해당하는 유명한 문장에서 조지 스타이너는 위대한 비극에 그려진 "인간의 지나친 고통 바로 그것 속에 인간의 존엄성 주장이 있다"고 선언하면서 그 비극의 최종 순간에는 "슬픔과 기쁨, 인간의 몰락에 대한 비탄과 인간 정신의 부활에 대한 경축이 융합한다"고 웅변했다.[9] 그는 휴머니즘의 보편주의적 담론에 기대어 발언하고 있지만 어느 인간 문화에서나 그 비극의 영웅이 발견된다고 인정하지는 않는다. 그의 주장에 따르면 그 영웅은 고대 그리스 문명과 그것에 연속된 서양 문명의 몇몇 순간에 출현했으며 근대의 성립 이후에는 쇠퇴했다. 그러나 쇼펜하우어가 그렇게 했듯이, 비극을 큰 불행에 관한 이야기라고 본다면 서양 이외 지역의 극 이외의 형식에서 그것이 보이지 않는다고 말할 역사적 근거는 박약하다. 전국시대 중국의 굴원이 그의 『이소離騷』에서 "비가" 형식으로 노래한, "무축자巫祝者"였던 자신의 정치적 몰락 역시 비극적이고,[10] 20세기 나이지리아의 치누아 아체베가 『모든 것이 산산이 부서지다』에서 서술한 우무오피아 마을의 정신적 파탄과 그 마을의 전사 오콩고의 자살 역시 비

---

9) George Steiner, *The Death of Tragedy*, Alfred A. Knopf, 1961, 9-10.

10) 이 굴원의 노래를 고대 중국 무축자의 몰락과 관련시키는 해석은 시라카와 시즈카의 것이다. 白川静, 『中国の古代文学 1』, 中公文庫, 2008, 357-360. 그 노래가 비가라는 장르 규정 면에서 시라카와는 역사적 해석 면에서는 비판하고 있는 헝가리의 마르크스주의 동양학자 페렌츠 퇴케이를 따르고 있다. Ferenc Tökei, *Naissance de l'élégie chinoise*, Gallimard, 1967 참조.

극적이다.[11] 게다가 비극적 이야기의 원천은 근대의 탈마법화, 세속화, 민주화한 인간세계에서 고갈되었다고 보기 어렵다. 테리 이글턴은 "모더니티는 비극을 망치기는커녕 비극에 새로운 수명을 주었다고 해도 무리가 아니다"라고 말하면서 그 이유로 비극 주인공 후보의 계급적 제한을 폐기한 민주주의 문화, 주권적, 파우스트적 주체성의 한계에 대한 각성 등을 거론하고 있다.[12] 한국 문학에서 비극적 파토스는 흔히 민족 혹은 민중의 정치적 불행과 연결되었고 그래서 주로 열사, 호걸, 난민의 몫이었다.[13] 그러한 관습을 배경에 두고 다시 보면 영경이라는 인물은 단연 빛난다. 그녀의 고난 서사는 정치적 영광 없는 보통 사람도 인간으로서 존엄하다는 현대 문화의 믿음과 같은 음조를 이룬다. 「봄밤」은 한국인의 민주적 사고에 대응되는 비극적 감성의 진화된 표현이다.

11) 『모든 것이 산산이 부서지다』의 중심에 놓인 아프리카 전통문화와 복음주의 기독교의 충돌은 헤겔적 의미에서의 비극적 갈등, 즉 근본적으로 상충하는 두 생활 방식의 갈등에 해당한다. Michael Valdez Moses, *The Novel and the Globalization of Culture*, Oxford University Press, 1995, 122.

12) Terry Eagleton, *Tragedy*, Yale University Press, 2020, 29-31.

13) 동양은 비극에 대해 아무것도 모른다는 W. B. 예이츠의 발언에 대한 반박으로부터 시작되는 김종길의 글 「한국시에 있어서의 비극적 황홀」은 한국 문학의 비극적 파토스에 관한 고찰로서 선구적이다. (김종길, 『진실과 언어』, 일지사, 1974, 194-208.) 또한, 초기 김동리의 단편들에서 "자기소멸의 비극"을 읽은 천이두의 「허구의 형이상학―김동리의 문학」은 한국 작가의 비극적 비전에 대해 혜안을 보여준 소수의 평론 중 하나다. (천이두, 『한국소설의 관점』, 문학과지성사, 1980, 276-327.)

후기

    1980년대 이후 『악셀의 성』 『핀란드역까지』 같은 책이 번역되어 나오면서 한때 우리나라 인문학도 사이에도 독자가 있었던 미국의 비평가 에드먼드 윌슨은 문학작품의 옥석을 가리는 일에 당대의 어느 누구보다 열성적이었다. 그는 1920년대와 30년대에 「더 뉴 리퍼블릭」이라는 유력 잡지의 문학 편집자 겸 서평가로 활동하면서 저 미국 문학비평의 두 고전을 완성하는 한편, 같은 세대의 소설가들, 특히 어니스트 헤밍웨이, 존 도스 파소스, 윌리엄 포크너, F. 스콧 피츠제럴드, 블라디미르 나보코프 등에 대한 독자 대중의 감상과 이해에 크게 공헌했다. 비평가로서의 그의 입장은 「문학의 역사적 해석」이라는 글을 통해 얼마간 확인된다. 그의 주요 저작에 나타난 바에 따르면 그는 문학을 넓은 역사적 맥락 속에서, 작가의 생활과 성격의 표현으로 보는 편이었으므로 "역사적 해석"은 그의 비평 작업의 모토라고 해도 틀리지 않는다. 역사적 관점의 범례를 수립한 이폴리트 텐과 마르크스, 엥겔스, 작가 심리의 분석 모델을 제공한 프로이트, 그들의 공헌이 당연히 본론의 논제다. 그런데 역사적 비평 개관을 마친 다음 그가 제기하는 것은 해석의 문제가 아니라 평가의 문제다. "그러면 이제 이 문학예술의 사안에서 우리는 어떻게 좋은 예술과 나쁜 예술을 구별하는가." 그는 좋은 예술이 우리에게 무엇을 주는가를 간략하게 말하고 나서 좋은 예술은 그것을 알아보는 사람들을 필요로 한다는 요지의 주장을 결론으로 삼는다. 그들은 누구인가. 그가 글의 서두에서 경의를 담아 언급한 T. S. 엘리어트와 조지 세인츠버리 같은 "비-역사적 비평가" "취미의 기준을 수립하는 진정한 감식가"가 그들이다.("The Historical Interpretation of Literature", *The Edmund Wilson Reader*, ed. Lewis M. Dabney, Da Capo, 1997, 350, 353.)

우리나라에서는 에드먼드 윌슨의 비평 업적에 조예가 있는 유일한 사람이 아닐까 싶은 유종호 역시 작품 평가를 중시하는 비평가다. 60년이 넘는 비평 경력을 통해 그가 발표한 평론에서는 과거 및 현재의 문학작품 중에서 좋은 작품을 가려내고 그 가치를 밝히는 작업이 뚜렷한 계열을 이루고 있다. 그의 판단과 해명 덕분에 정지용에서 신경림, 이태준에서 이문열에 이르는 한국의 일급 작가 다수가 정확하게 이해되고, 온당하게 평가되는 행운을 누렸다. 비평가로서 왕성하게 활동하던 시기에 그의 최대 관심은 문학 취미의 기준을 세우는 데에 있었다고 해도 좋을지 모른다. 그는 한국어 사용자들이 읽을 가치가 있다고 판단되는 작품들에 주의를 기울였고, 나아가 휴머니스트, 그의 어휘로는 인문주의자의 입장에서 취미 교육을 위한 계몽적 강화에 열의를 보였다. 널리 읽힌 그의 책『문학이란 무엇인가』중에는 비평에 관한 발언으로서 특별하게 들리지는 않지만 평가 중심 비평에 대한 그의 신념을 짐작하게 하는 문장이 있다. "읽을 만한 가치가 있으며 나아가 재독할 가치가 있는 것을 선별하는 것이 비평의 과업이고 또 기능이다." 다만 문학비평은 문학사와 서로 의존하는 관계라는 것이 그의 생각이다. "선별이라는 비평 행위 없이 문학사를 기술하기는 불가능하다. 한편 문학사에 대한 지식이 없는 비평가는 취향의 주관적 토로 이상의 일을 할 수 없다."(『문학이란 무엇인가』(유종호전집 4), 민음사, 1995, 308-309.)

이 에드먼드 윌슨과 유종호의 비평관은 2020년대 한국의 문학계에서 어떻게 보일까. 어떤 냉철한 눈에는 시효가 다한 것처럼 보이지 않을까. 그 비평관의 배경에는 문학이 국민문화를 대표한다고 여겨지던 시대, 문학 저널리즘이 성황을 이룬 시대, 독자 대중의 취미 개량이 지식인-비평가의 사명이던 시대가 있다. 그런데 한국에서 그와 같은 시대는 지난 30년 중의 어느 시점엔가, 추정하건대 '문학의 죽음' 같은 말이 유의미한 경구驚句의 울림을 가지기 시작한 어느 시점엔가 끝났다. 유종호가 편집위원이었던 『세계의 문학』을 비롯해서, 한국 문학 저널리즘의 최고 수준을 보여주던 계간 문예지 중 다수가 폐간되었고, 2022년 현재 너그럽게 계상해도 다섯 종 안팎 정도가 연명하고 있는 상태다. 게다가 근래 저널리즘 비평은 전반적으로 어떤 작품의 좋고 나쁨보다 문학의 매체, 제도, 유행에서 이슈를 찾고 있다는 인상이다. 어떻게 보면 한국의 문학작품을 둘러싼 담론은 다량으로 나오고 있다. 그러나 이것은 주로 학술 집단에서 발행하는 저널들에 나타난 현상이고 그 저널들의 논문은 옛날 그대로 문학사 중심이다. 더욱이 문화연구 같은 표어 아래 그 실증주의적, 역사주의적 관심을 문학의 영역 밖으로 확대한 연구에서 문학작품의 분석이나 평가는 무시해도 괜찮은 일이 되었다. 에드먼드 윌슨과 유종호가 비평의 본령이라고 생각한 평가 비평evaluative criticism은 다소 과장하는 위험을 무릅쓰고 말해도 괜찮다면 한국 문학에 대한 비평적, 학술적 담론 세계 내에서 일종의 게토가 되어가는 상태다.

돌이켜 생각하면, 평가는 문학이라는 물건의 존재에 불가결한 행위 중 하나다. 당초 문학이란 현존하는 모든 종류의 글이 아니라 가치 있다고 평가된 특정 종류의 글이다. 어떤 글을 가리켜 시적이다, 서사적이다, 극적이다, 라고 말하는 것은 그것이 보통 글과 다르다고 말하는 것, 가치 있다고 말하는 것이다. 문학의 요소로 간주되는 형식, 장르, 양식,

수사, 문체, 테마 등은 그 자체로 가치 범주다. 비평의 기능은 평가라는 생각에 동의하지 않는 비평가도 어떤 가치든 인정하지 않고 문학을 말하기는 어렵다. 비평의 영역에서 평가를 추방하고자 했던 노스럽 프라이의 유명한 주장에 내포된 역설은 여기서 참고할 만하다. 그는『비평의 해부』의 서론에서 T. S. 엘리엇의 역대 시인 평가 같은 종류를 "가공의 증권거래소에서 시인의 주가를 멋대로 올렸다 내렸다 하는 문학에 관한 쓸데없는 재잘거림"이라고 조롱했다. 그러면서 "문학에 관한 일관성 있고 체계적인 연구"를 내용으로 하는 비평을 정립하자고 제안했다. 그런데 그 비평의 원칙과 관련하여 다시 엘리엇을 참조한 문장 중에서 그는 문학적 가치라는 관념의 배제가 불가능하다는 것을 암시했다. "현존하는 기념비적 작품들"이 그 작품들 자체 속에서 형성하는 "이상적 질서"를 가정한 엘리엇의 발언이야말로 "비평, 그것도 아주 근본적인 비평"이라고 주장했던 것이다.(노스럽 프라이,『비평의 해부』, 임철규 옮김, 한길사, 1982, 32-33.)

그렇다면 한국의 문학계에서 평가 비평의 게토화는 환영할 만한 사태가 아니다. 한국 문학이 존속하려면, 또는 가치 있는 한국어의 가능성이 계속 살아 있으려면 좋은 작품을 알아보고 평가하는 일에 보다 많은 비평가들이 보다 진지하게 참여해야 한다. "명작"이라는 평가의 어휘를 제목 중에 표나게 드러낸 이 책은 그러한 과제에 대한 내 나름의 응답이다. 나는 노스럽 프라이가 "문학에 관한 쓸데없는 재잘거림"이라고 경멸한 형식, 그것과 다른 평가 형식이 가능하다고 믿는다. 「회색 눈사람」에서 「봄밤」에 이르는 스무 편 단편소설의 명작으로서의 위상을 밝히려고 시도하면서 내가 추구한 것은 해석을 평가의 토대로 삼는 형식이다. 해석과 평가는 이론상으로 구분이 가능한 행위이지만 비평의 실제에서 그것은 독립된 별개가 아니다. 작품을 해석하는 일과 그 작품의 가치를 경험하는 일은 상호 의존적이다. 우리가 가치 있다고 생각하는, 우리의 삶에 어떤 식으로든 유익하다고 생각되는 작품은 우리의 삶에 중요하다고 믿어지는 어떤 맥락 속에서 이해되고 번안되고 성찰되는 작품이다. 또한 우리가 문학작품을 통해 경험하는 가치가 다양하다면 그것은 우리가 작품 읽기에 음으로, 양으로 동원하는 해석적 맥락이 다양하기 때문이다. 나는 스무 편의 작품이 나에게 허용하는 해석을 가급적 조리 있게, 풍부하게 추구하는 수속을 거쳐 그 각각의 가치를 확인하고자 했다.

문학은 그 고유의 가치를 가진다고 누구나 인정한다. 그 가치는 앞에서 예거한 바대로 형식, 장르, 양식, 수사, 문체, 테마 등이다. 그 문학적 가치들은 특히 휴머니즘 비평의 낡은 전통 속에서 초월적인 것, 영구적인 것, 보편적인 것으로 인식되곤 했다. 엘리엇이 생각한 기념비적 작품들의 이상적 질서나 프라이가 상상한 양식들, 상징들, 신화들, 장르들로 구성된 하나의 우주적 전체는 문학적 가치들의 독립적인 세계를 예시한다. 문학작품의 감식가로 유명한 비평가들이 즐겨 행한 작업 중 하나는 문학적 가치가 개별 작품 속에 얼마만큼 훌륭하게 구현되어 있는가를 판단하는 일이었다. 그러나 문학의 형식, 장르, 양식, 수사 등은 문학의 범위 내에서만 작동하는 것이 아니다. 휴머니즘 이후의 많은 비평 이론—정신분석, 페미니즘, 문화유물론, 탈식민주의, 퀴어 이론 같은 비평 이론이 알려준 바와 같이 그것들은 정치, 경제, 사회 등 인간 생활의 모든 영역에 관계하며 그 관계 속에서 다른 가치들과 대결하고 타협하면서 성쇠를 겪는다. 그래서 문학의 가치에 대한 진지한 의식은 모든 가치가 연계를 이룬다는 각성으로 나아갈 수밖에 없다. 에드워드 사이드가 말했듯이 "비평 의식은 불가피하게 곡선을 그리며 이동해서 모든 텍스트의 독해, 생산, 전수에 어떤 정치적, 사회적, 인간적 가치가 수반되는가를 예민하게 느끼게 되는 지점에 도착한다".(Edward W. Said, "Secular Criticism", *The World, the Text, and the Critic*, Harvard University Press, 1983, 26.) 플라톤적인 대문자 문학 관념에서 벗어나 문학의 다양한 양상과 가치를 알아보려면 문학의 외부 영역에 접근하도록 도와주는 개념과 이론에 대한 참조가 필수적이다. 이것은 나의 작품 해석 중에 니체와 프로이트에서 크리스테바와 랑시에르에 이르는 이름, 정신분석, 정치철학, 예술사, 사회학, 인류학의 학설이 때때로 출몰하는 이유를 말해줄 것이다.

이 책의 독자 중에는 평가와 해석을 결합한 비평이 필요하다 해도 그 대상이 왜 1990년대와 그 이후의 작품들이어야 하는지 의문을 가지는 사람이 있을 법하다. 이유는 간단하다. 그 시기의 작품들이 우리의 생활 현실에 대해 다른 어느 시기의 작품들보다 밀접하게 대응되기 때문이다. 1987년 정치 제도의 민주화, 1989년 동구 공산주의 붕괴와 1991년 소련 해체, 1992년 한중 수교, 1994년 인터넷 서비스의 대중화, 1998년 신자유주의 정부의 등장 등이 가져온 세계 속에 현재 우리가 살고 있다는 것은 누구나 인정하는 사실이다. 1990년대와 그 이후의 한국 소설은 그 세계의 새로운 경험에 예민하게 반응한 서사와 표상을 생산하면서 한국 문학의 관습에 다대한 변화를 일으키고 형식과 테마의 지평을 크게 확대했다. 이 책에 실린 논의가 타당하다면 그 스무 편의 단편소설 명작은 그러한 문학 혁신의 요체를 보여준다. 그 스무 편 중에는 최윤의「회색 눈사람」처럼 국내 저명 문학상 수상의 영예를 얻고 비교적 널리 읽힌 작품도 있지만 김소진의 「건널목에서」처럼 소설가와 비평가 사이에서조차 거의 잊혀진 작품도 있다.

한국 현대문학의 역사에서 1990년대는 특별한 연대다. 정지용과 이태준, 이상과 박태원의 전성기였던 1930년대, 1961년 최인훈의『광장』출간과 함께 시작되어 1966년『창작과비평』, 1970년『문학과지성』창간으로 이어진 1960년대 와 함께 획기적인 시대였다고 나는 생각한다. 특히 모더니즘 문학의 관점에서 보면 1990년대는 두드러진다. 일본 제국 내 부 코즈모폴리턴 문화와의 연관 하에 한국 모더니즘의 원조 가 1930년대에 출현했다면, 서양의 아방가르드 사상과 예술 을 학습한 최초 한글세대 엘리트의 모더니즘이 1960년대에 성립되었다면, 1990년대에는 한편으로 포스트모더니즘 같 은 예술과 철학 사조의 영향, 다른 한편으로 다국적 대중문화 로부터의 인력을 받으면서 모더니즘의 다극화가 일어났다. 내가 다룬 작가 중에는 김연수와 박민규가 비교적 선명하게 전자와 후자를 각각 예시하는 소설을 썼다.

그러나 한국 현대문학사의 1990년대와 그 이후의 의의 에 대한 규정은 고작해야 시험적인 것일 수밖에 없다. 그것은 우리에게 너무 가까이 있는, 사실상 한국 문학의 현재에 해당 하는 시기여서 어떻게 정의하려 하더라도 착시나 오판을 피 하기 어렵다. 주어진 작품들을 가까이에서, 멀리서 읽으면서 약간의 소묘를 시도할 수 있다면, 그래서 훗날의 분석, 분류, 총람에 쓸모가 있는 뭔가를 내놓을 수 있다면 그것으로 만족 해야 할지 모른다. 내가 거론한 작품은 1990년대 이후의 문 학이라는 별자리 중 스무 개의 별에 불과하지만 유독 반짝이 는 별의 무리가 그렇듯이 별자리 전체의 파노라마를 압축적 으로 보여준다. 나는 각 작품의 이런저런 세목에서 그 작품이 속한 시대의 문학 전반에 생기를 불어넣은 정치적, 윤리적, 미적 관심의 광채를 만나곤 했다. 진정성의 윤리, 아나키즘적 정치 감성, 여성성의 재발견, 몸의 유물론, 우정의 모럴, 환상 애호, 우화 창작 지향, 미적 대중주의 등은 그 빛에 대한 명칭으로 내가 떠올릴 수 있는 어휘들이다.

1990년대와 그 이후의 소설을 대상으로 장편 또는 연작 형식으로 평론을 쓰고 싶다는 생각은 오래전부터 해왔다. 그 장편 또는 연작을 구성할 만한 글을 5, 6년 전에 두어 편 써서 문예지와 학술지에 발표하기도 했다. 하지만 천성이 노둔한 탓에 후속 작업을 진전시키지 못하고 있다가 긴급한 다른 일에 쫓겨 다니는 사이 흥미를 잃고 말았다. 그러므로『현대문학』에 연재 기회를 얻은 것은 천금 같은 행운이었다. 다만, 전에 발표한 평론과 논문 같은 길고 만연한 글은 그 월간지에 어울리지 않았기 때문에 어떤 형식이 적당할지 고려해야 했다. 결국 한 회에 한 편의 작품을 집중적으로 다루면서 할 수 있다면 명작 안내 같은 역할을 겸하는 쪽으로 계획을 세웠다. 연재는 2019년 1월호에서 시작해서 2021년 10월호에서 끝났다. 그렇게 잡지에 게재한 열여덟 편에 두 편을 새로 써서 보탠 결과가 이 책이다.

이 책은 다른 모든 책이 그렇듯이 저자를 포함한 많은 사람의 선의와 협동의 산물이다. 나는 잡지 연재에서부터 책 출간까지 여러 사람에게 신세를 졌다. 주식회사 현대문학의 양

숙진 회장님과 윤희영 팀장님의 선처가 없었더라면 이 책의 재료는 아예 생겨나지 않았을 것이다. 편집부 이주이 씨는 나의 문체를 끝까지 참아주고 책의 출간에 성심을 다해주었다. 『현대문학』편집자문위원 서희원 군은 연재 계획 단계에서부터 그때그때 긴요한 도움을 주었다. 끝으로 아내 백경희에게 감사한다. 연재를 시작하고 몇 달 후 병이 나서 처음 약속대로 매월 연재를 계속하기 불가능한 상태가 되었다. 연재를 쉬고 있던 동안 나는 에토 준의 일생을 다룬 최초의 평전을 읽었다. 그는 일본 문학과 비평에 흥미를 갖도록 나를 처음 자극한 책의 저자 중 한 사람이다. 아내와 사별하고 혼자 남아 병고를 겪었던 그는 자신을 "형해形骸"에 불과하다고 여겼다. 그리고 스스로 "처결"해서 그 형해를 끊기로 했으니 양해해주었으면 한다는 글을 남기고 예순여섯에 죽었다. "처결"이라는 고풍스러운 단어는 나츠메 소세키의 소설『도련님』에 나온다고 한다. 나는 한동안 에토 준의 마음을 생각했다. 내가 형해를 면한 것은 아내 덕분이다.

2022년 2월

황종연

색인

명작 이후의 명작

「회색 눈사람」에서 「봄밤」까지
한국 현대소설 읽기

지은이 황종연
펴낸이 김영정

초판 1쇄 펴낸날 2022년 2월 25일

펴낸곳 (주)현대문학
등록번호 제1-452호
주소 06532 서울시 서초구 신반포로 321(잠원동, 미래엔)
전화 02-2017-0280
팩스 02-516-5433
홈페이지 www.hdmh.co.kr

ⓒ 2022, 황종연

ISBN   979-11-6790-093-7 03810